LE JUGEMENT DES LOUPS

DU MÊME AUTEUR

Un personnage sans couronne, roman, Plon, 1955.
Les Princes, roman, Plon, 1957.
Le Chien de Francfort, roman, Plon, 1961.
L'Alimentation-suicide, Fayard, 1973.
La Fin de la vie privée, Calmann-Lévy, 1978.
Bouillon de culture, Robert Laffont, 1986.
(En collaboration avec Bruno Lussato)
Les Grandes Découvertes de la science, Bordas, 1987.
Les Grandes Inventions de l'humanité jusqu'en 1850, Bordas, 1988.
Requiem pour Superman, Robert Laffont, 1988.
L'Homme qui devint Dieu :
1. *Le Récit,* Robert Laffont, 1988.
2. *Les Sources,* Robert Laffont, 1989.
3. *L'Incendiaire,* Robert Laffont, 1991.
4. *Jésus de Srinagar,* Robert Laffont, 1995.
Les Grandes Inventions du monde moderne, Bordas, 1989.
La Messe de saint Picasso, Robert Laffont, 1989.
Matthias et le diable, roman, Robert Laffont, 1990.
Le Chant des poissons-lunes, roman, Robert Laffont, 1992.
Histoire générale du diable, Robert Laffont, 1993.
Ma vie amoureuse et criminelle avec Martin Heidegger, roman, Robert Laffont, 1994.
29 jours avant la fin du monde, roman, Robert Laffont, 1995.
Coup de gueule contre les gens qui se disent de droite et quelques autres qui se croient de gauche, Ramsay, 1995.
Tycho l'Admirable, roman, Julliard, 1996.
La Fortune d'Alexandrie, roman, Lattès, 1996.
Histoire générale de Dieu, Robert Laffont, 1997.
Moïse I. Le Prince sans couronne, Lattès, 1998.
Moïse II. Le Prophète fondateur, Lattès, 1998.
David, roi, Lattès, 1999.
Balzac, une conscience insurgée, Édition° 1, 1999.
Histoire générale de l'antisémitisme, Lattès, 1999.
Madame Socrate, Lattès, 2000.
25, rue Soliman Pacha, Lattès, 2001.
Les Cinq Livres secrets dans la Bible, Lattès, 2001.
Le Mauvais Esprit, Max Milo, 2001.
Mourir pour New York ?, Max Milo, 2002.
L'Affaire Marie-Madeleine, Jean-Claude Lattès, 2002.
Jeanne de l'Estoille :
1. *La Rose et le Lys,* L'Archipel, 2003.

GERALD MESSADIÉ

LE JUGEMENT DES LOUPS

JEANNE DE L'ESTOILLE **

LE GRAND LIVRE DU MOIS

Des notices biographiques des principaux personnages historiques apparaissant dans ce livre figurent à la page 405.

Si vous désirez recevoir notre catalogue et être tenu au courant de nos publications, envoyez vos nom et adresse, en citant ce livre, aux Éditions de l'Archipel,
34, rue des Bourdonnais, 75001 Paris.
Et, pour le Canada,
à Édipresse Inc., 945, avenue Beaumont,
Montréal, Québec, H3N 1W3.

ISBN 2-7028-8162-9

PREMIÈRE PARTIE

L'ÉTOILE ET LES COMÈTES

1

Les fils dans la tapisserie

Plus une vie est riche, plus elle ressemble à une tapisserie inachevée : les fils perdus s'y multiplient.

Ce fil-ci semblait amorcer un personnage : coupé. La trame s'en est défaite, il pend tristement. Celui-là poursuivait le dessin d'une verdure : déchiré. Le personnage avait-il un rapport avec la verdure ? Allez savoir !

Jeanne de Beauvois ouvrit la fenêtre pour chasser les odeurs, la plupart fâcheuses, qui s'accumulent inévitablement dans une maison pendant la nuit. La journée d'automne s'annonçait claire. La brise du petit matin souffla allégrement par-dessus les toits de Paris et entra faire le ménage dans le logis de la rue de la Bûcherie.

Elle agita ces fils dans la tête de Jeanne, qui s'assit pour réfléchir, après avoir pendu un pot de lait au-dessus de l'âtre.

Elle trouva beaucoup de fils coupés pour ses vingt-deux ans d'âge. Beaucoup trop.

Ses parents : morts égorgés.

Son frère Denis, sur lequel elle avait reporté ses affections : changé en triste sire, intrigant, froid, manipulateur. À vingt ans, au prix de promiscuités sans cœur, ce combinard sans scrupules était devenu seigneur d'Argency. Elle fit une grimace de dépit.

Son premier amant, Matthieu : pendu par jalousie.

Le véritable père de son fils François, François de Montcorbier, dit Villon : disparu après une ténébreuse affaire de meurtre et compromis de surcroît dans un casse de sacristie. Ce n'était pas une grande perte pour une épouse éventuelle ni une mère : le boulgre courait les jeunes gueux. Jeanne avait d'ailleurs flairé la pouillerie assez vite. Mais enfin, c'était quand même un gros fil que celui-là, un gros fil rouge, couleur du sang qui coulait dans les veines du jeune François.

Jeanne respira un bon coup.

Son mari, le beau, le tendre, le noble Barthélemy de Beauvois : mort à la fleur de l'âge dans l'explosion d'un canon. C'était un joli fil torsadé d'or et d'azur. Coupé par la Camarde.

Sa protectrice, la douce Agnès Sorel, maîtresse du roi Charles le Septième : morte. Empoisonnée. Que le poison eût été versé par l'homme ou la nature n'y changeait rien. La conseillère qui avait inspiré au roi de rebâtir son pays en s'appuyant sur la bourgeoisie et se défier des princes et des puissants, l'amante, le grand rempart contre la solitude n'était plus.

Son amant Philibert Bonsergent : fil arraché par la famille. Les familles sont grandes expertes en saccages de tapisseries : on dirait des chats furieux qui se font les griffes.

Le lait gonfla, et quelques gouttes grésillèrent sur les bûches. Jeanne alla retirer le broc. Une peau bien épaisse s'était levée dessus ; elle recueillit la crème avec une cuiller et la coucha sur une tranche de pain, puis la releva d'un filet de miel. C'était là son petit déjeuner ordinaire. Elle versa du lait dans un gobelet d'argent et le but à petites gorgées.

Un fil d'azur éclatant courait dans la tapisserie : François, son fils. Celui-là, il tenait toute la tapisserie. Le premier rat qui tendrait la dent dessus, elle l'abattrait.

Un autre brin précieux flottait dans l'avers de la tapisserie, et celui-là aussi, elle était décidée à ne pas le laisser couper.

Ce fil avait dessiné un personnage d'ivoire aux grands yeux de jais et de velours, à la bouche incarnate. Peut-être avait-il été inspiré à l'Artiste par le troisième des vingt rois de Judée qui inclinait sa tête sur la façade de Notre-Dame, à cette différence près que sa barbe était beaucoup plus soyeuse que la pierre ne pouvait le dire.

L'Homme au Miroir. Celui qui lui avait offert un miroir à la foire d'Argentan, alors qu'elle venait de quitter sa Normandie natale. Avec l'objet, il lui avait offert le choc de découvrir son image physique. Le premier, le tout premier amant de sa vie, celui qui lui avait également fait découvrir son image immatérielle. Celui qui faisait l'amour avec les délicatesses d'un dompteur de papillons.

Isaac. Isaac Stern.

— *Stern signifie* étoile *en allemand.*

Quel nom ! Mais quel nom ! S'appeler « Étoile » ! Un destin.

— *Tu es mon étoile.*

Elle éprouva le besoin de serrer contre elle ce corps d'ivoire et de passer les doigts dans ces cheveux de soie noire. Mais les étoiles, on le sait, ne se voient que la nuit.

En réalité, elle ne voyait Isaac qu'à la lueur des chandelles, entre quatre murs. Et toute poésie ravalée, elle l'avait surnommé l'Homme-chouette. Juif et conscient de l'être, Isaac ne voulait lui rendre visite que la nuit, quand personne ne pouvait le voir. Il ne voulait pas la compromettre : il eût été pour elle périlleux qu'un homme portant la rouelle jaune se rendît trop souvent dans une maison chrétienne.

Juif et encore plus, conscient de l'être, cet amant exquis n'était qu'épidermique. Il ne la prenait pas. Il la désirait avec passion, mais nu à nu, leurs sexes ne se connaissaient que par des caresses. Ils montaient séparément à leur extase sans l'union profonde dans la chair.

— Créer un enfant dans ces conditions serait l'acte de gens sans cœur, lui avait-il dit deux jours ou plutôt deux nuits auparavant. Il serait orphelin de naissance, puisque je ne pourrais pas l'élever avec toi. Il serait rejeté par les miens, puisqu'il serait né hors des liens du mariage et enfin, il serait honni par les tiens, puisqu'il serait de père juif. Jeanne, l'égoïsme doit s'arrêter ici.

— Y a-t-il une autre femme dans ta vie ?

— Elle ne vit plus que dans ma mémoire, car elle est morte, il y a bien des années, avant que je te rencontre à Argentan.

Le Supplice de Tantale s'attisait pour Jeanne au fil des jours et des semaines. Son premier enfant était né contre sa volonté ; le deuxième serait volontaire et, s'il existait un homme au monde dont elle le voudrait, ce serait Isaac.

La frustration n'était tempérée que par la tendresse qu'elle portait à l'Homme au Miroir. Et la raison. Le mariage était évidemment impossible. La liaison affichée susciterait le scandale. Ses affaires en souffriraient et, peut-être, péricliteraient. Elle ne connaissait que trop bien les fables infâmes qui couraient sur les Juifs : qu'ils confectionnaient leur pain avec le sang d'enfants chrétiens ; si l'on soupçonnait qu'un Juif avait ses entrées chez la pâtissière du Grand Échaudé, quelque malveillant se hâterait d'inventer qu'il avait vu l'hérétique se livrer à des pratiques odieuses. La faveur royale, si elle résistait à ces miasmes, ne servirait de rien.

Cela pour l'immédiat.

Dans une plus large perspective, l'association avec un Juif ne servirait guère l'ambition qu'avait Jeanne de faire fructifier son capital. Les Juifs, en effet, faisaient l'objet d'une guerre sourde de la plupart des pays du monde chrétien.

Isaac le lui avait représenté avec cette clarté qui caractérisait ses propos :

— Mon père a été chassé avec les autres Juifs de Cologne en 1424, mon oncle a été chassé d'Augsbourg en 1439. Mon père s'est donc réfugié à Paris, je me suis installé à Prague. Nous avons appris que nos amis coreligionnaires avaient été chassés de Bavière en 1442, puis une nouvelle fois en 1450. Nous sommes chassés de partout au gré des princes et des chrétiens les plus riches. J'ai dû quitter Prague en 1454, et j'ai commencé à voyager en Italie. Je suis banquier. Mais je vois que ce métier, vers lequel nous avions été rejetés parce que les chrétiens le jugeaient impie, est devenu soudain licite et même enviable. Ils estimaient que prêter à intérêt, c'est voler du temps à Dieu. Sans doute ont-ils conclu que Dieu possédant tout le temps du monde, il est impossible de lui en voler. L'on voit donc depuis quelques années de plus en plus de banquiers chrétiens et, dès que leurs guildes deviennent assez riches et puissantes, ils essaient de nous chasser.

Le constat était sombre.

— Jeanne, avait-il dit dans la nuit, tu es jeune et belle : tu ne peux rester seule. Et je ne suis pas un parti pour toi.

Ç'avait été un de ces moments où il semble que des vents mauvais ont à dessein de souffler la chandelle qui éclaire l'âme. Où l'intérieur d'une chambre close est comme un château assiégé. Elle avait rassemblé ses forces.

— Isaac, tu penses et tu parles comme un vaincu. Tu appartiens à un peuple de persécutés et tu as fini par devenir l'ombre de toi-même. Continue ainsi et dans peu d'années, tu ne seras plus qu'un spectre fuyard mangé par le renoncement et les regrets.

— Que veux-tu que je fasse ?

— Moi, Isaac, je ne renonce pas à toi. Alors, ne renonce pas à toi-même.

Il s'était assis dans le lit et en avait écarté les rideaux. La lumière de la chandelle dorait son corps. Il s'était tourné vers Jeanne, l'avait prise dans ses bras et avait pleuré.

— Je ne peux pas t'avoir, avait-il hoqueté. Et je ne peux vivre sans toi !

Puis il était parti dans les ténèbres, avec son manteau cousu de l'infâme rouelle.

Dans les deux journées écoulées depuis, Jeanne avait revécu maintes fois cette scène.

Il faut qu'Isaac se convertisse, songea-t-elle.

La nourrice apparut à la porte, tenant François par la main. Il s'élança vers sa mère. Elle le prit dans les bras.

— Il a bien dormi, dit la nourrice, et moi aussi.

Elle s'assit à la table.

— Veux-tu une tartine de crème au miel ? demanda Jeanne à son fils.

Sans attendre la réponse, qu'elle connaissait, elle tartina une tranche de pain qu'elle tendit au gamin en lui apprenant à la tenir droite pour empêcher le miel de couler.

La voix de Guillaumet retentit dans l'escalier :

— Maîtresse !

— Dites-lui de monter, dit Jeanne à la nourrice.

La nourrice se leva pour transmettre le message. Guillaumet apparut quelques instants plus tard, un rien essoufflé, l'air excité, le teint coloré.

Il tournait au gaillard. Jeanne le considéra d'un œil amusé et affectueux. Il possédait toutes les qualités qu'en Normande elle aimait : droit, fidèle et malin.

— Maîtresse, les premières pommes viennent d'arriver. C'est du sucre ! Je pensais… On les fait macérer en bassine une nuit, avec un peu de miel et de vin…

Jeanne hocha la tête ; elle avait compris. Les pommes seraient à moitié confites.

— Avec une pincée de cannelle, dit-elle.

Le visage de Guillaumet s'illumina.

— N'est-ce pas ? cria-t-il avec entrain. Cinq deniers !

— Cinq deniers si l'on met une lichée de crème dessus.

La poitrine de Guillaumet se gonfla de fierté.

— Mais on en vendra moins, dit-elle.

— Maîtresse, on aura des clients plus riches.

Elle vivait à deux niveaux : la pâte et l'amour. Aujourd'hui et demain. Le fournil et la banque.

Comment persuader Isaac ?

Ce qui devait arriver arriva.

Isaac était parti depuis quelques minutes au petit matin d'une fin d'octobre, et Jeanne envisageait de se prélasser au lit jusqu'à l'heure de prendre le travail.

Elle entendit des cris. Elle alla ouvrir la fenêtre, inquiète. Elle reconnut la voix d'Isaac. En détresse. À dix pas. Son sang ne fit qu'un tour. Elle enfila son manteau sur sa chemise de nuit, glissa son couteau dans la poche, s'empara d'une chandelle et prit dans la boutique un gros bâton, puis elle courut dans la rue, dans le noir.

La chandelle n'éclairait pas grand-chose. Juste assez pour qu'elle distinguât devant elle des ombres qui se débattaient.

— Un Juif ! Plein de sous, le gueux !

À trois pas de distance, elle posa la chandelle par terre et, le bâton en main, y voyant juste assez clair pour ne pas assommer Isaac, se rua sur la mêlée. Un des coupe-jarrets lui tournait le dos.

Elle lui asséna un coup terrifiant sur l'échine, puis un autre sur la tête. Il tomba. Les deux autres se tournèrent vers elle.

— Un lardon ! Mais c'est pas possible ! C'te lardon qui nous cherche !

L'un des deux avança vers elle, le couteau à la main.

Isaac avait-il survécu à ce couteau ?

Elle l'attendit, jambes écartées. Il fonça. Elle lui donna un violent coup dans le ventre, de la pointe du bâton, bien plus longue que la lame. À la lueur de la chandelle, elle vit sa gueule s'ouvrir, de stupeur, de douleur, qu'importait !

Il oscilla, pencha vers la gauche. Saisissant ces secondes de répit, elle lui fracassa le crâne d'un coup de gourdin.

Isaac titubait. Elle fut saisie par la rage.

Le troisième et dernier malandrin aussi, apparemment. Il poussa un cri de fauve. Il s'élança vers elle. Elle avait tiré le couteau de sa poche. Il ne le vit sans doute pas. Il s'embrocha dessus. Il poussa un hoquet de mort. Elle le repoussa, retira le couteau et le désentripailla de bas en haut, d'un geste d'estoc et le poussa en arrière. Il tomba à la renverse, râlant, les deux mains sur son ventre ouvert. Puis elle courut vers Isaac, assis par terre. Il perdait du sang à la cuisse. Le liquide giclait par petits bouillons réguliers. L'artère.

Elle le savait, un barbier le lui avait dit. La blessure pouvait être fatale. Un garrot, et d'urgence. Elle déchira à la pointe du couteau un pan de sa chemise de nuit et en fit un garrot. Elle fendit la chausse et appliqua dessus l'étoffe, faisant une boule pour comprimer la blessure, et puis serra. Il geignit, presque un râle. Allait-il tourner de l'œil ?

— Mets le poing dessus, fort. Je reviens.

Des fenêtres s'ouvraient aux étages des maisons voisines. Elle courut chez elle et cria :

— Nourrice !

Un tohu-bohu au haut de l'escalier.

— Nourrice, allez quérir le barbier ! La deuxième maison à droite. Dites-lui : une blessure de couteau à l'artère de la cuisse.

Puis elle retourna vers Isaac. Il semblait sur le point de défaillir. Mais le sang ne jaillissait plus. Elle le soutint.

Le point du jour jeta sur la scène un baquet de teinture bleu sale.

— Tiens bon. Tu es sauvé. Le barbier vient.

Il était blanc comme la mort. Elle le savait, la douleur physique et la peur se changeaient en douleur morale.

Il frissonna. Elle jeta son manteau sur ses épaules. Celui d'Isaac était lacéré. Elle en profita pour arracher la rouelle infâme.

Le barbier vint enfin. Il regarda les trois corps des malandrins épars sur le pavé, puis le blessé assis par terre. Il examina le garrot.

— C'est vous qui avez fait le garrot ? demanda-t-il à Jeanne, admiratif. Bien ! Bien ! Il faut maintenant transporter cet homme. Surtout sans tirer sur sa jambe. A-t-il de l'argent ? Le mieux serait de le placer sur une litière jusqu'à l'Hôtel-Dieu. Ou bien chez lui.

— L'Hôtel-Dieu ? s'écria-t-elle.

C'était un mouroir infect. Jeanne frémit. On y mettait les malades quatre par lit, où l'on comptait en général deux morts, un agonisant et un vivant.

— Vous connaissez cet homme ? demanda-t-il.

Elle secoua la tête.

— Qui me paiera ?

— Je vous paierai, moi, dit faiblement Isaac.

Rassuré, le barbier suggéra qu'en attendant la litière, il serait prudent de transporter le blessé dans une maison proche, pour renforcer convenablement le garrot, qui ne pouvait être que provisoire.

— Alors portons-le chez moi, dit Jeanne.

— Mais il faut qu'il soit allongé, insista le barbier.

De plus en plus de fenêtres s'ouvraient. Les gens regardaient les trois malandrins étalés et Jeanne, la nourrice et le barbier autour d'un homme assis par terre.

Jeanne réfléchit. La table de la boutique !

Elle et la nourrice allèrent la chercher. Puis à trois, ils hissèrent Isaac dessus, en le soutenant par les reins. Le barbier ouvrit sa trousse et en tira des pansements larges, comme il convenait pour une blessure à la cuisse. Il dénuda tout le haut de la jambe, l'aine et la hanche et inspecta le garrot de fortune posé par Jeanne. Il hocha la tête.

— L'artère fémorale, dit-il. Sans ce garrot, l'homme serait en train de mourir. Vous lui avez sauvé la vie, madame.

— Vous n'allez pas recoudre la plaie ? demanda Jeanne.

Le barbier réfléchit.

— Il perdrait encore du sang. Cela ne me paraît pas opportun. Il en a déjà perdu beaucoup. Laissons faire la nature trois ou quatre jours, puis, au moment de changer le pansement, nous aviserons. Avez-vous pu mesurer la plaie ?

— L'épaisseur de mon petit doigt. La pointe du couteau.

Il demanda de l'eau pour laver la jambe, qui semblait peinte au sang, puis il appliqua une pommade à la vulnéraire sur les parages de la blessure, qui tournaient au pourpre. Enfin, il plaça une compresse sur le garrot, afin de maintenir la pression sur la plaie, et banda Isaac en enveloppant la hanche, la fesse et le haut de la cuisse.

Les gens observaient ces soins du haut de leurs fenêtres.

— C'est mieux ainsi, dit le barbier.

— Je peux rentrer chez moi ? demanda Isaac.

— En litière, oui, pas autrement.

Tout le monde comprit qu'il ne serait pas rendu de sitôt : il fallait au moins deux heures pour obtenir une litière avec quatre porteurs. Une petite bise se leva. Les clochers alentour annoncèrent sept heures.

— On ne va quand même pas le laisser sur une table dans la rue, dit Jeanne.

— Non, il vaudrait mieux, en effet, qu'il soit rapidement mis au chaud. Il a perdu beaucoup de sang et je vois qu'il frissonne. Mais il ne faut pas le transporter trop loin. Allons donc chez vous, puisque vous êtes si hospitalière.

Sur quoi Guillaumet arriva, écarquillant les yeux. Sa table !

— Aidez-nous, lui dit Jeanne.

Le barbier, Jeanne et Guillaumet transportèrent dans la boutique la table avec Isaac dessus. Il était temps : ce dernier grelottait fortement.

— Donnez-lui quelque chose de chaud à boire, dit le barbier.

Jeanne fit chauffer du lait. Le barbier se tourna vers Isaac :

— Comment vous appelez-vous ?

Les règlements de police le contraignaient, en effet, à demander son nom à chacun de ses clients blessés.

Secoué de frissons, Isaac se releva à moitié et s'appuya sur un coude. Il saisit le regard de Jeanne.

— Jacques de l'Estoille, parvint-il à articuler.

— Où demeurez-vous ?

— Rue des Francs-Bourgeois.

— Bon, dit le barbier. C'est vous qui avez mis dans cet état les trois brigands, dehors ?

— Non, c'est… cette dame.

Le barbier lança à Jeanne un nouveau regard admiratif.

— C'est *vous*? Vous toute seule ?

Elle hocha la tête.

— Dame de Beauvois, dit-il, je suis content de vous avoir comme voisine, dit-il avec un sourire. Vous connaissiez cet homme ?

— Non, je vous l'ai dit. J'ai entendu crier au bas de chez moi. Cela m'a réveillée. J'ai compris qu'on attaquait un chrétien.

Les barbiers : tous des indics. Mais Isaac avait déjà donné une version altérée de son nom. Pour protéger Jeanne.

Entendant qu'on le qualifiait de chrétien, il ouvrit cependant un œil sombre et le darda sur Jeanne, impassible.

— Je vais mander les sergents, dit le barbier. Le blessé est jeune. En dix jours, il sera remis. La plaie sera cicatrisée. Qu'il ne marche, ni ne monte à cheval, bien sûr.

— Vous le lui direz, répondit Jeanne.

Isaac avait pu défendre sa bourse ; il paya le barbier, qui promit de revenir examiner sa plaie et s'en fut. Il voulut commander une litière.

— Tu seras mieux soigné ici, lui dit Jeanne en aparté.

Une fois de plus, il était déchiré entre deux mondes : juif dans une maison chrétienne. Il adressa à Jeanne un regard angoissé.

— Tu m'as sauvé la vie, murmura-t-il.

Elle lui serra la main à la dérobée, car elle n'était pas censée le connaître. Guillaumet était à la cave ; il aurait bientôt besoin de la table. La nourrice était remontée auprès de François.

Les sergents arrivèrent promptement, au nombre de trois. Ils venaient à peine de prendre leur service. Ils considérèrent le blessé, allongé sur la table.

— Qui donc a escagassé ces trois gibiers de potence ? demanda leur lieutenant.

— Ma maîtresse, la baronne de Beauvois, répondit Guillaumet, déposant un tonnelet de vin cuit sur son support.

Ils firent des mines incrédules, et leurs regards se tournèrent vers Jeanne.

— Dame de Beauvois, vous avez vraiment abattu cette canaille ? Trois hommes ? Mais comment ?

— Avec un bâton et un couteau. J'ai entendu crier dans la rue.

— Il y en a un qui a le ventre ouvert. Ses entrailles sortent. Il fallait un joli coup de poignet pour faire cela ?

— Il s'est jeté sur moi. Je l'ai fait.

Ils dévisagèrent, incrédules, cette jeune femme blonde et mince qui avait abattu la besogne de trois sergents à verge. Le jeune François descendit, suivi de la nourrice, étonné, regardant tout ce monde et surtout le blessé sur la table.

— Dame de Beauvois, nous allons décidément demander qu'on vous fasse nommer à la prévôté ! dit l'un d'eux en riant.

— Messieurs, voudrez-vous m'aider à monter ce blessé à l'étage ? demanda-t-elle.

Guillaumet parut surpris. Il n'avait jamais vu cet homme et voilà que sa maîtresse l'installait dans la maison ?

La table ne passerait pas par l'escalier. Les sergents décidèrent qu'ils suffiraient à porter le blessé au troisième étage. Ils l'allongèrent avec des délicatesses d'écuyer sur le lit, qui n'avait pas servi depuis le départ de François de Montcorbier.

Jeanne les raccompagna en bas et leur donna à chacun la pièce.

— Connaissez-vous son nom ? demanda le lieutenant.

— Je connais celui qu'il a donné au barbier, Jacques de l'Estoille, répondit Jeanne, prudemment.

— Voilà un blessé qui a bien de la chance ! observa un sergent. Il est défendu par une belle et noble dame qui l'héberge ensuite.

— Offrez donc à ces trois sergents de quoi rompre leur jeûne, dit Jeanne à Guillaumet.

Elle monta près d'Isaac ; il avait les yeux clos. Elle regarda les pansements : à peine sanguinolents. Elle rabattit la couverture sur la jambe nue. Il rouvrit les yeux.

— Repose-toi.

— Tu m'as sauvé la vie, redit-il. Tu me l'as sauvée deux fois.

Deux fois, en effet, une en le défendant et puis en le soignant avec l'urgence qu'il fallait.

Il pria Jeanne de rédiger un mot pour informer et rassurer son père. Il le signa et apposa son cachet. Elle descendit elle-même pour se mettre en quête d'un sergent qui voulût bien faire le messager moyennant quelques sols. Elle voulait que nul dans la maison ne sût la véritable adresse d'Isaac.

Au souper, la nourrice s'étonna que sa maîtresse donnât si volontiers asile à un inconnu. Jeanne répondit avec assurance que le nom de celui-ci ne lui était pas entièrement inconnu, et qu'elle tenait le blessé pour le fils d'un banquier réputé. Le prétexte pouvait expliquer sa sollicitude à l'égard d'Isaac. Mais elle devinait sans peine que tout le quartier était informé de l'aventure extraordinaire advenue à un inconnu passant au petit matin devant la maison de dame de Beauvois. La situation ne pouvait se prolonger sans risque.

— Il a belle figure, ajouta la nourrice. On dirait un seigneur.

2

Le cercueil vide

Le soir, Isaac fit une fièvre. Il trembla et gémit. Il délira. Il eut à peine la force d'avaler un bol de bouillon de poule clair que lui apporta Jeanne. Puis elle se rappela qu'elle possédait un remède apporté un soir à la maison par François de Montcorbier et que ce dernier disait avoir trouvé dans les textes d'Hippocrate et expérimenté : de l'écorce de saule. En décoction, elle calmait la plus forte fièvre. Elle descendit en faire bouillir et goûta au breuvage : c'était bien amer. Mais qu'est-ce qui ne l'était, à la fin ! Elle y ajouta du sucre et pria Isaac de le boire. Il s'exécuta docilement.

Elle arpenta la chambre, s'efforçant de conserver son calme.

Quelle était cette Parque odieuse qui s'acharnait à couper les fils les plus précieux de sa vie ?

Pas lui, se dit-elle, serrant les dents.

Elle tiendrait tête à cette mégère de Parque.

Dans l'heure, Isaac sua à profusion. Elle épongea la sueur sur son front. Elle examina les parages de la blessure, toujours inquiète que celle-ci s'envenimât ; mais elle ne releva rien de plus que la rougeur déjà constatée et, comme Isaac s'était finalement endormi, elle descendit enfin prendre un peu de repos.

Elle se garda d'évoquer le lendemain le sujet qui lui tenait le plus à cœur et dont Isaac était d'ailleurs conscient, puisqu'il avait spontanément donné un faux nom au lieutenant de police. Elle ne voulait pas emporter l'assentiment d'un homme affaibli.

Seule la force de la volonté lui permit de se faire une contenance pour la réunion du conseil municipal. Plus d'un, sinon tous, y était informé de l'esclandre de la rue de la Bûcherie. Les sergents n'avaient évidemment pas résisté à l'envie de rapporter les exploits de dame de Beauvois, qui avait assommé deux malandrins et dépêché un troisième en Enfer. On s'émerveilla qu'elle n'eût pas été blessée.

— Il faudra demander à la prévôté de nommer aussi dame de Beauvois lieutenant des sergents, émit plaisamment le grand échevin, répétant sans doute une plaisanterie.

— En tout cas, la première fille qui me vient à naître, je l'appelle Jeanne ! s'écria un pelletier.

Trois jours plus tard, le barbier revint rue de la Bûcherie. Il défit entièrement le pansement et le garrot. Jeanne observa l'opération avec inquiétude, craignant de voir le sang jaillir de nouveau à gros bouillons. Il n'en fut rien. Mais la plaie était bordée d'un renflement noir qui l'alarma.

— Un hématome, dit le barbier. Ce n'est rien. Nous le nettoierons à la curette quand la cicatrisation sera achevée. Non, je ne recoudrai pas. Ce jeune homme me paraît assez vigoureux.

Il appliqua un émollient à base de grande consoude et de souci, puis refit le pansement, prit son paiement et partit.

Jeanne demeura seule avec Isaac. Ils se firent face un long moment sans parler.

— Ma vie t'appartient donc, dit-il enfin, avec un sourire résigné.

— Aucune vie n'appartient à personne qu'à soi-même, Isaac, rectifia-t-elle. Je ne crois pas au prix du sang. Je le refuserais même s'il m'était payé. Je vois les choses autrement. Tu m'as donné ton cœur et tu voulais donner congé à ta personne. C'était déraisonnable. Un amour malheureux, soit, mais deux, c'est trop.

Assis dans le lit, il baissa la tête.

— Être avec toi tous les jours, ce serait le bonheur. Le mien serait double, puisque je saurais que je t'ai rendue heureuse.

Le ton sur lequel il le disait n'était pourtant pas celui qu'elle espérait.

— Mais il faudrait vivre avec le chagrin de mon père, ajouta-t-il.

— Cet homme est intelligent… commença-t-elle à dire.

— Justement, il serait contraint d'accepter son chagrin.

Une partie d'échecs bloquée, songea-t-elle.

Dix jours plus tard, par une nuit brumeuse, et bien que traînant la patte, car sa jambe restait affaiblie par un trop long repos, Isaac enfila le manteau qu'avait recousu Jeanne pour se rendre nuitamment chez son père. Jeanne trembla que des malandrins l'attaquassent de nouveau. Elle le convainquit de porter une dague qu'elle avait achetée pour lui et de se munir d'une canne, pour se soutenir. La canne pourrait également servir d'arme. Il regarda l'arme et sourit.

— Je reviendrai tard, annonça-t-il.

— Je t'attendrai.

Il revint à minuit. Comme il n'avait pas la clef de la maison, il tira la clochette à la porte cochère. Elle dévala les escaliers quatre à quatre, un bougeoir à la main. Il portait une grande cassette sous le bras et paraissait à bout de forces. Elle prit la cassette pour le soulager et la trouva lourde. Ils montèrent chez elle. Il mit un long moment à desserrer les dents. Elle lui servit un verre de vin, le regard rivé sur lui. Enfin, il tourna vers elle ses yeux plus noirs que jamais.

— Isaac Stern est mort, dit-il.

Elle ne comprenait pas vraiment. Peut-être Isaac outrait-il le symbolisme.

— Isaac Stern est vraiment mort, reprit-il. Il a succombé à ses blessures. Mon père fera réciter demain pour lui le *Tsiddouk ha-din* à la synagogue. Sur un cercueil vide, le défunt ayant été jeté par erreur à la fosse commune.

Elle fut saisie. Elle regarda le visage émacié par la blessure, que la lueur des chandelles éclairait de profondeurs terrifiantes. Elle imagina le déchirement du père. La nature affreusement macabre d'une cérémonie funèbre pour un vivant. Elle en perdit la parole. Était-elle responsable de cela ?

Elle eut un mouvement de recul. Horreur muette.

Il se tourna vers elle :

— Cela, pour l'amour que je te porte.

Elle demeura figée. Le gosier parcheminé. Comme si Isaac était vraiment mort.

Elle se versa du vin. Le but avidement.

— Isaac... dit-elle d'une voix rauque.

Et les larmes jaillirent de ses yeux.

— Maintenant, Jeanne, tu sauras qu'un homme t'a aimée. T'aime.

Il semblait que les minutes s'écoulaient avec un bruit de fer.

— Rien n'est plus terrible chez nous que d'abjurer sa foi, dit-il.

Elle pleura. Elle était comblée. Elle pleurait sur Isaac le mort. Il tendit la main vers elle. Elle se leva, s'éloigna de lui. Pourquoi l'amour était-il comme une dague qui vous estafile toute l'âme ?

Elle pleura à la fenêtre.

— Maintenant, Jeanne, je t'appartiens, corps et âme.

Elle savait la douceur d'Isaac et comprenait que, pour dire d'une voix aussi calme des mots aussi terribles, il souffrait autant qu'elle.

— Non, dit-elle, non. C'est moi que tu possèdes maintenant. Je suis ton esclave.

Il se leva et alla vers elle. La prit dans ses bras. Ils demeurèrent ainsi un long moment, sans mot dire.

Il voulut porter la cassette dans sa chambre ; elle lui indiqua la cachette où elle remisait la sienne.

Ils dormirent chacun à son étage. Ce soir-là, leurs corps s'étaient tus.

Le lendemain, elle se rendit chez le père Martineau, à Saint-Séverin. Il ne l'avait pas revue depuis leur querelle sur la réhabilitation de Jeanne d'Arc. Elle lui faisait porter ses aumônes par la nourrice.

Elle entra dans son étude comme un glaive. Il ignorait qu'alors elle avait pris toutes les religions en aversion parce qu'elles trahissaient toutes le Seigneur et son fils Jésus, crucifié par la méchanceté humaine. Il eut presque peur. Ce n'était pas un mauvais homme, elle le savait. Il ne portait que sa part de mensonge des hommes qui se proclamaient consuls de Dieu.

— Ma fille… Soyez la bienvenue. Quel bon vent vous amène ?

Elle ne répondit pas tout de suite. Elle le fixa d'un regard aussi glacial que les stalactites qui pendaient des gouttières, au cœur de l'hiver.

— Je suis venue savoir combien vous demandez pour baptiser un Juif en silence.

Un silence infini les sépara.

— En silence ?

— Sans cris de victoire. Sans publication de baptême.

Il soupira.

— Je ne demande rien, Jeanne de Beauvois, répondit-il calmement. Le triomphe du Seigneur me suffit. Il ne règne pas par les clameurs.

Elle hocha la tête et posa une bourse sur la table qui les séparait.

Il prit la bourse, la délia et en renversa le contenu sur la table.

Cent livres tournois.

Il en fit glisser deux de côté et remit les quatre-vingt-dix-huit autres dans la bourse, la serra et la lui tendit.

— Deux livres suffiront pour la cérémonie.

Son regard sombre s'attarda sur Jeanne. Elle le soutint.

— Gardez votre argent.

— Alors demain, dit-elle, reprenant la bourse.

— À votre convenance.

Il se leva pour la raccompagner à la porte.

— Ne pensez pas trop le mal, Jeanne, dit-il, à la fin cela vous souillerait l'âme.

Elle se radoucit le regard. Esquissa même un sourire.

— Cet homme compte beaucoup pour vous, dit-il.

— Il est mon salut, répondit-elle.

À cette heure-ci, sans doute, on célèbre la mort de l'homme que j'aime, se dit-elle. Ou plutôt, de l'homme qu'il fut.

Elle prit ensuite le chemin de l'hôtel des Tournelles.

Les gardes la reconnurent et la laissèrent passer. Le secrétaire du roi sortit d'une porte à gauche qu'elle ne connaissait pas ; elle n'avait jamais franchi que celle de Charles le Septième, à droite. Il s'arrêta. Ils se saluèrent.

— Vous voulez voir le roi ?

Elle hocha la tête.

— Il n'est pas au meilleur de sa forme. Il part en fin de semaine se reposer à Mehun.

— Qu'a-t-il ?

Le regard du secrétaire se voila.

— Rien d'autre que l'excès de charges. Je vais voir s'il peut vous recevoir. Sa journée a été remplie.

Elle attendit. Le secrétaire revint, le visage souriant.

— Sa Majesté se félicite de votre visite.

La première chose que nota Jeanne fut le tabouret sur lequel le roi posait son pied gauche. Et l'attitude affalée du monarque.

— Jeanne ! Venez donc, ma fille, dame de Beauvois !

Elle fit la révérence et lui baisa la main. Il la dévisagea. Voyait-il clair ? Elle lui trouva le regard vague. Il lui dit plaisamment :

— Vous m'avez donc abandonné, que je n'aie plus de vos visites ! Il faudra que j'invente un complot pour vous voir plus souvent.

Elle rit.

— Sire, ne voyez dans ma discrétion que le respect et l'amour que je vous porte.

— Va pour le respect, dit-il ironiquement. Est-ce l'amour qui vous amène ?

— Oui, sire.

Il tendit le cou :

— Enfin, Cupidon a fait fondre les frimas ! Est-ce que je le connais ?

— Non, sire. Je vous ramène une âme perdue.

Il se radossa.

— Il sera baptisé demain, dit-elle.

La main royale glissa sur l'accoudoir de son siège. Charles se pencha vers Jeanne.

— Un Juif ? demanda-t-il, avec un soupçon d'incrédulité.

— Oui, sire. Un banquier juif. Un office funèbre est célébré aujourd'hui par son père en mémoire du fils mort. Je viens vous prier de ressusciter ce fils.

Charles le Septième émit un léger sifflement. Puis il rit.

— Jeanne, Jeanne ! Mais vous me demandez là de jouer le rôle du Christ ! Que dois-je faire ?

— Il s'appelait Isaac Stern. Stern, cela signifie « étoile » en allemand. Consentez à ce nouveau chrétien de s'appeler Jacques de l'Estoille. Le reste dépend de votre générosité, sire.

Un grognement de rire étouffé fut ravalé par le gosier royal. Il secoua la tête.

— Va pour le nom, il est raisonnable. Je l'accorde. Pour le reste, il faut que je voie ce nouveau Lazare. Je pars dans deux jours chasser à Mehun-sur-Yèvre. Joignez-vous tous deux à moi.

— C'est un grand honneur, sire.

— Vous l'épouserez, au moins ?

— Oui, sire.

— Le vilain doit alors être de qualité ! dit le roi en riant. Soyez après-demain ici à la neuvième heure avec Jacques de l'Estoille.

Elle se leva et lui baisa la main.

À la porte, il lui lança :

— Dommage que votre beau sang, Jeanne, ne soit pas toujours aussi frais.

Elle se retourna, figée ; le secrétaire attendait à la porte.

— C'est bien votre frère que ce bougre qui se nomme, car il se nomme lui-même, Denis d'Argency ?

Elle s'effraya.

— Je ne le vois plus guère, sire.

— Dommage, car vous eussiez pu lui dire que c'est à l'affection que je vous porte qu'il doit encore sa vie.

Elle repartit pour la rue de la Bûcherie, l'esprit agité. Quelle nouvelle imprudence avait donc commise Denis ?

— Le roi t'accorde de t'appeler Jacques de l'Estoille, dit-elle.

Il la regarda un long moment, surpris.

— Le roi ? répéta-t-il. Tu as tes entrées chez le roi ?

Elle hocha la tête.

— Étais-tu ?...

— J'étais la protégée d'Agnès Sorel, répondit-elle, coupant court à la question qu'elle devinait. Après la mort de cette femme, je suis devenue sa propre protégée. Je lui ai révélé un complot. Je te le raconterai. Is... Jacques, il nous faut régler deux problèmes dans la journée. Nous sommes invités à accompagner le roi à la chasse à Mehun-sur-Yèvre, près de Bourges, demain. Tu as donc besoin de vêtements.

— Moi, chez le roi ? demanda-t-il, incrédule.

Elle hocha la tête. Il se leva et la prit dans ses bras.

— Es-tu la même petite paysanne à laquelle j'ai donné un miroir, jadis à Argentan ?

Elle le serra contre lui. Enfouit sa tête dans l'épaule de celui qui s'appelait désormais Jacques. Elle eût voulu l'embrasser. Mais elle l'aimait en ce moment au-delà de son corps.

— Jacques, tu m'as donné bien plus. L'heure n'est pas à le dire. Tes vêtements, d'abord.

— Je n'ai plus rien, dit-il. Mon père m'a prévenu qu'il donnerait mes vêtements aux pauvres.

— Je vais mander un fripier ici. Il faut que tu sois habillé de pied en cap vendredi matin à la première heure. Ensuite…

— Ensuite ?

— Tu seras baptisé.

Il se détacha d'elle et alla ouvrir la fenêtre. Midi était gris. La brise agita les flammes dans l'âtre. Il embrassa du regard les maisons en face.

— Tu m'auras donc enfanté, murmura-t-il.

— Toi aussi tu m'as donné naissance. Nous sortons l'un de l'autre.

Elle referma la fenêtre. François entra alors dans la pièce. Il les regarda. Les enfants perçoivent mieux que les adultes la tension entre deux êtres. Il les interrogea muettement, de ses yeux, décidément verts. Jacques se tourna vers lui, souriant.

— C'est le blessé ? demanda François.

— Bonjour, lui dit Jacques.

— Tu n'es plus blessé ?

Jacques se mit à rire et lui tendit la main. François tendit la sienne, avec gravité. Jacques le prit dans ses bras. Ils se firent face, et l'enfant restait songeur. Il caressa le visage de l'inconnu, comme pour le reconnaître. Jacques le serra contre lui et l'embrassa.

— Et alors, dit François, maintenant, tu veux t'en aller ?

Jeanne battit des cils.

— Et toi, que veux-tu ? Que je reste ou que je m'en aille ? demanda Jacques.

— Mais je croyais que tu restais ici ?

Jacques reposa François par terre.

— Maman t'a sauvé des voleurs, alors tu dois rester.

Jacques fut pris d'un rire silencieux. La nourrice arriva et salua Jacques.

— Maîtresse, François veut un chat.

— Un chat sera peut-être utile pour faire la chasse aux souris, émit Jeanne.

François se tourna vers la nourrice, triomphant.

Le fripier vint dans l'après-midi, portant sur son dos un ballot. Jeanne le fit monter chez elle et appela Jacques.

— On m'a fait dire que c'est pour un homme de qualité, dit le fripier. J'ai apporté ce que j'avais de mieux.

Il jaugea Jacques.

— Mais c'est que monseigneur est grand. Heureusement, il est mince. Parce que mince, on peut toujours reprendre, mais gros, alors…

Deux paires de braies. Des chausses de velours noir. Des hauts-de-chausses flottants de satin bleu à braguette apparente et deux bas-de-chausses collants en laine fine noire, lavés et repassés. Deux chemises de toile fine, lavées et repassées. Une chemise longue pour la nuit, en toile fine, sans col, lavée et repassée. Une jaquette de satin bleu damassé, repassée à la pattemouille. Un gilet de velours de Gênes fauve pour aller avec des chausses de couleur bronze. Un bonnet de velours noir. Et un grand manteau à col d'hermine d'été, fourré de vair. Deux paires de souliers pied d'ours, jamais portés.

Cinquante-sept livres.

Jacques monta prendre la somme dans sa cassette.

La jaquette avait besoin d'être resserrée à la taille. Et il fallait recoudre le galon sur la braguette du haut-de-chausse. La nourrice, qui à l'occasion faisait office de lingère, s'offrit pour ces retouches.

Pour la première fois, Jacques soupa avec Jeanne, François et la nourrice. Jeanne n'avait pu s'empêcher de donner à ce premier repas un caractère festif. La salade de saucisse s'agrémentait de ciboulette et d'oignon frit. Le sarrasin, qui constituait la farce de la poularde, était enrichi de noix pilées et de lardons. Pour le dessert, Jeanne avait fait confectionner par Guillaumet des pommes confites en croûte à la cannelle et au girofle. Le vin de Guyenne était un cru qui fleurait la noisette et la truffe.

Les évidences parlaient plus fort que les mots. Pour les sceller, Jeanne annonça :

— Monsieur de l'Estoille habitera ici.

— Hé ! s'écria François, battant des mains. Ça sera plus gai !

La nourrice avait compris bien avant.

Jacques montra à François un jeu d'ombres sur le mur, réalisé avec ses mains.

Un lapin qui agitait les oreilles.

Un renard qui flairait la poule.

Un coq qui croyait avoir entendu un autre coq.

François délira de bonheur et de cris. Il exigea que ce fût Jacques qui le portât au lit.

— Un parâtre aimé, voilà qui est rare, marmonna la nourrice.

C'était aller bien au-devant des nouvelles. Jeanne l'entendit. Elle regarda la nourrice. Elles s'opposèrent d'abord une fausse impassibilité, puis ravalèrent leur complicité sous un sourire infinitésimal.

Le premier soin de Jeanne, quand ils se furent retirés dans l'appartement du premier étage, fut de jeter au feu le manteau à la rouelle, les chausses déchirées, bref tous les vêtements que Jacques avait portés le soir de l'attaque.

Puis, elle et lui allumèrent un brasier dans le lit. Ils dansèrent au milieu.

Il la prit furtivement, puis se retira, comme effrayé.

— Pourquoi ? demanda-t-elle.

Elle découvrit alors la force de l'habitude ; ils avaient jusque-là fait l'amour comme des cousins qui expérimentent leurs caresses et leurs émois sans briser le sceau. Elle avait espéré la force et n'obtint que la douceur. La découverte ne dura que des fragments d'instant ; elle bouleversa Jeanne. On ne possède ni ne prévoit personne. Maintes et maintes preuves lui en avaient été offertes dans le passé, mais elle ne les comprenait qu'à présent. De surcroît, elle s'avisait qu'à posséder un homme, on risque d'en faire un chapon.

Elle se ressaisit, tels ces acrobates qui font mine de perdre l'équilibre sur le fil, puis le retrouvent par une cabriole.

— Je vais t'épouser, le sais-tu ? dit-elle doucement.

Il lui caressa la tête, fit oui des paupières et l'embrassa avec douceur.

Troisième découverte : un rêve réalisé est moins séduisant. Interdite, elle avait été le fruit défendu. Donnée, elle cessait de l'être.

3

Un roi du peuple

« Tu ne seras vraiment Jacques de l'Estoille que baptisé », lui dit-elle le lendemain.

Il s'était réveillé une demi-heure auparavant. Il s'assit dans le lit.

— Et il faut que je sois baptisé avant d'aller à la chasse avec le roi, répondit-il d'un ton égal.

Elle l'observa ; elle s'attendit au pire : je me fous totalement d'aller chasser avec le roi ! Je ne veux pas être baptisé ! Je suis mort, non ? Je suis libre ! Je ferai ce que je veux !

— Je descends faire chauffer du lait, dit-elle, s'efforçant de contenir son anxiété.

Elle avait atteint la porte quand il demanda :

— Et à quelle heure est le baptême ?

— Quand tu seras prêt.

Attendant que le lait bouillît, elle se demanda s'ils iraient jamais à la chasse le lendemain. Elle mesura la folie de son entreprise : convertir un Juif pour l'épouser, dans un monde qui considérait les Juifs comme des habitants de la Lune, sinon de l'Enfer !

Quand elle remonta avec les deux bols de lait sur un plateau, avec deux échaudés de la veille, elle le trouva agenouillé nu devant l'âtre, tisonnant le feu. Les flammes léchaient une bûche neuve.

Il se releva et tourna la tête vers elle, souriant.

Elle respira de soulagement. Un sourire de cet homme et le monde changeait de couleur ! Elle posa le plateau sur le coffre.

Il alla vers elle. Souleva sa chemise. L'envahit de caresses pareilles à des flammes. Il avait rallumé le brasier. Elle brûla. Se retint de crier. Il la posséda avec une violence qu'elle ne lui avait jamais connue. Il demeura en elle un long moment, l'écrasant presque de son corps.

C'est moi qui suis à lui, se dit-elle. Est-ce là ce qu'il veut me signifier ? Soit.

Elle s'emplit les mains de sa peau, de ses formes, de ses cheveux.

Le père Martineau jaugea Jacques de l'Estoille avec attention. Sans doute la beauté de l'impétrant le frappa-t-elle, mais plus encore le regard sombre qui le vrillait.

Jeanne n'était plus qu'un témoin dans cette rencontre entre un prêtre et un Juif.

— Mon fils, dit-il, sans doute comprendrez-vous que la connaissance de la foi chrétienne est plus importante que le sacrement que je vais vous administrer et qui en est le premier. Vous accepterez alors que je vous demande de me rendre quelques visites dans l'avenir, afin que je vous instruise.

— Je le comprends.

— Est-ce de votre plein gré que vous demandez le sacrement du baptême ?

— De mon plein gré.

— Suivez-moi.

Le moine se dirigea vers la sacristie et, quand ils l'y eurent rejoint, il ferma la porte derrière eux. La salle était déserte. Le père Martineau s'empara d'une bassine et la posa sur un tabouret, puis alla prendre un pot d'étain.

— Penchez la tête au-dessus de cette bassine, dit-il à Jacques.

Jacques s'exécuta.

— Jacques de l'Estoille, dit le religieux en versant lentement l'eau sur la tête de Jacques, je te baptise aujourd'hui au nom du Père, du Fils et du Saint-Esprit. Relève la tête, mon fils, tu es chrétien, brebis de notre sainte Église. Sois le bienvenu dans la foi du Seigneur notre Dieu.

Il tendit à Jacques un linge pour sécher l'eau qui dégoulinait dans le cou, puis alla s'asseoir à sa table, agita l'encrier, le déboucha, prit une feuille de parchemin et une plume d'oie et commença d'écrire. Cela fait, il fit fondre un bâtonnet de cire à la flamme d'une chandelle, appliqua le sommet en fusion sur le parchemin et l'écrasa d'un sceau.

— Voilà, Jacques, dit-il en tendant la feuille au nouveau baptisé.

Les deux regards se croisèrent et demeurèrent liés un moment.

Puis Jacques tira sa bourse, y préleva une pièce d'or et la posa sur la table.

— Mon fils, un sacrement ne s'achète pas…

— C'est pour l'encre, le parchemin et la cire, mon père, dit Jacques en souriant.

Le père Martineau s'autorisa enfin à sourire.

— Et quand vous marierez-vous ? demanda-t-il.

Jacques tourna la tête vers Jeanne ; mais elle ne voulut pas prendre l'initiative de répondre.

— Au retour de la chasse, dit-il.

— Vous allez chasser ? s'étonna le moine. Votre blessure est donc parfaitement cicatrisée ?

Jeanne se retint de sourire ; une fois de plus, le père Martineau était donc informé de tout. Et il tenait à le faire savoir. Du barbier aux voisins, les raconteurs n'avaient pas manqué.

— Ma blessure est cicatrisée, je vous remercie de vous en inquiéter. Mais je ne crois pas que je manierai beaucoup l'arc, je me contenterai d'observer les exploits des autres. Le roi nous a conviés à le suivre, expliqua Jacques.

Une étincelle brilla dans le regard du religieux.

— Je prierai saint Hubert pour qu'il veille sur notre monarque et vous et toute cette chasse. Allez en paix, mes enfants.

Jacques roula le parchemin et le glissa dans son manteau.

Elle ne voulut pas quitter l'église sans se rendre sur la tombe de Barthélemy de Beauvois.

On n'aime jamais qu'un seul homme, songea-t-elle. Il change simplement d'apparence.

Quand ils revinrent rue de la Bûcherie, Guillaumet servait ses premiers clients. Il les observa longtemps, songeur.

— Taïaut ! Taïaut !

Un vacarme d'aboiements s'éleva dans les taillis, à deux ou trois cents pas. Plusieurs cavaliers, le roi en tête, flanqué de deux archers, s'élancèrent. Jean de Bourbon, Pierre de Brézé et son fils, Giraud, Jean de Chevillon, le premier écuyer, le père d'Estrades, deux écuyers... Jacques de l'Estoille s'élança également, bien qu'il ne fût pas armé. Quelques dames, peu friandes du carnage qui suivrait, tirèrent la bride de leur cheval. Jeanne fut de celles-là. Marguerite Bredin, la favorite du moment, se tint à ses côtés. Marie de Brézé suivait les chasseurs de loin, sans doute inquiète pour son mari.

Dès l'arrivée à Mehun, Jeanne avait été envahie par l'anxiété. D'abord, il y avait là beaucoup plus de grands personnages qu'à Beauté-sur-Marne, la dernière fois qu'elle s'était trouvée hors de Paris dans la compagnie du roi. Là-bas, ç'avait été l'intimité chaleureuse d'une retraite campagnarde, fût-elle royale ; ici, c'était la tension d'une meute de loups : Pierre de Brézé, ancien protégé d'Agnès Sorel et désormais premier conseiller du roi, Étienne Chevalier, trésorier du royaume, Antoine Boulomier, trésorier général des finances, Antoine de Chabannes, autre conseiller royal... Ils avaient dévisagé Jeanne de Beauvois et Jacques de l'Estoille d'un œil sourcilleux. Elle avait compris leur attitude. Que l'ancienne petite paysanne, que le roi avait gratifiée de quelques faveurs – et rien n'assurait qu'elle ne lui en eût pas offert d'autres – reparût dans le cercle royal, cela passait. Charles avait des fidélités sentimentales. Mais ce jeune homme inconnu qui l'accompagnait ? L'Estoille ? Personne ne savait qui c'était. Quelques-uns prononçaient d'ailleurs « Lestoye » ou « Lestouailles ».

De plus, la situation amoureuse était incertaine. Des conversations entendues à l'étape d'Orléans avaient donné à entendre qu'on retrouverait à Mehun la belle Antoinette de Maignelais, celle qui avait succédé à Agnès Sorel dans les affections du roi. Puis, avec des sous-entendus ironiques, on avait chuchoté un autre nom, celui d'une dame d'Aubusson. Mais à Mehun, Jeanne avait constaté qu'il n'y avait là aucune de ces dames ; étaient-elles donc disgraciées ? La seule qui semblât occuper une place dans l'intimité royale était cette Marguerite Bredin, à l'évidence une fille du commun, fraîche comme une pêche, mais visiblement surgie depuis peu dans les faveurs royales et mal à l'aise à la cour.

Celle-ci s'agita sur sa haquenée et jeta à Jeanne un regard de détresse ; sa toque, bien que retenue par une longue épingle, avait glissé sur le côté lors du petit trot récent, le cordon de soie tressée qui retenait sa lourde cape fourrée lui sciait le cou et elle était en sueur en dépit du temps froid et brumeux. Mais surtout, elle ne savait pas monter en amazone, la jambe droite repliée autour du pommeau de la selle, pour prendre appui.

— Je ne sais pas comment vous vous y prenez, gémit-elle, mais je ne suis pas du tout à l'aise là-dessus !

— Laissez-moi vous aider, lui dit Jeanne, rangeant son cheval près de l'autre. Pour commencer, avancez un peu votre siège sur la selle, vous pourrez replier la jambe plus commodément. Puis, faites reposer le poids de la cape sur la selle, ainsi, elle ne retombera pas vers l'arrière, et le cordon de la cape ne vous blessera pas le cou. Maintenant, vous pouvez refaire votre coiffure.

— Oh, merci ! s'écria Marguerite Bredin. Vous avez l'habitude de ces chasses, je vois.

— Pas du tout, répondit Jeanne. C'est la première à laquelle j'aille. Je n'ai cependant aucune envie d'assister à la mort d'un animal, sanglier ou cerf. Même pas un canard.

Elle avait désentripaillé un malfrat quelques semaines auparavant, sans compter maints autres dans le passé, mais elle se souvenait que, chez ses parents, elle s'enfuyait dans les bois pour ne pas entendre égorger le cochon.

— Moi non plus ! Comme je vous comprends ! Mais il faut que je suive mon maître, sans quoi il penserait que je boude...

Les cris des hommes se mêlèrent bientôt aux aboiements des chiens, et tout ce tapage se déplaça rapidement. Jeanne s'alarma : était-il possible que la chasse fût si tumultueuse ? Elle n'avait pas fini de se poser la question qu'un cerf bondit furieusement dans leur direction. Traqué, il avait trouvé moyen de faire volte-face et chargeait dans la direction opposée. La meute hors d'elle le talonna, suivie par plusieurs chasseurs, dont, à la surprise de Jeanne, Jacques de l'Estoille en premier.

Elle vit avec terreur le cerf venir droit vers elles deux. Dans un instant, elles seraient jetées bas et foulées aux pieds, peut-être encornées... Les chevaux hennirent et se cabrèrent. Marguerite Bredin poussa un cri perçant.

— Tenez bon ! cria Jeanne.

Et elle tira fortement sur la bride de son cheval tout en entraînant l'autre monture avec elle.

Le cerf passa si près qu'elle sentit son odeur.

Un archer galopait auprès de Jacques, loin devant les autres. Il lui tendit son arc. Jeanne l'entendit crier :

— Monseigneur... tirez !

À sa stupeur, Jeanne vit Jacques se saisir de l'arc, le bander et lâcher la flèche.

Puis le cerf trébucher, la gorge transpercée.

Le reste de la troupe arriva, partagé en deux moitiés, pour laisser passer le roi et Jean de Chevillon à ses côtés.

Jacques avait-il jamais tiré à l'arc ?

Le roi l'avait rejoint. Il le félicitait.

Les cavaliers revinrent vers les deux femmes. Marie de Brézé, haletante d'émotion, vint s'inquiéter de leur état.

— Nous nous en sommes tirées de justesse, dit Jeanne, elle-même bouleversée.

— Elle m'a sauvé la vie ! cria Marguerite Bredin, aux franges d'une crise de nerfs.

— Rentrons, dit Marie de Brézé. On achève la bête. C'est violent. Au diable ces chasses !

Devant le perron du château, le valet dut prendre Marguerite Bredin à bras le corps pour lui poser le pied sur l'escabeau, car elle défaillait presque. Marie de Brézé, qui était une quinquagénaire d'autorité, l'emmena à la salle de bains et donna l'ordre de préparer une infusion de camomille.

Quelques moments plus tard, les deux femmes réapparurent, Marguerite Bredin toujours haletante, écarquillant les yeux et quelque peu congestionnée.

— Allons nous asseoir près du feu, dit Marie de Brézé, se dirigeant vers la grande salle où flambaient de grandes bûches.

Marguerite Bredin s'élança vers Jeanne et la prit dans ses bras avec élan.

— Sans vous, j'étais morte ! dit-elle les larmes dans les yeux.

Jeanne la consola. On servit la camomille à Marguerite Bredin et elle s'assit.

— En voulez-vous aussi ? demanda à Jeanne Marie de Brézé. Moi, je prendrai un vin chaud à la cannelle.

— Moi aussi, dit Jeanne.

— Comment avez-vous donc sauvé la vie de notre amie ?

— Le cerf arrivait droit vers nous. Les chevaux se cabraient. Je les ai simplement tirés de côté.

— Elle a tiré aussi le mien ! s'écria Marguerite Bredin.

— C'était la moindre des choses, observa Jeanne.

— Si l'on a l'esprit assez prompt, oui ! dit Marie de Brézé.

Un brouhaha dans la salle d'entrée annonça le retour des chasseurs. Ils allèrent tous à la salle de bains, escortés de valets pour tenir le miroir devant l'un qui se recoiffait, brosser les vêtements de l'autre, offrir des serviettes chaudes à un troisième. Un barbier se tenait prêt à intervenir, dans le cas d'une plaie. Et une lingère, avec une trousse et un assortiment de fils de couleurs, pour une déchirure de tissu.

Un bon moment plus tard, le roi pénétra dans la grande salle, l'air de bonne humeur. Les femmes se levèrent. Deux domestiques avancèrent son faudesteuil près du feu. Les autres hommes le suivaient et l'on vit apparaître Étienne Chevalier, qui n'avait pas pu se joindre à la chasse en raison d'une crise de goutte.

— Eh bien, dit Charles, riant et prenant le verre de vin chaud que son échanson lui tendait après y avoir goûté, voilà bien une surprise ! C'est celui d'entre nous qui ne voulait pas chasser qui a tiré le cerf !

— Je suis confus, sire, dit Jacques.

— Ne le soyez surtout pas ! C'était un douze-bois dangereux. Il aurait pu faire une nouvelle volte-face et attaquer ces dames. Vous étiez le dernier et vous vous êtes retrouvé le premier. J'eusse fait la même chose. À l'honneur du pied ! dit-il en levant son verre.

Les autres se tournèrent vers Jacques de l'Estoille, qui souriait, le teint soudain coloré. L'honneur du pied offert par le roi !

— À la santé de mon roi, dit-il.

Charles le Septième lui lança un long regard malin. Brézé, d'Estrades, Chabannes, Chevillon et les autres dévisageaient le jeune inconnu que le caprice d'un cerf avait soudain distingué aux yeux du roi. Personne n'avait jamais vu ce garçon, ni entendu son nom. D'où sortait-il donc, et que faisait-il là ?

— Êtes-vous chasseur, d'Estoille ? demanda le roi.

— Non, sire. J'ai assisté à une chasse à l'ours, mais ne l'ai pas chassé.

— À l'ours ?

— En Bohême, sire.

— Que faisiez-vous en Bohême ? demanda Brézé.

— J'y traitais une affaire d'emprunt.

— Vous empruntiez de l'argent en Bohême ? s'étonna Brézé.

— Non, monseigneur, j'en arrangeais la créance pour le compte de Georges de Podebrady, qui venait d'occuper Prague et qui se trouvait en peine de payer la solde de son armée.

— Et lui avez-vous avancé la somme ?

— Oui, messire.

L'intérêt pour ce jeune homme qui arrangeait un prêt au roi de Bohême, rien de moins, s'aviva. Charles y coupa court en demandant à Marguerite Bredin :

— Et vous, m'amie, avez-vous pris plaisir à notre chasse ?

— Pour dire vrai, sire, j'ai surtout eu de l'émotion. Et je ne sais ce qui serait advenu de moi si Mme de Beauvois n'avait agi à ma place.

— Qu'a-t-elle donc fait ?

— Quand le cerf a fait volte-face, expliqua Marie de Brézé, il a foncé vers ces deux dames, qui se trouvaient à l'arrière. J'ai vu les chevaux se cabrer, et Mme de Beauvois a eu l'esprit de tirer promptement le sien et celui de Mme Bredin hors du passage de l'animal.

Aucun des chasseurs, alors absorbés par leur poursuite, ne s'était avisé de l'incident. Ils félicitèrent chaleureusement Jeanne.

— Elle m'a sauvé la vie !

— Jeanne est notre ange gardien, dit le roi. Maintenant, soupons.

— Vous devez un cierge à saint Hubert, dit le père d'Estrades à Marguerite Bredin.

— Et un autre à sainte Jeanne ! s'écria la favorite.

Jeanne se trouva assise près du père d'Estrades. Tirant parti du bruit de fond que faisait le rebec d'un ménestrel, celui-ci demanda discrètement :

— C'est avec ce jeune homme que vous mettrez fin à votre veuvage ?

— Je veux l'espérer.

— Vous le connaissez depuis longtemps ?

— Quelques mois, dit-elle, mentant ainsi volontairement.

— Je ne connais pas ce nom qu'il porte et donc pas davantage sa famille. A-t-il du bien ?

— J'ai cru le comprendre.

— Vous savez l'amitié que vous porte le roi. Je prie le Ciel que vous ne vous laissiez pas séduire par la bonne mine d'un inconnu. Notre souverain en serait désolé.

Elle s'avisa une fois de plus des périls qu'il y avait à être trop proche du soleil royal et songea à la fable d'Icare. Elle devina que vingt enquêtes seraient menées sur le nom de L'Estoille et que, ne trouvant rien, l'on déduirait cent folies.

Sitôt le dessert servi – des dattes d'Orient venues par Marseille –, le roi se déclara fatigué par la chasse et se retira de tôt. La compagnie se débanda en lui souhaitant bonne nuit.

Jacques et Jeanne s'étaient vu assigner deux chambres dans une aile du château ; celui-ci servait quasiment de siège du gouvernement depuis 1422, trente-cinq ans auparavant, c'est-à-dire l'époque où le traité de Troyes avait déshérité le dernier fils d'Isabeau de Bavière, prétendument bâtard, avec le consentement de celle-ci. Charles n'était alors que « le roi de Bourges », comme on le surnommait, bien qu'il régnât en fait sur la Touraine, le Berry, le Poitou, le Languedoc et d'autres provinces du Midi.

— J'ai l'impression d'être un agneau déguisé dans une bande de loups, dit plaisamment Jacques quand ils eurent fermé la porte. Ils n'auraient pas fini de m'interroger si le roi n'avait interrompu leurs questions. Je ne voudrais certes pas passer pour le nouveau favori de Charles.

Jeanne ne paraissait pas comprendre les appréhensions de Jacques.

— Tu l'ignores sans doute, poursuivit Jacques, mais c'est un privilège dangereux. Nous, dans la banque, nous en sommes évidemment informés. Il y a trente ans environ, ses deux plus grands favoris, Pierre de Giac et Le Camus de Beaulieu, ont été assassinés à l'instigation de Richemont, le frère de Jean de Bretagne, et probablement avec la complicité de Yolande d'Aragon, la belle-mère du roi. Puis son autre favori, Georges de la Trémoille, a également été assassiné, toujours sur l'ordre de Richemont et de Yolande d'Aragon. Pourquoi m'as-tu amené ici ?

— Le roi voulait te voir, répondit-elle, effrayée.

Il hocha la tête et s'apprêtait à se déshabiller quand on toqua à la porte. Surpris, Jacques alla ouvrir : c'était Jean de Chevillon.

— Sa Majesté vous mande à son chevet ainsi que Mme de Beauvois. Si vous voulez bien me suivre.

Interdits, ils emboîtèrent le pas au premier écuyer, le long de couloirs sans fin. Enfin, ils parvinrent à l'aile où se trouvait l'appartement royal, du côté des jardins. Chevillon fit un signe d'intelligence aux deux gardes qui veillaient au déduit du couloir, toqua à la porte du roi, attendit la réponse, puis entra.

— Sire, vos visiteurs.

— Très bien, laissez-nous, dit Charles le Septième.

Revêtu d'une longue robe d'intérieur en laine verte, les pieds dans des chaussons de feutre, il était assis devant le feu, un carafon de vin près de lui.

— Asseyez-vous, dit-il. Vous avez beaucoup intrigué la cour, Jacques. Vous semblez bien plus rompu aux manières que beaucoup de nos petits seigneurs. Cela surprend, car on ne connaît point votre nom. Vous êtes donc banquier ?

— Oui, sire.

— Et votre père ?

— Banquier également.

— Stern ? C'est bien cela ? demanda le roi.

— Oui, sire.

Charles réfléchit un moment et trempa ses lèvres dans son verre.

— Le connétable de Richemont, reprit le roi, Brézé, Étienne Chevalier et Chabannes ont remis en ordre les finances du pays. C'est-à-dire qu'ils nous ont montré que celui-ci manque d'argent.

Il s'agita et tourna vers Jacques un regard qui sembla soudain étinceler. Ou peut-être n'était-ce que les reflets du feu.

— Nous avons des banquiers. Nous avons eu Jacques Cœur. Nous avons Jean de Beaune.

Un geste de la main.

— Ils ne pensent qu'à s'enrichir ! Que font donc les banquiers ? Ils s'enrichissent. Prenez Jacques Cœur. Je l'ai chargé d'enrichir la France. Il s'est pris pour la France, il s'est enrichi lui-même. Dans le sel, les mines d'argent, les épices. Mais la France n'est pas faite de banques. Elle est peuplée de gens qui savent très bien qu'ils ne seront jamais banquiers. Ce sont en grande partie des paysans. Aujourd'hui, la moitié de ces gens n'ont plus de fermes. Toutes ces guerres ont vidé nos campagnes. Vous me l'avez dit, Jeanne, quand vous êtes venue à Beauté-sur-Marne. Cœur n'a pas vu plus loin que le bout de son nez. Il fallait enrichir la France par l'agriculture et le commerce.

Jeanne n'avait jamais entendu le monarque parler si longtemps. Il ouvrait son cœur et déversait ses ressentiments. Ne s'épanchait-il donc pas auprès de ses ministres ?

— Pardonnez-moi, sire, mais vous semblez remarquablement bien servi par les hommes que vous avez choisis, dit Jacques.

Charles tourna vers lui un regard blépharitique.

— Ouais, dit-il sèchement. Ce sont des hommes remarquables. Certains sont fidèles, comme Chabannes et Chevalier. D'autres, je le sais, pensent que le jour où je mourrai...

— À Dieu ne plaise, sire ! s'écria Jeanne.

— Je mourrai bien un jour, Jeanne. Donc, certains pensent que ce jour-là, ils seront compromis parce qu'ils auront été à mon service.

Une moue amère creusa encore son visage.

— Bref, dit-il. Êtes-vous riche, d'Estoille ?

— Je ne possède qu'une bien petite fortune, sire.

— Bien. Il est inutile de vous enrichir hors de raison. Vous attireriez des jalousies et vous risqueriez, quand mon fils me succédera, de voir confisquer vos biens pour une raison ou pour une autre. Il est bien rare que les grandes fortunes ne souffrent d'un vice caché qui finit par les ronger. Jacques Cœur se livrait ainsi à des spéculations dangereuses avec l'argent des mines dont il avait concession. Je vais vous demander deux choses.

Jeanne écouta, tendue, inquiète.

— La première sera de réunir auprès de vos collègues étrangers trois cent mille livres à un taux raisonnable. Si vous y parvenez, je vous donnerai une baronnie.

— Qu'appelez-vous « raisonnable », sire ?

— Je sais qu'à Londres et à Naples on demande jusqu'à cent pour cent. C'est déraisonnable. Le royaume de France n'est pas un aventurier. Pour une somme pareille, j'estime que vingt pour cent l'an est suffisant. Puisque vous êtes à Mehun, vous pourrez aller voir Jean de Beaune de ma part à Bourges. C'est sa ville. Vous l'informerez de la mission dont je vous charge.

Il but une gorgée de vin et pria Jacques de servir Jeanne et de se servir.

— Quelle serait la durée de l'emprunt, sire ? demanda Jacques.

— Deux ans, jusqu'à ce que Chevalier ait achevé la vente de domaines qui ne me servent à rien.

— Pardonnez la question, mais quelles garanties, sire ?

Le regard royal donna à craindre qu'il sommât les deux gardes qui veillaient à la porte de s'emparer de l'insolent et de le décapiter d'office. Jeanne suspendit son souffle. Mais il n'en fut rien. Charles le Septième eut un léger rire mélancolique. Néanmoins, un peu de terreur se mêlait toujours aux conversations avec le roi. Avec ce roi. Avec tous les autres aussi, sans doute.

— Les recettes du sel pour la même période, sur ordre du maître du Trésor, Étienne Chevalier. Ces garanties sont-elles assez bonnes ?

— Certes, sire. Si j'étais le bailleur, la question n'aurait même pas été posée. Mais les banquiers étrangers n'ont guère plus de respect pour les rois que pour les particuliers.

— Les intérêts seront payables à terme. Cent vingt mille livres d'intérêts sur trois cent mille, le bénéfice me paraît coquet.

Le roi se pencha et tisonna le feu. Des étincelles jaillirent. Elles semblèrent illustrer le caractère immatériel de la conversation. Des bûches qui, peu de jours auparavant, étaient des arbres verdoyants, se changeaient là en miettes incandescentes et s'élevaient pour retomber en cendres. Ce n'était plus d'argent qu'on discutait, se dit Jeanne, mais d'une substance mythique.

— La deuxième chose que je vous demande, d'Estoille, reprit le roi, est de réfléchir à un moyen de repeupler nos campagnes. Il faut faire revenir les éleveurs. Nous manquons de bétail. La viande a atteint des prix délirants à Paris et dans la plupart des villes. Le blé aussi. Il faut abaisser les redevances. Les vrais maîtres de la terre sont ceux qui la cultivent. Les bourgeois qui prétendent à la succession des seigneurs s'imaginent qu'ils ont droit à la réserve[1]. C'est une prétention absurde. Ils n'entendent rien à la terre, et les salaires ne cessent d'augmenter, parce que la main-d'œuvre manque. Le servage est mort et je m'en félicite. Le monde a changé ! De plus, une terre sans paysans vaut moins que les socs pour la labourer, chacun le sait.

Jacques et Jeanne écoutaient, stupéfaits. Ce roi qu'ils avaient cru isolé dans le monde restreint de la cour, arbitre d'intrigues qui s'emboîtaient dans d'autres intrigues, connaissait son pays dans sa réalité quotidienne et prosaïque. Il parlait comme un métayer !

Jacques s'empara du carafon et resservit d'abord le roi, puis remplit un verre qu'il tendit à Jeanne.

— Il faut faire comprendre aux bourgeois, reprit Charles, que tout a perdu ces derniers temps un tiers de sa valeur. Et que les terres qu'ils ont rachetées à vil prix dans l'espoir d'en

1. La réserve était la part de ses terres que le seigneur exploitait directement.

tirer des bénéfices mirifiques continueront de se dévaluer s'ils ne reviennent pas à un plus juste sentiment des réalités ! La spéculation, d'Estoille, est le poison d'un pays !

Apparemment, il s'était échauffé.

— Vous pourrez vous faire la main sur deux terres que je vous donne sur le Trésor royal : celles d'Aigurande et de Bouzon. Elles se trouvent près de La Châtre. Vous recevrez de Chevalier les actes de propriété. J'en ferai une baronnie quand vous aurez obtenu l'emprunt.

— Vous me comblez, sire.

— Attendez de voir ces terres. Je sais ce qu'il en est. Quant à vous combler, je préfère, en effet, les gens du peuple à la noblesse, d'Estoille. Plus nos seigneurs sont riches, plus ils intriguent ! Ils veulent du pouvoir, toujours plus de pouvoir, alors qu'ils en ont de moins en moins ! Et pour quelle raison ? Quel autre mérite ont-ils que de porter un nom glorieux et de s'être donné la peine de naître ? Quel bien font-ils au pays ? Et les bourgeois, éperdus de vanité, commencent à les imiter. Les gens du peuple, eux, sont trop contents de ne pas avoir peur du lendemain !

Il eut un petit rire.

— Vous n'êtes pas du peuple, je le sais, d'Estoille. Les Juifs se sont éloignés de la terre parce que nous leur avons interdit d'en posséder. Ils vivent donc du commerce et de la banque, ce qui leur fait des mains blanches. En fait, ce sont des bourgeois. Maintenant que le baptême et mon bon vouloir ont fait de vous un Français, tâchez de comprendre ce que je dis. Allez, vous avez de la chance d'être aimé de Jeanne.

Jacques sourit.

— J'ai de la chance d'être aimée de lui, sire, observa Jeanne en souriant.

— Quand vous mariez-vous ? demanda Charles. Je souhaiterais, d'Estoille, que ce soit quand vous aurez reçu votre baronnie. Ainsi, Jeanne ne décherra pas. Car elle est déjà baronne, savez-vous ?

Jacques demeura saisi par la lueur de goguenardise dans le regard du monarque. Il finit par éclater de rire. Le roi riait en dessous, lui aussi.

On toqua à la porte.

— Allez ouvrir, voulez-vous ? dit Charles.

C'était Marguerite Bredin.

— Eh bien, bonne nuit, mes enfants, dit Charles le Septième. Entrez, Marguerite.

— Bonne nuit, sire.

4

Les loups des champs et le loup des villes

Jeanne n'avait jamais voyagé l'hiver. Ses terreurs, alors qu'elle était pourtant au chaud rue de la Bûcherie, n'en furent que plus grandes. Elle s'emplit l'esprit de chariots qui versaient, de brigands embusqués au coin des bois, d'ours et de loups affamés. Elle vit Jacques égorgé, écartelé, dévoré par les bêtes sauvages.

Elle n'en dormit quasiment pas.

— Où est Jacques? demanda François, le soir même de son départ.

— En voyage.

— Pourquoi?

— Pour chercher de l'argent.

Cette réponse jeta le garçon dans de longues réflexions. Que savait de l'argent un enfant de son âge?

— Où cherche-t-on de l'argent?

— Chez ceux qui en ont.

— Et eux, comment l'ont-ils?

— Ils en ont amassé.

— Tu as amassé de l'argent?

Elle s'impatienta.

— Non. Si, un peu. Juste un peu.

Les questions de son fils la troublaient : à partir de quelle somme possède-t-on « de l'argent »? Son magot de quarante mille livres correspondait-il à une petite fortune ou bien n'étaient-ce que des économies ordinaires de bourgeoise ? Depuis la conversation avec le roi, ou plus exactement les tirades de celui-ci à Mehun, l'argent lui était apparu comme un monde fantastique. En bonne paysanne, les pièces qu'on mettait de côté servaient à se garantir contre la disette, à assurer sa maisonnée et puis sa descendance. Mais les sommes évoquées par le roi – trois cent mille livres ! – indiquaient que c'était bien plus : un instrument de pouvoir, de pouvoir immense, royal.

Elle essaya d'imaginer ce qu'elle ferait avec trois cent mille livres et n'y parvint pas. Construire un château ? Et pour quoi faire ? Ces réflexions la menèrent naturellement à s'interroger aussi sur son intention de faire fructifier son bien.

Un propos du drapier Contrivel lui revint à l'esprit : *Vous ne ferez pas fortune sur les marchés avec des échaudés.* C'était une denrée périssable.

Mais voulait-elle faire fortune ? Et pourquoi ?

Bref, elle s'égarait. Son esprit s'agitait comme une mouche captive sous un verre renversé. Elle savait se battre contre des problèmes réels, mais là, elle ne voyait pas le problème. Le monde était devenu trop grand. Maintenant que ses trois pâtisseries marchaient comme seules, l'inactivité lui pesait.

Elle souhaita que Jacques eût été là pour répondre à ses questions. Mais il était parti pour Florence.

Quand rentrerait-il ? Dans plusieurs semaines, avait-il dit. Après Florence, il irait à Milan et peut-être à Rome, voire Naples, jusqu'à ce qu'il eût réuni la somme demandée par le roi.

Huit jours après le retour de Mehun, un messager vint remettre rue de la Bûcherie les patentes de propriété des domaines d'Aigurande et de Bouzon. L'adresse était libellée : « Jacques de l'Estoille, en la maison de dame Jeanne, baronne de Beauvois, rue de la Bûcherie » ; elle était en elle-même une justification du nom et du domicile, puisqu'il n'en avait pas d'autres.

Elle rompit les cachets et parcourut le texte du don royal. Puis elle réfléchit, enfila sa cape fourrée et partit voir Jacques

Ciboulet, le gérant de la pâtisserie des Halles, qu'elle savait affidé aux sergents de ville et sans doute aux espions de la prévôté.

— Jacques, il me faut deux hommes de confiance, armés, pour m'escorter dans un voyage de quelques jours.

Il hocha la tête.

— C'est facile à trouver.

— Des hommes de confiance, insista-t-elle.

— Je ne vous les indiquerais pas s'ils ne l'étaient, maîtresse. Ce seront des sergents en congé.

— Combien faut-il les payer ?

— Leur solde est de quinze sols par jour. Mettez vingt, et comme ils seront nourris et sans doute logés je ne doute pas qu'ils se disputeront le privilège de vous défendre s'il le fallait. M'autorisez-vous à vous demander où vous irez ?

— Près de La Châtre.

Il l'interrogea du regard.

— Je vais reconnaître des terres de mon futur mari, à Aigurande et Bouzon.

— Des fermes ?

— Je l'espère. Si elles sont actives, je verrai ce qu'il en est et ce qu'on peut faire pour les développer. Sinon, il faudra les remettre en état et trouver des fermiers. Au printemps, il sera trop tard.

— C'est une seigneurie ?

— J'ignore si c'en était une. Il est possible qu'elle le devienne. Peu importe cela. Ce qu'il faut est que ces terres rapportent de l'argent.

— Et si elles sont abandonnées ?

Elle soupira.

— Je verrai à trouver des fermiers à La Châtre, ou dans les autres villes.

Il demeura silencieux un moment, puis alla servir des clients qui attendaient à la fenêtre. Il glissa trois échaudés au fromage sur une pelle de bois, les tendit aux clients puis alla remplir deux verres de vin rouge et un autre de vin clair. Il encaissa et revint vers elle.

— Je vais voir si je peux vous trouver des hommes de la région et, en tous cas, des paysans. Vous avez raison, si ces fermes sont abandonnées, comme c'est bien possible, c'est maintenant qu'il faut les remettre sur pied.

Ils vinrent deux jours plus tard rue de la Bûcherie : Ythier Borgeaud et Matthias Sampert. L'un et l'autre avaient été fermiers, Ythier près du Mans et Matthias près de Bourges. Ythier, un maigriot évoquant un sarment, avait vingt-six ans et un orteil de moins ; berger depuis l'enfance, il s'était enrôlé dans les armées du roi qui avaient combattu en Normandie, parce que la solde était double, sinon triple de ce qu'il gagnait jusqu'alors. Devenu par la suite écorcheur[1], faute de mieux, il avait intégré les compagnies royales d'ordonnance et ne rêvait que de retourner à la campagne.

— Le pavé de Paris sent la fiente d'hier, dit-il pittoresquement. Je préfère la fiente fraîche.

Matthias, lui, comptait quarante ans. Fermier criblé de dettes à l'égard de son seigneur, il avait planté soc et houe pour monter sur Paris, où sa femme connaissait des chevillards aux Halles.

Ciboulet s'était déplacé pour les présenter à sa maîtresse.

— Ils ont mission de vous ramener saine et sauve à Paris et d'en rendre compte à leur capitaine et à moi-même.

Ayant confié François à sa nourrice, désormais gouvernante, et répété les recommandations d'usage – loqueter les portes la nuit, ne laisser entrer personne et poser les volets au troisième étage –, Jeanne s'habilla de façon à pouvoir monter droit et, le lendemain matin, prit son ballot, enfourcha son cheval de louage et partit escortée d'Ythier et de Matthias.

Sitôt franchie la porte Saint-Jacques, les trois cavaliers se lancèrent dans un trot, parfois poussé jusqu'au petit galop. Le froid venteux de la campagne succéda à l'insidieuse

1. Voleurs et assassins de grand chemin qui sévissaient dans le pays.

humidité de la ville, et cette allure permettait de se chauffer le corps sans l'exténuer et le rendre vulnérable au froid. Le voyage serait long : Jeanne et Matthias s'accordèrent sur le fait qu'il compterait bien quatre cents lieues. À raison de quelque sept lieues à l'heure, ils ne pourraient pas franchir plus d'une soixantaine de lieues par jour, car Jeanne voulait impérativement s'arrêter et prendre abri dès la tombée du jour ; ils ne seraient donc pas rendus avant deux jours pleins.

Elle huma l'odeur amère de la terre saisie dans le froid. Sauf pour les voyages à Beauté-sur-Marne et plus tard celui de Mehun-sur-Yèvre, elle n'avait guère tâté du grand air depuis des années. Elle se retrouva dans son monde, si peu clément que fût le temps.

De la journée entière, le soleil ne perça que rarement les nuages bas. Sur le midi, le trio s'arrêta dans une auberge d'Étampes pour une collation rapide autant que frugale. Ils ne purent atteindre Orléans avant la nuit, comme Jeanne l'avait espéré, et ils couchèrent à Artenay, dans une grange louée à l'aubergiste qui leur avait servi le souper.

— Vous n'êtes point une bourgeoise, lui dit Matthias au repas du soir.

— Pourquoi ?

— J'ai vu comme vous montez.

Jeanne sourit.

— Bon sang ne peut mentir, répondit-elle.

— Qu'est-ce que vous comptez faire à Aigurande ? Restaurer des fermes, m'a dit Ciboulet ? C'est donc que vous savez ce qu'est une ferme ?

Elle hocha la tête. Il prit l'expression voilée de ceux qui sont habitués à en dire moins qu'ils ne pensent.

— Alors, vous savez que vous gagnerez pas lourd avec une ferme, et encore, pas avant deux ans si elle est abandonnée et qu'il faut tout remettre en état. À moins que vous fassiez de l'élevage. Mais un grand élevage.

— Je gagnerai déjà sur les moissons, si je me les achète à moi-même, répondit-elle. Au prix où est le méteil à Paris, j'économiserai déjà la moitié du prix. Pour le reste, je gagnerai aussi bien sur le méteil.

S'écoutant parler, elle retrouva en elle Jeanne Parrish. Sa fibre paysanne se réchauffait après un long sommeil. Bientôt huit ans ! Au fond, elle s'était lancée dans ce voyage pour prendre sa revanche de paysanne.

Ils avaient calculé trop juste : le soir du deuxième jour, ils se retrouvèrent en rase campagne alors qu'ils avaient espéré atteindre Châteauroux. Ils pelaient de froid. Et pas une auberge ni un feu en vue. Plissant les yeux, Ythier indiqua des bâtiments derrière un grand bois. Ils coupèrent à travers champs, guettant la moindre fumée qui s'élevât au-dessus des toits : rien. Une ferme, une grande ferme jadis, aujourd'hui abandonnée. Mais il y aurait des murs et la possibilité de faire du feu.

Des hurlements de loups s'élevèrent à distance. Les voyageurs pressèrent le pas.

Bien leur en prit. Les loups arrivèrent du bois au galop. Jeanne prit peur.

— L'étable à gauche ! cria-t-elle.

Ils foncèrent et refermèrent littéralement les portes au nez des loups. Puis ils démontèrent. Les fauves frustrés grondaient et poussaient des hurlements brefs, lardés de grognements impatients. Une claire-voie séparait du sol le bas des portes. Plusieurs museaux reniflants tentèrent de se glisser dessous. Matthias s'empara d'un tasseau tombé du toit et leur asséna un coup à casser les dents. Des hurlements de douleur et de rage fusèrent.

— Ils sont bien quinze derrière, dit-il. Et les portes ne sont pas bien solides.

Les chevaux hennissaient de peur, reconnaissant la voix de leurs ennemis héréditaires.

— Il y a une porte à l'arrière, dit Jeanne.

Mais quand elle se dirigea vers cette issue, elle entendit le fouissement furieux de pattes au dehors. Ces loups étaient visiblement affamés. Ils ne feraient qu'une prompte curée des trois voyageurs et de leurs montures.

Ythier était curieusement le seul à garder son calme. Jeanne l'observa sortir de la fonte de sa selle une pierre à feu, faire jaillir des étincelles, et finalement, mettre le feu à une poignée de paille, à distance prudente des tas qui jonchaient le lieu. Puis il tira aussi de sa fonte une chemise, en déchira un pan, le fourra de paille, l'attacha autour du tasseau dont s'était servi Matthias, puis y mit le feu. Il tenait ainsi une torche de trois bonnes coudées de long.

— Qu'allez-vous faire ? demanda Jeanne, qui s'affola quand elle le vit s'approcher de la grande porte de l'étable et l'ouvrir.

Il ne répondit pas et se glissa dehors, tenant la torche comme une flamme. Les loups reculèrent, effrayés par le feu, grondant, les babines retroussées. Ils se pressaient en demi-cercle autour de lui. L'un d'eux se jeta sur la torche. Ythier l'abattit sur l'animal, dont l'échine prit instantanément feu et qui hurla de douleur, se roula par terre et partit au galop, hurlant toujours à la mort. La meute, car c'en était bien une, parut déconcertée. Peut-être avait-elle perdu son chef. Les loups grondaient toujours, mais le cercle s'élargissait. La torche, toutefois, ne brûlerait pas indéfiniment.

Matthias s'empara d'une brassée de paille et sortit à la rescousse. Il jeta la paille par terre et Ythier comprit : il y mit aussi le feu. Les flammes jaillirent dans la nuit. Les loups reculèrent encore. Matthias saisit une grosse pierre et la lança sur la bête la plus proche. Il la frappa à la tête. L'animal hurla et tituba. Cependant, Ythier abattit la torche sur un autre animal et l'atteignit, en dépit du bond désespéré qu'il fit. La fourrure s'enflamma, la bête se tordit et s'enfuit tandis qu'Ythier s'avançait vers un autre animal, fou de terreur, une gueule rouge sous deux yeux qui brûlaient de férocité. Crocs grands ouverts, l'animal tenta de s'arc-bouter. D'un coup brusque, Ythier lui enfonça la torche dans la gueule. L'animal poussa un cri atroce, aigu, à geler l'âme. La meute reculait. Jeanne, dans la grange, enrageait de ne rien faire. Elle grimpa sur l'auge, se déchira les mains en arrachant un autre tasseau et sortit à son tour.

Elle eut le sentiment de se battre contre des démons.

Elle courut sus au loup le plus proche et, de toutes ses forces, abattit le bois sur son échine et la lui brisa. La meute reculait toujours. Il ne devait pas rester plus de sept ou huit animaux vaillants. Un jeune loup bondit sur Jeanne. Elle le saisit au vol, comme une balle, et le tasseau l'atteignit au cou. Il virevolta, essaya de nouveau de bondir et Ythier l'enflamma. L'animal poussa un long hurlement d'agonie. Trois loups s'enfuirent. Ythier avança vers les trois derniers. Jeanne assomma un autre d'entre d'eux à coups de tasseau, horrifiée par les gémissements lamentables de la bête qu'elle était en train de tuer. Un autre bondit sur Matthias et lui saisit le bras gauche. C'était une bête aussi grande qu'un homme. Elle ignorait que, du droit, sa proie tenait une dague. Matthias ouvrit d'un coup le ventre de son agresseur. L'animal relâcha sa prise et retomba au sol, battant des pattes, les entrailles répandues. Ythier mit le feu au dernier résistant.

Des hurlements retentirent dans la nuit.

L'odeur nauséeuse du sang montait dans le froid de la campagne.

— Vous êtes blessé ! s'écria Jeanne à l'adresse de Matthias.

Elle savait que les morsures des loups s'envenimaient le plus souvent.

Il lui montra le bras : la brassière de cuir portait les marques des dents, mais elle avait résisté.

La lueur des flammes sautillantes peignait la scène aux couleurs de l'Enfer.

— Bon, dit Ythier, maintenant, il faut brûler les cadavres, sans quoi les survivants vont venir s'en repaître.

Il retourna à l'étable chercher encore de la paille, cassa des branches alentour et dressa un bûcher. Puis, avec l'aide de Matthias, il jeta dessus les carcasses des loups, dont plusieurs étaient encore agonisants.

Les chevaux se cabraient, devinant le caractère sanglant de la scène qu'ils n'avaient pas vue. Jeanne peina à les calmer. Elle haletait, la tête pleine de l'odeur du sang et de la chair brûlée.

— Ils sont partis, dit Matthias, revenant dans l'étable.

La torche brasillait. Ythier enflamma deux branches sèches et se dirigea vers le bâtiment principal de la ferme.

— Peut-être y a-t-il un lieu plus sûr où nous puissions faire du feu et passer la nuit, dit Matthias.

— Et nous laisserions les chevaux seuls dans l'étable ? demanda Jeanne.

— Les loups ne reviendront pas.

Elle eût voulu en être sûre. Elle tremblait, ne sachant si c'était de froid ou d'émotion. Elle claquait des dents. Elle retourna à l'étable, fourragea dans la fonte de sa selle à la recherche de sa gourde de vin et en but une lampée. Puis elle mordit dans le quignon de pain qu'elle retrouva sous la gourde. Seule dans le noir, elle écouta, guettant les derniers et lointains hurlements de l'ennemi. Non, Matthias avait raison, ils ne reviendraient sans doute pas. Pas tout de suite. Mais la porte de l'étable ne lui paraissait pas assez solide.

Matthias cria, dehors :

— Madame ? Madame ?

— Je suis ici, répondit-elle, d'une voix défaillante.

Il entra dans l'étable, une ombre noire dans un cauchemar.

— Ythier est en train de bâtir un feu dans l'âtre de la cuisine de la ferme. Vous serez mieux là-bas. Venez.

— Emmenons alors les chevaux, dit-elle. Sans eux, nous sommes perdus.

Il mena deux chevaux à l'extérieur, s'efforçant de les calmer de la voix. Les loups grillaient sur le bûcher dans des fumées puantes. Jeanne alla casser une grosse branche et l'embrasa, puis retourna prendre son cheval par la longe et le mena vers le grand bâtiment. Une singulière procession d'ombres humaines et animales s'éloigna de ce bûcher de loups dans les lueurs dansantes d'une torche de fortune. La nuit s'annonçait glacée.

Jeanne était à bout de forces. Une fois dans la grande pièce où Ythier avait, en effet, bâti un grand feu de fortune, elle trébucha et faillit tomber dans un pétrin. Matthias la retint. Ythier s'empressa de jeter les débris d'une paillasse devant le feu. Elle s'allongea dessus et bientôt s'endormit.

Elle eut juste le temps d'entendre Ythier et Matthias dire :

— Vérifions la porte.

Elle glissa dans un puits de velours, comme dans l'ivresse.

Elle ouvrit un œil. Les braises rougeoyaient dans l'âtre. Elle s'assit. Le vent charriait des feuilles mortes et des poussières sous l'une des portes. Des bribes de jour sale filtraient par une fenêtre descellée. Les chevaux dormaient. Matthias était allongé, comme mort. Ythier revint du dehors.

— Bonjour, dit-il.

— Bonjour, répondit-elle en se levant, fourbue.

Il réveilla Matthias d'un appel sonore.

Elle considéra la silhouette maigre d'Ythier, qui mordait à pleines dents dans un saucisson. Il eût pu faire carrière d'acrobate.

— Y'a point d'eau, annonça-t-il. J'ai fait le tour. Et il faudrait nourrir les chevaux. Vous avez eu une bonne idée de les faire entrer ici. Il n'en resterait plus grand-chose à l'heure qu'il est.

Elle ne comprenait pas.

— Venez voir.

Il ouvrit la porte qui donnait sur le bûcher de la veille : elle poussa un cri d'effroi ; le bûcher, désormais éteint, grouillait. De rats. Non, de surmulots. Énormes. Un nouveau combat se déroulait. Des loups étaient ressortis des bois, attirés par ces nouvelles proies. L'un d'eux dévorait un des rongeurs avec des claquements et des crissements de dents, un autre se battait avec des cris de rage contre un surmulot qui, à son tour, était passé à l'offensive. Des corbeaux claquaient des ailes au-dessus de la mêlée, tâtant du loup rôti.

— Partons d'ici, dit Jeanne.

Quand, après avoir vaqué à leurs besoins, ils se retrouvèrent en selle, Matthias dit, d'un ton ironique :

— Voilà donc une ferme, madame.

Ils n'étaient heureusement qu'à cinq lieues de La Châtre. Les chevaux trouvèrent de l'eau et du fourrage ; les voyageurs, du lait, du pain, du vin chaud et du fromage.

Jeanne demanda à l'aubergiste où logeait l'échevin.

— Au château. Il est aussi le capitaine de la garnison.

Il se nommait Bertrand Gonthard et approchait de la quarantaine. Une barbe de trois jours peignait de gris ardoise son masque raviné. Il considéra les visiteurs. Elle se nomma. Il hocha la tête.

— Vous venez pour les terres, dit-il.

Et comme elle paraissait surprise, il ajouta :

— J'ai reçu un courrier de l'échevin de Paris.

Il renifla et se tourna vers des casiers dans la petite salle qui lui servait de logis. Il fouilla dans des rouleaux, en tira un, qu'il déroula sur sa table. C'était une carte.

— Voilà, dit-il, suivant du doigt le contour du domaine sur le papier. Les domaines d'Aigurande et de Bouzon sont contigus, séparés seulement par la route. Près de mille cinq cents arpents[1].

— C'est grand, observa-t-elle.

Ses parents cultivaient vingt-cinq ares.

— Et c'est peu, dit-il, posant sur Jeanne des yeux un rien moqueurs. Sept fermes. Des bordes[2] mortes. Abandonnées.

— Toutes ?

— Il y a peut-être celle du Grand Palus qui ne l'est pas entièrement.

Elle demeura pensive un moment. Ce n'était pas un cadeau que ces terres, mais une gageure.

— Où sont les fermiers ?

L'échevin Gonthard haussa les épaules.

— La peste. Les guerres. La pauvreté. Plusieurs sont partis dans les villes. D'autres dans les compagnies d'ordonnance.

---

1. Un arpent valait une cinquantaine d'ares.
2. Bordes : fermes.

Ythier et Matthias ravalèrent bruyamment leur salive et se balancèrent d'un pied sur l'autre. Gonthard toisa Jeanne.

— C'est dur de trouver du pain tous les jours.

— Je suis paysanne, dit-elle.

— Il me semblait aussi.

— Comment ?

— C'est un compliment, madame.

Un autre silence passa.

— Depuis combien de temps ces fermes sont-elles désertes ?

— Certaines depuis feu le père de notre roi.

Cela faisait bien trente ans.

— Et toutes ces terres sont en friche depuis ce temps-là ? Elles sont donc tout de suite cultivables ?

— Sans doute, si l'on veut bien arracher les taillis qui en couvrent la plus grande partie.

— Comment repeupler ces fermes ? demanda-t-elle.

— Maintenant ? s'écria-t-il, levant les sourcils.

— Vous le savez bien, au printemps il sera trop tard.

Il réfléchit.

— Vous êtes riche ?

Un temps.

— Pour repeupler ces fermes, il faut d'abord les rebâtir. Curer les puits. Sarcler. Désherber. Acheter des charrues. Des bœufs de trait. Des vaches. Des chevaux. Les semences. Et payer les fermiers pendant un an avant que vous ne voyiez le premier veau, la première génisse ou le premier épi de blé. Cinq mille livres par ferme.

Elle savait tout ce qu'il disait. Il la prenait pour une créature de château. Elle retint les chiffres. Sept fois cinq : trente-cinq. Trente-cinq mille livres, songea-t-elle. C'était dans ses moyens.

— Et les gens ?

— Je peux afficher des avis de recrutement. Mais pour obtenir des réponses, il faudrait que vous séjourniez ici quelques jours.

Comme elle réfléchissait, il dit :

— Je ne vous conseille pas de séjourner au manoir de La Doulsade.

— Il y a un manoir ?

— Une chouetterie, à présent.

— Et des loups sans doute.

— Ça pour les loups…

— Ils nous ont attaqués hier, dit Matthias. Ça valait bien la guerre.

— Où étiez-vous ?

— À cinq lieues d'ici. Une ferme abandonnée.

— Le Grand Bussard, dit Gonthard, hochant la tête. En face du bois de Chanteloube et de la Mare au diable.

— La Mare au diable ?

— C'est le nom qu'on donne à un grand étang que les gens disent maudit ou enchanté, je ne sais plus. Le bois est évidemment un repaire de loups. Il y a plus de loups que d'hommes dans ce pays. Ce ne sont pas les brigands qu'on craint sur les routes, en cette saison, mais les loups.

— Bon, dit Jeanne, il faut d'abord aller voir ces fermes.

— Je veux bien vous accompagner, proposa Gonthard. Je prendrai avec moi deux hommes avec des piques. Quand on est à cheval, la pique est le seul moyen de bien embrocher les loups. Car il y en a là-bas aussi, évidemment.

Il ne semblait pas surchargé de travail et plus enclin à suivre une jolie femme dans la reconnaissance de ses terres qu'à se morfondre dans son logis. Comme Ythier et Matthias étaient sergents, on leur prêta aussi des piques de l'armurerie.

Ils furent une heure plus tard à la première ferme, le Grand Palus, ainsi nommée à cause d'un marais voisin.

— On a même vu des loups essayer d'y pêcher la carpe, dit Gonthard en riant.

La ferme était déserte. Deux croix neuves se dressaient dans un petit cimetière à quelque distance du chemin, près de quatre plus anciennes. Des amas de grosses pierres témoignaient que les creuseurs des tombes avaient pensé à protéger les morts de l'appétit des loups.

— Il y avait là deux vieux et trois jeunes, expliqua Gonthard. Les jeunes ont dû partir après la mort des anciens. À Limoges, à Brives, peut-être plus loin dans le Sud. C'est moins désert, là-bas.

Jeanne se félicita que Jacques ne fût pas du voyage ; il aurait secoué la tête et peut-être renoncé au cadeau royal.

Le bâtiment principal était en bon état ; on voyait qu'il avait encore été habité peu de semaines auparavant. L'étable était grande. Un vaste chai où des tonnes achevaient de se désintégrer surprit Jeanne.

— Il y avait là un vignoble ? demanda-t-elle.

— Oh ça ! dit Gonthard. C'était bien avant que je prenne mon poste ! Je n'ai pas goûté du vin de ce pays.

Les champs alentour n'étaient pas aussi envahis de broussailles que les propos du capitaine l'avaient laissé craindre. Un bon sarclage en viendrait à bout. Elle s'y aventura ; une carcasse de mouton achevait de blanchir dans le vent. Plus loin, elle aperçut d'autres ossements. Des corbeaux, ou peut-être étaient-ce des geais, criaient dans les bouquets d'arbres çà et là. Mais les bois étaient loin ; si des loups s'y tapissaient, on les verrait venir à temps. Ils ne vinrent cependant pas. Elle chercha le puits et le trouva à l'arrière d'une sorte de remise. Peut-être faudrait-il le curer.

— Allons voir le reste, dit Jeanne.

Les loups surgirent, évidemment ; ce fut à un détour du chemin entre deux bois. Ils attaquèrent par l'arrière. L'un des hommes de Gonthard embrocha le sien alors qu'il se jetait sur le cheval de Matthias.

— Filez devant ! cria Gonthard à Jeanne.

N'ayant pas d'arme pour se défendre, elle s'exécuta et assista de loin au nouveau combat. Les chevaux poussaient des hennissements terrifiés. Une des bêtes s'attaqua à la jambe de Gonthard et le déséquilibra. Ythier la transperça. L'animal lâcha prise, lentement, bavant une mousse sanglante. L'autre sergent de Gonthard embrocha le sien par la gueule. Un loup se jeta encore sur Gonthard, lequel avait dégainé sa dague et eut grand mal à se défaire de l'animal en dépit de coups de lame violents portés dans la tête. La bête retomba, saignant de toutes parts. Tous les hommes étaient couverts de sang. Gonthard courut après son cheval en criant, le rattrapa et remonta péniblement en selle. Ses chausses étaient lacérées. Son mollet était rayé de griffures.

L'épisode avait bien duré un tiers d'heure. Cinq loups gisaient sur le chemin. Les corbeaux croassaient déjà au-dessus.

Jeanne parvint à peine à parler.

— Mais on ne peut pas circuler par ici !

— Je vous ai déjà dit qu'il y avait ici plus de loups que d'hommes, répondit Gonthard, se ressaisissant et se penchant pour essuyer le sang de ses griffures avec un lambeau de chausse. Si la région était plus habitée, ils seraient moins nombreux. Nous aurions bien des louvetiers, mais à quoi serviraient-ils si personne ne les soutient ?

Survint alors un équipage de six hommes à cheval, emmitouflés dans des houppelandes. Ils étaient armés d'arcs ; ils chassaient donc. Une meute les précédait, flairant de-ci de-là.

— Je vous souhaite le bonjour, capitaine Gonthard, dit celui qui allait en tête, un petit homme massif au verbe sec, près de qui chevauchait un jeune homme blond.

Ils avaient rejoint Jeanne et le capitaine.

— Je vous souhaite également le bonjour, sire d'Hocquier, répondit Gonthard. Que chassez-vous ?

— Le comte d'Argency et moi avons pensé égayer notre menu avec une venaison.

Jeanne se figea. D'Argency ? Elle dévisagea le jeune homme. Denis. Le regard avantageux de celui-ci se posa sur la cavalière, et son expression changea.

— Mais que fait donc ma sœurette dans ces parages ? Et montant comme un homme ! Palamède, je vous présente ma sœur, la baronne de Beauvois. Jeanne, je te présente mon excellent ami et mon hôte, le baron Palamède d'Hocquier.

Le cavalier s'inclina et dévisagea longuement Jeanne.

— Il me semble que vous chassez sur des terres royales, maître d'Hocquier, observa Gonthard d'un ton plaisant.

— Il se peut que nous nous soyons écartés, en effet, répondit d'Hocquier. Mais vous conviendrez que ces terres royales ne sont plus guère que des repaires de loups et qu'il n'y a pas grand dol à leur arracher le gibier qui reste.

— Nous venons d'en tuer quelques-uns tout à l'heure, dit Gonthard. Peut-être y en aura-t-il un peu moins, puisque ces terres appartiennent désormais à la baronne de Beauvois, que j'escorte.

Palamède d'Hocquier et Denis tournèrent simultanément la tête vers Jeanne.

— Les terres d'Aigurande sont à vous ? demanda d'Hocquier, tendant le cou.

— Celles de Bouzon aussi, répondit Jeanne.

— Nous sommes donc voisins, conclut d'Hocquier. Pardonnez-nous d'avoir empiété sur vos domaines.

— Il n'y a pas grand mal, dit Jeanne, aussi contrariée par cette rencontre que par l'agression des loups. Bonne journée, messires.

Et d'un coup d'éperon, elle s'élança au trot, suivie de Gonthard et des sergents, sous le regard stupéfait du prétendu Denis d'Argency.

Gonthard chevaucha en silence à ses côtés jusqu'à la ferme suivante, sans doute surpris par la façon cavalière dont elle avait traité son frère : elle n'avait pas échangé avec lui un seul mot.

Cette ferme-ci, à supposer qu'on eût pu lui conserver ce nom, avait été abandonnée plusieurs années auparavant. Elle s'était jadis appelée La Chanteraie, et Gonthard lui dit qu'on y élevait des moutons à la laine fine et prisée. Un moulin sur une colline avait perdu trois de ses bras. Le lieu respirait la désolation. Le seul attrait du site était que l'Indre y prenait naissance, à peine un torrent qui jaillissait de rochers. Il y aurait donc de l'eau à proximité.

Elle visita les bâtiments. Des toits effondrés, des herbes qui poussaient dans les recoins, des squelettes de souris et de rats. Un battement d'ailes juste au-dessus de sa tête l'effraya : c'était un grand-duc qu'elle avait dérangé et qui prenait son envol. La bergerie avait bien dû abriter une centaine de têtes, et l'étable une vingtaine. Et tout cela était désormais jonché de paille moisie et grise. Une quinzaine de personnes au moins avaient vécu ici. La folie de pouvoir que Charles le Septième déplorait tant ainsi que la Mort noire avaient détruit tout cela et dispersé paysans, éleveurs et ouvriers. Dans un bâtiment à part, un grand bassin de pierre était empli d'ail aux ours et d'herbes folles sous un toit percé.

— Ce devait être le fouloir, dit Matthias, s'emparant d'un pilon de fer rouillé. On faisait ici du feutre.

Elle songea à l'état où se trouvait sans doute la fermette de ses parents. Un jour, elle irait y voir. Mais un jour prochain, se promit-elle aussi, elle emmènerait son fils François pour qu'il découvrît la campagne.

— Nous n'avons guère soupé de deux jours, dit-elle.

— Il n'y a point d'auberge avant Limoges, dit Gonthard. Je vous fais visiter une troisième ferme et nous rentrons à La Châtre, où vous trouverez un gîte décent. Nous reviendrons demain pour visiter les autres. Entre-temps, je ferai afficher votre offre d'embauche.

Elle s'avisa aussi qu'elle n'avait pas entendu un seul son de cloche. Elle calcula à l'angle du soleil qu'il devait être près de midi.

— Il n'y a pas d'églises dans ce pays ?

— Non, dit Gonthard en riant. Il n'y aurait que des loups pour s'y rendre !

La troisième ferme, La Glandière, plus petite que les autres, n'était guère en meilleur état que la précédente, mais s'en distinguait par la présence d'une chapelle évidemment délabrée. Cinquante personnes l'eussent emplie. Un clocheton sans cloche servait de perchoir à une nichée de freux. C'était sans doute ici qu'un prêtre paysan disait les grands offices.

— J'en ai assez vu pour un jour, dit Jeanne. Je me demande s'il y a encore des terres cultivées dans ce pays de France !

— Rassurez-vous, je crois que vous avez vu le coin le plus désolé de tout le royaume, dit Gonthard.

Joli cadeau que celui de Charles le Septième !

À La Châtre, la femme d'un sergent s'offrit pour ravauder les chausses de Gonthard, et il appliqua lui-même un onguent d'apothicaire sur ses blessures, après les avoir lavées au vinaigre. Jeanne l'invita avec ses deux sergents à souper à la seule auberge de la petite ville. On leur servit une grosse soupe au lard et aux carottes et l'on mit trois poulardes à la broche.

— Qui est Palamède d'Hocquier ? demanda Jeanne à Gonthard, tout à trac.

— Votre voisin, répondit-il avec un demi-sourire, après avoir quasiment vidé son verre. C'est un homme riche et même très riche, me semble-t-il. C'est un grainetier de Bourges associé à Raoulet Toustain. Mais comme Toustain, c'est dans le sel plutôt que le blé qu'il a fait fortune. Quand je dis qu'il a fait fortune, j'entends aussi qu'il continue à la faire. Mais votre frère se trompe : Palamède Docquier – cela s'écrit sans apostrophe – n'est pas baron.

Il plissa les yeux comme s'il disait quelque chose de drôle.

— Il habite dans les parages ?

— Il s'est acheté un château, un castelet en ruines, La Guillonne, qu'il a restauré. Il a également remis une ferme voisine en état, qui lui fournit de la volaille, du lait et des légumes. Il chasse à meute et se donne des airs. Mais sa seigneurie s'arrête aux frontières de ses terres.

Autant dire que personne ne la lui reconnaissait.

La soupe fut gobée en un tournelangue et Jeanne demanda qu'on en resservît, les poulardes n'étant pas encore à point.

— Il est marié ? demanda Jeanne.

— À Bourges, oui, répondit Gonthard avec un autre clin d'œil.

— À Bourges seulement ?

Gonthard éclata alors de rire, et les sergents qui suivaient la conversation se gaussèrent aussi.

— Il y a longtemps que mon frère est à La Guillonne ?

— Depuis le printemps.

Jeanne réfléchit à ces informations : elle connaissait désormais Denis ; ce n'était certes pas l'amitié qui expliquait sa présence auprès du riche marchand de sel. Elle le devinait trop bien : il poursuivait sa stratégie de captage de fortunes. Qu'il fût si proche de ses nouvelles terres, alors qu'elle espérait l'avoir égaré pour toujours, la rendit soucieuse.

Cela, pourtant, ne lui coupa pas l'appétit, et il ne resta bientôt plus que les os des trois poulardes. Le repas se termina sur des fromages, et une salade de poireaux acheva de rafraîchir les museaux. Gonthard et Jeanne convinrent de se retrouver le lendemain matin dès le point du jour et d'aller visiter les fermes de Bouzon ; il aurait alors affiché les appels d'embauche devant l'église. Ythier et Matthias prirent leurs quartiers à la caserne avec les deux autres sergents, et les chevaux furent conduits aux écuries de la prévôté pour y être pansés.

Elle fit faire un feu dans sa cheminée, moyennant six sols. Quand la pièce se fut raisonnablement réchauffée, elle se coucha après une toilette au bassin, songeant à l'étrangeté du destin qui, tout à la fois, la rapprochait de son frère et de ses origines terriennes. Elle repensa aux loups, à ceux qui hantaient les champs, puis à Denis qui était, lui, un loup des villes. Le fait que sa sœur possédât d'aussi vastes terres ne manquerait pas d'aiguiser son appétit, cela était sûr. Quel mauvais coup mijoterait-il alors ?

Et que faisait Jacques à cette heure ? Où se trouvait-il ? Lui était-il fidèle ?

Soudain, elle s'avisa qu'il ne l'avait possédée qu'une fois.

5

Le réveil

Les quatre fermes de Bouzon ne valaient guère mieux que les deux dernières d'Aigurande, à cette différence près que trois d'entre elles longeaient la Creuse ; cela signifiait qu'en toute saison l'eau serait abondante.

Le manoir de La Doulsade retint l'attention de Jeanne. Il s'élevait sur une colline, dans un quadrilatère de douves qu'un seul pont franchissait. Les fossés étaient à sec ; en dépit de leur apparence militaire, ils semblaient surtout destinés à tenir en respect les loups, les cerfs et les sangliers. Ce fut la simplicité des bâtiments qui plut à Jeanne ; ils consistaient en un corps central de deux étages, flanqué de deux ailes d'un étage, le tout coiffé de toits d'ardoise. C'était cossu sans être ostentatoire. Elle imagina un jardin sur le parterre, devant l'entrée, et François courant parmi les fleurs. Elle visita l'intérieur. Les planchers étaient à refaire et la moitié du toit.

— Celui-ci est abandonné depuis longtemps, commenta Gonthard. Son propriétaire et son seul fils sont morts à la bataille de Castillon.

De retour à La Châtre, elle soupait avec le capitaine et les quatre sergents, comme la veille, quand un homme d'une trentaine d'années entra dans l'auberge et demanda à voir Gonthard au sujet de l'avis d'embauche. Gonthard fut surpris : il n'avait pas escompté si prompte réponse.

— Asseyez-vous, dit Jeanne au candidat, et elle lui fit servir du vin.

Il n'avait visiblement pas l'habitude d'obéir à des femmes. Son front bombé disait l'obstination. Il s'appelait Nicolas Jourdet, et il avait travaillé dans l'une des fermes de Bouzon. Il avait, disait-il, trouvé un bon travail chez le boucher de La Châtre, mais il était né à la campagne et accepterait d'y retourner si les conditions étaient bonnes.

— Êtes-vous marié ? lui demanda Jeanne.

Il répondit qu'il l'était.

— Avez-vous dans votre famille des hommes et des femmes qui soient prêts à ranimer une ferme pas trop loin d'ici ? Car il faut bien dix personnes pour la ferme à laquelle je pense.

— Je demande cinq sols par jour. Les autres en demanderont autant. Nous gardons le tiers du produit et nous touchons sur les ventes.

Elle fit un rapide calcul mental : cinquante sols par jour, cela représenterait neuf cents livres par an avant qu'elle vît la première récolte. Elle consulta du regard Matthias, puisqu'il avait été fermier, et Gonthard.

— Si vous gardez le tiers, vous assurez les semences, dit Matthias.

— Il y aura aussi du bétail, intervint Gonthard. La coutume, c'est le quart. Vous le savez.

Ce que Nicolas Jourdet devait savoir aussi, c'est que Bertrand Gonthard était à la fois échevin et capitaine des sergents et qu'on ne jouait pas à pile ou face avec ses mots.

— Quel bétail ?

— Des vaches, des moutons et des porcs, dit Jeanne.

Il hocha la tête.

— Mais avez-vous dix personnes ? insista Jeanne.

— Je les trouverai. C'est vous qui payez ?

— Oui.

— Et la ferme, dans quel état est-elle ? Parce que vous savez, les fermes du pays…

— C'est le Grand Palus. Dans quelle ferme avez-vous travaillé ?

— Aux Gerfauts.

— C'est une des fermes de Bouzon, expliqua Gonthard.

— Y'a plus de fermes à Bouzon, dit Jourdet.

— Il y a des terres et il y a des bâtiments, rétorqua Gonthard d'un ton ferme.

Nicolas Jourdet ne cessait de hocher la tête. Jeanne attendait la réponse à sa question.

— Je vous le dis demain, répondit-il. Et si on est onze ?

— Va pour onze.

C'était la vie, se dit-elle. D'un côté, l'amour divin de Jacques, de l'autre des conversations plutôt obtuses avec des paysans.

— Vous pourrez semer maintenant, dit Jeanne.

— Maintenant ? s'insurgea-t-il. Il faut tout sarcler d'abord !

— Pas au Grand Palus. Et vous n'avez pas de tiers à garder en friche. C'est en friche depuis quatre ou cinq ans. Vous aurez du froment de printemps. Vous mettrez le tiers en friche l'année suivante.

Il la regarda par-dessous.

— Comment vous savez tout ça ?

— Je suis paysanne, dit-elle en soutenant son regard.

— C'est pas vous, la baronne de Beauvois ?

— Je peux être paysanne et baronne, Jourdet.

Ythier et l'un des sergents de Gonthard s'esclaffèrent de la repartie.

— Bon, dit Jourdet en riant, mais c'est pas commun.

Et il leva son verre. Le verre était vide ; Jeanne le remplit elle-même.

En attendant la réponse de ce candidat, elle repartit le lendemain avec un charpentier de La Châtre pour le Grand Palus et La Chanteraie. La première ferme n'appelait pas de grands travaux, des portes à consolider et des étais de toiture à renforcer, mais la seconde devait être rebâtie en grande partie. Le seul moulin exigeait autant de réparations que toute la ferme. Puisqu'il était du pays, elle demanda au charpentier s'il connaissait La Doulsade et, comme c'était le cas, elle l'interrogea sur les frais et le temps nécessaires.

— Il faut cinq compagnons charpentiers et un couvreur pour refaire tout ça, répondit-il, et surtout les planchers. En trois mois, ça peut redevenir habitable.

Elle lui avança déjà les fonds pour commencer les travaux dans les fermes.

Au retour, un petit attroupement battait la semelle devant l'auberge. Jourdet n'avait pas traîné à rameuter les futurs occupants du Grand Palus : cinq hommes, dont Jourdet lui-même, et six femmes, entre vingt et cinquante ans. Elle les fit entrer dans la grande salle de l'auberge. Ils la dévisagèrent, les yeux écarquillés : c'était cette jeune baronne qui allait ressusciter le Grand Palus ? Et les autres fermes ? Et payer ? Et où était son homme ?

— Vous avez déjà travaillé ensemble ? demanda-t-elle.

Jourdet répondit qu'ils étaient tous parents, de sang ou par alliance. Ils seraient donc solidaires, se dit-elle.

— Qui sera le chef de ferme ? demanda-t-elle encore.

Ils se tournèrent vers Jourdet. Elle hocha la tête et déclara alors que la ferme qu'ils occuperaient serait le Grand Palus. Que les logis seraient habitables dans une semaine et qu'elle escomptait donc qu'ils y seraient tous installés le soir même du premier jour. Qu'elle paierait deux bœufs de labour, un soc, une hache, une herminette et deux serpes. Pour le bétail, deux vaches, quatre brebis, un bélier, trois truies et un porc. Que la première tâche serait de débroussailler les terres et de semer immédiatement, au fur et à mesure du sarclage. Enfin, elle paierait un mois de salaire à l'avance, plus cinquante livres de semences.

— Vous savez écrire ? demanda-t-elle à Jourdet.

Il parut embarrassé.

— Je sais, moi, dit le plus jeune du groupe.

— Vous tiendrez les comptes.

Ils furent médusés ; cette femme était un lieutenant !

— C'est d'accord ? demanda-t-elle.

Ils hochèrent la tête. Elle demanda à l'aubergiste de leur servir à boire. Ils connaissaient et le Grand Palus et le charpentier qui se tenait aux côtés de Jeanne ; Jourdet s'entretenait déjà avec lui. Ils décidèrent que ses travaux ne les dérangeraient pas et qu'ils préféraient commencer tout de suite leur installation pour chauffer les lieux et transporter leurs meubles. Ils pourraient se mettre plus tôt au sarclage. Elle donna son accord.

— Comment vous appelez-vous ? demanda-t-elle au garçon qui savait écrire.

— Benoist.

Elle demanda à l'aubergiste une plume, de l'encre et du papier. Il fallut un moment pour réunir ces articles. Les futurs fermiers continuaient de dévisager Jeanne.

— Écrivez, Benoist, que je donne ici et maintenant, le 4 novembre de l'an de grâce 1457, quatre-vingt-deux livres et dix sols à Nicolas Jourdet, maître-intendant de la ferme du Grand Palus, appartenant à Jeanne, veuve de Beauvois, épouse de l'Estoille – elle lui dicta comment écrire ce nom – en avance de solde pour lui et les dix personnes qui travailleront à la ferme.

Le garçon n'écrivait pas trop mal. Jeanne tira sa bourse. Les fermiers la regardèrent compter les pièces sur le bois de la table.

— Bien, signez : pour Nicolas Jourdet, Benoist…

— … Cloutier, compléta-t-il.

Elle attendit que l'encre séchât, roula le reçu et le glissa dans sa poche.

— Nicolas, restez avec nous : nous allons acheter les bœufs.

Ces gens n'étaient pas tous démunis : ils possédaient une charrette à âne avec l'âne, des fourches, des arcs, leurs couteaux, leurs ustensiles, un pétrin et, bien sûr, leurs lits, literies et coffres. Ils sortirent pour commencer leur déménagement. Un autre attroupement s'était formé devant l'auberge : la nouvelle de la reprise du Grand Palus avait, en effet, couru la ville. Et tout le monde savait désormais que le maître de la ferme était Nicolas Jourdet.

— Nicolas, cria un quidam, si tu as besoin d'un homme, je suis là.

Jourdet hocha la tête. Jeanne embrassa la scène du regard. Elle n'aurait pas de peine à ranimer La Chanteraie. Et les autres fermes. Et le manoir. Le roi serait content. Mais elle ne le faisait pas pour plaire au souverain. Elle répondait à un instinct irrésistible.

Ranimer la terre l'exaltait. C'était réveiller la vie. Elle prenait sa revanche sur l'affreux destin de ses parents.

Elle regarda ces curieux et leur déclara :

— Il y a d'autres fermes que le Grand Palus que j'ai l'intention de ranimer.

Le clocher sonna la première heure après none, comme pour saluer l'annonce.

— J'aurai besoin d'autres bras !

Un face-à-face muet immobilisa cette foule et la jeune femme blonde.

— Tenez-vous aux aguets, il y aura d'autres avis d'embauche.

Puis elle suivit Jourdet, Ythier et Matthias.

Elle avait quitté Paris depuis une semaine. N'eût été son impatience de revoir François et d'avoir des nouvelles de Jacques, si du moins il en avait envoyé, elle fût restée à La Châtre. Elle se donna un jour de plus, pour aller au Grand Palus, désormais habité.

Deux chiens les accueillirent en aboyant, elle et les sergents.

Mais surtout la fumée qui montait des cheminées, car il y en avait trois.

Elle tourna son regard vers les champs : deux hommes et une femme sarclaient. Deux enfants les aidaient. Ils avaient déjà amoncelé herbes et ronces en gros tas.

Jourdet vint l'accueillir. Après les civilités d'usage, il dit :

— C'est une belle ferme.

— Toutes les fermes sont belles, Nicolas, quand elles sont vivantes.

Il l'invita à entrer. Des rondins de bois s'amassaient près de la porte. Les gonds de celle-ci venaient d'être rescellés. Une grande table indiquait que c'était là que les fermiers prenaient leurs repas. Un beau feu flambait dans l'âtre et un chaudron chauffait sur la crémaillère. Jourdet offrit du vin. Une femme lavait les dalles de pierre du sol. Elle leva les yeux vers Jeanne, s'essuyant les mains et ne sachant quelle contenance prendre.

— Ma femme, Mariette.

Un visage plat et souriant vissé sur un torse de fillette, lequel était planté sur des hanches de femme. Jeanne lui tendit la main. Mariette s'épanouit et fit une sorte de révérence.

— Je suis paysanne comme vous, Mariette, pas la reine de France.

— À vous voir, pourtant... dit Mariette.

— Il y avait des vignes sur le coteau, coupa Jourdet, sur un ton de légère surprise. Il reste même quelques ceps.

— Je n'entends rien à la vigne, répondit Jeanne. Nous demanderons l'avis d'un vigneron.

— Il n'y en a plus dans le pays.

— Eh bien, nous irons le chercher ailleurs. Raison de plus pour ranimer aussi le vignoble. Mais je m'y connais un peu en vergers, et je pense que nous pourrions en planter un.

Il l'emmena à l'étable. Elle était méconnaissable : le sol avait été lavé de neuf et l'auge récurée. Toute la paille pourrie avait disparu, remplacée par de la paille fraîche. Les deux bœufs et les vaches étaient d'un côté, les moutons de l'autre. Une porte basse séparait l'étable de la porcherie. Le charpentier achevait de renforcer la porte du poulailler.

— L'âne n'a pas chômé, dit-il. Par ailleurs, nous avons eu beaucoup de mal avec le puits. Il a fallu le curer à deux reprises.

Le regard de Jourdet se voila.

— Nous avons dû pendant deux jours aller chercher l'eau à la ville.

Elle comprit.

— Qu'est-ce qu'il y avait dans le puits ?

— Un squelette. On l'a remonté et on l'a enterré.

Dieu seul savait au terme de quel sinistre règlement de comptes un être humain avait achevé sa trajectoire terrestre dans le puits.

— On a puisé de l'eau sans cesse jusqu'à ce qu'elle redevienne claire. Elle a servi à arroser les semis de choux dans le cottier.

— Et les loups ? Vous n'avez pas été attaqués ?

— Ils sont venus rôder la première nuit. Joseph et sa femme Yvonne sont sortis les attaquer à coups de fourches. Il faudra songer à bâtir une palissade. Les chiens suffisent à tenir les renards en respect, mais ils ne sont pas de taille à repousser des loups.

— J'ai vu des enfants, observa Jeanne.

— Dans les champs ? Bertin et Coline, mes enfants. Il y en a d'autres. Nous sommes dix-neuf en tout.

Ce fut presque à regret qu'elle quitta le Grand Palus, alla prendre congé de l'échevin Gonthard et, le lendemain, s'engagea sur le chemin de Paris, escortée par Ythier et Matthias.

Elle refit ses comptes : elle avait dépensé deux mille cent livres. Elle n'avait jamais été aussi heureuse de se défaire de tant d'argent.

6

Le gel et le dégel

Jacques était parti depuis plus de deux semaines. Et toujours pas de nouvelles.

Jeanne raconta son voyage à François.

Il trembla au récit des batailles contre les loups, poussa des cris. S'émerveilla à la description de La Doulsade.

— Quand irons-nous là-bas ? s'écria-t-il avec impatience.

— Quand ce sera rebâti et qu'il fera moins froid.

— La campagne lui fera du bien, opina la nourrice. Tout ce qu'il voit de verdure, c'est le cimetière de Saint-Séverin ! Il est blanc comme l'ivoire.

Il neigea et le monde devint blanc et noir.

Puis Montcorbier[1] reparut.

Elle était descendue aider Guillaumet, qui avait perdu sa voix dans le froid, quand elle vit ce visage de loup facétieux s'encadrer dans la fenêtre de la boutique.

Escrime muette des regards.

Comment peut-on désaimer à ce point ? se demanda-t-elle. Et elle se répondit d'emblée : c'est qu'on n'aime pas un homme, mais son monde. Revenue pleine des esprits de la campagne, elle exécra derechef cet univers de faux plaisirs

1. Vrai nom de François Villon. *Cf. La Rose et le Lys*, p. 173.

arrachés à la pointe de la grivèlerie, de la dague, du rossignol à crocheter ou de la trahison. De plus, elle savait que la police guettait l'homme.

Tout cela fut pensé entre deux battements de cils.

— Voulez-vous un échaudé aux pommes ou bien au fromage ? demanda-t-elle.

Guillaumet reconnut sans doute l'homme, mais parut soudain oublieux.

— Ce qu'il plaît à votre grâce de me servir, répondit Montcorbier, sans détacher son regard de la jeune femme.

Elle glissa un échaudé au fromage sur la palette et le lui avança. Puis elle lui remplit un verre de vin.

— Tu ne devrais pas revenir à Paris, dit-elle. La prévôté ne t'a pas oublié.

— J'étais à Bourg-la-Reine et à Angers. Je suis venu te voir.

— Moi entre autres, sans doute, répondit-elle, irritée par ces déclarations qu'elle jugeait creuses. Je ne peux te donner asile. Cette maison est l'une des premières où l'on viendrait te chercher.

Elle entendit la question suivante avant qu'il l'eût formulée et y répondit à l'avance.

— Un écu. Un seul.

Comme dans une illumination, elle vit ce que l'argent était pour lui et ce qu'il était pour elle. Tandis qu'il volait le sien, elle transformait celui qu'elle gagnait en pierres, en terres et en bétail qui faisaient vivre d'autres gens. Il bramait d'amour, du moins sur le papier, mais c'était la faim qui le faisait sortir du bois.

— Tu es riche, pourtant.

La réponse de Jeanne cingla :

— La dernière fois que je t'ai vu, c'était parce que tu avais besoin d'argent. Je t'ai donné ce que j'avais sur moi. Ta part des cinq cents écus du collège de Navarre, François, je ne la gagne pas en un mois avec mes trois boutiques. Et je ne la dépense pas en six.

Le visage de Montcorbier se défit. L'inquiétude palpita dans ses yeux.

Guillaumet feignait de ne rien voir. Peut-être entendait-il.

— Comment sais-tu ça ? balbutia-t-il.

— Veux-tu que je te dise aussi les noms de tes complices ? Colin de Cayeux, Petit-Jean, Guy Tabarie, Dom Nicolas...

Elle se félicita de pouvoir le confondre grâce aux indiscrétions de Ciboulet. Il blêmit encore davantage. Elle se tenait devant lui comme une statue de la Justice. Il posa le verre sur le comptoir de la fenêtre, se drapa dans sa cape et partit sans dire un mot.

Sans même prendre l'écu.

Autant d'économisé, se dit Jeanne.

Mais elle ne fit pas l'économie du trouble que ce bref affrontement lui avait valu. L'amour ? s'interrogea-t-elle. Elle revit le premier, Isaac, à l'auberge d'Argentan. Matthieu. Philibert. Barthélemy. L'amour illuminait. Il infusait la confiance et la jeunesse dans le corps et l'esprit. Il incarnait la beauté et l'enchantement.

Les poèmes de François Montcorbier ne disaient que ce qu'il n'avait pas obtenu.

Ces réflexions l'incitèrent à la pitié. Pauvre diable, conclut-elle.

Décembre, cette année-là, changea Paris en un vaisseau de glace. La Seine gela. Les clients des trois pâtisseries se firent plus rares.

— Je ne sais comment je me tiens l'âme et le corps ensemble ! s'écria Guillaumet, quand il arriva un matin, transi.

Il tapa de la semelle sous le regard inquiet de Jeanne, qui était elle-même allée chercher des bûches pour ranimer le feu dans la boutique. Encore heureux qu'il ne toussât pas : Paris était secoué de quintes affreuses.

Les âtres des trois étages étaient alimentés sans relâche. Néanmoins, au troisième, sous les toits, le logis était intenable. Jeanne craignit pour la santé de François ; elle se rendit chez la faiseuse pour lui faire confectionner un manteau d'intérieur fourré. Il ne couchait qu'en braies et chemise de laine fine et commençait ses trois repas par une soupe chaude.

Ce fut dans cet enfer glacé qu'un messager se présenta un matin, porteur d'une lettre de Jacques de l'Estoille.

— Je suis le quatrième relais, madame, dit-il, bleu de froid[1].

Elle le fit entrer, lui servit un vin chaud et deux échaudés et lui donna une livre pour sa peine.

> *Ma Douce Jeanne, je suis à Coblence, dans les glaces du duché de Westphalie. Ma mission est réussie. Avec la grâce du Tout-Puissant, je serai de retour à Paris aux premiers jours de décembre. Il n'est que ton image pour me chauffer le sang.*
>
> *Jacques, ce 22 novembre 1457.*

Ce message fut une aile d'ange, chaude et douce, venue caresser Jeanne.

Mais une autre aile, froide, dure et noire claqua bientôt près d'elle.

Le même jour, une jeune fille vêtue de noir vint rue de la Bûcherie. Non, ce n'était pas une cliente, Jeanne le comprit d'emblée, ne fût-ce qu'au regard qui se posa sur elle. Noir cerné de rouge.

— Vous êtes Jeanne de Beauvois ? articula-t-elle, claquant des dents.

— Entrez vite, dit Jeanne.

La jeune fille hésita. Jeanne comprit.

— Entrez, vous allez prendre le mal, répéta-t-elle. Vous êtes une parente d'Isaac.

Elle avait dit « Isaac » pour ménager la visiteuse. La jeune fille hocha la tête et entra.

— Sa sœur. Abigail.

— Suivez-moi.

---

1. Les postes ne furent fondées que par le successeur de Charles VII, Louis XI. Il existait néanmoins un système de courriers à travers l'Europe, qui comportait des relais de poste.

Elle l'emmena à l'étage, la fit asseoir, plongea la louche dans la bassine où du vin au girofle chauffait désormais en permanence, remplit un gobelet et le tendit à Abigail. Celle-ci hésita.

— Notre Seigneur à tous vous enjoint de vous tenir en vie, dit Jeanne.

La jeune fille fondit en larmes. Et Jeanne en fut certaine : Salomon Stern était mort.

— Où est Isaac ? balbutia Abigail en buvant son vin.

— Il est en voyage depuis plusieurs semaines. Il ne devrait pas tarder à rentrer. Quand votre père est-il mort ?

— Hier matin.

— Je suis profondément navrée. Que puis-je faire pour vous ?

— Je ne sais pas... Je ne sais vraiment pas... L'office funèbre aura lieu demain. Je voulais seulement en informer Isaac.

Jeanne posa la main sur l'épaule d'Abigail. Celle-ci fondit de nouveau en larmes.

— Isaac... est... il était... le chef de la famille après mon père... Je ne sais pas, je ne sais plus ce que nous allons devenir ! Mon frère Joseph est trop jeune...

— Quel âge a-t-il ?

— Quinze ans.

— Abigail, quoi qu'il en soit, Isaac reste votre frère. Il prendra soin de vous deux. Et je suis là. Je ne vous connais pas, mais vous êtes pour moi comme une petite sœur.

Abigail lui lança un long regard.

— Je comprends... dit-elle.

— Qu'est-ce que vous comprenez ?

— Qu'Isaac...

— ... se soit converti, compléta Jeanne.

— Vous êtes bonne.

— Remettez-vous. Dès que votre frère sera arrivé, je le préviendrai. Il ira vous voir.

Abigail se leva. Jeanne la prit dans ses bras et lui caressa la tête. La jeune fille la serra fort. Elles étaient unies dans l'amour du même homme.

— Il s'appelle Jacques, maintenant, n'est-ce pas ?

— Oui. Quel âge avez-vous ? demanda Jeanne.

— Dix-neuf ans.

Elle soupira.

— Maintenant, tout le monde voudra m'épouser.

— Et vous n'aimez aucun de vos prétendants ?

Elle secoua la tête.

— C'était mon père qui devait décider pour moi. Ce sera Jacques… Je ne sais pas.

— Rentrez rassurer votre frère.

Abigail repartit dans une bourrasque de neige. Une ombre noire que fouettaient des démons blancs.

Presque un symbole, se dit Jeanne.

— Maîtresse, le vin a gelé dans la cave !

La détresse imprégnait la voix de Guillaumet.

Les années précédentes, Jeanne avait entendu dire qu'en effet, le vin gelait dans certaines caves, mais ne l'avait jamais vérifié. Cet hiver-ci, toutefois, était le plus rigoureux qu'elle eût connu : depuis quelques jours, les mendiants assez imprudents pour l'ignorer avaient fini pétrifiés par le gel. On les emportait assis sur la charrette des morts, car lorsqu'on tentait de les déplier, ils se cassaient comme du bois. L'entreprise charitable que Jeanne avait organisée à l'Échevinat pour récupérer et amender gueux et mendiants, et qui lui avait valu un triomphe, se trouvait désœuvrée. Les premiers jours de gel avaient eu raison de ces déshérités et flemmards. Il n'en restait que quelques centaines de survivants dans les églises, où leur sort n'était guère enviable : au dernier office du dimanche à Saint-Séverin, les fidèles, pourtant chaudement vêtus, étaient bleus de froid.

— Il faudra le casser à la hache ! s'écria Guillaumet.

— Ça signifie qu'il faudrait aussi casser les tonneaux, observa Jeanne. Et quand il y aura un redoux, nous nagerions dans le vin.

Elle descendit à la cave ; il suffisait de respirer dans cet air qui fendait les poumons pour être enrobé d'un nuage. Elle se fit la réflexion que si l'on remontait un peu la température, le vin se liquéfierait. Le goût en souffrirait sans doute. Mais cela valait mieux que de perdre trois tonneaux de vin.

— Guillaumet, dit-elle quand elle fut remontée, allez chez le forgeron de la place Maubert. Voyez s'il lui reste un brasero, vous savez, ces petits baquets de fer aux parois percées de trous dans lesquels on fait brûler du charbon. S'il ne lui en reste plus, commandez-lui-en trois ou quatre. Mettez-y le prix. S'il lui en restait un, achetez du charbon avant de revenir. Je m'occupe de la boutique.

Le client fut aussi rare que la veille.

Guillaumet revint à la quatrième heure après none. Il était rouge et blanc. D'une main, il portait deux braseros ficelés ensemble et, de l'autre, il traînait un sac de charbon. Jeanne s'empressa de lui ouvrir la porte. Il s'affala sur un tabouret.

— Montez vous reposer une heure ou deux, lui dit Jeanne.

Elle appela la nourrice pour l'aider. Puis elle jeta du petit bois au fond d'un des braseros, y mit le feu, ouvrit le sac de charbon et en remplit le récipient. Elle descendit à la cave et posa le brasero au beau milieu du sol, loin de tout ce qui pouvait s'enflammer à son contact. Deux petits cadavres la surprirent : des souris. Gelées, elles aussi.

Quand elle remonta, la nourrice observa :

— Vous avez les mains noires. Et le nez aussi.

Jeanne alla chercher de l'eau au puits : gelée. Elle cassa celle qui restait dans le seau et jeta les glaçons dans une bassine, qu'elle accrocha à la crémaillère. Elle put enfin se laver les mains et, par la même occasion, le visage.

Dans l'après-midi, presque aussi sombre que la nuit, le meunier vint livrer le méteil qu'on attendait depuis dix jours. Miséricordieusement, Guillaumet venait de redescendre et l'aida à décharger les sacs.

— Le coche d'eau s'est trouvé pris dans la glace ! cria le meunier. On a dû débarquer la marchandise et l'amener par voie de terre. Comme si ça ne suffisait pas à nos malheurs, à la porte Saint-Jacques, les sergents faisaient hier soir la guerre aux loups ! Paraît qu'c'est la même chose à toutes les portes ! Montmartre ! Saint-Denis ! Saint-Martin ! Le Temple ! C'est qu'on va finir en cailloux !

Et ce n'était pas tout : à la tour de Nesles, en plein Paris, deux loups avaient attaqué un homme, et l'on en avait estourbi un aux Halles. Les bêtes, en effet, remontaient par les berges de la Seine, en quête de rats à se mettre sous la dent, faute d'hommes ou de moutons. Le froid avait même engourdi ces rongeurs.

Quand le méteil eut été déchargé, Jeanne pria Guillaumet de porter le second brasero à Sidonie, pour qu'elle chauffât elle aussi sa cave ; elle lui demanda s'il avait commandé un brasero pour la pâtisserie des Halles.

— On l'aura dans deux ou trois jours, répondit-il. Des chaufferettes, tout le monde en demande. Toutes les églises. Et les collèges, parce que l'encre gèle. Les étudiants ne peuvent plus écrire !

Il éclata de rire. Puis, à l'aide d'une longue gaffe terminée par un crochet de fer, il alla casser la couche de glace qui coiffait le puits et remonta assez d'eau fraîche pour les besoins de la maison.

— Comment le Bon Dieu se chauffait-il ? demanda François.

Le lendemain matin, des rugissements et des cris alarmèrent Jeanne. Elle courut dans l'escalier et cria :

— Guillaumet ! Qu'est-ce qui se passe ?

— Maîtresse ! Le vin a dégelé !

Elle ne put s'empêcher de rire.

Le son des cloches se propagea étrangement dans l'air glacé. Du bronze résonnant dans du cristal.

Sur les coups de huit heures, il se fit un hourvari dans la rue. Jeanne, assise devant le feu, s'inquiéta et tendit l'oreille.

La clef dans la serrure. Son cœur bondit. Elle dévala l'escalier. Un déluge d'air glacé déferlait par la porte ouverte.

Elle s'effraya. Un ours ! Mais un ours portant des bottes. C'était Jacques, dans une pelisse et un bonnet comme elle n'en avait jamais vu, qui tirait un coffre à l'intérieur du vestibule, avec l'aide d'un homme.

Il tourna la tête et sourit. Elle fondit.

Elle aperçut un chariot devant la porte. Jacques referma la porte et paya le cocher. Quand celui-ci fut parti, elle s'élança vers lui. Il lui prit le visage dans les mains et l'embrassa longuement.

— Mon miel, murmura-t-il.

Elle l'aida à monter le coffre au premier étage.

— Tu ne peux habiter au troisième, dit-elle. C'est l'Enfer à l'envers.

Il était fourbu et affamé ; elle réchauffa la soupe et coupa des tranches de jambon, puis les lui monta avec une motte de beurre et du pain.

— J'ai obtenu les trois cent mille livres, dit-il. Mais ça n'a pas été facile. J'ai tous les billets.

Elle savait ce qu'était un billet : un ordre de transfert. Les banquiers avaient des correspondants dans toutes les grandes villes. L'argent serait versé dans les caisses royales sans que personne eût transporté ne fût-ce qu'un écu. Combien d'argent existait-il donc dans les coffres de France ? se demanda-t-elle.

— Je t'ai rapporté une fourrure, dit-il en allongeant les jambes. C'est du renard gris des fourreurs de Pologne. Cela protège du froid le plus cruel.

Il croisa les mains sur l'estomac, le regard somnolent, le visage presque béat. Elle éprouva la douleur qu'elle savait devoir lui infliger avant qu'il se couchât.

— Jacques… dit-elle.

Il tourna le visage vers elle et l'expression contrainte de Jeanne le tira de sa torpeur. Il attendit la fin de la phrase ; elle ne vint pas. Un pincement de la lèvre inférieure de Jeanne l'alerta. Il se redressa.

— Une mauvaise nouvelle ? s'écria-t-il.

Elle inclina la tête.

— Les miens ?

— Salomon.

Il se leva d'un coup et se tint devant elle.

— Quand ?

— Il a été enterré hier.

Un sanglot secoua la poitrine de Jacques. Il fondit en larmes, debout. Un homme qui pleure est bouleversant ; le droit aux larmes, en effet, lui a été refusé par le monde. Elle le prit dans ses bras.

— Je lui ai brisé le cœur, dit-il.

Il serra Jeanne contre lui. Elle faillit se sentir coupable. Elle l'avait arraché à sa famille. Mais une famille doit-elle être une geôle ? Il pleura doucement. Elle lui caressa la tête.

— Comment l'as-tu su ? demanda-t-il en tenant Jeanne à bout de bras.

— Abigail est venue. Elle se sent perdue sans toi. Je lui ai dit que je te préviendrais dès que tu serais revenu.

— Je dois y aller ! s'écria-t-il.

— Il est dix heures du soir, Jacques. Sans doute dorment-ils, elle et Joseph…

— Tu connais le nom de mon frère ?

— J'ai dit à Abigail que je la considère comme ma jeune sœur. Vas-y demain.

Il oscilla sur place, comme égaré.

— Jeanne…

— Viens dormir.

Il s'effondra dans le lit, terrassé, tenant Jeanne par la main.

Il partit à l'aube et ne revint que le soir, harassé. Il était allé voir sa sœur et son frère, avant d'aller remettre les billets à Chevalier. Lorsque François témoigna sa joie de le revoir, il fondit en larmes.

— Pourquoi tu pleures ? demanda François.

Il ne répondit qu'en le serrant dans ses bras. Jeanne et la nourrice les regardèrent. Pensaient-elles la même chose ? Ils étaient deux orphelins. Et elles étaient leurs mères.

Quand la nourrice eut emmené coucher François, Jacques se tourna vers Jeanne :

— Serais-tu contrariée si je te demandais...

Il n'acheva pas la phrase.

— Tu le sais bien, dit-elle, ils sont les bienvenus, du fond de mon cœur. J'ai aussi besoin d'une famille, Jacques. Je n'ai jamais eu de sœur et, d'une certaine manière, j'ai perdu mon frère. Et je t'aime.

— La maison sans mon père est sinistre, expliqua Jacques.

Les rues étant presque désertes, deux jeunes Juifs portant le manteau à la rouelle passèrent inaperçus.

Sauf de la nourrice. Jeanne la prit à part quand les deux jeunes gens furent arrivés, grelottants. Mais Jeanne n'était pas la seule à laquelle on coupât la parole.

— Nourrice...

— Maîtresse, vous êtes une vraie chrétienne et c'est tout ce que je dois savoir. Suis-je claire ?

Elles s'étreignirent.

Il n'y avait jamais eu si grande table rue de la Bûcherie : six personnes.

Jeanne observa Joseph ; elle n'avait jamais vu un garçon aussi grave. Ni aussi beau. Elle le trouva simplement angélique. Son visage mince et pâle paraissait immatériel. Il hésita interminablement à entamer sa première cuillerée de soupe. Tout le monde comprit : ce n'était pas de la nourriture kasher. La tension devint insupportable. À la fin, Abigail lui intima quasiment l'ordre de manger. Il tourna son regard vers Jeanne. Peut-être y lut-il de l'anxiété mêlée d'affection. Jacques était affreusement tendu.

— Alors, moi aussi ? dit Joseph.

Un silence extraordinaire régna sur la table. Jeanne, Jacques, la nourrice et Abigail en demeurèrent saisis. Joseph plongea la cuiller dans la soupe au lard et la porta à sa bouche. Puis il promena à la ronde un regard indescriptible où l'ironie, la résignation et une sorte de va-tout allègre se mélangeaient.

François ne comprit rien.

Avant de prendre congé pour monter au troisième étage avec sa sœur, Joseph se présenta devant Jeanne et lui prit la main.

— Vous êtes chez vous désormais, Joseph.

Il lui baisa la main sans répondre. Puis il se tourna vers Jacques, le serra dans ses bras et pleura.

Jeanne les laissa seuls.

7

Avril, vêtu de bleu

« Nous, Charles le Septième, roi de France... »

Le sceau royal luisait sur le vélin à la lumière des chandelles.

Jacques posa sur la table le document qui faisait de lui le baron de l'Estoille, maître des terres d'Aigurande et de Bouzon. C'était la récompense du prêt obtenu auprès de banquiers de Milan et de Mayence.

Abigail et Joseph se penchèrent dessus.

Jacques prit le visage de Jeanne dans ses mains et l'embrassa devant son frère et sa sœur.

Puis il fallut discuter de la situation ; elle était compliquée, tout le monde le savait.

Salomon Stern avait légué à sa fille Abigail et à son fils Joseph la somme de deux cent quarante-cinq mille livres, plus les créances de son métier de banquier et les intérêts afférents, représentant un total de cent soixante-sept mille livres, sans compter les trois maisons qui lui appartenaient rue des Francs-Bourgeois. En biens mobiliers, l'héritage se montait donc à quatre cent douze mille trois cent cinquante livres. Salomon Stern avait été un homme riche. Très riche.

Nulle mention, dans son testament, de son fils aîné Isaac : un cercueil vide à la synagogue avait assez témoigné qu'il était mort. Selon la volonté du défunt, l'héritage serait administré par son frère Élie jusqu'aux mariages des héritiers, aux fins de le faire fructifier.

Or, Abigail n'avait nulle intention d'épouser aucun des deux partis que lui proposait Élie. Lequel considérait, lui aussi, qu'Isaac, fils aîné de Salomon, était mort. Et Joseph, pour sa part, ne voulait pas vivre avec Élie ; il ne se connaissait plus que deux parents, Jacques et Abigail.

Ce fut Abigail qui ouvrit le sac de nœuds.

— Si j'obéis aux volontés de mon père bien-aimé, il faudra que je me sacrifie. Il faudra que j'épouse un homme que je n'ai aucune envie d'épouser. Il faudra que je me sépare de mon frère aimé Isaac. J'ai déjà dû endurer l'horreur de l'office funèbre célébré pour un vivant. La tristesse de ne plus le revoir jamais à la maison. Je le retrouve, je ne veux plus le quitter.

Je ne suis donc pas la seule à l'aimer, se dit Jeanne. Sa sœur aussi ne peut vivre sans lui. Et son amour pour Jacques flamba de plus belle.

— À quoi ou à qui et pourquoi me sacrifierais-je ? reprit Abigail, avec véhémence. À un mort ? À sa famille ? À mon peuple ?

Assis autour de la table, à l'étage au-dessus de la boutique, Jacques, Jeanne et Joseph accueillirent en silence cette déclaration d'indépendance.

— Je sais, il y a l'argent, dit-elle. C'est une somme énorme. Aussi énorme soit-elle, cela reste de l'argent. Si donc j'obéis aux volontés de mon père bien-aimé, cela signifie que non seulement j'aurai une vie dépourvue d'affection et d'amour, mais qu'en plus, je me serai vendue.

Jacques leva la tête, surpris par l'autorité et le défi du propos.

— Je ne suis pas à vendre, dit Abigail en balayant ses auditeurs d'un regard noir et résolu.

Elle tendit la main vers le verre d'hypocras.

— Je renonce à ma part d'héritage en faveur de Joseph. Je le dirai à Élie ce soir. Je reste avec Isaac. Pardon, Jacques. Il est assez riche pour prendre soin de moi. Je veux devenir chrétienne. J'aurai payé ma rançon.

Le silence qui suivit fut brisé, c'était le mot, par Joseph.

— Personne ne m'a demandé mon avis, dit-il. Je suis donc riche. Ou du moins, je le serai dans plusieurs années. Et seul. Cela n'a aucun sens ! s'écria-t-il.

— Que veux-tu faire ? demanda Jacques.

— Je veux rester avec toi et Abigail. Et Jeanne. Je ne vois pas pourquoi Abigail renoncerait à sa part d'héritage. De toute façon, je trouve cet héritage injuste. J'ai été contraint d'assister à tes funérailles, Jacques, alors que je te savais vivant. Je ne peux te dire ce que j'ai ressenti. J'avais envie de crier !

Et il cria en effet.

— Cet héritage nous revient à tous les trois, reprit-il.

— Il y a le testament, dit Jacques d'une voix basse et calme. On ne peut le casser. On ne le pourrait même pas si tu te convertissais toi aussi. Et là, vous perdriez tout tous les deux.

— Cela, dit Jeanne, j'en suis moins sûre. Même, je suis presque certaine du contraire.

C'était sa première intervention dans le débat.

— Je suis conseillère à l'Échevinat. Nous avons eu à traiter d'un cas semblable. Le testament d'un père juif qui déshéritait sa fille parce qu'elle avait épousé un commerçant chrétien a été cassé.

Abigail et Joseph relevèrent la tête.

— Casser le testament du père… murmura Jacques, choqué par ce dernier déni infligé au disparu.

— Jacques, dit Abigail, ma décision est prise.

C'était la première fois qu'elle appelait son frère par ce nom.

— Il y a seulement dix ans, personne n'aurait jamais osé… commença-t-il.

Le monde, c'est-à-dire Paris, avait changé, et Jeanne s'en avisa en effet. Il semblait que, depuis l'affaire du Pet-au-Diable[1], les gens fussent devenus frondeurs.

---

1. *Cf. La Rose et le Lys*, p. 249.

— Ne veux-tu pas de moi ? demanda Abigail.

Il posa sa main sur la sienne.

— Ne dis pas des choses pareilles.

— Ne veux-tu pas de Joseph ?

— Quand j'ai quitté la maison, j'ai pensé vous enlever tous les deux.

— Bien, je vais me convertir... dit-elle.

— Et moi aussi, dit Joseph.

Jacques s'exclama.

— Veux-tu que l'héritage revienne à Élie ? lui demanda Abigail.

— Non... Mais ce procès sera un scandale ! s'écria Jacques. Tout le monde saura que...

— Ce ne sera pas un scandale, intervint Jeanne. Je ferai en sorte que personne n'en sache rien. Et ce ne sera pas à toi d'intervenir, mais à Abigail.

Les trois visages se tournèrent vers elle ; Jacques se rappela qu'elle avait ses entrées à l'hôtel des Tournelles.

— Mais pour que ce procès puisse se faire, il faut que vous vous fassiez d'abord baptiser, Abigail et Joseph.

Elle se leva.

— Il ne faut pas que le mort saisisse le vif, dit-elle en les quittant pour descendre à la pâtisserie.

Abigail et Joseph furent baptisés le surlendemain de leur arrivée et de la discussion rue de la Bûcherie, le temps que Jeanne obtînt du roi que les néophytes s'appelassent aussi de l'Estoille et que le Tribunal acceptât de juger leur affaire d'héritage à huis clos.

Le père Martineau avait dû, à Saint-Séverin, chauffer de la glace pour obtenir l'eau du baptême.

— Ma fille, avait-il dit en souriant, j'y vois un symbole : vous faites fondre la glace des cœurs.

Le soir même, quand François fut couché, Jeanne offrit à Abigail et à Joseph une pelisse fourrée chacun et leur demanda d'apporter les manteaux dans lesquels ils étaient venus ; c'étaient les manteaux à la rouelle. Surpris, ils montèrent les chercher. Quand ils redescendirent, elle tisonnait énergiquement les bûches sous le regard pensif de Jacques. Elle s'empara de leurs effets.

— Je vais brûler ces vêtements, leur dit-elle. C'étaient les insignes de la servitude que vous avaient imposée les chrétiens. Elle m'était odieuse autant qu'à vous. Nous sommes tous les enfants de Dieu et autant que vous êtes mon frère et ma sœur parce que vous êtes frère et sœur de Jacques, vous l'êtes devant Dieu, et il n'y a qu'un seul Dieu.

Ils l'écoutèrent en silence. Elle jeta les vêtements au feu, un à un. Ils les regardèrent brûler, presque sans ciller. Quand ce fut fait, Jacques versa du vin à la ronde.

— Ainsi, conclut Jeanne, vous pourrez circuler librement.

Leur première sortie les mena chez un avocat que Jeanne connaissait en sa qualité de conseillère à l'Échevinat.

Le jugement fut rendu dix jours avant Noël 1457.

Jeanne venait de fêter son vingt-deuxième anniversaire.

Élie Stern fut donc informé que, par ordre du tribunal, il était sommé de remettre à sa nièce Abigail et à son neveu Joseph les espèces, effets et créances de l'héritage de son frère Salomon et que le tuteur de Joseph serait le baron Jacques de l'Estoille, demeurant rue de la Bûcherie. Ils se rendirent tous trois chez leur oncle pour recueillir l'héritage. C'était un acte de bravoure que d'affronter la consternation d'Élie, mais également un geste de courtoisie élémentaire, car il eût été inhumain de s'en remettre à un huissier.

Ils tiraient de longues mines quand ils revinrent rue de la Bûcherie ; on eût dit que le coffre, qu'ils avaient transporté sur une charrette, contenait les cendres de Salomon Stern.

Ils racontèrent la brève entrevue :

— La descendance de mon frère est donc éteinte, avait dit Élie.

Il avait évoqué la faiblesse des caractères devant l'argent ; Jacques l'avait interrompu :

— L'argent n'a rien à voir dans cette affaire. C'est le sentiment qui mène.

— Triste époque, alors, que celle où le sentiment prime l'honneur et le devoir.

— Et Jacques lui a répondu que l'honneur sans bonheur n'est qu'une servitude, rapporta Joseph.

— Nous lui avons fait don des trois maisons, dit Jacques.

Ils abordèrent alors le partage de l'héritage.

— Je ferai selon l'équité et non selon le droit d'aînesse, annonça Jacques.

Cela signifiait qu'il renonçait à une belle partie de ce qui lui revenait, puisque le droit d'aînesse lui accordait la moitié des biens de son père.

— Je ne veux pas de documents entre nous, Jacques, déclara Abigail.

Elle consulta Joseph du regard. Il secoua la tête.

— Moi non plus.

— Très bien, dit Jacques. Il nous revient donc à chacun cent trente-sept mille quatre cent cinquante livres. J'inclus dans ma part les créances et les effets, qui sont toujours incertains. Selon le jugement rendu, je suis tuteur et responsable de la part de Joseph, que je ferai fructifier et lui remettrai quand il aura atteint dix-huit ans. Entre-temps, je subviendrai à ses besoins, j'en prends l'engagement devant vous. Si vous le voulez bien, nous ferons sur-le-champ trois ballots, afin que nos biens soient distincts, dans un souci de prudence.

Il demanda à Jeanne trois pièces de grosse toile et partagea l'argent. Il serra chaque part dans un carré de toile et reposa celles d'Abigail et de Joseph dans le coffre qu'ils avaient apporté, puis il préleva sa part et la déposa dans son propre coffre.

Alors Jeanne leur parla de son voyage à Aigurande et à Bouzon.

Le printemps ne fut jamais attendu avec autant d'impatience.

D'abord, c'était la saison où Jacques et Jeanne étaient convenus de se marier. Ensuite, le récit et les descriptions que la jeune femme avait faits de son voyage avaient enflammé les imaginations et les enthousiasmes : Jacques, Abigail, Joseph et bien sûr François étaient impatients d'aller découvrir ce royaume.

Le mariage fut célébré dans l'intimité, selon le souhait des futurs époux : outre, évidemment, les habitants de la maison de la rue de la Bûcherie, n'y furent conviés que Guillaumet et sa fiancée, Sidonie et son mari, la volaillère leur mère, Jacques Ciboulet, qui tenait la pâtisserie des Halles, la drapière dame Contrivel et la faiseuse. Le seul invité d'honneur étranger au cercle des intimes fut le père d'Estrades.

Le comportement de François surprit tout ce monde : on eût cru que c'était lui qui se mariait. Déjà comblé par la présence d'Abigail et de Joseph dans la maison, il exultait à l'idée d'avoir Jacques comme père, car il s'était laissé gagner par sa douceur et le considérait comme un père, et non pas comme un parâtre. Il ne pouvait nourrir aucun regret à l'endroit de Barthélemy de Beauvois, dont il n'avait pas de souvenir.

Le dimanche des Rameaux, les futurs époux quittèrent la rue de la Bûcherie chacun sur un cheval, au pas. Pour ses secondes noces, Jeanne portait sous sa pelisse une longue robe bleu pâle à plis gironnés et un voile de même couleur, brodé de fil d'argent. Rien, même un bijou, qui rappelât la tenue de son précédent mariage. Jacques était vêtu d'une jaque cintrée, tenue par une large ceinture d'argent à la boucle de turquoise, et de chausses, le tout également bleu pâle. Seule sa toque était rouge, contrastant avec ses cheveux noirs. Abigail suivait à cheval, dans la première robe de couleurs vives qu'elle eût jamais portée, verte avec des broderies corail et une ceinture d'argent. Venait ensuite Joseph, tenant François dans son giron. Les autres allaient à pied.

Entrée à Saint-Séverin baronne de Beauvois, Jeanne en ressortit baronne de l'Estoille.

François gambadait littéralement dans le cortège, sous les giboulées d'avril.

Des badauds s'attroupèrent. La blondeur de Jeanne associée à la pâleur ténébreuse de Jacques contrastaient de façon éclatante. Le bleu resplendit dans le ciel. Un messager richement vêtu attendait la sortie du couple. Il remit à Jeanne un étui de cuir.

— De la part de notre roi, dit-il.

Elle défit les cordons de l'étui ; il contenait un billet roulé et celui-ci, une bague. Une pierre ornait l'anneau : une pierre comme elle n'en avait jamais vu.

— Un saphir de Taprobane, dit Jacques.

Jeanne retint un cri. Quel que fût le sens dans lequel on l'inclinait, une étoile y scintillait.

> *Jeanne, mes vœux de bonheur pour vous et votre époux accompagnent cette étoile prisonnière d'un œil bleu.*
>
> *Charles.*

— Mais c'est une pierre magique ! s'écria Jeanne.

— La vraie magie, dit Jacques, est dans tes yeux.

Il la hissa sur le cheval.

Le repas de noces eut lieu dans une auberge.

Le père d'Estrades prononça un discours. Un peu grise, Jeanne n'en comprit pas un mot. Pas plus d'ailleurs que de celui du père Martineau.

Dame Contrivel dit :

— J'aurai vécu pour voir ce jour.

Guillaumet s'enhardit :

— Maîtresse, c'est comme si nous tous nous nous mariions aujourd'hui !

Elle lui tendit les bras, il se leva et ils s'embrassèrent avec des rires. Il retourna à sa place tout rouge.

Sidonie offrit à Jeanne une cape de laine brodée de bleuets.

Guillaumet, une copie d'échaudé en porcelaine, qui suscita l'admiration générale.

Ciboulet, un bougeoir d'argent.

Dame Contrivel, la volaillère et la faiseuse firent aussi des cadeaux. La volaillère dit :

— Jeanne est une fée que nous a mandée le Ciel !

Jeanne pensa à ses parents. Les larmes montèrent. Elle tourna la tête vers Jacques :

— Te rappelles-tu, le miroir…

Il lui baisa la main.

Joseph et François dansaient une gigue autour de la table.

Abigail semblait rêveuse.

— À quoi pensez-vous ? lui demanda Jeanne.

— Au prix que vous et moi avons payé ces instants.

— Comment savez-vous ?

— Jacques m'a tout dit. Il vous mérite.

Elles tendirent les bras et joignirent les mains.

Le père Martineau, à la droite de Jeanne, lui dit :

— Remerciez le Seigneur, Jeanne.

— Ne voyez-vous pas qu'il est heureux, lui aussi ? lui répondit-elle.

Les clochers carillonnèrent cinq heures, les mariés décidèrent de rentrer. Le père d'Estrades et le père Martineau prirent congé. Abigail, Joseph et François les suivirent.

Guillaumet, Sidonie, son mari, la volaillère, la faiseuse et dame Contrivel se levèrent pour chanter. Les voix déraillaient, la chanson était gaillarde. Jeanne, secouée de rire, n'en entendit que les premiers vers :

Jolie colombe
Avant que tombe
Ton jupon,
De ton fripon
Saisis la garde
Gaillarde…

Avril se décida enfin à être honnête. Puisqu'on s'habillait de bleu, il fit de même.

8

Hirondelles et corbeaux

Seul un chariot à deux chevaux pouvait transporter tout ce monde : Jeanne, Jacques, Abigail, Joseph, François et la nourrice. Les paniers de vivres en occupèrent une bonne partie : poulets rôtis, fromages, saucissons, pain et vin, plus un plateau d'échaudés.

C'était la première fois que François quittait la maison et Paris : son agitation finit par inquiéter Jeanne. Il voulait s'asseoir près du cocher, soulevait la bâche pour regarder à l'arrière et ne cessait d'aller et de venir dans l'espace exigu du chariot. Miséricordieusement, Joseph parvint à le faire asseoir près de lui.

Instruite par l'expérience, Jeanne avait fait confectionner à Paris deux pieux en bois de cyprès, bien pointus et le piquant durci au feu, de la même longueur que les lances dont elle avait pu vérifier l'efficacité contre les loups. Ces armes frisaient l'illégalité, puisque c'en était : les sujets du roi n'avaient pas le droit d'en détenir ; les sergents n'avaient-ils pas, durant l'affaire du Pet-au-Diable, arrêté une femme qui hachait des légumes, parce qu'elle tenait un couteau à la main ? Mais enfin, mieux valait risquer l'illégalité que la mort sous le croc des loups.

Les routes furent affreuses ; détrempées par le dégel, les ornières s'y étaient creusées en fossés. Le chariot faillit verser maintes fois, sous les cris de ses passagers. Il n'était pas question pour Jeanne de refaire une étape pareille à celle du

Grand Bussard ; elle décida qu'on s'arrêterait la première nuit à Orléans et la seconde à Châteauroux ; le lendemain, on gagnerait La Châtre en moins d'une heure et, là, on louerait des chevaux.

Comme la route traversait des bois, Jeanne restait sur le qui-vive. Elle guettait les loups.

Ils se manifestèrent avant Étampes. Le cocher cria, les chevaux hennirent et se cabrèrent, le chariot oscilla de droite et de gauche dans un vacarme d'essieux et de chaînes. Sept ou huit fauves barraient le chemin. Jeanne s'empara de l'un des pieux et tendit l'autre à Jacques, puis elle bondit près du cocher. De là, et avec l'ardeur d'un lancier, elle piqua les fauves qui s'approchaient des chevaux. Elle en transperça un de part en part, cependant que Jacques en assommait un autre, dans la gorge duquel Jeanne enfonça bientôt sa pique. Émerillonné par son exemple, Jacques embrocha un autre loup. La meute suspendit l'attaque.

— Foncez ! cria Jeanne au cocher.

Il fouetta les chevaux. Elle accrocha un dernier loup au passage et le traîna au sol, hurlant, à la pointe de sa pique, jusqu'à ce qu'elle fût parvenue à dégager celle-ci de la bête. Les loups furent vite derrière eux, mais les chevaux galopaient à vive allure.

À l'intérieur du chariot, les passagers étaient livides.

— Maîtresse ! Quel soldat vous faites ! articula la nourrice d'une voix rauque.

Jacques, lui, n'était guère surpris ; il avait déjà vu Jeanne se battre.

— Ce n'est pas une baronne, lança-t-il, mais un baron !

Tout le monde éclata d'un rire nerveux. Mais il fallut arrêter le chariot dès qu'il fut en rase campagne, l'émotion ayant relâché les entrailles. À Orléans, les voyageurs mirent pied à terre, transis, le cœur flapi et les jambes flageolantes. D'Orléans à Châteauroux, le lendemain, ils guettèrent les loups et furent presque déçus de n'en pas trouver. Peut-être étaient-ce les exploits de Jeanne qu'ils eussent secrètement espéré revoir.

Les chevaux de louage les menèrent promptement au Grand Palus.

Voyant arriver cet équipage, l'épouse de Jourdet courut chercher son mari dans les champs.

Après les civilités d'usage, plus cérémonieuses que Jacques l'eût escompté de la part de campagnards, Jourdet dit à Jeanne :

— J'ai quelque chose à vous montrer.

Il l'emmena dans les champs et, se penchant sur les sillons, pointa le doigt sur des pousses vertes.

— Notre premier froment.

Il se redressa. Ses yeux brillaient de fierté.

— Les vaches ont vêlé, les truies sont pleines et les brebis aussi, annonça-t-il.

Ils revinrent à pas lents vers les bâtiments. Il offrit du vin à ses hôtes.

Jacques, Abigail, Joseph et François exploraient du regard la grande salle de la ferme, les poêles pendues aux murs et les bottes d'aulx et d'oignons aux solives. C'était la première fois de leur vie qu'ils mettaient les pieds dans une ferme. François riait aux éclats, renversé par les chiens qu'il avait flattés.

Jeanne tira sa bourse pour payer les salaires.

— Si vous voulez de la vigne, je peux en faire, dit alors Jourdet. Donnez-moi de quoi acheter les ceps et remettre le chai en état. Il me faudrait également de quoi refaire l'enclos. Nous avons eu du mal avec les loups.

Ils firent rapidement des comptes, et elle lui donna l'argent.

— Vous avez trouvé d'autres hommes ? lui demanda-t-elle.

— Vous n'avez donc pas vu Gonthard ?

— Pas encore.

— Il y a assez de bras pour ranimer toutes vos fermes.

Elle demeura songeuse.

— Je reviendrai vous voir bientôt, dit-elle.

Les visiteurs repartirent casser la croûte à La Châtre. Jacques prit Jeanne à part.

— C'est la seule ferme que tu aies ramenée à la vie? demanda-t-il.

Et comme elle hochait la tête, il demanda :

— Et les autres?

— J'ai fait entreprendre des travaux à La Chanteraie. Mais la main-d'œuvre manquait...

— Je t'ai vue à la ferme, Jeanne. C'est ton royaume. Ces terres sont à toi. Si tu as besoin d'argent, nous avons largement de quoi, maintenant. J'avais mon propre capital avant la mort de mon père. Nous avons maintenant près de deux cent cinquante mille livres.

— *Nous* avons?...

Il sourit.

— Jeanne, je suis à toi. Tout ce que j'ai est à toi. Même mon nom, dit-il avec ironie. Tu as accueilli les miens comme s'ils étaient les tiens. Ne l'as-tu pas vu? Ils te sont aussi attachés qu'à moi. Combien cela coûte-t-il de remettre une ferme sur pied?

— J'ai dépensé jusqu'ici près de deux mille trois cents livres sur le Grand Palus...

— Jeanne! N'hésite plus un instant!

Elle lui serra le bras.

— Bien. Je craignais que tu te sentes étranger à ce monde... dit-elle.

— Folie! Si tu acceptes de faire fructifier la part d'héritage de Joseph, je te la confie.

— Nous aviserons. Je ne fais que commencer, Jacques et c'est *moi* qui ai investi mon argent dans deux des fermes que le roi t'a données *à toi*. Tu me fais confiance. Tu me réjouis le cœur.

Il l'étreignit. Depuis la mort de Barthélemy, elle n'avait jamais si fortement éprouvé le sentiment d'être soutenue, non seulement pour elle-même, mais également dans ses entreprises.

— Allons voir La Doulsade avant La Chanteraie, dit-elle. Je crains l'effet que la seule vue de cette maison aura sur François...

Mais l'effet redouté se fit sentir chez tous les visiteurs.

Ils firent le tour de ces bâtiments, pourtant modestes et délabrés, comme s'il s'était agi d'un château enchanté. Complice, le ciel para le paysage de ses plus beaux atours : il bleuit le sommet des coteaux, verdit leurs pentes, argenta les feuilles naissantes et fit vibrer les premiers amandiers en fleurs. Puis il répandit des hirondelles et fit siffler des merles.

— Jeanne… dit Jacques.

— Maîtresse… dit la nourrice.

— Maman… dit François.

Et tous en chœur : qu'attendait-elle pour faire restaurer La Doulsade ?

— Je craignais que personne ne voulût y venir, répondit-elle, ébaubie.

Les trois jours à La Châtre s'étirèrent en une laborieuse semaine.

Gonthard fit réunir les fermiers candidats à la reprise de La Chanteraie, à moitié rebâtie par le charpentier que Jeanne avait recruté à cet effet. Il y avait assez de bras pour s'occuper de deux exploitations. Comme elle craignait de les perdre ou de les décourager, elle les engagea tous, alors qu'elle n'avait même pas visité ces fermes. Voyant sa femme débordée, Jacques s'offrit à quérir un charpentier à Orléans, celui de La Châtre ne pouvant suffire à toute la besogne qui s'annonçait, puisque le moulin de La Chanteraie était aussi à rebâtir.

Jeanne s'en alla avec Gonthard faire le tour des deux fermes qu'elle n'avait pas encore vues et où elle emploierait les personnes qu'elle venait d'engager ; c'étaient Le Palestel et La Mirande ; après cela, il resterait encore trois fermes, mais Dieu lui-même avait fait le monde en six jours.

Comme la première fois, Gonthard emmena deux hommes d'escorte armés de piques. Il s'émerveilla de l'explosion d'activité des époux de l'Estoille.

— On ne parle que de vous et de votre mari ! s'écria-t-il en chemin. Avez-vous donc décidé de quitter Paris ?

— Non, capitaine, nous avons décidé de faire vivre ces domaines.

— Votre frère est venu m'interroger en votre absence.

Elle se rembrunit. Le souvenir de Denis gâchait le plaisir de son séjour en Berry. Un croassement de corbeau couvrant des chants de mésanges.

— Que voulait-il savoir ?

— L'origine de votre fortune, soudaine à l'en croire.

— Que lui avez-vous répondu ?

— Que je l'attribuais à votre mariage. Mais je ne lui ai pas parlé du don royal.

— Vous avez bien fait.

— Je n'y ai pas grand mérite, madame. Pardonnez-moi de dire qu'il ne me semble pas retrouver dans votre frère les mérites qui vous ont imposée à mon estime.

— Parlez plus clairement, capitaine.

— Je craindrais de vous offenser.

— Seul le mensonge m'offense.

— Vous avez fièrement revendiqué vos origines paysannes devant Jourdet. Vous êtes devenue baronne par le mariage. Mais je ne vois guère comment votre frère est devenu comte d'Argency.

Jeanne ne répondit pas ; si Gonthard le savait, ce serait inutile ; s'il l'ignorait, elle ne voulait pas évoquer un sujet d'autant plus déplaisant qu'elle devrait l'expliquer à Jacques.

— Pour moi, ce garçon est un damoiseau. Je n'ai pas à juger dans ces affaires, mais je crains qu'il ne serve pas l'affection qu'on vous porte déjà dans la région.

— Qu'y puis-je ?

— Rien évidemment. Vous m'avez interrogé et j'ai répondu. Il y a plus, toutefois.

— Je vous écoute.

— Docquier, son hôte, et votre frère ont reçu, en septembre et avec grand faste, Jouffroy de Longueil. Cet homme est le frère du cardinal Richard Olivier de Longueil, qui est l'un des partisans du Dauphin. Je crains que votre frère ne finisse par vous nuire auprès du roi et non pas seulement auprès des gens de ce pays.

— Avez-vous prévenu le roi ?

— C'est mon devoir, madame.

— Vous avez également bien fait, capitaine.

— Attendez, poursuivit Gonthard, qui parlait visiblement en confiance, puisqu'il s'adressait à une obligée de Charles le Septième, ce n'est pas tout. Jouffroy de Longueil est venu demander de l'argent pour le Dauphin Louis.

Jeanne se demanda un instant comment Gonthard savait tout cela, puis elle devina que les domestiques du château où séjournait son frère devaient espionner pour le compte de Gonthard et du roi.

— Docquier, qui prépare son avenir pour le jour où le Dauphin succédera à son père, a évidemment craché au bassinet. J'ignore la somme exacte qu'il a donnée, mais elle me paraît avoisiner les deux mille écus. Votre frère, toutefois, qui semble lui-même en quête d'argent, n'a pu donner que quelques liards. J'imagine sans peine qu'il eût aimé briller aux yeux du Dauphin et qu'il enrage d'être démuni.

— Vous voulez dire que l'argent qu'il voit dépenser dans les fermes avoisinantes va le mettre en appétit.

Elle se savait désormais partie liée avec Gonthard et s'en félicita : si Denis lui cherchait querelle, le capitaine lui prêterait main forte.

— Je veux dire, madame, qu'il sera dur à éconduire. Cet homme cherche désespérément à s'attirer la faveur du Dauphin.

— Je vous remercie de me mettre en garde, capitaine.

Ils arrivèrent à la première ferme, La Mirande. La plus grande partie en était en meilleur état que ce que Jeanne avait supposé, mais l'étable et des bâtiments attenants, dont elle ignorait quel avait pu être l'usage, avaient été incendiés par la foudre. Il y faudrait des maçons autant que des charpentiers et dix paires de bras.

Le Palestel, pour sa part, apparaissait comme celle des fermes qui nécessitait le moins de travaux ; elle permettait même une occupation immédiate. Le charpentier pourrait consolider les toitures et les huis pendant que les habitants y seraient.

Jeanne, Gonthard et les deux sergents regagnèrent La Châtre. Jacques était déjà de retour ; il fit ainsi la connaissance de Gonthard ; sans doute conçut-il de l'estime pour l'échevin et capitaine, car il l'invita à souper le soir même.

— Vous connaîtrez ainsi le reste d'entre nous, dit-il.

Et il informa Jeanne que le charpentier d'Orléans viendrait le lendemain ; ainsi pourrait-on entreprendre rapidement les travaux à La Doulsade. Jacques apparut comme le plus impatient de voir le manoir restauré.

Le lendemain fut un vertige d'embauches et de décisions sur les réfections de tel et tel bâtiment.

Jeanne aspira au calme de la rue de la Bûcherie. Ivre de grand air et de découvertes, François était devenu turbulent. Il voulait, clamait-il, un cheval et un chien. Abigail et Joseph découvraient un monde et tentaient d'imaginer la place qu'ils pourraient y tenir, puisque, désormais chrétiens, ils jouissaient du droit de posséder des terres. Ils cueillaient les premiers brins d'herbe avec émerveillement et vaquaient dans les champs comme au paradis. Et Jacques, surtout lui, qui n'avait connu que l'air raréfié des cabinets de changeurs et qui n'avait jamais souillé de terre ses mains fines, avait adopté d'emblée son nouveau domaine. Ces réactions frappèrent Jeanne.

Jusqu'aux propos du roi sur le repeuplement nécessaire des campagnes, elle s'était résignée au mépris des citadins pour les vilains, les bouseux, les culs-terreux. Elle s'avisait soudain que, les anciens serfs ayant disparu et les seigneurs s'étant appauvris au cours des années de guerre, les gens des villes découvraient leur dépendance à l'égard des campagnes. Que la farine se fît rare et que l'aloyau de bœuf coûtât soudain le double d'une année l'autre, et tout changeait : en réalité les villes étaient les serves des vilains.

Jeanne parla alors de son frère à Jacques. Il l'écouta, soucieux.

— Ce garçon n'est pas ton frère. En tous cas, pas comme je l'entends. Sa présence dans les parages me donne l'impression que nous bâtissons notre chaumière près d'un repaire de loups, dit-il.

Au souper, Gonthard fit observer aux époux de l'Estoille qu'ils ne pourraient aller et venir ainsi de Paris au Berry et, fussent-ils même sur place, courir d'une ferme à l'autre.

— Vous avez besoin d'un intendant, dit-il.

— En connaissez-vous un ? demanda Jacques.

— Le métier disparaissait. Mais j'ai plus d'un lieutenant que vos exploits ont excités. Je verrai à vous en proposer un à votre prochaine visite. Car je ne doute guère que vous ne serez pas longs à revenir.

Il annonça ensuite que le duc Jean II d'Alençon avait été arrêté et jeté en prison en raison de ses menées séditieuses et de sa complicité avec les Anglais.

Dieu merci, les espions du roi étaient actifs. Mais le sentiment que Jeanne et Jacques en retiraient n'en était pas moins déplaisant. Les chants des mésanges ne parvenaient pas à couvrir les croassements des corbeaux.

9

La double face du monde

Ils n'avaient vu que des ruines. Dans le chariot qui les ramena à Paris, on eût dit qu'ils revenaient du palais du roi Arthur à Camelot.

L'enchantement changea leurs vies. Puis ce séjour campagnard les contraignit à des décisions urgentes. Et leurs réflexions commencèrent dans le chariot.

Un regard sur François suffisait pour s'aviser des bienfaits du plein air. Son teint s'était coloré et son visage, épanoui.

— Maîtresse, ce garçon est métamorphosé ! s'était écriée la nourrice.

Il fallait donc en déduire qu'un long séjour à La Doulsade était nécessaire au développement physique de François. Mais, à supposer que le manoir fût prêt à l'habitation dans les semaines à venir, une autre déduction indiquait qu'il ne le serait que par intermittence. Le temps était venu, en effet, de songer à l'éducation de François et à son entrée dans un collège. C'était à dire qu'il ne viendrait à La Doulsade que durant les congés de l'année scolaire. Raisonnement corollaire : la solution la plus commode consisterait à l'inscrire au collège d'Orléans, de telle sorte qu'il fût à mi-chemin entre La Doulsade et Paris et surtout le plus éloigné possible des turbulences des écoliers parisiens.

C'était là une échéance que Jeanne savait inéluctable et qu'elle avait cru éloigner en chargeant des précepteurs privés d'instruire son fils. Car son cœur se serrait à l'idée de se séparer de François. Mais les subterfuges n'étaient plus de mise.

Autre corollaire : Joseph aussi devrait être placé dans un collège chrétien ; l'éducation qu'il avait reçue à la *yeshivah* choisie par son père ne le préparait guère à vivre d'égal à égal dans un monde de gentils. Jacques décida qu'en tout état de cause, il irait au même collège que François. Jeanne en convint :

— De la sorte, il pourra veiller sur lui.

Pour la première fois de sa vie, Jeanne perçut clairement que tout objet de ce monde revêtait une double face : la joie de posséder le manoir de La Doulsade, symbole parfait du bonheur campagnard retrouvé, révélait des problèmes lancinants.

Qu'adviendrait-il de François dans la compagnie d'autres garçons ? Ne souffrirait-il pas du froid ? De la faim ? Conserverait-il cette fraîcheur de caractère qui enchantait ses proches ?

Le moindre des problèmes qui se dessinaient à l'horizon n'était certes pas que son frère honni fût si proche de La Doulsade. Un jour ou l'autre, elle n'en doutait pas, Denis viendrait la tourmenter de ses desseins ténébreux.

Autre effet de la visite à La Doulsade : à la faveur de conversations fortuites avec Jacques, Abigail découvrit avec stupeur que son entrée dans le monde chrétien l'autorisait à posséder des terres et des maisons n'importe où dans le royaume, ce qui était pratiquement interdit aux Juifs.

— Nous devrons quand même cesser de t'appeler Abigail, observa Jacques. Ce nom est trop étrange, et l'on t'en a d'ailleurs donné un autre.

Le père Martineau l'avait, en effet, baptisée Angèle, mais ce nom la faisait rire. Elle ne se jugeait pas du tout angélique.

Jacques aussi s'interrogea sur son avenir à la lumière de La Doulsade. Il lui paraissait impossible de résister à l'attrait de la campagne et l'eût-il tenté, d'ailleurs, qu'il n'eût pu se cacher l'évidence : il savait que Jeanne y passerait désormais une bonne partie de l'année et qu'il ne saurait se séparer d'elle si longtemps. Toutefois, il ne voyait guère comment concilier ses activités de banquier, qui étaient itinérantes, et de longs séjours à la campagne.

Jeanne, enfin, affronta un changement de son paysage intérieur qui la désorienta. Elle s'était interrogée depuis des mois sur la façon de faire fructifier son petit magot ; or, d'une part elle s'avisait que l'argent investi dans les fermes représentait un bel et bon investissement, même si elle était pour le moment incapable d'en évaluer les revenus, et d'autre part, elle découvrait soudain que ses raisonnements précédents avaient été frivoles. Jacques le lui avait assuré, et sur un ton qui ne laissait aucun doute : elle était aussi propriétaire de l'argent de son époux. À eux deux, ils étaient riches. Jointe à l'héritage paternel, la fortune de Jacques se montait à deux cent cinquante mille livres et, si l'on y ajoutait la sienne propre, sans compter la maison de la rue de la Bûcherie, le tout avoisinait les trois cent mille. Qu'avait-elle besoin de plus ?

Mais surtout, et pour la première fois d'une existence qui lui semblait déjà longue, elle ne pensait plus sa vie de façon indépendante. Depuis les premiers échaudés vendus devant le collège des Cornouailles, elle n'avait agi que pour son compte. Mais maintenant, elle était deux, comme elle ne l'avait jamais ressenti, même avec le bien-aimé Barthélemy. Jacques et elle ne formaient désormais qu'un corps à deux têtes. Quand ils avaient visité le manoir, elle avait d'emblée compris qu'ils l'habiteraient ensemble, en tant que couple. À Paris, Jacques habitait chez elle, rue de la Bûcherie ; mais là, ils habiteraient ensemble la même maison.

Cette idée l'emplissait de ravissement et d'étonnement.

— Je veux un chien ! répéta soudain François dans le chariot. Un chien et un cheval !

Ce qui ramena Donky à l'esprit de Jeanne. L'âne fidèle et doux, qui était toujours en service à Paris, portant les sacs de méteil de la rue de la Bûcherie à la pâtisserie de la rue de la Montagne-Sainte-Geneviève et à celle des Halles, n'était pas éternel. Dans un élan de piété à l'égard du passé, Jeanne songea que sa dernière demeure devrait être à la campagne.

Ils furent enfin rendus à Paris, la veille de Pâques.

Guillaumet les accueillit avec une joie visible.

— Je m'ennuyais de vous, maîtresse !

Il avait tenu la maison chauffée du haut jusques en bas, mais il avait éteint le brasero dans la cave, la température étant devenue tolérable. Et il s'émerveilla, lui aussi, de la mine de François.

Au souper, Jeanne déclara qu'il serait souhaitable que la famille de l'Estoille se rendît au complet à l'église, pour l'office de Pâques, c'est-à-dire le lendemain.

Un silence déconcerté accueillit la proposition. Il y avait tant de fêtes chrétiennes, pourquoi celle-là en particulier exigerait-elle leur présence ?

Parce que, expliqua-t-elle, c'était la fête cruciale des chrétiens : ils y célébraient la résurrection du Seigneur Jésus-Christ, fondement de leur foi. En réalité, elle répétait les paroles du père Martineau.

Joseph sembla saisi par le besoin de protester, mais se retint, eu égard à la présence de la nourrice et de François. Jacques, Abigail et lui convinrent donc de déférer au désir de Jeanne et à la bienséance qui s'imposait à des chrétiens tout neufs, de surcroît agréés par la faveur royale. Toutefois, quand la nourrice et François furent montés se coucher, Jeanne demanda à Joseph ce qu'il s'était retenu de dire.

— J'ai lu les Évangiles. S'il est ressuscité d'entre les morts, que n'est-il allé se montrer à ses persécuteurs, afin de les confondre ?

Jeanne demeura interdite. Elle n'avait jamais lu les Évangiles, n'en connaissant que les brefs extraits que le père Godefroy avait jadis lus à l'église de La Coudraye. Pour elle, Jésus était le fils envoyé par Dieu pour le rachat des fautes de l'humanité. Les Juifs l'avaient crucifié et il était ressuscité. Un point c'est tout. Si l'on n'y croyait pas, c'était l'Enfer.

— Que dis-tu ?

— Ce que j'ai dit.

Car ils se tutoyaient depuis le voyage.

Elle ne parvenait toujours pas à trouver de réponse, et elle en était de plus en plus contrariée. Jacques demeura silencieux.

— Joseph, de grâce, pas de théologie, intervint Abigail. Les livres de religion, c'est plein de choses incompréhensibles, comme le char de feu qui a emporté le prophète Élie au ciel. Si j'avais osé mettre en doute un seul mot de la Bible devant mon père, il m'aurait fouettée jusqu'au sang ! Et à quoi cela eût-il servi ?

— Mes enfants, dit Jacques, je vous supplie de taire de pareilles réflexions ! Vous finiriez sur le bûcher comme hérétiques, et le risque serait d'autant plus grand que vous venez d'être convertis. Et de la sorte, vous causeriez le plus grand tort à Jeanne, qui vous a obtenu la faveur du roi. Sans parler de moi.

— Je me tairai donc pour l'amour de Jeanne, dit Joseph avec un sourire malin.

— Merci, dit Jeanne. Mais je voudrais bien savoir, quand même, la réponse à la question de Joseph.

— Garde-toi de la demander au père Martineau, conseilla son mari, il te soupçonnerait d'avoir été contaminée par le mauvais esprit des païens que tu as fait convertir.

Plus tard, quand elle et Jacques se retrouvèrent dans le lit, elle lui demanda :

— Nous ne savons rien de la religion, sinon ce qu'on nous ordonne de croire. N'y a-t-il donc au monde autre chose que l'amour ?

— Rien, sans doute, murmura-t-il, la prenant dans ses bras.

— Il n'y a donc que nos corps ?

Il lui ferma la bouche de ses lèvres.

Peut-être, en effet, était-ce bien cela.

Elle se rêva comme la terre. Il était l'ange de la rosée. Ils composaient l'univers entier. Elle se grisa de sa salive, de sa sueur, de sa semence. Ils se mangèrent.

Elle ne sut pourquoi le plaisir lui inspira cette nuit-là un élan désespéré.

— Tu ne peux savoir combien je t'aime, lui dit-elle. Non, tu ne peux le savoir.

— Si, répondit-il. Tu es pour moi le monde entier, avec les astres et les fleurs.

Elle ne parvenait pas à s'endormir.

— D'où te vient cette douceur ? lui demanda-t-elle.

— Je sais la faiblesse des autres.

Vers la mi-avril, un messager, envoyé par Gonthard à Paris pour d'autres motifs, passa informer les époux de l'Estoille que La Doulsade était habitable, bien qu'il restât de menus travaux à parachever. Par exemple, doter les fenêtres de verre véritable, au lieu du papier huilé.

On leur eût annoncé que les portes du Paradis étaient ouvertes que les habitants de la rue de la Bûcherie n'en auraient pas été plus ravis.

Pour Jeanne, la nouvelle coïncida avec un événement qui, pour elle, était bien plus considérable : elle était enceinte. Elle ne l'avait pas encore annoncé à Jacques, attendant d'en être tout à fait certaine.

La veille, le sergent Ythier, celui qui avait escorté Jeanne lors de son premier voyage, avait rendu visite à Jeanne. Ciboulet, en effet, l'avait informé que la baronne de l'Estoille était en quête d'un intendant, et il posa sa candidature. Elle le présenta à Jacques, auquel elle avait raconté le courage tranquille et l'astuce avec laquelle Ythier avait attaqué les loups assiégeant le Grand Bussard.

— Vous m'agréez, dit simplement Jacques, après un coup d'œil au sergent. Prenez congé de votre capitaine. Nous attendrons que vous obteniez son consentement et vous viendrez avec nous. Nous allons voir quel est le rendement des semailles d'hiver.

Ythier se présenta le lendemain, avec le billet de congé. Jacques fit louer de nouveau un chariot. La maisonnée s'y installa fiévreusement, comme si elle partait délivrer les Lieux saints.

— Il faudra que vous m'y emmeniez un jour, s'écria Guillaumet.

— C'est promis ! lui assura Jacques.

Après l'étape d'Orléans, ils furent directement au manoir. Et bondirent du chariot comme des diables d'une boîte. François s'élança en tête et franchit le pont par-dessus le fossé et, parvenu au milieu du futur jardin, écarta les bras dans un geste d'extase.

Les toits étaient refaits. Les deux cheminées fumaient.

Le plancher des deux étages du bâtiment central et l'escalier central avaient été rebâtis.

Un bruit sourd emplissait la maison : c'étaient les ouvriers qui rabotaient le plancher à la varlope. Des odeurs de bois, de pierre et de vernis régnaient partout. Le nouvel escalier, s'élargissant au bas, était à l'italienne, car le charpentier avait vu ce qui se faisait de mieux à Dijon, dans le duché de Philippe le Bon.

Les menuisiers ajustaient le verre aux fenêtres. La nourrice s'émerveilla qu'on pût voir au travers.

— Du verre ! À toutes les fenêtres !

On entendit les cris de François à l'étage au-dessus.

À l'arrière, la maisonnette des domestiques et les écuries avaient été rebâties ; celles-ci pouvaient accueillir six chevaux.

Le charpentier, maître Cochet, vint au-devant des visiteurs, aussi heureux de la mine réjouie de ses clients que de son travail.

— On dort ici ? demanda François.

— Point, répondit la nourrice. Coucheriez-vous sur le plancher ?

Force fut de convenir qu'on ne séjournerait pas encore à La Doulsade. Il fallait au moins trois lits et des coffres, une table pour la vaste salle du rez-de-chaussée, qui servirait de cuisine, des sièges, des tentures et des commodités pour l'hygiène.

Le seul qui ne rentrerait pas à Paris serait Ythier. Jeanne et Jacques l'emmenèrent au Palestel, déjà occupé, mais assez grand pour lui assurer des quartiers privés. Ils le présentèrent aux fermiers des autres propriétés, en sa qualité d'intendant, et lui achetèrent un cheval. Puis ils le chargèrent d'engager deux domestiques pour occuper La Doulsade en leur absence et de pourvoir au curage des fossés et à la remise en état du petit pont, qui paraissait branlant.

Ils firent une halte de deux jours à La Châtre, dans l'attente des estimations des récoltes, dont Ythier s'était immédiatement occupé.

Il revint avec un détail dont l'exactitude combla les espoirs que ses nouveaux maîtres avaient mis en lui. Vu la longueur inusitée des jachères, les fermiers avaient, selon les cas, fait les semailles d'hiver sur la totalité ou, par habitude, les deux tiers seulement de leurs terres. Le rendement avait été exceptionnel : vingt-deux à vingt-cinq boisseaux l'arpent[1]. Ythier l'attribuait au fait qu'on avait semé serré et que les terres avaient été engraissées par les brûlis du sarclage ; il mettait cependant Jeanne et Jacques en garde contre l'espoir que les moissons suivantes seraient aussi belles, d'une part parce qu'on ne pourrait semer sur d'aussi grandes surfaces, vu la nécessité de garder un tiers en jachère, et de l'autre, parce que le temps avait été relativement favorable dans le Berry cette année-là.

Ythier présenta à Jeanne une feuille sur laquelle il avait inscrit les proportions d'épeautre, de seigle, de froment et d'avoine récoltés. Sur les quantités prélevées, un tiers revenait aux fermiers et un peu plus d'un autre tiers serait réservé pour les semailles suivantes. Celles de printemps ne couvriraient cependant qu'un peu plus d'un cinquième de l'ensemble des terres.

Il se trouvait donc que Jeanne disposait d'un peu moins du tiers des récoltes. Non seulement elle faisait de la sorte l'économie de la farine qui alimentait les trois pâtisseries, mais

1. Un boisseau équivalait environ à un décalitre, et l'arpent valant une cinquantaine d'ares, cela représente environ une demi-tonne à l'hectare, quantité évidemment dérisoire par rapport au rendement agricole moderne, mais cependant remarquable pour l'époque.

encore elle tirerait bénéfice du blé de surplus, qu'on vendrait à Orléans. Jacques calcula que cela représentait un rendement de trente pour cent des sommes investies dans les domaines.

— Nous verrons cet automne ce que donneront les vignes, déclara Ythier avec un sourire.

Les nouveaux seigneurs s'arrêtèrent ensuite à Orléans, pour commander le mobilier de La Doulsade. La batterie de cuisine. Des tentures.

Et des rosiers pour le jardin.

Et des arbres pour le verger.

À Paris, Jeanne annonça à Jacques :

— Tu seras père en janvier prochain, sinon plus tôt.

Ils fuirent les chaleurs de juin et partirent habiter enfin La Doulsade, ne fût-ce que pour quelques semaines.

Les deux domestiques étaient un couple, Baptiste et Marie. Pour le premier repas au manoir, Marie leur prépara des poulardes farcies au sarrasin et aux raisins secs et des salades. Jeanne confectionna une tarte aux cerises.

— Il faudra s'occuper de la cave, dit Jacques.

Jeanne découvrit de nouveaux occupants : un couple de chiens et un autre de chats. Ce n'était guère des animaux de compagnie : les premiers tenaient les renards en respect, car ces maraudeurs franchissaient le pont, attirés par la basse-cour, et les seconds faisaient la chasse aux souris.

Elle découvrit aussi, près de la maison des domestiques, une cage qui la laissa perplexe. Une grande cage de fer garnie de paille où deux chiots s'ébattaient. Sauf que ce n'étaient pas des chiots, mais des louveteaux.

Des louveteaux ! Elle se pencha sur la cage ; ils jappèrent. Elle eût voulu les prendre dans ses bras. Mais des louveteaux ! Elle demeura partagée entre la répulsion et l'attendrissement. Baptiste passait par là ; elle l'interrogea.

— Maître Ythier les a trouvés dans la forêt. On avait tué leur mère. Il n'a pas eu le cœur de les tuer. Il les a ramenés ici. Il a dit que si on leur donne de la viande cuite, ils ne sont pas dangereux. Ils oublient d'attaquer l'homme.

Il ouvrit la porte de la cage et prit l'un des louveteaux dans les bras. L'animal se tortilla, jappa d'aise. Baptiste lui fourra un doigt dans la gueule. Le louveteau le mordilla, les yeux clos, dans l'extase. Joseph rejoignit Jeanne et contempla cette scène étrange.

— Mais la cage, où l'avez-vous trouvée ? demanda Jeanne.

— Elle était là, dans l'écurie. Les anciens seigneurs y gardaient aussi des loups. Tant qu'il y a des loups en cage, dit Ythier, les autres n'attaquent pas.

— Mais on ne peut pas les garder ici éternellement, dit Jeanne, songeant avec effroi à ce qu'il adviendrait s'ils rencontraient François dans le jardin.

— Maîtresse, c'est vous qui commandez, mais ils n'attaquent jamais ceux dont ils ont senti l'odeur quand ils étaient jeunes. Prenez celui-ci dans les mains.

Il lui tendit le louveteau ; elle le prit, incrédule. L'animal la flaira. Ses yeux fauves fixèrent ceux de Jeanne comme avec effroi. Elle lui caressa le front. Il la lécha ; grogna d'aise. Elle ne put s'empêcher de rire. Le louveteau ferma les yeux. Il s'apprêtait à faire une sieste dans les bras de Jeanne.

— Maintenant, maîtresse, il ne vous attaquera jamais. Prenez-le aussi, dit Baptiste à Joseph, stupéfait.

Bientôt, toute la maisonnée rejoignit Jeanne et Joseph. François fut le plus impatient. Il prit l'animal dans ses bras, le cajola. Le louveteau lui lécha les mains, puis le visage. François rit aux éclats.

— C'est comme des chiens sauvages, dit Baptiste.

Il tira l'autre louveteau de la cage. C'était une femelle. Tout le monde se la passa de mains en mains. Même la nourrice.

— Nous voilà précepteurs de loups ! s'écria-t-elle en riant.

François posa l'animal dans l'herbe. Celui-ci gambada. Jacques lâcha aussi le sien. Jeanne retint un cri. Les chiens accoururent. Ils renversèrent les louveteaux et jouèrent avec eux. Jappements et grognements reprirent de plus belle. Les jeunes loups couraient après les chiens et les chiens après les loups, puis ils folâtraient dans l'herbe et se mordillaient.

— Voilà, dit Baptiste, ils n'attaqueront jamais aucun de vous, même quand ils seront grands. Ils n'attaquent que parce qu'ils ont faim.

Jacques observait la scène d'un air songeur.

— Des chiens de garde, donc, pourquoi pas.

Baptiste rattrapa les louveteaux et les remit en cage.

Tout le monde alla se laver les mains à l'eau vinaigrée et au savon. Ces bêtes sentaient fort.

Jacques rentra à Paris pour ses affaires.

Sur la requête de Jeanne, Gonthard prêta son maître-écuyer pour apprendre à Joseph et François à monter à cheval. Elle fit aussi venir un jardinier de La Châtre, pour étendre le jardin au-delà de la haie de rosiers qui s'étendait devant l'entrée.

Angèle aidait Jeanne à tenir le manoir en ordre, à laver le linge, ravauder, tenir la literie propre.

Un matin qu'elles refaisaient la gaine d'une tapisserie avant de la pendre au mur d'une des chambres à coucher, Jeanne lui demanda :

— N'attends-tu pas un époux ?

Angèle suspendit son ouvrage, l'aiguille en main :

— Je m'interroge. Je n'ai vécu qu'avec trois hommes, mon père, Jacques et Joseph. Mon père était un modèle de justice et d'autorité calme. Jacques et Joseph étaient pour moi des modèles de beauté et de caractère. Jacques incarne pour moi toutes les vertus, il est beau, il est savant, il est riche, et il maîtrise ses émotions avec une courtoisie sans défaut. Je ne l'ai jamais entendu dire du mal de quiconque. S'il en pense, il se tait et chacun le comprend. Joseph est différent : il est habité par un diablotin fou. Il examine toutes les idées et toutes les situations d'une façon à laquelle personne ne semble avoir jamais songé. Je ne peux imaginer un époux qui leur serait inférieur.

— La solitude ici ne te pèse pas ? Peut-être devrais-je inviter des gens parmi lesquels tu trouverais sans doute un parti.

— Que ferais-tu ? répliqua Angèle en souriant. Tu donnerais des bals pour faire danser les damoiseaux du voisinage ? Crois-tu que l'on ne verrait pas le but de telles fêtes ?

Elle éclata de rire.

Jeanne imagina soudain ce que la vie serait pour elles deux quand viendrait l'automne, que Joseph et François seraient au collège à Orléans et que Jacques serait en voyage : deux femmes seules durant les longues veillées, pareilles à deux veuves, l'une d'un mari absent et l'autre, d'un homme qu'elle n'avait jamais eu. Le paradis de La Doulsade reprit soudain des couleurs terrestres. Un joli manoir solitaire. Elle songea à son nom : la Doulce Sade. Le Doux Plaisir. Nom prometteur, mais elle en vint à se demander pourquoi elle l'avait tant désiré.

Une fois de plus, la réalité montra deux faces.

C'était une famille peu commune que la leur : elle se réduisait à cinq personnes, dont un seul couple, alors que, elle le savait, les familles du voisinage en comptaient plus. Si elle avait été plus entourée, peut-être n'aurait-elle pas ressenti la solitude de façon si insidieuse. Sur quoi Angèle déclara, comme en réponse à une question que Jeanne ne lui avait d'ailleurs pas posée :

— Je ne peux me forcer à aimer.

Et elle reprit l'aiguille.

Jacques revint à l'août. Il fit inscrire Joseph et François au collège des Cordeliers à Orléans. Jeanne, la nourrice et Angèle accompagnèrent les deux garçons comme des mères, des sœurs et des épouses qui suivent des hommes partant à la guerre. Jeanne éprouva pour la première fois le passage du temps. À vingt-deux ans, elle entamait une troisième vie. Elle entrevit le jour, sans doute lointain mais inéluctable, où François serait un jeune homme indépendant ; c'est-à-dire un inconnu.

La Doulsade sans François devenait vraiment solitaire. Ces longues soirées où les chiens aboient et les hiboux hululent dans la nuit devenaient mélancoliques. Elle décida de rentrer à Paris et de s'épargner désormais les fatigues du voyage. Elle abordait, en effet, le cinquième mois de sa grossesse et celle-ci représentait pour elle la tâche la plus précieuse de sa vie : se donner un enfant, et donner un enfant à Jacques. La fermière prenait congé de la châtelaine. Elle ne reverrait donc pas La Doulsade avant son accouchement.

En septembre, Jacques partit seul pour témoigner de son existence auprès de l'intendant Ythier et vérifier les nouveaux rendements des semailles de printemps. Il revint une semaine plus tard, avec un détail dont la complexité le fit sourire.

— Les loups se portent bien, dit-il. Dès qu'ils m'ont vu, ils sont accourus. J'ai cru qu'ils m'attaquaient, mais ils m'ont flairé. Le mâle s'est dressé sur ses pattes arrière et a mis les pattes avant sur mes épaules, comme pour m'adouber loup ! Ils sont exagérément affectueux. J'ai l'impression de m'être fait des amis en Enfer !

Il riait et secouait la tête en y pensant.

Dans les douleurs annonciatrices, Jeanne trouva la force de rire par intermittence.

Un 24 décembre, vraiment ! Jacques et Angèle en étaient éberlués. Rendus à leur famille, Joseph et François interrompirent leur partie d'échecs.

— C'est pas Dieu possible ! s'écria la sage-femme, arrachée à un souper de famille.

Le fait fut néanmoins que Jeanne accoucha, à la dixième heure de la soirée, dans la nuit de Noël.

— Et un garçon, par-dessus le marché ! déclara la sage-femme.

Jeanne, épuisée, s'endormit une fois sa toilette faite, en dépit des cris de l'enfant. La dernière image qu'elle emporta dans le sommeil fut celle de Jacques, debout au pied du lit, avec une expression qu'elle ne lui connaissait pas.

Le même visage qu'elle retrouva le lendemain, au réveil. Avec de surcroît, la main de Jacques sur sa joue. Il ne disait rien ; il n'avait pas de mots. Du moins pas ceux de son regard. Il tira de la poche de sa jaque une bague, ornée d'un diamant, et la lui tendit.

— Il est énorme, dit-elle.

— C'est le plus beau qu'avait Blarru.

Blarru, le joaillier du pont au Change. Le joaillier des princes. Il lui glissa la bague à l'annulaire de la main droite, symétrique de l'anneau de mariage. La nourrice entra, tenant l'enfant, lavé et langé. Elle le tendit à Jacques, qui le déposa doucement dans les bras de Jeanne.

Elle le regarda et sourit.

François entra à son tour dans la chambre, le pas incertain.

— Maman…

Elle l'appela et, de son bras libre, l'attira vers elle et l'embrassa.

— Maman, je suis si content…

Il regarda Jacques ; ils s'étreignirent. Jeanne fut une fois de plus surprise par l'affection qu'ils se portaient : l'un voyait en l'autre la chair de la femme aimée, et l'autre, le père qu'il n'avait jamais eu.

Vinrent Angèle et Joseph, graves et souriants. Puis Guillaumet, épanoui. Sidonie, la volaillère, dame Contrivel, Ciboulet. Tous portant des cadeaux.

— C'est un vrai Noël, dit Joseph.

Jeanne saisit la dérision et Ciboulet s'esclaffa.

Le père Martineau vint aussi.

— Il faudra le baptiser, ce petit, dit-il, quand la nourrice lui présenta le nourrisson. Avez-vous songé à un nom ?

— Déodat, dit Jacques.

Le père Martineau sourit.

— Don de Dieu, dit-il. C'est un joli nom pour un enfant né la nuit de Jésus.

Il le baptisa huit jours plus tard. Mais comme il gelait à pierre fendre, Jeanne exigea que le baptême se fît à la maison.

En janvier, dame Contrivel perdit son mari. Jeanne, à peine remise de ses couches, trouva la force de lui rendre visite.

— Ma bonne amie, lui dit dame Contrivel, je ne feindrai pas avec vous. Je suis soulagée : la mort lui sera un repos après ce qu'il a enduré ces dernières années. C'est aussi un repos pour moi. J'étais devenue une servante. Je finis par penser que c'est une faveur du Ciel que de mourir jeune : on a cueilli les fleurs de la vie, l'on s'en va avant qu'elles soient fanées, l'on n'a pas encore eu le temps de pleurer sur les autres et l'on n'a dû servir personne.

Jeanne fut saisie par la franchise de la veuve. Elle n'avait jamais songé au vieil âge. Et même alors, elle évitait d'y penser. Et pourtant, un jour Jacques finirait bien par ressembler à son père Salomon. Et elle serait, elle aussi, une vieille femme.

— Le père Martineau nous assure qu'une longue vie est une faveur du Seigneur. Je pense que le Seigneur est un vieil homme qui cherche de la compagnie.

Jeanne ne put s'empêcher de rire.

— Riez, riez, dit dame Contrivel. C'est le seul vrai vin.

Le mot lui rappela les convenances : elle servit à Jeanne un verre d'hypocras.

— Je me suis souvent demandé si je n'eusse pas été plus gaie à courir moins vite que les galants, quand j'étais jeune. J'eusse eu du plaisir et des souvenirs. Me voici riche et sans autres souvenirs que les devoirs que j'ai remplis en rechignant. Quant à l'argent, que voulez-vous que j'en fasse à mon âge ?

Jeanne écoutait, médusée.

— J'ai donné sa part d'héritage à mon fils, afin que je puisse les voir, lui, sa femme et ses enfants, sans penser qu'ils attendent de m'accompagner au cimetière.

Jeanne fut secouée d'un fou rire. Ce n'était pas du tout l'idée qu'elle se faisait d'une visite de condoléances.

— Quand on plante des choux, poursuivit dame Contrivel, on a des choux tous pareils à tous les choux et tous également mangeables. Mais quand on fait des enfants, on ne sait jamais ce qu'ils deviendront. S'ils survivent au croup et aux fièvres, tierces, quartes ou quintes, vous vous demandez toujours si la fille ne deviendra pas ribaude et le garçon, coquillard. Un beau jour, au détour d'un regard, vous vous apercevez que ce sont de parfaits étrangers.

Jeanne songea à Denis. Du diable, oui, si elle avait jadis pu deviner qu'il tournerait à la canaille !

— Je vous ai observée depuis que vous êtes venue dans cette maison, reprit dame Contrivel. On connaît votre histoire, dans le quartier. Enfin, ce qu'on peut en savoir. Vous êtes la fille que j'aurais voulu avoir. N'importe quelle autre que vous aurait fini dans le ruisseau. Ou morte. Mais non, vous avez travaillé dur et, maintenant, vous voilà établie. Vous avez fait preuve du courage qu'a dû avoir l'autre Jeanne, celle qui était allée secouer notre roi et le convaincre qu'il n'était pas bon à jeter aux chiens, comme le voulait sa ribaude de mère. On raconte encore dans le quartier la manière dont vous avez estourbi ces coupe-jarrets, il y a quelques mois.

Elle était lancée. Elle avait dû se pinter depuis le début de la matinée.

— Vous avez attiré l'attention de la maîtresse du roi, Agnès Sorel, puis du roi, puis de quelques autres, parce que vous avez le feu au cœur, et ces choses-là, ça se sent, ma fille. Charles est point bête. Il a le nez d'un vieux rat. Il vous a donné la maison de la rue de la Bûcherie. Il a dû vous donner autre chose, mais ça, je ne le sais pas, c'est pas mes affaires. Vous êtes devenue conseillère à l'Échevinat. C'est pas rien, ma petite. Moi, je n'ai jamais été conseillère, et pourtant je ne suis pas pauvre.

On savait donc tout d'elle. Ce n'était pas une découverte, elle s'en était avisée depuis les confidences de Ciboulet, mais enfin, l'étonnement se renouvelait chaque fois qu'elle le vérifiait.

Elle commençait à se demander où voulait en venir dame Contrivel, à supposer, d'ailleurs, qu'elle eût l'intention d'en venir où que ce fût.

— Bon, dit la drapière, je vous fais un cadeau. Je vous propose d'acheter la manufacture de drap de Lyon. C'est ma part d'héritage à moi. Vous vouliez faire fructifier votre argent. C'est dans le drap que vous le ferez. Ce pauvre Édouard vous l'avait dit : c'est pas dans l'échaudé que vous ferez fortune, mais dans des marchandises qui tiennent le temps. Il vous faudra aller de foire en foire. Mais le prix du drap, vous le doublez dès qu'il sort de la fabrique, parce qu'on peut sauter un repas ou manger du pain rassis, mais qu'on ne peut pas aller nu. Et les riches, ils consomment plus de drap que de pain, parce qu'il leur faut paraître.

— Mais n'est-ce pas votre fils ou votre fille qui en hériteront ?

— Ils ont déjà d'autres manufactures, et cela suffit.

Jeanne l'interrogea du regard. Dame Contrivel sourit et regarnit les verres.

— S'ils n'étaient venus me voir que pour me parler d'argent, et bien sûr à leur profit, j'eusse décidé autrement. Mais c'était vous qui m'invitiez à vos soupers, sans rien attendre en retour, pour rien, pour le plaisir. Alors voilà, je vous propose la draperie de Lyon pour la moitié du prix qu'elle vaut, trente mille livres. Je suis sûre que vous au moins, vous penserez à moi quand je ne serai plus. Que vous viendrez prier sur ma tombe.

Jeanne fut bouleversée par la solitude que révélaient ces mots.

— Parce que vous, vous pensez aux morts, je le sais. On vous voit souvent devant la tombe de votre premier mari.

— Vous me peinez, dit Jeanne au bout d'un temps. Je ne vous savais pas tellement démunie... Je vous ai invitée par amitié, parce que je lisais dans vos yeux de l'attention... Depuis le jour où vous m'avez donné cette tisane parce que j'avais des nausées...

Dame Contrivel se pencha et tapota les genoux de Jeanne.

— Vous savez, Jeanne, la plus grande partie des choses qui comptent passent en silence. Voilà, c'est dit. Consultez donc votre mari sur cette draperie et faites-moi savoir votre réponse.

C'était un aspect de la double face des choses : une femme dont elle n'attendait rien lui faisait un cadeau magnifique simplement parce que Jeanne l'avait traitée avec amitié.

10

La voix du sang

Jacques partit pour Lyon reconnaître la draperie. Il revint stupéfait.

— Cette femme t'a fait un cadeau de reine. La manufacture vaut vraiment soixante mille livres !

Il s'empressa d'aller rendre visite à dame Contrivel. Elle l'accueillit l'œil plissé :

— Vous avez l'air d'un roi mage, dit-elle.

— Seriez-vous alors la reine de Saba ? rétorqua-t-il.

Ils furent dans l'après-midi chez le notaire.

Dame Contrivel entra dans la famille.

Elle soupait presque tous les soirs rue de la Bûcherie, et la maison eût-elle compté une chambre de plus qu'elle y eût pris ses quartiers. Elle prodiguait à Jacques des conseils sur maints détails de métier, y compris les marchés où l'on faisait les meilleures affaires : les foires de Lyon, de Chalon-sur-Saône et de Dijon.

François et Joseph revinrent d'Orléans.

Jeanne interrogea son fils du regard.

Qu'avait-il appris ? Il traduisait du grec et du latin, rapporta-t-il. Il apprenait l'équitation, le chant et l'art de la viole. Les maîtres étaient bons, la chère, maigre. S'était-il fait des amis ? Au tir à l'arc, oui. Il était le meilleur de sa classe, bien qu'il y fût le plus jeune.

Elle s'enquit de ses condisciples : des enfants de la noblesse et de la bourgeoisie riche.

Joseph, pour sa part, répondit avec enjouement aux questions de Jacques et d'Angèle :

— Qu'ai-je appris ? Pour être franc, rien sinon le grec et le latin. Les écoles chrétiennes ne valent guère mieux que les juives. Ce sont des moules à gaufres. En philosophie, on vous enseigne les fins premières, en omettant soigneusement de vous dire que ce sont des esprits humains qui les ont conçues. On vous assure que la seule notion de Dieu est la preuve de son existence : *Si Deus est Deus, Deus est.* Mais à supposer que je conçoive un Dieu féminin, qu'en est-il ? *Si Dea est Dea, Dea est.* Ah non, là je finirais sur le bûcher !

Angèle se tordait de rire, et Jeanne écoutait avec perplexité ce garçon, qu'elle trouvait dangereusement brillant.

— J'espère que tu tiens ta langue, observa Jacques.

— Ah non, cher frère, je tiens mon esprit et j'enseigne à ma langue à répéter exactement les fadaises que j'entends. Tu m'as envoyé grimer chez les Cordeliers, afin que je me trouve à l'aise dans l'Occident chrétien. En frère cadet, docile et reconnaissant, je me conforme donc à ton souhait *cum propria ratione creata.* Chez mon père, j'étais un hypocrite soumis, ici, je suis un hypocrite ambitieux.

— Où cela te mènera-t-il ? demanda Jacques, admiratif.

— Au trône de saint Pierre ou en Enfer. Tu m'offres les instruments du pouvoir, il faut donc que je m'en serve un jour.

Juillet devint étouffant.

La canicule appelait des orages comme un malade fiévreux espère la suée. Mais l'orage passé, les Parisiens se reprenaient à haleter. Guillaumet inventa de mettre un ou deux flacons de vin à rafraîchir au fond du puits, ce qui stimula la clientèle.

Joseph emmena François se baigner dans un lac voisin de Paris.

On laissait les fenêtres ouvertes, dans l'attente d'une brise. La puanteur du ruisseau dans la rue entrait alors dans les logis.

— La chaleur n'est pas bonne pour les enfants en bas âge, dit un matin la nourrice. Croyez-moi, il sera mieux à la campagne et nous aussi.

Jeanne écouta le conseil et le fit entendre à son mari.

Il fallut non pas un, mais deux chariots pour emmener tout ce monde et ses coffres, y compris dame Contrivel. Cette fois-là, en effet, Jeanne consentit à Guillaumet de fermer la boutique pour huit jours et d'emmener sa promise avec lui. C'est que La Doulsade comptait dix chambres à coucher, toutes garnies.

Dame Contrivel faillit mourir de saisissement à la vue des deux loups qui vinrent avec les chiens les accueillir. Ils avaient beaucoup grandi, en effet. Ce fut à son corps défendant qu'elle autorisa Baptiste à lui faire porter la main sur leur crinière.

— Et leur fourrure est rêche ! protesta-t-elle.

On leur fit également flairer Déodat. Personne ne sut pourquoi ils gémirent et frétillèrent de la queue.

Guillaumet et sa promise, terrorisée, se prêtèrent également au protocole. Angèle regarda, émerveillée, les fauves faire fête à Jacques et sauter autour de lui en hurlant.

Jeanne demanda cependant à Baptiste d'enchaîner les loups pendant la journée, car affectueuses autant qu'elles fussent, leurs gambades et leurs familiarités risquaient de jeter à terre la nourrice et dame Contrivel.

Le lendemain, tout le monde s'égailla dans les parages. Joseph et François partirent se baigner dans la Creuse. Jacques alla au Palestel s'entretenir avec Ythier sur l'exploitation des deux fermes qui restaient à réorganiser. Angèle et dame Contrivel se rendirent à La Châtre pour y faire des emplettes. Jeanne resta seule avec la nourrice et l'enfant Déodat.

Vers midi, elle regardait par la fenêtre, s'émerveillant qu'on pût voir la nature à travers des fenêtres fermées, quand elle aperçut un homme à cheval qui franchissait le petit pont.

Elle le reconnut de loin. En fait, elle l'attendait.

Parvenu devant le petit perron du manoir, il mit pied à terre et gravit lentement les marches et tira la clochette de la porte.

Quelques instants plus tard, Baptiste monta prévenir Jeanne que son frère désirait la voir. Elle demanda qu'on le fît passer dans la salle du bas, qui servait pour les réunions. Baptiste annonça qu'il allait aux courses à la ferme du Grand Palus et que Marie était en train de ranger la cave. Elle hocha la tête.

— Bonjour, sœurette, lança Denis, se dandinant légèrement, la badine en main, je suis heureux de te voir enfin dans ton château. Mais tu ne parais pas enchantée de ma visite. Tu ne m'embrasses pas ?

Elle lui opposa un visage morne.

— Je n'augure plus rien de bon de tes visites, Denis, répondit-elle calmement. Que veux-tu ?

— Je suis venu admirer ton opulence, dit-il, avec une fausse aisance. Te voilà propriétaire d'anciens domaines royaux, dont toute la région me dit qu'ils prospèrent grâce à tes investissements. Mille cinq cents arpents, m'assure-t-on. Peste, c'est un beau cadeau que t'a fait Charles ton roi ! Faut-il donc qu'il te porte de l'affection !

— Ces terres ont été données à mon mari, Jacques de l'Estoille, et non à moi, rétorqua Jeanne. Et cela ne m'éclaire pas sur le motif de ta visite.

— Ouais, ouais, le cadeau est transparent. On goberge l'époux pour le faire taire. C'est toi qui as mis ces terres en valeur, les vilains du pays ne parlent que de toi.

Il s'assit, alors qu'elle ne l'y avait pas invité. Elle demeura debout.

— Tu es donc riche, Jeanne. Très riche. Pour une petite paysanne, tu étais bien délurée. J'estime ta fortune à quelque cinq cent mille livres au moins.

— Si c'est de l'argent que tu es venu me demander, je ne t'en donnerai pas. Je n'ai pas la fortune que tu dis. Ces terres commencent à peine à produire. Telles quelles, elles ne valent pas grand-chose, et d'ailleurs, je n'ai pas de comptes à te rendre.

— Que si, Jeanne, que si ! Je t'ai sauvé la vie, souviens-t'en.

Il regarda autour de lui.

— Et ce château ! Des fenêtres en verre, voyez-vous ça ! Mais c'est un logis vraiment royal ! Charles viendra-t-il te rendre visite ?

Il eut un petit rire déplaisant.

— Ce n'est pas pour moi que je viens te demander de l'argent, reprit-il. D'une certaine façon, je te rends même service en te le demandant, car, dans peu de temps, la France aura un nouveau roi, notre Dauphin bien-aimé. Tu seras bien aise d'être en faveur auprès de lui quand il montera sur le trône. Ce ne sera guère facile, j'en conviens, de n'être pas détestée de lui, en ta qualité d'ancienne favorite de son père !

Elle se maîtrisa.

— Je ne suis pas la favorite du roi et je t'interdis de le dire.

— Tu n'as rien à m'interdire. J'en sais long sur toi. Je suis bien en cour auprès du Dauphin. Il paraît que ton mari est banquier. Alors, tu devrais faire la banquière et avancer au Dauphin cent mille livres. Ainsi effacerais-tu d'avance tous les mauvais souvenirs qu'il aurait de toi.

Elle ravala le mépris qui se mélangeait à la colère.

— Je ne me mêle pas des successions royales. Je n'ai pas cent mille livres à prêter, répondit-elle.

Elle regretta que, par mansuétude à son égard à elle, le roi eût épargné cet intrigant venimeux, comme il le lui avait dit à leur dernière entrevue.

— Jeanne, aujourd'hui ou demain, le roi peut mourir. Il me suffirait de dire que ton fils François est le bâtard du Bâtard et ton compte serait bon. Il ne te resterait plus rien de ces terres et de ce manoir dans lesquels tu as investi tant de soin et d'argent. Et tout cela par avarice, pour avoir refusé de prêter une partie de tes richesses à un Dauphin injustement persécuté par son père ! Voyons, Jeanne, cela n'est pas raisonnable !

Le ton de ces propos était aussi insupportable que leur teneur. Jeanne posa les mains sur le dossier du siège devant elle. Elle agrippa le bois avec force.

— Denis, chaque fois que je te vois, c'est pour constater que tu descends plus bas dans l'infamie. Quitte cette maison sur-le-champ et n'y reviens plus !

Il se leva.

— J'y reviendrai, Jeanne, j'y reviendrai, mais en propriétaire, ma sœurette.

Il se pencha vers elle.

— En propriétaire ! répéta-t-il avec hargne. Car l'ancienne maîtresse des lieux sera alors à la rue et son fils bien-aimé aura disparu !

Elle tendit le doigt vers la porte.

— Dehors !

Il se dirigea nonchalamment vers la sortie, la badine à la main. Soudain, il se retourna, et Jeanne prévit son geste. Il tenta de la fouetter. Elle saisit la badine au vol et lui cravacha le visage.

Il porta la main à sa joue, barrée d'une marque pourpre.

— Tu me le paieras, Jeanne, grommela-t-il. Je te jure que tu me le paieras !

Il sortit.

Elle se rendit aux cuisines et, de là, au coin des écuries où les deux loups étaient attachés. Elle défit les cordes. Ils bondirent joyeusement. Elle regagna la salle de façade où l'entretien avait eu lieu et regarda par la fenêtre.

Les loups avisèrent le cavalier qui se tenait devant le perron, essuyant sa joue avant de remonter en selle. Ils le flairèrent et serrèrent de près. Il prit peur et tenta de les repousser. Ils le mordirent. Il cria. Ils le mordirent de plus belle. Il tomba à terre. Ils s'acharnèrent sur lui. Il se débattit. Un loup le mordit au cou. Le sang jaillit de la carotide.

Jeanne observa la scène.

C'était son frère. Un frère qu'elle avait aimé et regretté sans fin quand il avait disparu, après le meurtre de ses parents.

Et elle l'assassinait. S'il avait oublié la voix du sang et menaçait François de mort, elle l'oubliait aussi.

Elle trembla.

Un dernier spasme agita le corps de Denis Parrish, faux comte d'Argency. Il baignait dans son sang. Jeanne sortit, la badine à la main et tira les fauves par leurs laisses. Ils résistaient, mais elle parvint à les ramener au mur où ils étaient attachés.

À ce moment-là, Marie remonta de la cave et embrassa la scène d'un regard atterré. Baptiste revint des courses. Il vit le cadavre et Jeanne qui tirait les loups.

— Mon Dieu, maîtresse ! Que s'est-il donc passé ?

— Ils ont défait leurs liens et ils ont tué un homme. Je vais sur-le-champ à La Châtre avertir le capitaine Gonthard.

Elle alla seller un cheval et partit au trot.

Gonthard l'écouta, pensif. Puis il appela deux sergents, et ils escortèrent Jeanne jusqu'à La Doulsade.

Il regarda le cadavre.

— Ils l'ont saigné, dit-il. Avaient-ils déjà attaqué quelqu'un ?

— Non. Personne qu'ils connaissaient ou qu'ils avaient déjà flairé.

Il alla voir les loups et hocha la tête.

— Maintenant qu'ils ont goûté du sang humain, il faudra les abattre.

En vérité, elle n'avait jamais été tranquille avec ces fauves au manoir.

Il se tourna vers elle et, le regard pétillant, lui déclara :

— Je suis navré pour vous. C'est un accident affreux. Et qui plus est, vous avez perdu un frère aimé. Je ne doute pas que vous soyez très éprouvée.

Elle l'interrogea des yeux. Se moquait-il ?

— Si vous le permettez, je vais faire emporter la victime, afin de la faire inhumer au cimetière de La Châtre. Je vous ferai informer de l'heure de l'office, afin que vous puissiez vous y rendre. Acceptez mes condoléances.

Mais comme il était évident que la mort de Denis d'Argency avait bien été causée par les loups, le capitaine Gonthard avait pris le parti d'enregistrer le drame comme un accident. Il n'y avait pas de témoins. Et il n'avait pas caché son exécration pour Denis d'Argency, misérable personnage et de surcroît membre d'une coterie hostile au roi.

Jacques arriva au moment où Gonthard faisait charger le cadavre sur un cheval par les sergents. Il mit en hâte pied à terre et s'élança vers Jeanne. Elle était livide.

Marie lavait le sang en jetant des seaux d'eau et en remuant la terre avec un râteau.

— Que s'est-il passé ?

Elle l'entraîna vers sa chambre, à l'étage, et se jeta sur le lit.

— C'était mon frère, dit-elle d'une voix rauque. Il est venu me menacer de faire tuer François si je ne lui donnais pas cent mille livres. Je l'ai fait tuer par les loups.

Il la serra dans ses bras.

— Pourquoi, pourquoi mon Dieu, s'écria-t-elle, ai-je toujours dû verser le sang pour défendre ce que j'aime ? Toi ? François ?

Par bienséance, elle se rendit à l'office funèbre, à La Châtre.

D'un banc voisin, le marchand Docquier lui lança un regard meurtrier.

11

Fin d'une saison

Il n'y aurait plus de loups apprivoisés à La Doulsade. Jeanne fit un effort immense pour ne pas rentrer à Paris. Elle savait que si elle abandonnait le manoir à ce moment-là, elle n'y reviendrait plus. Denis remporterait un triomphe posthume. Elle ne le lui consentirait pas. Elle défendrait La Doulsade bec et ongles. Comme le reste.

Elle se composa une figure de circonstance pour le souper, mais resta ferme et droite et se força à boire et manger.

Les questions qui fusèrent au cours du souper lui permirent de se composer une argumentation. Son frère était venu la voir et, sur son départ, les loups s'étaient détachés de leurs liens et l'avaient attaqué. Elle n'avait pu intervenir que trop tard.

Une seule personne perça le secret que Jeanne dissimulait avec tant de talent : dame Contrivel.

Joseph et François jouaient aux échecs devant la cheminée, dans la salle de réunion.

Jacques étudiait des comptes remis par Ythier.

Angèle rêvait devant le feu.

Guillaumet et sa promise se tenaient les mains à côté d'elle.

Baptiste et Marie rangeaient les achats du Grand Palus et préparaient la farine pour faire le pain du lendemain. Jeanne récurait le grand chaudron dans l'évier de la cuisine quand elle s'avisa que la drapière se tenait à ses côtés.

— Cela se nettoie mieux au sable et à l'eau vinaigrée, dit la drapière. Laissez-moi faire.

Jeanne l'observa.

— Je vous considérais comme ma fille, dit dame Contrivel. Je persévère : je vous admire. Vous devriez être conseillère à la cour. Vous mentez comme personne.

Elle se retourna vers Jeanne, interdite.

— C'était une canaille, hein ?

Ce fut la première fois depuis le drame que Jeanne faillit rire.

— Vous avez lâché les loups. C'est donc qu'il s'était montré ignoble, n'est-ce pas ? Vous vous rappelez ce que je vous avais dit de la différence entre les choux et les enfants ? Je vous connais, vous ne l'auriez pas fait égorger s'il n'avait été infâme. Ne dites rien, ce n'est pas la curiosité qui me fait parler.

Elle rinça soigneusement le chaudron et le tendit à Jeanne.

— Voilà, mettez-le à sécher. Je ne connais pas sa place.

— Il a menacé de faire tuer mon fils.

— C'est donc qu'il vous faisait chanter.

— Comment avez-vous deviné tout cela ?

— Je connais ces garçons aux dents longues. Un neveu de mon mari était allé le menacer de révéler de prétendues fraudes. Mon mari a pris un avocat et l'a fait condamner pour manœuvres séditieuses. Ce frère que vous aviez, je trouvais bizarre qu'il fût comte d'Argency.

C'était le raisonnement qu'avait fait Gonthard. Finalement, le monde était plus transparent qu'il ne semblait.

— Vous n'étiez pas comtesse d'Argency à votre naissance, à ce qu'il me semble. Son nom et son titre étaient donc frauduleux. Il voulait de l'argent, n'est-ce pas ? Beaucoup d'argent. Ne répondez pas, c'est évident... Jeanne ?

Jeanne attendit la question.

— Jeanne, est-ce parce que vous vous attendiez à sa visite que vous aviez gardé les loups ?

Elle ne sut que répondre. Stupéfaite. Y avait-elle songé ? Elle qui avait une peur panique des loups, depuis la nuit du Grand Bussard ?

— Venez, offrez-moi un vin aux épices. Et puis allez vous coucher. Vous êtes une sacrée bonne femme, Jeanne !

Ils se tinrent à La Doulsade jusqu'en septembre.

Par la seule volonté de Jeanne.

Elle était leur étoile Polaire. Ils se référaient à son regard le matin en se levant et le soir après le souper. Le monde existait-il encore ? Ils l'apprenaient à consulter les sonorités de sa voix, son sourire, la couleur de ses yeux.

On tâta du premier vin des vignes que Jourdet avait replantées sur les coteaux du Grand Palus.

— Du verjus, dit Jeanne. C'est bon pour faire cuire les canettes.

On rit.

Joseph et François regagnèrent le collège des Cordeliers.

Jacques aborda la vente du drap dans les foires.

— Voulez-vous que je vous accompagne ? proposa dame Contrivel. Nous commencerons par Chalon-sur-Saône.

Jeanne se félicita que la drapière mît son expérience au service de Jacques. Angèle émit le souhait de les accompagner. Jeanne se retrouva donc seule à Paris avec la nourrice et Déodat, ainsi que Guillaumet dans la journée et dame Contrivel le soir. La grande maison de la rue de la Bûcherie lui paraissait étrange sans les présences ou les promesses de présences qu'elle avait connues jusqu'alors. Quand le troisième étage était inoccupé, dame Contrivel préférait en affronter le froid que de rentrer seule chez elle, rue de la Montagne-Sainte-Geneviève. Et la nuit tombait parfois à cinq heures. Les rues étaient certes moins dangereuses que naguère, le gel des hivers passés et le zèle des sergents ayant fait le ménage et éliminé les malandrins, mais c'était la solitude qui effrayait la drapière :

— Quand je retourne chez moi, il me semble aller à pied à mon propre tombeau, ma petite Jeanne, expliqua-t-elle.

Jeanne lui serra affectueusement le bras.

— Votre présence nous réchauffe, lui répondit-elle.

Dame Contrivel était, en effet, devenue une mère de substitution. Elle lavait les langes de Déodat et vaquait à la cuisine. Elle déployait ses petits secrets de cuisine, et transformait ainsi des plats ordinaires en petits régals ; l'humble panais se changeait en mets de choix quand il était frit en tranches dans de la graisse d'oie avec de l'ail ; la fade volaille, d'un goût souvent fangeux, eût trouvé sa place sur une table de roi quand, farcie d'épeautre et de ciboulette, elle avait mijoté dans une sauce au verjus relevé de poivre et de girofle.

Les semaines passèrent, puis les mois.

Un notaire de Rambouillet vint annoncer à Jeanne, d'un ton melliflu, que la mort de son frère faisait d'elle l'héritière d'un manoir près de cette ville, d'une ferme et de deux cents arpents de terres. Et du titre de comte d'Argency, qui tombait cependant en déshérence.

Elle signa des papiers et paya le notaire, comme c'était la coutume, puis songea à l'ironie du sort : Denis avait voulu s'emparer de La Doulsade et c'était elle qui héritait de lui !

Entre deux voyages de marchand, Jacques alla y voir.

— Le manoir est potable, mais il est habité par deux garçons que j'ai trouvés singuliers. Ils m'ont fait des aguicheries, dit-il en riant, et m'ont demandé s'ils pouvaient continuer à demeurer là. Je te laisse la responsabilité de la décision.

Elle haussa les épaules. Tout ce qui touchait à Denis suscitait en elle une sourde acrimonie. Elle irait voir à son tour quand elle en aurait le loisir et le désir.

Jacques vendait donc du drap, à Tours, à Bourges, à Troyes, mais surtout à Lyon. Jusqu'alors banquier, il se transformait en marchand. Or, il revenait de chaque tournée absorbé dans ses pensées.

— Quel est le secret de tes songeries au retour de tes voyages ? lui demanda Jeanne.

— Notre avenir, répondit-il.

La réponse était énigmatique ; il poursuivit donc :

— Être à la fois drapier et marchand de drap est un avantage immense. Être marchand est un passe-droit vertigineux : nous ne sommes même pas tenus d'avoir des papiers de raison[1], et les marchands étrangers sont dispensés de droit de marque. Chacun fait ce que bon lui semble. Je comprends qu'on s'y enrichisse : c'est bien moins risqué que d'être banquier. Qu'un débiteur fasse défaut à sa créance et le banquier perd parfois les bénéfices d'une année. Quand on est marchand, en revanche, point de risque pareil.

— Mais alors ?

— La concurrence étrangère m'effraie. Dans peu d'années, je serai, comme les autres Français, menacé par les Genevois, les Florentins, les Milanais et même les Hollandais. Je songe à une façon de nous prémunir. Peut-être en m'associant avec ces étrangers.

— Et Angèle ?

Elle accompagnait, en effet, son frère dans de nombreux voyages. Jacques eut un demi-sourire :

— Elle observe. Son regard s'approfondit.

— Personne ne l'a donc séduite ?

— La plus audacieuse de ses expériences a consisté à me faire inviter un marchand florentin à souper.

Un rire silencieux secoua brièvement la poitrine de Jacques.

— C'était un fort beau garçon. Il ne quittait pas Angèle du regard. Puis une goutte de sauce est tombée sur son pourpoint de soie et il en a fait tout un foin, demandant du vin blanc pour l'effacer, puis de la mie de pain et je ne sais quoi. Angèle l'a trouvé frivole. Elle a dit : « Je ne suis pas une paonne pour épouser un paon. »

— Elle a vingt ans, observa Jeanne. Jolie et riche comme elle l'est, ce serait vraiment folie qu'elle finisse bréhaigne !

— Parfois l'argent sert de cuirasse contre le monde, dit Jacques de cette voix basse qu'il prenait pour confier ses réflexions intimes.

1. Livres de commerce.

Toujours était-il que l'argent rentrait. Déodat fit ses dents. Les frimas vinrent distribuer les frissons. Guillaumet inventa de vendre du vin chaud aux épices. Il y fit plus de bénéfices qu'avec les échaudés. Sidonie suivit son exemple, puis Ciboulet. Vint l'avent. Jeanne eut vingt-trois ans.

Avant Noël, le père Martineau mourut. D'un coup, comme les aimés du Seigneur. Il emporta dans sa tombe plus d'un secret, ces misérables détritus des vies humaines. Son successeur fut un jeune homme qui semblait plus apte à la guerre qu'à la méditation ou l'indulgence. Avec son nez en estoc, son verbe sec et son bouc d'attaque, le père Carlesac lança une offensive furieuse contre le diable, les mécréants, les tièdes, les avares, les paresseux, les voluptueux, les questionneurs et les moroses. Il tonna en chaire contre l'impiété qui triomphait à Paris. Les bancs étaient à moitié vides.

Les fidèles le désertaient, en effet. Les finances de Saint-Séverin périclitèrent rapidement.

Avec l'allure d'un sergent à verge venant perquisitionner, il rendit visite à Jeanne, l'une des plus riches de ses ouailles, pour solliciter un don supplémentaire. Il regarda à droite et à gauche, l'œil fureteur, s'inquiéta d'un livre de poèmes sur une table au lieu de l'Évangile et sermonna férocement la nourrice et Angèle, on ne savait pourquoi. Elles s'esquivèrent.

— Mon père, j'ai donné mon écot, répondit tranquillement Jeanne, et je le crois en rapport avec mon état. Puis, laissez-moi vous rappeler qu'on n'attrape pas des mouches avec du vinaigre.

— Les chrétiens ne sont pas des mouches !

Au printemps, ses frères le remplacèrent par un collègue moins abrasif, le père Fabre. Il s'avéra toutefois que ce brave homme traînait après lui une sorte de bonne à tout faire, mais vraiment tout, ce qui fit jaser. Le père Fabre s'effaça discrètement pour être à son tour remplacé par un prêtre plus discret, le père Lebreton.

Il faut dire qu'en cet an de grâce 1460, Paris était plus occupé à ragoter sur Jean V, comte d'Armagnac, que le Parlement venait de condamner pour fautes de mœurs et de politique, celles-ci servant plutôt de prétexte à condamner celles-là.

C'était une famille rebelle que les Armagnac. Mais aussi, et à l'instar de bien d'autres féodaux, ils ne quittaient pas souvent leur province, où ils étaient rois. Ils pensaient donc régner sur le monde.

Déjà le père, Jean IV, avait donné du fil à retordre à la couronne, refusant de se déclarer vassal et prétendant même conquérir le Comminges. Charles le Septième n'était pas encore entièrement brouillé avec son fils Louis et l'avait donc chargé de rétablir l'ordre dans la région ; ce qui fut fait. Mais, sourd à la grande horloge de l'Histoire, Jean V avait relevé le gantelet de feu son père ; oubliant qu'ils ne devaient la survivance de leur comté qu'au roi de France Charles le Cinquième, les Armagnac protestèrent qu'ils ne se soumettaient à personne. Quitte à faire appel aux Anglais, trop heureux de soutenir leur sédition, ou à Philippe le Bon, duc de Bourgogne et « Grand Duc d'Occident » qui prenait Dijon pour le centre de la France.

La menace d'une révolte pareille à la Praguerie[1] de 1440 réapparut. Quelques autres seigneurs, en effet, se piquèrent de faire front à l'hégémonie de la couronne. Mais Charles le Septième ne lambina pas. Le Parlement instruisit l'affaire et décida que Jean V d'Armagnac donnait un bien mauvais exemple au peuple : il avait fait trois enfants à sa sœur. Un, passait encore, mais trois ! Il fut condamné pour immoralité

1. Révolte féodale, ainsi nommée en souvenir du soulèvement hussite de Prague. Une ligue formée à l'instigation d'Alexandre, bâtard de Bourbon, réunit Jean II, duc d'Alençon, Charles Ier d'Orléans et Louis de Bourbon. L'objet en était de s'emparer de Charles VII et de mettre le Dauphin Louis à sa place. L'affaire ne fit qu'une victime : le bâtard de Bourbon, qui fut jugé, condamné, cousu dans un sac et jeté vif dans la Seine.

et trahison ; il prit la fuite, évitant ainsi le billot et la décollation. Néanmoins, ses biens furent confisqués.

Nogaro, principale ville d'Armagnac, était loin, mais l'avènement du Dauphin Louis, allié du comte Jean, était proche. S'il gardait la dent dure, le roi, en effet, ne se portait pas si bien. Il souffrait de douleurs et d'ulcères aux jambes. On ne le voyait plus guère en public. Les conversations allèrent donc bon train sur les règlements de comptes qui se feraient ou ne se feraient pas quand Louis succéderait à son père, et Ciboulet vint prévenir sa maîtresse de tenir sa langue par les temps qui couraient :

— Paris pullulait déjà d'espions, maîtresse, mais les voilà changés en agents doubles.

Elle accompagna Jacques et Angèle à l'une des foires de Lyon, ce qu'elle n'avait pu faire jusqu'alors, prise par les soins de la maternité. C'était sa première foire depuis Argentan, mais elle avait l'œil expérimenté.

Elle ne vit partout que changeurs et banquiers, deux professions qui se confondaient le plus souvent. Elle fut confondue par les masses d'argent qui circulaient dans un espace à peine plus grand que deux arpents, sur les bords du Rhône. Cependant, ces capitaux ne se présentaient pas sous forme d'espèces, mais de lettres de change. Tendant l'oreille çà et là, elle entendit citer des sommes mirifiques, trente-cinq mille livres, dix mille, cinquante mille…

— Grand Dieu, Jacques ! s'écria-t-elle au souper. Il y avait là plus d'argent qu'il en faudrait au royaume pendant un an ! Rien n'a changé depuis Jacques Cœur ! Nous avions alors trois banquiers, j'en ai compté une vingtaine !

— Hé oui, l'argent engendre l'argent, admit Jacques.

— Pourquoi t'alarmes-tu ? demanda Angèle.

— Parce que cet argent ne produit que de l'argent, alors que le pays est en manque et que nos campagnes restent affreusement dépeuplées. C'est bien beau de vendre du drap, mais on ne le vend qu'aux riches, et que ferons-nous avec de l'argent et du drap si nous venons à manquer de pain ? Cela attirera tôt ou tard les convoitises du roi.

Jacques hochait pensivement la tête.

— Reste un point, observa-t-il. Lyon est soumise à une juridiction particulière qui ne s'applique pas aux autres foires. Par ailleurs, c'est le roi Charles lui-même qui a assuré l'exemption des banquiers et marchands étrangers. Puis l'argent est une forteresse que même les monarques répugnent à détruire, sauf si elle leur fait ombrage, comme la fortune de Jacques Cœur. Mais tu as raison, ces masses d'argent finiront par attirer la convoitise royale.

Six jours plus tard, Jacques, Jeanne et Angèle s'apprêtaient à entamer le voyage de trois jours qui les ramènerait à Paris quand une rumeur courut la foire.

— Le roi est mort !

C'était le 25 juillet. En fait, le monarque avait rendu l'âme trois jours auparavant à Mehun-sur-Yèvre.

— Pauvre diable ! murmura Jeanne.

Ses cinquante-huit ans de vie avaient été une longue suite d'humiliations, de chagrins, de trahisons et de revanches trop froides pour avoir du goût.

Elle revit ce visage somnolent et désabusé et ses maigres sourires quand il s'adressait à elle. Elle repensa à ses faveurs. Revit la blondeur d'Agnès Sorel, rue de la Montagne-Sainte-Geneviève et la halte de la favorite qui avait provoqué la fortune de la petite Normande, marchande d'échaudés.

Elle revit Matthieu fabriquant leur premier lit dans la remise du collège des Cornouailles.

Agnès était morte. Matthieu aussi. Montcorbier avait disparu. Denis était mort. Puis le père Martineau. Et enfin le roi. Une saison était finie.

Il ne lui restait que son premier amant, désormais son mari.

12

La comète

Ils pensèrent arriver à temps pour les funérailles. Et le couronnement du nouveau roi. Ils furent bien surpris : ni l'un ni l'autre n'étaient au rendez-vous de leurs destins.

Jeanne se rendit à l'hôtel des Tournelles : il était quasiment désert. Quelques gardes à l'entrée, quelques commis moroses qui déménageaient ce qu'ils pouvaient. Chacun sentait bien que la roue de la fortune avait tourné et que les favoris d'hier seraient les honnis du lendemain.

Elle entra sans encombre. Par hasard, elle aperçut le père d'Estrades au détour d'un couloir. Ils se regardèrent, partageant la même consternation.

— Vous avez du courage de venir ici, dit-il. Personne ne veut être vu dans ces parages.

Elle posa la question de convenance, tout en en mesurant la vanité.

— De quoi est-il mort ?

— De quoi meurt-on jamais, ma fille, si ce n'est de la mort ? Il souffrait d'un affreux ulcère à la jambe. Puis il a eu un phlegmon à la gorge. Il a cru que son fils l'avait fait empoisonner. Mais il traînait la jambe depuis bien des mois. Quant au phlegmon, le roi avait souffert d'un chaud et froid peu de jours auparavant. Ces accidents causent souvent des phlegmons. Bref. Il refusait de s'alimenter. On lui filait des coulis dans le bec. Il s'était affaibli. La fièvre l'a emporté comme un fétu.

— Quand l'enterre-t-on ?

— Ha ! Vous avez trop de bon sens pour cette ville, Jeanne. On célébrera certes des offices funèbres. Quant à l'enterrer…

Elle le regarda, stupéfaite. N'allait-on pas enterrer le roi de France ?

— Oh si. Dans deux ou trois semaines. Il y a eu un office à Saint-Denis ce matin. J'en viens. Jeanne, allez-vous-en et ne revenez pas ici. Je vous le dis pour votre bien. Allez en paix. Je sais la piété de votre sentiment. Ne le laissez toutefois pas vous mettre en péril.

Elle s'en fut, troublée.

Paris était donc sans roi, mort ou vif.

Mais le Dauphin, n'était-il donc pas disposé à prendre possession de ce trône qu'il avait si âprement convoité ?

Louis était à Gennape, dans le Hainaut.

Alors commença une comédie dont les Parisiens se daubèrent.

Les grands commis du roi défunt s'empressèrent d'aller assurer son héritier de leur allégeance. La vanité, qui est une forme de la sottise, fit son œuvre. Ainsi le président des comptes, Simon Charles, se fit porter à Gennape en litière. Des maréchaux et des capitaines s'y rendirent aussi en grand équipage. Louis les fit rembarrer sans même les recevoir. Il ne prendrait aucune décision avant d'être sacré et entré dans Paris.

Ils revinrent aussi dépités qu'inquiets. On le sut par les domestiques, écuyers, galopins, confidents et anciens agents doubles qui, n'ayant pourtant plus qu'un maître à craindre et se trouvant de la sorte tranchés en deux, n'en caquetaient pas moins.

Peste, où était donc ce cadavre ? Et ce Dauphin ?

Les insolents en rirent.

Trône royal
Est égal
À chaise percée.
De crainte d'y laisser
Son cul

N'y veut nul
Son séant poser
De peur que diable
Mange son râble.

Plus prudents, les devins commencèrent d'interpréter le passage de la comète qui, le lendemain de la mort du roi, avait illuminé le ciel. Les comètes, on le savait, annonçaient toujours de grands événements, et seuls les sots s'en gaussaient.

Le 5 août, enfin, venu par la porte Saint-Jacques, un cortège lamentable s'engagea dans la rue d'Enfer, portant un cercueil. Les riverains interdits dévisagèrent les porteurs, croyant y reconnaître d'anciens seigneurs. C'étaient des domestiques de la maison royale. Ils déposèrent le cercueil dans la chapelle de Notre-Dame-des-Champs. Là, on descendit Charles le Septième dans la crypte romane. Il était mort depuis deux semaines ; mieux valait tenir les restes au frais, par la chaleur qu'il faisait.

Le lendemain, on l'en sortit et l'on posa sur le cercueil une litière magnifique couverte de drap d'or, sur laquelle reposait l'effigie en cire du défunt. Vêtue d'un manteau de velours blanc brodé de fleurs de lys en or et fourré d'hermine, l'effigie tenait en main le sceptre de justice. Le temps qu'il avait fallu à cette confection avait été la cause du retard.

On promena ce faux-semblant à travers Paris jusqu'à Notre-Dame. La foule assemblée sur le passage s'émerveilla que le mort fût si frais. Puis elle afflua dans la cathédrale. Ce n'était pas tous les ans qu'on assistait aux obsèques d'un roi. L'évêque de Paris eût dû célébrer l'office. Las, il avait couru présenter ses hommages au Dauphin. Ce fut l'archevêque de Narbonne, Louis d'Harcourt, dépêché en urgence, qui officia à sa place, en sa qualité de patriarche de Jérusalem, c'est-à-dire de nulle part, puisque l'Empire chrétien d'Orient avait disparu avec la chute de Constantinople huit ans auparavant.

Jeanne était dans la foule ; sur le conseil de Jacques, à ses côtés, elle renonça à braver la presse populaire aux alentours de la cathédrale. Un mouvement de ces masses humaines et l'on était broyé. Ils restèrent donc à distance. Jeanne tenait par la main François, éperdu d'étonnement. Ciboulet fermait la marche avec Angèle et Guillaumet, stupéfait. Dame Contrivel avait préféré garder la maison en compagnie de la nourrice, et s'y était barricadée. Ces rassemblements, observa-t-elle avec sagesse, offraient aux voleurs une belle occasion de piller les maisons vides.

Chacun chercha le Dauphin du regard. N'assistait-il donc pas aux funérailles de son père ? Nenni. Ne s'était-il pas fait représenter ? Non plus. Et Marie d'Anjou alors ? N'était-elle pas l'épouse du feu roi et la mère du nouveau ? Point de Marie d'Anjou. La reine de France était absente aux funérailles du roi de France. Cela tournait à la farce de foire.

Jeanne se dit qu'au Ciel, les anges de la miséricorde avaient sans doute honte de tant d'indécence. Quoi, les humains ne respectaient même plus la mort ? Mais au vrai, ce n'était pas de mort qu'il s'agissait : la pantomime était celle du pouvoir.

Le glas sonna la fin de l'office. Le cercueil et l'effigie dessus furent transportés à Saint-Denis. Le cortège était mené par un poète, ennemi juré du défunt, le duc Charles d'Orléans. Le tendre Charles d'Orléans, maintenant chenu, dont elle lisait jadis les poèmes avec attendrissement. Suivaient le frère de Charles, le comte Jean d'Angoulême, et leur demi-frère, Jean de Dunois, le chancelier Guillaume Juvénal des Ursins et un nombre prodigieux de vieillards. Ceux-là n'avaient plus rien à craindre ni à espérer. Leur carrière était finie. Leur présence dans le cortège n'avait comme raison que la fidélité. Ils suivaient en fait leur propre convoi funèbre : leurs gloires personnelles déclinaient à l'ombre d'un lys mourant et d'un autre naissant.

Jeanne, épuisée, voulut rentrer.

Eût-elle été jusqu'à Saint-Denis qu'elle eût assisté à une belle querelle. Ciboulet, qui avait suivi le cortège jusqu'à la basilique, la lui raconta : les écuyers et le clergé de l'abbaye voulaient chacun le drap d'or qui avait servi de poêle. Ils le tirèrent à hue et à dia. L'empoignade faillit dégénérer. À la fin, Juvénal des Ursins et Jean de Dunois décidèrent qu'il irait à l'abbaye. Comble d'indécence, l'abbé de Saint-Denis, Philippe de Gammaches, avait déserté son poste pour aller, lui aussi, protester de sa fidélité au Dauphin. On manda l'abbé de Saint-Germain-des-Prés pour lui suppléer. Ciboulet rapporta que, horreur ! on avait fait prêcher Thomas de Courcelles, l'un des juges qui avaient déclaré nécessaire de torturer la Pucelle d'Orléans lors de son procès. Il en était sincèrement choqué.

Jeanne regagna la rue de la Bûcherie vidée de ses forces physiques et morales :

— Ce n'était pas un enterrement, c'était une curée, dit-elle.

Dame Contrivel et la nourrice étaient fort agitées : ayant surpris un malfrat à crocheter la porte du bas, elles lui avaient versé une bassine d'eau bouillante sur la tête.

— Fallait voir comme il hurlait ! s'écria dame Contrivel.

Elle se fichait totalement de l'enterrement de Charles le Septième. Elle avait déjà vu celui du Sixième.

Le misérable cadavre de Charles VII de Valois ne reposa enfin en terre que le 7 août, dix-sept jours après que son âme l'eut déserté.

On attendait Louis. Il se fit attendre.

Le 8 août, soit dix-huit jours après la mort de son père, il était encore à Gennape. Trois jours plus tard, il se mit quand même en mouvement. Une messe funèbre fut célébrée à Avesnes, en Artois. Il daigna y assister, et en robe de deuil. Puis, sitôt l'*Ite missa est*, il enfila un pourpoint rouge et blanc et s'en alla chasser. Des sujets crurent l'occasion bonne pour se distinguer ; ils se vêtirent de noir et coururent présenter leurs condoléances au nouveau roi : il ne les reçut pas. La leçon était bonne, Louis n'entendait pas qu'on pleurât son père.

Cependant, le trône demeurait vacant. Pendant plusieurs jours, une rumeur agita Paris, déjà échauffé par les ardeurs de l'été. Ce ne serait pas Louis qui serait couronné, mais son frère cadet, Charles, duc de Berry, duc de Normandie, duc de Guyenne. Ainsi en aurait décidé un testament de Charles. Et l'on trouva mille bonnes raisons à cela. On expliqua que c'était la raison pour laquelle la reine, dépitée par ce dernier tour de feu son époux, s'était abstenue d'assister aux funérailles.

En réalité, le jeune Charles avait quatorze ans, et les seuls qui eussent trouvé quelque avantage à l'asseoir sur le trône de France étaient ceux qui se savaient condamnés par l'avènement de Louis. Mais un tel coup eût équivalu à une trahison, et l'on apprit bientôt qu'elle eût été plus qu'aventureuse. Le 1er août, en effet, l'héritier avait donné ordre à Jacques de Villiers de L'Isle-Adam de prendre possession de toutes les villes de France et « mêmement de Paris ». Ce Jacques-là était le fils de Jean, un féal du duc de Bourgogne, ce qui n'était pas rien, car Philippe le Bon comptait une armée de plus de trente mille hommes.

— Il n'entrera à Paris qu'une fois couronné à Reims, déclara Jacques. Mais quand ?

On supposa que ce ne serait pas avant la fin d'août, car il se ferait certainement sacrer à Reims le 25 de ce mois, jour de la Saint-Louis.

Or, Louis semblait décidé à déjouer les conjectures sur ses intentions. Le 12, il arriva impromptu à l'abbaye de Saint-Thierry du Mont-d'Or, près de Reims ; de là, il dépêcha une lettre comminatoire à l'archevêque de Reims, Jean Juvénal des Ursins. La lettre se résumait à ceci : préparez-moi ce sacre et que ça saute ! Louis arriva donc à Reims le 14 et se fit sacrer le 15, en présence d'un cardinal, du nonce apostolique, de quatre archevêques et de treize évêques. Par la même occasion, sa deuxième femme, Charlotte de Savoie, se fit sacrer reine. La précédente, l'Écossaise Marguerite Stuart, était morte de phtisie seize ans plus tôt.

Une nouvelle en particulier courut jusqu'à Paris à la vitesse d'un rat qui détale devant un chat, et Ciboulet s'empressa de la rapporter à Jeanne et à Jacques : au premier rang s'était tenu l'ennemi principal du roi défunt, Philippe le

Bon, duc de Bourgogne, flanqué de son fils, Charles de Charolais. Et c'était Philippe qui avait armé le roi chevalier !

— Ah, les vestes qui vont se retourner ! s'écria Ciboulet.

Cela n'augurait rien de bon pour Jacques, ni Jeanne : il était notoire qu'il avait reçu une baronnie du roi et qu'elle avait bénéficié de plusieurs faveurs royales, dont le bail de la rue de la Montagne-Sainte-Geneviève et la maison de la rue de la Bûcherie.

Restait à s'armer de courage et de patience.

Le 29, Louis le Onzième arriva aux portes de Paris ; il logea dans une maison au nord-ouest de la porte Montmartre, qu'on appelait le château du Coq parce qu'elle avait jadis été construite par un nommé Coq.

Paris se prépara.

Philippe de Bourgogne revint pour la première fois depuis longtemps dans la capitale et alla se loger, évidemment, à l'hôtel de Bourgogne, autrefois habité par Jean sans Peur, rue Mauconseil. Le symbole était clair : l'ennemi d'hier se considérait chez lui. Mieux, il avait monté un spectacle retentissant. Le lundi 31 août, en effet, il sortit en grande pompe par la porte Saint-Denis et alla au-devant du roi, à La Chapelle.

Cent soixante-six frères mineurs en robe brune ouvrirent le cortège, suivis de cent soixante-huit jacobins en blanc et trente-trois prêtres de la paroisse de Saint-Séverin, en chapes dorées. Venaient ensuite cinq dames à cheval vêtues de drap d'or, précédées d'un héraut dont la cotte d'armes était aux couleurs de Paris. Chacune d'elles portait un écu peint d'une lettre du nom de Paris : P pour paix, A pour amour, R pour raison, I pour joie et S pour Sûreté.

Une foule immense, venue de toutes les régions de France, s'attroupa sur le passage. L'évêque de Paris, le prévôt des marchands, quatre échevins, les prêtres de deux paroisses en chapes brodées, soixante-dix-huit augustins en robe noire, les magistrats du Châtelet en rouge et violet, des ambassadeurs qu'on crut être de Grèce, les maîtres de la Chambre des comptes dirigés par le premier président, le cardinal de Longueil, le chapitre de Notre-Dame... Des seigneurs bourguignons en tenue magnifique... En fait toute la cour de Bourgogne, Jean de Calabre, fils du roi René, des bâtards de Philippe le Bon, Philippe de Brabant et Antoine de Bourgogne, dit le Grand Bâtard. Et Jean de L'Isle-Adam, nouveau prévôt de Paris. Des gens du roi. Louis de Luxembourg, le fils du chancelier de Philippe le Bon.

— Mais Paris est devenu bourguignon ! s'exclama un badaud.

Ne fût-ce que pour le faste de l'occasion, une bonne partie de l'armée du duc de Bourgogne participait, en effet, au défilé : quatre mille hommes. Façon de faire savoir au bon peuple qui était le plus fort. Les archers du comte de Charolais précédaient ceux de son père, Philippe le Bon lui-même.

Enfin, le duc Philippe : une châsse vivante, sur un cheval houssé de soie noire brodée d'or, avec un gros rubis sur le chanfrein. Chapeau, pourpoint, épée, selle, dégouttaient d'or et de pierreries. Un page suivait son maître, portant le heaume, lequel était orné du plus gros rubis qu'on eût jamais vu. Huit chevaux suivaient fièrement, croulant sous les gemmes.

Et encore des seigneurs : Jean de Bourbon, comte de Vendôme, Eberhard, comte de Wurtemberg, Jean, duc de Clèves, Jean, comte de Nevers, Antoine, le Grand Bâtard... tous suivis eux aussi de chevaux rutilants.

Philippe s'avança pour saluer Louis.

C'était le duc de Bourgogne qui accueillait à Paris le roi de France. Quelle plus éclatante revanche sur le roi mort !

Le cortège s'en retourna alors pour rentrer dans Paris.

À la porte Saint-Denis, le prévôt des marchands, Henri de Livres, présenta au roi les clefs de cette porte.

Puis le cortège royal entra à la suite de celui de Philippe le Bon, dont il n'était séparé que par un fou à quatre pattes sur son cheval. Cent archers coiffés de leurs salades s'engagèrent dans la grand-rue Saint-Denis, suivis de hérauts d'armes, de poursuivants d'armes... Puis le nouveau maître du Trésor, Jean Bureau, Bernard d'Armagnac, comte de La

Marche, Jean II, duc de Bourbon, Philippe de Savoie, comte de Bresse et frère de la reine, d'autres seigneurs encore.

Les badauds ébaubis clignaient de l'œil devant ces chevaux mieux vêtus que des princes et ces personnages magnifiques, chatoyant sous le grand soleil d'août de velours de cent couleurs, vives ou même inconnues, comme le cramoisi doré, de soies, de damas, de broderies, d'or, de pierreries. Les fenêtres s'étaient louées à prix d'or et débordaient de têtes.

Arriva le roi lui-même, à cheval sous un dais azur porté par les six corps de métier de Paris. Pourpoint de damas blanc frangé d'or et son museau morose, long nez busqué et petite bouche maussade sous un chaperon noir. Décidément, il ne semblait pas plus joyeux luron que son père. Mais aussi, tous ces Valois étaient recuits depuis l'enfance dans la peur et la haine, et de surcroît mal mariés, ils ne s'amusaient pas tous les jours ni tous les soirs.

Un murmure monta néanmoins de la foule.

— Vive le roi !

On se battait un peu les flancs devant tant de faste. Mais le monarque semblait toujours bouder.

À trente-huit ans, en vérité, il montait bien tard sur le trône. Et puis Paris n'était pas vraiment sa ville. Il n'y avait séjourné dans toute sa vie que quelques semaines. Devinait-il qu'on l'y considérait comme étranger ? Paris est un pays à lui tout seul, et non seulement cet homme-là venait d'ailleurs, mais encore ramenait-il dans ses bagages un autre étranger, Philippe le Bon, dont les Parisiens n'avaient pas un bon souvenir. Bref.

À l'allure où allait tout ce monde, il n'était pas rendu de sitôt à sa destination : Notre-Dame. De fait, parti de la porte Saint-Denis à midi, il ne franchit la Seine qu'à six heures et, passé le pont au Change, n'atteignit la cathédrale que près d'une demi-heure plus tard. Deux évêques, mitres en tête, l'y attendaient sur le parvis : Guillaume Chartier, celui de Paris, et celui de Bourges, Jean Cœur, le propre frère du banquier exilé par Charles le Septième. Beau symbole. Puis les maîtres de l'Université, régents et docteurs, enfin ! Ces grands messieurs avaient jusqu'alors été absents des cérémonies, insolente façon de signifier que l'Université était indépendante du pouvoir royal.

On ne sut lequel des régents s'avança pour prononcer sa harangue. Mal lui en prit : le roi le fit taire en plein envol oratoire. L'évêque Chartier tendit l'évangéliaire au roi ; le monarque devait renouveler le serment fait à Reims pour se voir ouvrir les portes du lieu saint. Il en marmonna la moitié et refusa l'autre ; celle-ci, en effet, voulait qu'il garantît au clergé le « privilège canonique », c'est-à-dire l'indépendance. Pas question ! Il baisa néanmoins l'évangéliaire. On lui tendit une croix. Il la baisa aussi. Les portes de Notre-Dame s'ouvrirent enfin. Les orgues retentirent des accents du *Te Deum laudamus*, la foule en perçut des bribes et poussa des vivats.

Les badauds attendirent la donnée, c'est-à-dire la distribution d'argent.

Au terme de cette épuisante journée, Louis le Onzième soupa et coucha au Palais de Justice[1].

Rue de la Bûcherie, Jacques dut descendre dix fois pour assurer les quémandeurs qu'il n'y avait pas de lit disponible. Ils auraient forcé la porte ! C'était par dizaines, en effet, que les provinciaux avaient afflué à Paris, et la place manquait pour les accueillir. Les auberges avaient été prises d'assaut, et les bains publics restèrent ouverts toute la nuit pour abriter autant de monde qu'ils pouvaient. Les écuries et les granges des halles furent louées aussi. Le temps clément permit heureusement aux plus imprévoyants ou aux plus démunis de coucher à la belle étoile.

Dame Contrivel se barricada pour la même raison dans son logis de la rue de la Montagne-Sainte-Geneviève.

Bien entendu, il n'y avait pas assez de vivres pour ces foules supplémentaires. Les trois pâtisseries firent des affaires d'or

1. Les éléments de cette description sont tirés du *Louis XI* de Jean Favier (Fayard, 2001).

jusqu'à ce que les provinciaux se décidassent enfin à rentrer chez eux. Jeanne dut faire venir du méteil de la réserve d'Ythier et se refournir en vin, en beurre et en fromage.

En un sens, la comète avait dit vrai.

Les têtes roulèrent.

Chaque journée apporta la nouvelle d'une disgrâce. S'il avait promptement quitté Paris pour Tours, après avoir poliment conseillé à Philippe le Bon de rentrer à Dijon, Louis le Onzième n'en avait pas moins emporté avec lui la liste de ses rancunes et il appliquait soigneusement ses vengeances.

Étienne Chevalier, maître du Trésor, fut renvoyé.

Pierre d'Oriole, général des Finances du Langued'oïl, fut révoqué.

Antoine d'Aubusson, bailli de Tours et, assurait-on, mari d'une favorite de Charles, avait été chassé avant même le sacre.

Guillaume Cousinot, ancien conseiller du Dauphin, mais néanmoins nommé bailli de Rouen par le roi défunt, fut jeté en prison.

Guillaume Juvénal des Ursins, chancelier : renvoyé !

Le premier président du Parlement, Yves de Scépeaux : rétrogradé.

Adam Fumée, médecin de Charles le Septième : emprisonné.

Robert d'Estouteville, prévôt de Paris : en prison aussi. Son frère Jean d'Estouteville, maître des arbalétriers : révoqué.

Mais la purge n'affectait pas que les Parisiens : elle s'étendait à tout le royaume. Ainsi Jean de Beaune, argentier de Tours après le bannissement de Jacques Cœur, fut démis. De même que Louis de Beaumont, sénéchal de Poitou.

Antoine de Chabannes, comte de Dammartin et ancien compagnon d'armes de Jeanne d'Arc, préféra s'exiler de sa propre initiative.

S'il se félicita que la dette de trois cent mille livres eût été remboursée par les soins d'Étienne Chevalier peu de temps avant la mort du roi, Jacques de l'Estoille s'inquiéta. Les règlements de comptes n'allaient pas s'arrêter là.

Il n'avait pas tort.

Un samedi matin qu'il venait livrer les comptes de la pâtisserie des Halles, Ciboulet dit à Jeanne en aparté :

— Ce poète, vous vous souvenez ?...

Elle leva les yeux.

— Qu'en est-il ?

— Eh bien, il est revenu à Paris. Il a encore fait des siennes !

— Un autre cambriolage ?

— Non, il était avec une bande d'écoliers, ils se sont disputés avec les clercs d'un notaire apostolique, maître Ferrebouc. Et l'un d'eux a donné un coup de dague au notaire. Or, c'est un homme bien introduit au Parlement. Le Villon a été condamné à mort.

Elle en demeura consternée.

— On ne le verra plus.

Elle frémit.

— Il a été pendu ?

— Non, banni de Paris pour dix ans. Il ne vivra pas si longtemps.

— Pourquoi ?

— Il paraît qu'il n'était pas beau à voir. Tout maigre et chauve.

Elle dissimula autant qu'elle put sa contrariété.

Cette nuit-là, elle fit des cauchemars. Elle crut que ces nouvelles en étaient la cause.

Elle se trompait.

13

« Elle chevauchait les loups... »

Le 2 septembre, Jeanne, baronne de l'Estoille, reçut un avis du Palais de Justice de Paris la convoquant à comparaître le lundi suivant pour instruire l'accusation du sieur Palamède Docquier, marchand grainetier à Tours, Orléans et Paris, sur l'assassinat de son hôte et ami Denis, comte d'Argency, « par actes de sorcellerie ». L'acte précisait que seule la notoriété de l'accusée expliquait l'indulgence du président qui la laissait en liberté et lui concédait le droit exceptionnel de se faire défendre par un avocat, car elle eût dû être menée directement en prison par les archers du roi.

Les accusés de sorcellerie n'avaient pas droit, en effet, à des avocats : ils devaient se défendre tout seuls. Mais conseillère de l'Échevinat jusqu'aux prochaines élections, Jeanne ne pouvait être traitée comme une jeteuse de sorts ordinaire.

Le sol se serait ouvert sous les pieds de Jeanne qu'elle n'eût pas été plus effrayée.

Sorcière !

On lui promettait donc le bûcher ! Ses biens seraient saisis, sa famille dispersée, son nom frappé d'infamie !

Et la mort ! La mort affreuse dans les flammes !

Mais quel était l'esprit infernal qui avait dicté cette accusation ? Dans quel but Palamède Docquier intentait-il ce procès ?

Jacques rentra et fut à son tour effrayé de la trouver quasi muette et prostrée. Il ne l'avait jamais vue dans cet état.

— Jeanne, ressaisis-toi, dit-il après un silence. L'effet de surprise joue en la faveur de tes ennemis. De nos ennemis. Tu as une famille à défendre et non toi seule. François. Déodat. Moi. Angèle. Viens, allons tout de suite quérir un avocat. Je connais l'un des meilleurs.

Il se nommait Bertrand Favier et il était le beau-père de Louis de Crussol, favori du roi. Il les reçut d'emblée. Son double menton retombait sur son pourpoint, animé d'une vie autonome. Ses yeux de belette vrillèrent le couple. Il interrogea Jeanne sur les fondements possibles de l'accusation ; elle les lui expliqua. Il lui demanda quels témoins sûrs elle pouvait faire convoquer. Elle n'en connaissait qu'un : Gonthard. Peut-être son intendant, Ythier. Il hocha la tête, jeta un autre coup d'œil sur le document et n'en parut pas ému.

— Cette accusation n'est pas dictée par l'esprit de justice, mais par celui de lucre. Le sieur Docquier entend s'approprier vos terres à vil prix. Reste à savoir quels faux témoins il produira et quel est son crédit auprès des gens du roi.

Il demanda un versement préalable de deux mille livres. Jacques n'en avait qu'un millier sur lui ; il les tendit à Favier et promit de lui faire parvenir le reste avant le soir. La somme étant considérable, maître Favier expliqua qu'elle servirait à payer les frais nécessaires et immédiats. Il s'adressa à son clerc, un jeune homme à la mine fureteuse qui avait écouté le récit de Jeanne.

— Aymard, dit-il, il est trois heures. Veuillez louer un cheval et courir à bride abattue jusqu'à La Châtre. Vous irez voir l'échevin et capitaine Gonthard, vous l'informerez de l'affaire et tenterez d'obtenir de plus amples secours, comprenez-vous ?

Aymard hocha la tête d'un air entendu. Favier lui tendit les mille livres qui venaient de lui être remises.

— N'épargnez pas vos soins, ajouta-t-il. Et, se tournant vers Jacques et Jeanne : Aymard Flandrin est passé maître dans l'art de débusquer les mensonges.

Le jeune homme sourit et quitta la pièce.

Quand Jeanne fut rentrée rue de la Bûcherie, elle se jeta dans les bras de son époux.

— C'est la punition du Ciel pour le crime que j'ai commis ! se lamenta-t-elle.

— Jeanne ! protesta Jacques. Denis menaçait de tuer ton fils, un innocent ! Crois-tu que le Ciel te punisse d'avoir prévenu ce crime en supprimant le criminel ?

Il parvint à la consoler, mais elle ne toucha guère au souper, et la nourrice s'inquiéta. Quand Jacques lui eut expliqué les raisons de l'état de Jeanne, elle poussa un cri tel que le jeune Déodat s'effraya et faillit tomber de son siège.

— Nourrice, dit Jacques, il y va de notre sécurité que chacun garde sa sérénité. Priez le Ciel et contenez votre cœur.

Le matin du procès, Jeanne était livide. Elle n'avait guère dormi ni mangé depuis l'avis de justice. Elle ne sortait plus de la maison : tout le quartier était informé de l'accusation, on ne savait comment, et les badauds venaient regarder la pâtisserie comme s'ils s'attendaient à être servis par des diables. Le nouveau curé de Saint-Séverin s'était évidemment abstenu de venir au secours de l'accusée.

Sur les objurgations de son mari et de la nourrice, Jeanne consentit toutefois à boire un bol de lait chaud et à manger un échaudé.

— La séance sera longue, il ne faut pas que tu défailles, dit Jacques.

La nourrice décida de confier le jeune Déodat à dame Contrivel et d'accompagner aussi sa maîtresse, dont l'état l'alarmait. Angèle, affligée et indignée, les suivit.

Miséricordieusement, François et Joseph étaient retournés au collège, à Orléans.

Mais Jeanne faillit s'évanouir dès l'entrée des juges vêtus de rouge dans la grande salle du Palais de Justice. Une foule dense, comme en attiraient toujours les procès en sorcellerie, se pressait sur les bancs. Il sembla à Jeanne que les centaines de regards dardés sur elle fussent comme autant de pointes. Dix archers veillaient aux portes. Ce seraient eux qui viendraient l'arracher à son mari et l'emmener en prison, avant qu'elle fût conduite au bûcher si elle perdait ce procès. Jacques et la nourrice la soutinrent et l'aidèrent à s'asseoir sur le banc des accusés.

— Où est le courage que tu as montré à me défendre ? murmura Jacques, lui serrant la main.

Maître Favier vint les accueillir, paterne, l'œil mi-clos, suivi du jeune Flandrin, qui lança un clin d'œil à Jacques.

Le tribunal fit avancer le plaignant, Palamède Docquier, lui fit prêter serment sur l'Évangile et lui fit décliner ses nom et qualité. Puis il l'invita à exposer le motif de sa plainte.

Docquier prit un ton qui se voulait digne et plaintif tout à la fois. Il raconta que son excellent ami, Denis, comte d'Argency, lui avait fait part des soupçons qu'il nourrissait sur sa sœur, leur voisine, qui se livrait depuis sa jeunesse à des pratiques diaboliques. Le matin du jour où il était mort, il était parti rendre visite à celle-ci pour la supplier de se repentir et de renoncer à la sorcellerie, maintenant qu'elle était mère de deux enfants. Or, c'était le jour où il avait été mystérieusement égorgé par deux loups que l'inculpée gardait sur sa propriété, à ses ordres. Intrigué par cette familiarité de la baronne de l'Estoille avec les loups, compagnons ordinaires des sorcières, il était allé interroger les domestiques du manoir de La Doulsade, Baptiste et Marie, et il avait appris qu'en effet, leur maîtresse se livrait avec eux à des cérémonies nocturnes le jour du sabbat. « Elle finissait même après minuit en chevauchant l'un de ces loups. Elle s'élançait alors dans le ciel pour aller commettre des meurtres et autres mauvaises actions dans les environs. » Indigné par le meurtre de son ami, et d'autant plus que ce dernier était le propre frère de la sorcière, lui, Palamède Docquier, avait décidé de porter plainte afin qu'un terme fût mis à pareils méfaits.

Jeanne faillit s'étrangler. Jacques lui serra le bras.

— Avez-vous des témoins ? demanda l'un des juges à Docquier.

Ce dernier fit entrer Baptiste et Marie, les domestiques de La Doulsade.

Jeanne s'agita sur son banc et ne put retenir un cri d'indignation. Jacques dut la calmer de nouveau.

Les domestiques courbaient le dos, apeurés, n'osant regarder personne, ni les juges, ni Jeanne évidemment. L'appareil de la Cour les terrorisait visiblement.

— Parlez ! ordonna l'avocat général. Et fort, que tout le monde vous entende.

Ce fut Baptiste qui prit le premier la parole. Il avait, disait-il, surpris sa maîtresse un soir de pleine lune, chevauchant un loup bien au-dessus des arbres. Elle hurlait et les loups restés à terre hurlaient après elle. Elle fonçait au-dessus des champs, et les loups s'élançaient à sa suite. Et à chaque sabbat, un chrétien était égorgé dans les parages.

— Mais vous êtes demeurés au service de cette dame ? demanda le juge.

— Nous étions effrayés, répondit Marie. Si nous étions partis, elle nous aurait fait égorger !

Tous les regards se portèrent vers Jeanne. Palamède Docquier la fixa d'un air vengeur.

— Faites comparaître l'accusée ! tonna l'avocat général.

D'un geste du bras, Jacques aida Jeanne à se lever. Elle descendit les gradins d'un pas maladroit. Elle s'avança devant les juges, tremblante, mais droite. Elle déclina son nom et prêta serment.

— Je n'ai jamais commis un seul acte de ce qu'on appelle sorcellerie, dit-elle, parce que j'en suis ignorante et que le peu que j'en ai entendu me répugne. Mon frère est venu me rendre visite en voisin, pour me complimenter sur la prospérité des fermes. Les deux loups qui étaient attachés d'ordinaire se sont détachés, je ne sais comment et, alors que j'étais rentrée au manoir, ils l'ont égorgé. J'ai entendu mon frère crier, mais je suis accourue trop tard.

— Que faisaient donc ces loups sur votre propriété ? demanda l'avocat général.

— L'intendant, maître Ythier Borgeaud, avait recueilli deux louveteaux orphelins et les avait confiés à Baptiste, mon accusateur. J'en ai été surprise. Mais Baptiste m'a expliqué que c'est une coutume de garder des loups captifs, car ils éloignent les loups sauvages, et qu'une fois qu'ils ont reconnu l'odeur des maîtres des lieux, ils ne les attaquent pas. Comme ils s'entendaient avec les chiens, je m'y suis accoutumée, mais je les faisais tenir attachés, car je craignais qu'ils renversent la nourrice et mon jeune fils.

— Et ces chevauchées nocturnes ? demanda l'avocat général d'un ton sévère.

— Il n'y en a jamais eu. Je dormais avec mon mari et, quand il n'était pas là, la nourrice était à l'étage.

— Mensonges ! cria l'avocat de Docquier. Son mari était complice. Et la nourrice aussi. Elle les terrorisait, tout comme les domestiques !

L'avocat général parut réfléchir.

— Maître Favier, l'accusée a-t-elle des témoins ?

Docquier parut contrarié par la présence d'un avocat. À l'évidence, il avait supposé que seule l'accusation aurait la parole.

Favier répondit qu'elle avait, en effet, des témoins et, le mari et la nourrice étant exclus, puisqu'on les accusait de complicité, il demanda à l'assesseur qu'on fît entrer le premier de ces témoins. Jeanne retourna s'asseoir auprès de son mari et de la nourrice.

Les archers ouvrirent la porte. Le capitaine Gonthard pénétra dans la salle d'un pas sonore.

Les juges tendirent le cou. L'allure et l'uniforme militaire du témoin avaient une bien autre prestance que les domestiques de La Doulsade.

L'avocat Favier et son clerc Flandrin avaient fait bon usage de l'avance considérable donnée par Jacques.

Docquier fronça derechef les sourcils.

On fit décliner à Gonthard ses nom et qualité. Puis on lui fit prêter serment.

La Cour s'agita. Capitaine des archers de La Châtre et échevin de cette ville ! Peste, c'était là un témoin de poids.

— Messieurs les juges, déclara Favier, j'entends d'abord définir la personne et la réputation de l'accusateur.

— Nous ne sommes pas les accusés, ici ! protesta l'avocat de la partie adverse. Il est déjà indécent que l'accusée ait droit au conseil d'un avocat, réservé aux chrétiens !

— J'entends aussi exposer à la Cour les motifs de votre invention, rétorqua Favier.

— Monsieur l'échevin, capitaine, parlez, demanda l'avocat général.

— Le plaignant Docquier a requis mon témoignage il y a dix jours pour soutenir son accusation, déclara Gonthard. Je lui ai dit que je m'y refusais, sachant déjà la présence des deux loups au manoir de La Doulsade. Il m'a alors offert deux cents écus pour me faire changer d'avis. Je m'y suis également refusé.

— Mensonge ! cria Docquier.

— Sieur Docquier, taisez-vous, coupa le président. La parole d'un échevin et capitaine des archers vaut plus que la vôtre. Monsieur l'échevin, capitaine, veuillez continuer. Connaissiez-vous déjà le plaignant Docquier ?

— Tout le monde le connaît à La Châtre, notamment depuis la plainte en boulgrerie déposée contre lui et la victime d'Argency par son domestique principal.

Un murmure parcourut la salle.

— Mensonge ! clama de nouveau Docquier.

Favier demanda à faire entrer le deuxième témoin : c'était le domestique de Docquier, un jeune homme accort. L'avocat général lui demanda s'il avait bien déposé plainte contre Docquier pour boulgrerie. Il répondit qu'il l'avait fait, mais qu'il l'avait retirée, Docquier lui ayant remis cinquante écus pour cela.

— Nous ne sommes pas ici pour juger d'une affaire de boulgrerie, mais de sorcellerie ! clama l'avocat de Docquier.

— La vraie boulgrerie, dit Favier, est liée à la fausse sorcellerie, mon cher confrère, comme je vais le démontrer. Monsieur l'échevin, capitaine, veuillez parler.

— La victime d'Argency demeurait chez Docquier depuis neuf mois… commença le capitaine.

— … Et un enfant allait naître ! lança quelqu'un dans le public.

Des rires parcoururent l'assemblée. L'avocat général prit une mine offensée et réclama le silence.

— Il était notoire qu'ils vivaient en couple, poursuivit Gonthard.

— Le sieur d'Argency faisait le bœuf, intervint le domestique.

L'image déclencha des rires, plus audacieux. Un juge dissimula mal son hilarité. Jeanne frémit.

— L'objet de ce procès est détourné ! clama l'avocat de Docquier. Il y a ici une sorcière qui a commis le crime infâme de faire dévorer son propre frère par des loups asservis ! Cette femme doit brûler au bûcher ! Nous ne sommes point ici pour traiter de ragots boueux ! La victime était un homme respecté, partisan du Dauphin aux heures sombres que connut celui-ci avant son avènement !

Sans doute espérait-il effrayer la Cour en agitant la menace d'une vengeance royale, puisque Denis d'Argency avait été des proches du roi. Mais cette dernière assertion fut accueillie par la Cour dans un silence total.

L'avocat général demanda à Gonthard s'il avait ouï dire que la dame Jeanne de l'Estoille fût soupçonnée de sorcellerie à La Châtre ou dans les parages.

— Je n'ai jamais entendu que des éloges sur le courage et l'entreprise de cette dame, qui a ramené à la vie sept fermes abandonnées ainsi qu'un moulin en ruines et qui a donné du travail à près de cent personnes.

— D'où venait l'argent dont elle s'est servie ? demanda l'avocat de Docquier. Des œuvres du diable, à coup sûr !

Jacques se leva, exaspéré :

— Cet argent était le mien ! Je suis banquier et j'ai du bien ! Ces terres sont miennes autant que siennes !

Et il se rassit.

Jeanne était consternée par ces étalages de vilenies, de mensonges et d'accusations plus fous les uns que les autres. La nourrice la réconforta. Angèle lui tendit un mouchoir imprégné d'essence de baies de genièvre.

— N'est-il pas vrai, demanda Favier, que le plaignant Docquier se proposait d'acheter à vil prix les terres des époux de l'Estoille ?

— Mensonges ! Mensonges ! Et encore mensonges ! cria Docquier, hors de lui.

Favier demanda qu'on fît entrer le troisième témoin ; c'était le premier clerc de l'échevinat de La Châtre. Il salua Gonthard et fit face à la Cour.

— Qu'avez-vous à dire ? demanda l'avocat général, après lui avoir fait prêter serment.

— Il y a un mois, Docquier est venu me demander combien vaudraient ces terres si leurs propriétaires étaient frappés d'indignité. La question m'a beaucoup surpris. Il m'a alors laissé entendre que cette peine risquait fort de les atteindre promptement, mais n'a pas voulu m'en dire plus. Je lui ai répondu qu'en tout état de cause, ces terres reviendraient à la couronne et que ce serait au Trésor royal d'en établir le prix, mais qu'il serait sans doute inférieur à leur valeur réelle, en raison de l'opprobre qui y serait attaché. Il a paru satisfait de la réponse.

— Monsieur le président, déclara l'avocat de Docquier, le talent de mon confrère a fait que nous nous égarons. Nous sommes ici pour juger de sorcellerie, et les deux témoins ici présents ont juré qu'ils avaient de leurs yeux vu la femme de l'Estoille chevaucher un loup dans les airs. Cela doit suffire !

Plusieurs membres de l'audience s'esclaffèrent sans vergogne.

— C'était le verjus ! clama l'un d'eux.

Les rires reprirent de plus belle.

— Votre client a-t-il ou n'a-t-il pas demandé le prix de ces terres si leurs propriétaires étaient frappés d'indignité ? demanda l'avocat général à l'avocat de Docquier.

— Je savais que cette sorcière et son mari allaient bientôt tomber sous le coup de la justice, déclara Docquier, et j'ai voulu savoir le prix de ces terres. Je n'y vois rien de mal.

— Non sans doute, ironisa l'avocat général, vous avez joint votre intérêt à l'intérêt public. Depuis quand ces loups étaient-ils au manoir ? demanda-t-il aux domestiques.

— Depuis l'arrivée de notre maîtresse, répondit Baptiste, visiblement effrayé par la tournure que le procès prenait.

Il avait sans doute cru que l'affaire serait jugée en un tournemain, que Jeanne serait emmenée les poings liés au bûcher et que leur récompense ne tarderait pas. Car il devait bien y avoir récompense pour leur forfaiture.

Favier demanda alors qu'on fît entrer le quatrième témoin. Ce fut Ythier, l'intendant. Flandrin avait décidément fait merveille dans les cinq jours écoulés depuis son départ.

— Depuis quand, à votre connaissance, les deux loups qui ont égorgé le sieur d'Argency étaient-ils au manoir ?

— C'est moi qui les y ai apportés en mai, il y a trois ans, et qui les ai remis à Baptiste, en le priant de les tenir dans la cage qui servait à cet usage aux précédents maîtres du manoir. Ma maîtresse m'a fait observer qu'on ne pourrait pas les garder indéfiniment, car elle craignait leur rencontre avec son jeune fils.

— Cet homme est un complice de la sorcière ! clama Docquier.

Ythier s'impatienta, devint rouge, se retourna et lança à Docquier :

— Vous, le boulgre, prenez garde à votre cul si vous revenez dans vos terres ! Puis, s'adressant à Baptiste et Marie : et vous deux, je sais que cette génisse vous a promis deux cents écus pour raconter vos sanies !

— Ces injures et opprobres sont intolérables ! cria l'avocat de Docquier. Monsieur le président…

— Asseyez-vous, maître, coupa le président. Témoin Ythier, avez-vous des preuves de ce que vous venez de dire ?

— Pardi oui, monsieur le président : ils me l'ont dit à moi, ils ne se tenaient plus de joie parce que celui qu'ils appelaient « le bardot d'à côté » leur avait donné deux cents écus. Je leur ai demandé pourquoi, mais ils n'ont pas voulu me le dire. À preuve que le Baptiste que voilà était fin saoul le lendemain.

— Témoin Ythier, dit l'avocat général, je vais vous demander de renouveler votre serment sur cette déclaration.

— Je le jure sur ma tête et l'Évangile ! clama Ythier.

— Mais je l'ai vue voler sur son loup ! s'égosilla Baptiste.

Les impertinences fusèrent.

— Et les flacons de verjus, ils volaient aussi ?

— Et ta femme, qu'est-ce qu'elle chevauchait ?

Les archers furent contraints d'interpeller les rieurs. L'avocat général se rassit.

Jeanne secouait la tête.

— Mais je vais perdre la raison ! murmura-t-elle.

Favier et Flandrin se tournèrent vers le couple, l'air satisfait.

— Monsieur le président, dit Favier, les témoins que voici ont démontré sans confusion et sous serment que les allégations du sieur Docquier sont des calomnies et inventions malveillantes destinées à lui assurer le rachat à vil prix des terres de ma cliente. Il a payé deux cents écus les domestiques de madame afin qu'ils clament des mensonges propres à flatter la superstition. Ces témoins ont également indiqué ce qu'il faut penser de la personnalité du sieur Docquier…

— Je m'oppose ! clama l'avocat de Docquier.

— … Alors tenez bon, cher confrère, dit Favier, prenant un rouleau des mains de son clerc, Flandrin. Car j'ai d'autres preuves que le sieur Docquier n'en est pas à sa première vilenie. Je soumets à la Cour copie certifiée de la condamnation prononcée il y a deux ans par le tribunal de Bourges pour falsification d'un contrat de vente d'épeautre. Le sieur Docquier a été condamné à mille écus d'amende. Son procès revêt les mêmes caractères qu'une querelle de coquillard, indigne de cette Cour.

Il alla déposer l'acte sur le bureau des juges.

On en vint aux plaidoiries.

L'avocat de Docquier déplora une fois de plus que la Cour eût été égarée par des considérations malignes et sans rapport avec la plainte de son client. Les faits étaient les faits : le frère de l'inculpée avait été égorgé en plein jour par des loups sur la propriété d'icelle sans que personne eût couru à son secours. Et les domestiques confirmaient que l'inculpée se livrait à des pratiques diaboliques les nuits de sabbat et domptait les loups à son service.

La Cour se retira pour délibérer. Les portes de la salle d'audience furent fermées.

Jeanne se trouvait à quinze pas de Docquier. Elle considéra l'homme qui déployait tant de méchanceté pour la faire brûler sur le bûcher. Il feignit de ne pas la voir, s'entretenant avec son avocat.

Un siècle s'écoula.

La Cour revint et le public se leva. La Cour s'assit et le public s'assit à son tour.

— Nous, juges de la première cour du Palais de Justice de Paris, statuant en nos compétences en ce jour…

Le cœur de Jeanne battit à se rompre.

Docquier leva la tête, sûr de son triomphe.

— … déclarons que la dame Jeanne, née Parrish, précédemment épouse de Beauvois, présentement baronne de l'Estoille, conseillère à l'Échevinat de Paris, demeurant en sa maison de la rue de la Bûcherie, accusée par le sieur…

Jacques la soutint.

— … est innocente entièrement, libre de s'en aller et dispensée d'aucune peine…

Elle fondit en larmes.

— … Qu'en revanche, le sieur Palamède Docquier s'est rendu coupable de calomnie grave, de nature à entraîner la mort de l'accusée par le feu, ainsi que d'un abus de cléricature. Qu'en conséquence de ce crime, ses biens seront saisis et qu'il sera mandé à la prison du Grand Châtelet pour y être emprisonné trois années de suite sans espoir de grâce…

— Félonie ! cria Docquier.

Les archers longeaient déjà les murs et se dirigeaient vers lui.

— ... Qu'il est condamné à verser à la plaignante, sur les biens saisis, la somme de quinze mille écus et au Trésor du Palais la somme de cinq mille écus pour outrage à magistrats, le reste étant dévolu au Trésor royal...

Docquier s'était évanoui.

La salle trépignait. Le président, indifférent, lisait la suite du jugement :

— ... Qu'en raison du crime de boulgrerie mis en lumière par les dépositions des témoins, il sera soumis à la peine de quarante coups de fouet...

L'avocat de Docquier se tourna vers le président, le regard égaré.

— ... Que les domestiques Baptiste et Marie, coupables du crime de parjure pour faux témoignage, seront également incarcérés pour une période de deux ans et que les deux cents écus reçus du sieur Docquier seront confisqués au profit de l'échevinat de La Châtre... Au nom de Dieu notre maître à tous et de notre roi...

Les archers s'emparèrent des domestiques, qui se mirent à crier.

— Pitié ! Pitié !

Favier, Flandrin, Gonthard, Ythier, le premier clerc de l'échevinat de La Châtre entouraient Jeanne. Elle était secouée de sanglots. Favier lui prit la main.

— Merci, balbutia-t-elle.

— Voilà, dit Favier, j'ai fait diligence.

— Cet homme ignorait le poids de vos actes, madame, dit Gonthard. C'est cela qui vous a sauvée.

— Cela et l'erreur de mon confrère, dit Favier. Il a cru effrayer la Cour en alléguant que le défunt était du parti du Dauphin. C'était mal juger de l'esprit d'indépendance de la magistrature.

Jacques emmena Jeanne à l'extérieur. Ils durent fendre une foule dense. Une femme lui tendit une rose.

Elle se sentait défaillir.

14

La Mare au Diable

L'épreuve avait été atroce.

Si elle avait bien commis un crime en livrant son frère aux loups, elle l'avait amplement expié.

Elle ne souriait plus que rarement. Elle dormait pauvrement et quand le sommeil lui était consenti, elle criait.

— J'avais déjà vu la vilenie humaine. Mais je n'ai pas su m'endurcir, pardonne-moi, dit-elle à Jacques.

L'automne arriva.

— Emmenez-la ailleurs, conseilla à Jacques dame Contrivel quand elle se trouva seule à seul avec lui.

— Où ?

— Je ne sais. En Italie.

— Nous avons un enfant en bas âge, et je ne vois guère que nous puissions lui faire endurer un long voyage dans le froid. Je ne vois pas non plus que nous puissions abandonner la draperie et les fermes.

Quelques jours plus tard, Jeanne dit à son mari :

— Je vois comment je suis et je ne peux supporter l'épreuve qu'à mon tour je t'impose. Partons seuls toi et moi quelques jours. Nous irons à La Doulsade. Il me faut exorciser ce lieu, sans quoi tous ces démons me l'auront enlevé. Il me faut m'exorciser moi-même aussi, et je ne peux le faire qu'avec toi.

Il ne pouvait que déférer à sa demande, se demandant en quoi consisterait l'exorcisme.

L'automne avançait. Trois ou quatre semaines les séparaient de la saison des grands froids. Avant de les quitter, Ythier avait assuré Jacques qu'il trouverait sans peine d'autres domestiques pour remplacer les félons qui croupissaient désormais au cachot.

Ils partirent à cheval, ayant laissé dans les coffres du manoir assez de vêtements pour suffire à leurs besoins.

Parvenus devant le manoir, ils s'arrêtèrent un moment pour contempler ces lieux que la cupidité avait voulu leur ravir.

— Je te l'avais dit, Jacques, il faut toujours que je conquière ce qui m'est donné. Contre les puissances du mal.

Le lendemain, elle dit à Jacques qu'elle partirait seule pour la journée et rentrerait avant le soir. Il ne lui posa pas de questions.

Elle galopa d'un trait vers la mare qu'elle avait entrevue lors de son premier voyage, près du Grand Bussard. La Mare au Diable, ainsi que l'appelait Gonthard. La pluie lui fouetta le visage pendant la plus grande partie du chemin.

Mais cette pluie était, lui parut-il, plus qu'un caprice du Ciel. Jeanne la ressentit sur ses joues comme des larmes violentes qui ruisselaient sans fin sur le monde. Qui donc pleurait ainsi ? Quand elle parvint à la mare, en fait une sorte de petit lac, le ciel s'éclaircit. Blasons d'un royaume inconnu, les hêtres dorés flambèrent sur les derniers azurs de l'automne. La mare scintilla. Jeanne avança jusqu'à son bord. Un daim s'enfuit d'un bond. Elle descendit de cheval et franchit les quelques pas qui la séparaient de la surface. Puis elle s'assit dans les ajoncs. Son regard fouilla le miroir, cherchant, qui sait, l'enfant noyé de la légende.

Il devait maintenant sourire. Car les morts innocents finissent par sourire.

Le monde se vida lentement de ses fantômes hurlants, ces formes tout juste humaines que le vent de la méchanceté et du malheur déchiquetait autour d'elle et rendait pareilles à des épouvantails. Elle ne se rappelait même plus leurs noms, vagues syllabes perdues dans les rafales des années.

Le silence se fit enfin dans le cœur de Jeanne. Elle le savoura jusqu'à ce qu'il la baignât entièrement.

Une brume se leva et s'avança lentement sur les eaux avant de recouvrir la mare entièrement. Puis les rives. Jeanne se retrouva enveloppée dans cette nappe laiteuse que le jour illuminait en travers, comme une matière angélique. Elle ne vit plus rien autour d'elle. Elle leva les yeux et devina à peine les plus hautes branches des arbres alentour. Enfin, le peu de réalité qui demeurait disparut tout à fait. Les bruits de la forêt s'amortirent dans ce nuage bas.

C'est comme la mort, sans doute, songea-t-elle. Peut-être suis-je en train de mourir.

Elle tendit l'oreille, à l'écoute d'autres voix que celles qui servaient à dire et infliger la douleur. Elle perçut un bruit blanc, irrégulier, inconnu, ténu. Elle ne comprit rien de ce qu'elle croyait entendre, sinon qu'elle n'était plus seule. C'était la rumeur de cette substance immatérielle qui l'enrobait. Peut-être les voix d'esprits qui venaient se recueillir sur la mare. Les voix des âmes disparues. Elles se mêlèrent à celles qui ne s'étaient pas encore incarnées.

Peut-être venaient-elles se contempler dans le miroir de la mare.

Le sentiment dominant fut pour Jeanne qu'elle n'était plus seule. Des infinités de souffles humides couraient sur elle. Ils ne disaient rien qu'elle connût, ni consolations ni reproches, ni regrets ni célébrations, seulement que des âmes étaient présentes. Elle en éprouva le sentiment irrésistible.

Elle songea à ses parents. Ils étaient sans doute là.

Dans cette blancheur à la fois vide et foisonnant de présences, elle prit enfin conscience d'elle-même : elle n'était qu'un souffle parmi d'autres. L'aveuglement des sens lui fit voir plus clair. La peur et l'humiliation, les regrets et les chagrins qui l'avaient tant tourmentée n'étaient que poussières. Elle n'avait même plus de nom et, pourtant, elle était plus présente à elle-même que jamais. Elle se purifiait peu à peu. Elle devenait brume.

Elle s'apaisa. Elle conçut d'abord de la tristesse. Puis ce sentiment même se dissipa. Elle se fondit dans le nuage. Elle s'y lava. Elle soupira, et son souffle suscita autour d'elle d'infimes remous. C'était cela que les émotions, des tourbillons dérisoires dans les vapeurs de la vie.

Peut-être y avait-il des loups dans les parages. Qu'importait. La mort ne la détruirait pas. Plus. Elle pensa à Jacques et l'aima soudain d'une façon neuve, moins turbulente, parce qu'elle le voyait désormais plus clairement. De tous les hommes qu'elle avait connus, il était celui qui se trouverait le plus accordé à cet état brumeux. La nature de cet être d'ivoire était la plus proche de cette substance vaporeuse qui l'enrobait.

La brume se déchira par lambeaux. Un arbre naquit. Jeanne admira son mélange de force et de grâce. Elle leva les yeux. Un étourneau fila dans les basses branches. Un autre arbre apparut. Puis un autre. Là-bas, le cheval attendait patiemment. Jeanne se leva et le rejoignit à pas lents. Elle s'était lavée des suies du bûcher.

Cette mare est mal nommée, songea-t-elle en prenant le chemin du retour. C'est la Mare aux Anges.

Jacques l'attendait dans le jardin, parmi les ifs. Il entendit le cheval sur la route et tourna la tête.

Seuls ses yeux formulèrent une question. Le regard de Jeanne leur répondit. Ses gestes aussi.

— Mets la main sur mon visage, demanda-t-elle.

Les deux mains de Jacques formèrent un calice qui enserra le menton de Jeanne.

— J'étais à la Mare au Diable, dit-elle. Je n'ai vu que des anges.

Il sourit. Il l'embrassa avec cette douceur qui était sa nature. Ils allèrent vers les prés voisins.

— J'avais vu trop de démons ces temps-ci, dit-elle encore. Nous avons bien fait de venir ici.

— Je l'ai compris quand tu es descendue de cheval, dit-il.

Le ciel se couvrit. Le vent agita leurs vêtements. Les premières gouttes de pluie s'égarèrent dans une rafale. Ils rentrèrent.

La grande tapisserie de sa vie avait failli être déchirée par la tissandière elle-même. Mais Jeanne avait repris le métier.

Quand Jacques et Jeanne revinrent à Paris, elle lui dit :

— Éloignons-nous un peu de cette ville. Les dangers y restent grands. Le destin nous a rapprochés du sud. Écoutons-le. François et Joseph sont à Orléans. Nos terres sont au sud de Châteauroux. La draperie est à Lyon.

Il lui fit observer que la distance entre Châteauroux et Lyon était aussi grande qu'entre Paris et l'une de ces deux villes.

— Nos fortunes sont pour le moment dispersées, dit-elle. Les pâtisseries ici, la draperie là-bas, les terres ailleurs, tes centres banquiers plus loin.

— Si nous quittons Paris, dit Jacques, il me faut renoncer à demander un privilège royal pour le drap. Dans ce cas, il nous faut, en effet, aller vers le sud. Mais alors, nous n'avons le choix qu'entre Lyon et Marseille. Lyon, parce que c'est la plus grande place marchande d'Europe, et Marseille, parce qu'y transitent les importations et les exportations de la France. C'est par là qu'entrent les marchandises italiennes et les épices de l'Afrique et de l'Orient, c'est de là que partent les navires chargés de laine, de drap et de tissus précieux. Dans les deux villes, le commerce et la banque se joignent.

— Ne décidons pas tout de suite, répondit-elle. J'ai confiance que nous finirons par unifier tout cela. Toutefois, je sens que Paris est plein de vents mauvais.

Ces remous n'étaient que trop perceptibles. D'une saison l'autre, Louis le Onzième dirigeait sa barque d'une main brutale, lui imposant des à-coups périlleux. Il défaisait un jour ce qu'il avait fait la veille, déconcertant amis et ennemis à l'envi.

Ainsi, après avoir mis en prison Fumée, le médecin de son père, il le nomma médecin personnel, puis maître des requêtes de son hôtel. Révoqué avant le sacre, Pierre Doriole, maître des comptes, revint en grâce et fut nommé au conseil royal. Pierre de Brézé, favori du roi précédent, qui avait pris la fuite et dont les biens avaient été confisqués, revint lui aussi en grâce et ses biens lui furent rendus. Mieux, son fils épousa l'une des filles d'Agnès Sorel et du roi, donc demi-sœur de Louis, ce qui faisait de Brézé l'oncle du souverain ! Des serviteurs de l'État, dont le seul tort était qu'ils l'avaient servi fidèlement, avaient été jetés au cachot par le fait du prince, avant d'être innocentés. Ce fut ainsi qu'après avoir été pendant de longs mois réduits à la paille infecte et aux brouets clairs des prisons, Jean et Robert d'Estouteville se virent libérés : on n'avait rien trouvé à leur reprocher. Les deux frères retournèrent promptement aux affaires. Mais des ennemis obstinés de la couronne, tels que Jean II d'Alençon et le déplorable et incestueux Jean V d'Armagnac, furent également graciés : tous deux furent délivrés et rétablis dans leurs droits et seigneuries. Plus extravagant encore : le roi accorda à l'Armagnac le titre de duc de Nemours, avec les avantages y attachés. Or, c'étaient là des seigneurs dont le Parlement avait prononcé la condamnation et que le peuple méprisait. N'y avait-il donc plus de justice ? Était-il équitable de condamner des gens avant de les avoir jugés ?

Tous les matins, la gazette parlée déversait dans les commerces, y compris les trois pâtisseries de Jeanne, les nouvelles de la veille, voire du jour. Un tel, qui détroussait les voyageurs, était devenu capitaine des arbalétriers de la ville même où il avait manqué être pendu. Un autre, connu de longtemps comme prévaricateur, était chargé des comptes !

Même les affaires politiques étaient suivies du petit peuple : ainsi des drapiers flamands apprirent à Jacques que le roi avait lanterné en Ponthieu, dans l'attente de Warwick, l'émissaire du roi Édouard IV d'Angleterre et qu'à leurs yeux ce camouflet ne présageait rien de bon.

Le mécontentement rendit le peuple frondeur. Et fraudeur : que servait de payer des impôts à ce roi fol, mais sans gaîté ?

Le Parlement se vexa, et le peuple ne comprit rien aux revirements de son roi. Agissait-il par clémence ? Calcul ? Ou encore incohérence ? Pis que les changements d'humeur, on vit arriver au pouvoir des gens dont le seul mérite était d'avoir partagé l'exil du Dauphin.

Ces bizarreries scandaleuses s'expliquaient, sinon se justifiaient. Louis avait vécu seul, en butte à l'hostilité de son père et du royaume, ne trouvant des alliés qu'au fur et à mesure que la vie de son père approchait de son terme, et encore, parmi ceux dont les talents étaient trop minces pour servir le royaume. Sans cesse il était trahi ou bien l'on se ralliait à lui, au gré des intérêts. Il ne pouvait compter sur personne. Il se savait seul. Or, la solitude façonne des caractères autoritaires, habitués à n'en faire qu'à leur guise. Louis usait des hommes comme un enfant arrange ses pantins dans sa chambre. Ou du moins prétendait-il le faire.

C'était mal connaître les seigneurs établis aux entours du royaume. Deux ans seulement après que Louis le Onzième eut accédé au trône, en 1463, ils s'insurgèrent.

Louis se brouilla d'abord avec Philippe le Bon, qu'il tenait pour gâteux à soixante-huit ans, puis avec le fils de celui-ci, le comte de Charolais, qui menait désormais les affaires de la Bourgogne. Puis avec le neveu de Philippe, Jean de Bourbon. Avec le duc de Bretagne, François II. Avec le pape. Avec toute une pléiade de nobliaux de province et de seigneurs dont il avait cassé les pensions, par animosité personnelle ou pour satisfaire familiers et maîtresses.

Car Louis était galant et gaillard.

La célébration de naissance de l'Enfant-Dieu calma à peine les esprits. Paris enregistra le fait que le roi n'avait pas passé un seul Noël dans sa capitale. À vrai dire, il n'avait jamais aimé cette ville et elle commençait à le lui rendre.

Dans les pantomimes de la Nativité, devant Notre-Dame et Saint-Germain-des-Prés, on vit apparaître un personnage inédit : c'était un nain coiffé d'une couronne énorme, qui suivait les Rois mages. Nul besoin de préciser qui il représentait. On ne s'en esclaffait pas moins.

Le propre frère du roi, Charles de France, duc de Berry, crut l'occasion bonne pour faire valoir ses droits à la couronne. On lui avait trop représenté qu'il pouvait régner. Il forma une ligue de princes. Jean de Bourbon rallia des gens du peuple par une promesse aussi vieille que le monde : si Louis était chassé du trône, les impôts seraient supprimés.

Fin mars 1464, à Paris, on parla bientôt de guerre : l'incurable Armagnac, duc de Nemours tout frais, avait occupé avec ses troupes la ville de Montmorillon, à courte distance de Poitiers. Or, le roi séjournait dans cette dernière ville. En clair, Nemours se préparait à attaquer la monarchie.

Le prix des céréales monta en flèche. Chacun fit des provisions. De blé, de beurre, de saucisson, de vin. Les caves regorgèrent. Les rats et les souris firent bombance aux frais de la folie humaine.

Jeanne s'alarma : Montmorillon était à deux heures de La Châtre et de ses terres. On en revenait à l'époque honnie où la soldatesque dévastait les campagnes et brûlait fermes et moissons.

— Ce pays devient invivable ! s'écria-t-elle.

Jacques tenta de la rassurer : il avait placé la plus grande partie de ses biens, ainsi que ceux de Joseph et d'Angèle, à Genève et Bizensone. Les d'Estoille ne courraient pas le risque d'être ruinés. Mais Jeanne, qui était une terrienne, s'inquiétait de voir les fruits de tant d'efforts ravagés par des soudards et des mercenaires.

Elle reçut cependant des sept fermes livraison de la farine des moissons de printemps, bien minces en vérité. Elle en garda ce qu'il fallait pour permettre aux pâtisseries de tourner et fit vendre le reste aux Halles. Le prix en avait été doublé en l'espace de trois ans, et quadruplé en moins de six ! La situation ne portait pas encore atteinte à l'approvisionnement, mais plusieurs routes étaient coupées ou dangereuses.

Louis prit des mesures : il leva des hommes d'armes en Dauphiné et en Lyonnais et chargea ses trésoriers de lui trouver des fonds. Jacques était déjà connu pour avoir prêté à Charles le Septième ; il ne pouvait s'esquiver ; il avança dix mille écus et se mit en quête d'en trouver davantage.

Jean de Bourbon fit occuper plusieurs villes d'Auvergne et proclama un programme, à la vérité fort vague, pour le Bien public. Une copie en fut affichée sur le mur du cimetière de Saint-Séverin : un attroupement se forma pour la lire. Dame Contrivel alla en prendre connaissance.

— Peuh, fit-elle au retour. C'est la même vieille histoire ! Des princes veulent prendre la place du roi. Quand ils l'auront eue, ils se battront de nouveau entre eux ! Ce qu'ils nomment le Bien public, c'est le leur.

Elle s'avançait : personne ne parlait ouvertement de détrôner Louis le Onzième. Mais personne non plus ne parvenait à comprendre l'objet des manigances seigneuriales. Tout Paris certes savait les noms des nouveaux ligueurs : Charles de France, Jean de Bourbon, le roi René, les ducs de Bretagne et de Nemours, Charles de Charolais, dit le Téméraire, et Jean de Calabre, fils du roi René. Mais où voulaient-ils en venir ?

Paris et la France tout entière devenaient une vraie Mare au Diable !

Pâques arriva. François et Joseph revinrent d'Orléans, émoustillés par l'agitation que ces événements entretenaient chez les clercs. Leur présence rompit l'inquiétude morose qui régnait rue de la Bûcherie.

Jeanne n'avait pas revu son fils depuis Noël. Le printemps de sa treizième année révélait soudain en lui le jeune homme. Elle fut frappée. D'abord, par la ressemblance avec son père, qui se manifestait avec éclat. De Jeanne, en effet, il n'avait hérité que le teint clair et la blondeur, alors que le visage étroit aux pommettes saillantes et le front bombé et têtu étaient indéniablement ceux de son père. Ensuite par l'ardeur contenue qui imprégnait ses gestes, animant la beauté d'une jeunesse ardente. Ses boucles rebelles semblaient frémir par l'effet d'un mouvement intérieur. Ses lèvres mobiles parlaient avant sa voix et ses yeux, volontiers rieurs, ajoutaient à ses propos des accents inédits, emphase, ironie, douceur. La plénitude de la puberté peignait son visage et son corps.

Elle songea, pour la première fois, que Montcorbier lui avait fait un extraordinaire cadeau. L'idée la contraria violemment. Montcorbier l'avait violée. Et ce viol, toujours odieux, fût-il à demi consenti, avait produit ce chef-d'œuvre vivant, François de l'Estoille.

Pis, François Montcorbier l'avait aimée, elle ne pouvait le nier : elle s'était donnée ensuite au violeur. Passionnément. Plus d'une fois.

Il était un misérable. Il voulait sans cesse de l'argent. Violeur, il était aussi voleur. Elle l'avait exécré. Mais il lui avait donné ce fils.

Elle l'avait repoussé avec hauteur. À cause de ses infidélités. De son brigandage. Et par peur de l'association avec un homme sans cesse menacé de la prison ou de la potence.

Aimer et haïr à la fois, était-ce possible ?

Elle ne pouvait poursuivre ses réflexions plus loin. Pas en ce moment. Elle regarda François asseoir Déodat sur ses genoux et l'amuser par les mêmes jeux d'ombres avec lesquels Jacques l'avait diverti quand il était enfant.

À l'évidence, la surprise de Jeanne fut partagée par tous. Et particulièrement par Angèle : elle reconnut à peine le garçon qui jouait avec elle quelques mois auparavant. Mais naguère vive dans ses rapports avec lui, ses gestes témoignèrent soudain d'une réserve qui n'échappa ni à Jeanne ni à Jacques : ils se le confièrent à mi-voix en termes prudents ; Angèle éprouvait à l'égard du garçon un sentiment teinté d'attirance.

Dans les heures qui suivirent l'arrivée des garçons, il devint impensable que François partageât le lit de la nourrice. Il fut donc admis qu'il irait dormir chez dame Contrivel, qui vivait seule depuis la mort de son mari et comptait trois lits dans son logis.

Devina-t-il les questions que chacun n'osait se poser ? Joseph décida qu'il prendrait l'autre lit de dame Contrivel.

Nanti du diplôme de docteur, Joseph de l'Estoille n'avait pour autant rien perdu en espièglerie. Il avait été agréé *summa cum laude*, et ses maîtres l'avaient pressé d'accepter un poste de professeur à l'université.

— Voilà, dit-il plaisamment, en déroulant le parchemin attestant de son titre pour le montrer à tous. Je peux vous parler de Guillaume d'Auvergne et du principe premier, de l'essence et de l'existence, et d'Henri de Gand, dit Duns Scot, qui postule que l'être est quelque chose à quoi être convient naturellement et qui comprend tout ce qui rentre dans les catégories, mais cela étant, je ne sais si je suis ou si j'existe et de toute façon, cela ne changerait rien à mon dilemme, car pour le moment, je boirais volontiers un verre d'hypocras, et s'il était accompagné d'un des excellents échaudés au fromage de ma belle-sœur, j'en serais encore plus aise !

Jacques éclata de rire.

— Mais tu es encore plus insolent qu'autrefois !

— Mon frère bien-aimé, considère mon cas. J'étais juif parce que mon père l'était. Je suis chrétien parce que tu l'es devenu. Je m'appelais Stern et je m'appelle de l'Estoille. Je pesais quatre-vingt-dix-huit livres et j'en pèse aujourd'hui cent trente. Je mange du porc alors que par habitude j'y répugnais plus que tout. Il faut donc que mon identité soit bien fragile. Quel était le vrai Joseph ? Stern ou l'Estoille ? Celui d'hier ou bien celui d'aujourd'hui ? Celui qui répugnait au porc ou bien celui qui le mange ? Comme j'ai profondément conscience de mon incertitude, et que je n'ai rien d'autre à opposer aux maîtres qui m'assurent que la Terre est ronde et que le Soleil tourne autour, j'apprends fidèlement ce qu'ils me disent. Doué par bonheur ou malheur d'une bonne mémoire, je retiens exactement leurs discours et je les répète comme ces perroquets de foire qui disent : « Bonjour, beau seigneur, une obole me ravirait. »

Jeanne était fascinée par ces cabrioles mentales et l'ironie qui s'en dégageait. Et d'autant plus que la beauté de Joseph s'était affinée autant que celle de François s'était renforcée. Joseph était pareil à un papillon doté d'une humeur de guêpe. Elle rit. Elle servit l'échaudé et le verre d'hypocras.

— Mais toi, lui demanda-t-elle, que crois-tu ?

— Belle-sœur, on m'a enseigné la philosophie dans l'espoir que je m'en serve pour magnifier l'excellence de mes maîtres et de ceux qui les avaient précédés, mais surtout afin de persuader le commun que les questions qu'il se pose ont été depuis longtemps résolues par des esprits magnifiques, délégués par la puissance divine pour les éclairer. Il n'est qu'à demander quelle réponse convient à son état pour l'obtenir, et s'en écarter est signe de sottise, de rébellion ou pis, d'impiété. La philosophie n'est que l'instrument du pouvoir de l'Université, laquelle n'est que l'instrument de la tyrannie de l'Église. S'il fallait que je satisfasse aux désirs de mes bons maîtres, il faudrait que je sois à la fois leur domestique et le tyran des gens qui n'ont pas suivi les études que j'ai faites.

— Mais alors, pourquoi les as-tu faites ? demanda Jacques.

— Pour vous offrir à tous la fierté de compter parmi vous un philosophe émérite nommé Joseph de l'Estoille ! répondit-il, l'air moqueur.

Il mangea son échaudé en dispersant sur eux le crépitement de son regard.

— Est-ce l'influence que tu as eue sur François ? demanda Jeanne, inquiète.

— Non point, non point ! protesta Joseph. François a conclu bien avant moi qu'on lui enseignait des fadaises ! C'est lui qui, sur le chemin de Paris, m'a dit : « Si le savoir servait au bien universel et à l'élévation de la nature humaine, l'on saurait que les sorcières n'existent pas, et ma mère n'aurait pas été menacée de brûler sur un bûcher parce qu'un marchand mal intentionné racontait des coquecigrues sur son compte. »

Un silence consterné tomba dans la pièce. Tous ceux qui avaient soutenu Jeanne durant le procès étaient convenus qu'ils n'en souffleraient pas mot aux jeunes étudiants. Dans leur collège d'Orléans, il y avait bien peu de chances qu'ils en entendissent parler. Point n'était besoin de leur faire partager le souvenir de l'horreur.

Et voilà que plus de deux ans plus tard, ils révélaient qu'ils en avaient été informés !

— Vous saviez donc ? murmura Jeanne.

— Le lendemain même du procès, dit François, le recteur du collège m'a convoqué pour m'apprendre que tu avais été accusée de sorcellerie et innocentée. Il m'a dit : « Il me suffisait de vous connaître pour savoir que vous n'étiez pas un fils de sorcière. Prions le Seigneur pour le remercier de sa protection ! » Il nous a fait prier pendant une heure, Joseph et moi. Nous avons ensuite célébré une action de grâces. Tu ne m'en as jamais parlé par la suite. J'ai supposé que c'était à dessein.

— Ce fut l'infamie ! s'écria Jeanne. J'ai voulu t'en garder.

— Nous en avons eu le détail, cependant, déclara Joseph. Cela nous a confortés dans le sentiment que ceux qui parlent du diable sont ceux-là mêmes qui en tirent profit.

— Et je le redis aujourd'hui, reprit François avec résolution, si le savoir servait vraiment au bien universel, nous ne verrions pas en ce moment tous ces grands seigneurs disputer au roi son pouvoir. Ils ont eu les meilleurs professeurs du royaume et ils se battent comme des palefreniers.

Jeanne était troublée ; elle s'était jusqu'alors fait une idée magnifique du savoir. Elle avait été si fière d'apprendre à lire et à écrire ! Elle eût voulu parler comme eux le grec et le latin, alors qu'elle déchiffrait péniblement cette dernière langue – grâce aux leçons de François Montcorbier. Bref, elle admirait les gens savants. Or, voilà que son fils les rejetait avec mépris et qu'un homme lui-même savant et pourvu de toutes les qualités lui expliquait que son bagage était un fatras sans aucune vertu. Et le comble était qu'il l'expliquait clairement.

Leurs privilèges n'avaient donc valu à ces deux garçons que celui d'en mesurer l'inanité. Mais leur sagesse précoce la confondait aussi. Peut-être était-ce une des vertus de l'éducation que d'enseigner à réfléchir. Et peut-être était-ce celle qui avait manqué à Denis…

Jacques demeurait songeur.

— Joseph, dit-il enfin, le temps est venu de te remettre ton héritage. Il a fructifié. Ta part était de cent trente-sept mille quatre cent cinquante livres. Elle se monte à deux cent quatre-vingt-un mille livres.

Joseph fit une mine d'appréciation.

— Je vais donc te remettre cet argent, poursuivit Jacques, mais aussi te demander ce que tu comptes en faire. Et même, ce que tu envisages de faire de ta vie.

— Je vais, moi, te prier de ne pas me remettre cette part, Jacques, dit Joseph au bout d'un temps. En ce qui touche à l'argent, tu me sembles bien plus doué que moi pour le faire fructifier.

— Je peux t'apprendre, dit Jacques.

— Le temps viendra, répondit Joseph. Puisque tu m'as envoyé me faire instruire sur les motifs des actions humaines et nos fins dernières, j'ai eu le loisir de considérer que l'argent, dans les proportions dont tu traites par ton métier, est un instrument de pouvoir. Je n'ai pour le moment nulle envie de régner sur mes semblables, et j'ai largement de quoi subvenir à mes besoins.

Exactement l'inverse de Denis, se dit Jeanne, frappée.

— Le seul usage que je pourrais faire d'une somme d'argent, reprit Joseph, serait d'acheter une maison. À l'évidence, la rue de la Bûcherie est devenue trop petite pour nous. Mais je ne saurais acheter une maison pour nous tous. Je serais donc heureux de participer à l'acquisition d'une demeure où nous serions tous à l'aise. J'ai certes le goût de la solitude, mais non l'envie de me séparer de vous.

C'était un discours de bon sens et de cœur.

— Mais où ? demanda Jacques.

Cela les ramenait à sa conversation avec Jeanne à son retour de la Mare au Diable.

— Je ne sais, répondit Joseph.

Lui et François évoquèrent de descendre à La Doulsade. Jeanne et Jacques se récrièrent. On racontait encore à Paris une mésaventure survenue à Jeanne de Lévis, l'épouse du sénéchal du Poitou. Elle avait été arrêtée sur les routes par les hommes de Jean de Bourbon, qui l'avaient détroussée et laissée en petite cotte sur le bord de la route !

Les routes étaient redevenues aussi dangereuses que pendant les premières années du règne de Charles le Septième. Et les brigands n'étaient autres que les seigneurs.

15

La bataille de Paris

Sitôt finie la trêve de Pâques, Joseph accompagna François à Orléans et s'en revint.

La situation en France devint plus que fiévreuse. Tout annonçait la guerre.

Le roi avait près de cinq mille hommes. Il espérait un millier de lances en plus du Dauphiné, de Savoie et du Lyonnais. Il donna l'offensive et descendit dans le Berry. On ne lui résista guère dans ces provinces : on préférait la royauté aux seigneurs. Ceux-ci étaient instables et, moins riches que le roi, encore plus avides. Charles de France, le frère de Louis, se trouva mis en échec.

Jeanne s'inquiéta de ne plus recevoir de provisions de ses fermes : elle fut surprise quand Guillaumet lui annonça que deux tonneaux de vin de ses terres lui étaient parvenus avec un message d'Ythier. Les troupes royales avaient reçu l'ordre de tenir les routes ouvertes pour l'approvisionnement de Paris.

Ces troupes se trouvèrent grossies de cinq autres mille hommes, recrutés dans les provinces, et d'une forte artillerie.

Les rebelles parlaient bien de supprimer les impôts, mais n'étant pas si riches, comme on savait, ils ne payaient pas les soldes de leurs hommes. Ils commencèrent néanmoins à se battre. Un messager d'Ythier, passé à l'est par Moulins, informa Jeanne que La Doulsade était occupée par un capitaine du roi.

Le Bâtard de Bourbon occupa Bourges : il se trouva bientôt pris en tenailles entre les troupes du roi et celles venues du Dauphiné. De plus, le duc Sforza promit d'envoyer de Milan cinq mille hommes au secours de son ami le roi de France, avec son propre fils Gian Galeazzo à leur tête.

Les dix mille hommes déjà présents et prêts à en découdre avec les rebelles ne découragèrent pas le fils du duc de Bourgogne, Charles, comte de Charolais, surnommé le Téméraire. C'était un jeune homme brun, au regard insolent, guère encombré de scrupules et de la race de ces garçons décidés à se tailler un empire avant de se coucher. Comme le roi, il tenait évidemment son père, Philippe le Bon, pour quantité négligeable. Il lança ses troupes vers la Picardie. Cette fois-ci, c'était le roi qui risquait d'être pris en tenailles. Louis s'alarma et fit appel à ses réserves. Tous les archers d'Île-de-France furent massés dans Paris.

Car Paris était menacé.

Et si Paris tombait, les autres villes tomberaient. Et sans doute, la monarchie avec.

Le 6 juin, les troupes de Bourgogne franchirent la Somme.

On l'apprit plus tard : trois des hommes en lesquels Louis le Onzième avait le plus confiance, le patriarche de Jérusalem, Louis d'Harcourt – qui avait célébré la messe funèbre de Charles le Septième –, le duc de Nemours et Antoine de Lau projetèrent de faire sauter la poudrière de l'artillerie royale, de s'emparer du roi et de le livrer au duc de Bourbon. Après quoi, dirigés par le patriarche félon, ils s'empareraient du pouvoir et se partageraient les impôts.

Mais peu importait au roi qui n'avait plus le temps de se replier sur Paris : il reprit l'offensive et arriva devant Riom. Jean de Bourbon dut s'enfuir sous un déguisement. Toutefois, à la tête de vingt-cinq mille hommes, Charles le Téméraire marchait sur Paris ! Les campagnes se vidèrent à l'arrivée de ces Bourguignons de malheur. Comme les sauterelles des plaies d'Égypte, les soudards mangèrent toute la viande et tout le pain, burent tout le vin, violèrent les filles, brûlèrent des maisons.

Ni Jeanne, ni Jacques, ni Angèle, ni dame Contrivel ne dormirent beaucoup.

Trahi, abandonné, Louis monta vers Paris, haletant, se nourrissant parfois d'un œuf dur, laissant ses troupes et surtout son artillerie derrière lui. L'hallali sonnait.

Le Téméraire passa l'Oise à Pont-Sainte-Maxence. Rien ne semblait lui résister. Paysans et bourgeois s'enfuirent devant lui et se réfugièrent dans la capitale.

Le 3 juillet, le Bourguignon de malheur campa avec son artillerie dans la plaine du Lendit, au-dessous de Saint-Denis. Il allait certainement bombarder Paris.

Il parvint devant la porte Saint-Denis. Ses hérauts sommèrent les gardes de laisser l'armée traverser la capitale pour s'y ravitailler et poursuivre leur marche au sud, à la poursuite du roi, coincé entre les troupes ennemies au sud et au nord.

Se ravitailler ! On savait ce que cela signifiait ! Nenni !

Le fils du grand-duc d'Occident, le grand Charles le Téméraire, se heurta à des portes closes, comme un quémandeur.

Il fallait être bien ignorant pour s'en étonner : Paris haïssait la Bourgogne et le Bourguignon. Le 4 juillet, un message du roi à l'Hôtel de Ville annonça aux Parisiens qu'il arriverait sous deux semaines. Les bourgeois encouragés rassemblèrent toute leur artillerie et lâchèrent sur les assiégeants un déluge de fer et de pierres, un hurtebilis comme on disait, de canons, bombardes, vulgaires, serpentines, couleuvrines, plus une nuée de flèches. On entendait le fracas jusqu'au Châtelet.

Ciboulet avait fermé la pâtisserie depuis la veille. Sidonie la sienne depuis le matin. Jeanne ordonna à Guillaumet de tenir ouverte celle de la rue de la Bûcherie et surtout de ne pas augmenter les prix, à l'instar de quelques profiteurs, comptant sur la panique pour faire des bénéfices. Cependant, l'on ne ferait plus d'échaudés, mais du pain. Et l'on en ferait tant qu'il y aurait de la farine.

Jacques évoqua la possibilité de fuir par la porte Saint-Antoine. De là, on pourrait gagner l'est… L'Allemagne, Genève… Elle secoua la tête : pas question, elle se fichait de Louis le Onzième comme du Trentième : elle ne quitterait pas sa maison sous l'orage.

Dans l'angoisse de l'attente, les esprits s'égarèrent. Un sergent à verge du Châtelet, Casin Cholet, déboula dans les rues en criant aux riverains de se claquemurer d'urgence, car « Les Bourguignons sont entrés dans Paris ! ». Il apparut ensuite qu'il avait bu et qu'il avait pris ses peurs pour des réalités. On le calma vigoureusement avant de le jeter au cachot. D'autres encore crurent voir les Bourguignons franchir la porte des Jacobins ; l'on en déduisit que Paris était encerclé.

La nuit vint, mais pas les Bourguignons. Et ainsi du lendemain. Cependant, les Parisiens faisaient toujours pleuvoir du feu et des flèches sur les troupes du Téméraire. Joseph s'excita et partit donner un coup de main aux artilleurs. Il revint le soir, fourbu, ravi et les mains en sang à force de porter des cageots de boulets.

— Les princes, je vous l'avais dit, c'est pareil aux brigands.

Jeanne fit venir une partie des réserves de farine de la pâtisserie des Halles. C'était l'une des rares boutiques de la capitale qui continuassent à faire et vendre du pain au prix ordinaire.

Le 11 juillet, le Téméraire comprit que les Parisiens n'ouvriraient pas leurs portes et dirigea ses troupes vers l'ouest. On apprit que les gardes qui avaient reçu les hérauts bourguignons avaient accepté de leur vendre de l'encre et du papier, mais qu'ils avaient refusé le sucre et les remèdes pour soigner les blessés parmi les assiégeants. Quelques marchands qui avaient réussi à se faufiler dans la ville, en longeant la Seine, rapportèrent que le Bourguignon avait occupé le pont de Saint-Cloud. Quels étaient ses projets, nul évidemment n'en avait la moindre idée. Mais comme on savait que le roi remontait par le sud, on raisonna que le Bourguignon courait après l'engagement militaire. Il empêcherait le roi de rentrer dans Paris.

Le 14 juillet, un autre message du roi annonça qu'il arriverait dans les deux jours.

Les seuls Parisiens qui eussent des cartes de France étaient les notaires et les capitaines. Ils s'essayèrent à prévoir l'évolution de la situation. Avec ses dix mille hommes ou ce qu'il en restait – ceux de Sforza n'étaient pas encore arrivés –, Louis allait affronter des armées bien supérieures : celles du Bourguignon, déjà fortes et cantonnées à Longjumeau, à huit lieues au sud de Paris, et celles du duc de Bretagne, qui se montaient à douze mille hommes, et cantonnées à Châteaudun, à trente-cinq lieues. On craignit le pire. La route de Paris serait fermée.

Le roi cependant occupa Montlhéry où deux hommes d'expérience le secondaient : Pierre de Brézé et Jean de Montauban. Il n'avait à vrai dire que sa cavalerie, l'infanterie ne le rejoignant que lentement, et l'artillerie était réduite à quelques pièces. Aussi les rebelles pensèrent-ils que le roi ne ferait pas la folie de les attaquer. Certains de leur supériorité, ils lambinèrent. Les cavaliers montaient et descendaient de cheval, les archers allaient et venaient dans le bivouac, les capitaines parlotaient. Comme il faisait affreusement chaud, on distribua du vin, notamment aux cinq cents archers anglais, l'un des atouts maîtres de la ligue dite du Bien public.

Les soldats de part et d'autre s'énervèrent. Quelques-uns passèrent à l'action. Des Bourguignons pénétrèrent dans Montlhéry, brûlèrent des maisons et s'avancèrent dans les champs. Les moissons n'avaient pas été faites et les épis étaient hauts ; ces agités n'allèrent pas loin. Brézé replia ses lanciers. Croyant qu'il fuyait, l'ennemi s'élança pour la curée. La feinte de Brézé les avait bien dupés : ce fut une mêlée. Les archers progressaient difficilement dans les blés, les cavaliers les renversèrent. Le Bourguignon se trouva pris en tenailles entre les lanciers de Brézé, divisés en deux corps. Brézé donna l'assaut et y trouva la mort. Mais les Bourguignons, taillés en pièces, se débandèrent. À son tour, Louis le Onzième donna l'assaut. Las ! Il fut trahi par les cavaliers de Charles du Maine, qui, parvenus devant l'ennemi, relevèrent leurs lances, firent demi-tour et détalèrent vers le sud, comme des couards. Trahison cuisante : le roi était privé de son aile gauche.

Les troupes royales et ennemies firent donner l'artillerie contre leurs cavaliers réciproques. Puis ce fut la ruée. Le choc et le massacre. Louis se trouva engagé dans un combat singulier avec le Grand Bâtard. Celui-ci parvint à blesser de sa lance le cheval du roi. Louis tomba. Les Bourguignons le crurent mort et poussèrent des cris de triomphe. Il était vivant. Ses Écossais le remirent en selle sur un autre cheval, et il fila ranimer le courage de ses troupes.

Les batailles prévisibles sont rarement engagées, car l'issue en est évidente pour les deux parties. Celle-ci, le 16 juillet, n'était pas du nombre. D'une part, les seigneurs rebelles étaient les plus nombreux et par conséquent les plus puissants, mais voulant être chacun chef de ses armées, ils manquaient d'un stratège général. D'autre part, imprégnés de l'idée que les seigneurs avaient un droit à l'indépendance, les alliés du roi n'étaient qu'à moitié convaincus de la légitimité de leur cause et de leurs chances de victoire. D'où leur mollesse occasionnelle et parfois leurs trahisons.

Les ardeurs guerrières s'épuisèrent en début d'après-midi sans que personne eût perdu ni gagné la bataille. La fausse trêve qui suivit ne les ranima guère : le nombre de tués et de blessés était effroyable. Deux mille morts de part et d'autre, des centaines de blessés hors de combat et des fuyards partout.

Néanmoins, les ligueurs crurent que Louis le Onzième était en déroute et, en fin d'après-midi, le Téméraire confirma une fois de plus le bien-fondé de son surnom en allant occuper le château de Montlhéry, qu'il croyait déserté. Dans son arrogance, il s'y rendit escorté de quarante hommes en tout et pour tout. Surprise : le roi y était toujours et qui plus était, bien en force. Le Téméraire manqua d'être égorgé, littéralement, et parvint de justesse à s'enfuir, le cou ensanglanté. Il retrouva une armée démoralisée : ses cavaliers avaient piétiné leurs propres archers, et tout le monde avait le ventre creux. Le ravitaillement était, en effet, misérable.

La nuit tomba. Le roi en tira profit pour partir vers l'est, puisqu'il n'avait pu dégager la route de Paris. À Corbeil, il fit un crochet vers le nord et, le 18 juillet, en fin d'après-midi, il entra dans Paris.

Il n'avait que deux jours de retard.

La capitale fit un accueil triomphal à son roi, car tout compte fait, Louis était bien plus son monarque que ce Bourguignon dont on clamait partout la déroute.

Il raconta la bataille de Montlhéry. Nul ne s'y trompa : c'était la bataille de Paris. Puis il alla coucher à l'hôtel des Tournelles. Ses troupes, elles, dormirent où elles pouvaient. Y compris dans les villages voisins, où elles se gobergèrent aux frais de l'habitant.

Pour la première fois depuis bien des jours, on retrouva un sommeil à peu près paisible rue de la Bûcherie.

La bataille n'était pourtant pas terminée, et cela pour deux raisons. La plus importante était que, même débandés, les ligueurs du Bien public n'allaient pas s'en tenir là, au risque de se déjuger entre eux et aux yeux de leurs troupes et de leurs populations.

La seconde raison était qu'ils n'avaient plus un sou et qu'ils commençaient à souffrir de la disette. Ils enrageaient de voir que Paris mangeait et buvait à sa faim. Même si plusieurs des routes du sud étaient coupées, celles de la Beauce et du Valois restaient ouvertes, de même que celles de Rouen, des ports de pêche normands et de la Marne. Paris était à la fois un grenier et un magasin de vivres, de vêtements, de médicaments et autres denrées qui faisaient cruellement défaut aux ligueurs. On n'y manquait quasiment de rien, si ce n'était de bois. C'était dans la capitale seulement qu'ils pourraient s'approvisionner.

— Ils vont revenir et ils vont nous assiéger, prévit Joseph.

Ce garçon avait décidément du bon sens, car le roi avait fait la même prévision : après s'être rafraîchi le sang quelques jours à Paris, il partit le 10 août battre le rappel de ses fidèles. À Montauban, à Rouen, à Évreux, à Chartres.

Un service de messagerie s'était ébauché dans le pays : Jeanne envoya une lettre à son fils à Orléans, pour le prier de surseoir à son retour à Paris, étant donné qu'il serait plus en sécurité dans son collège que sur les routes. Elle y joignit la somme de vingt livres.

Entre-temps la deuxième manche de la bataille de Paris commençait : les rebelles avaient pris position autour de la capitale.

Charles de France s'était installé au château de feue Agnès Sorel, la favorite de son père, à Beauté-sur-Marne.

François II de Bretagne était au manoir des abbés de Saint-Maur.

Jean de Calabre, le fils du roi René, à Charenton.

Et Charles le Téméraire, à Conflans, dans le château des ducs de Bourgogne, évidemment.

L'inquiétude à nouveau s'empara des Parisiens.

Le 22 août, tous ces princes dépêchèrent six hérauts, proposant de négocier. Le roi faisait alors la tournée des popotes. En son absence, le conseil de la ville et les notables acceptèrent d'envoyer une délégation, conduite par l'évêque Chartier, celui-là même qui avait reçu Louis à Notre-Dame, et tout ce monde se retrouva à Beauté. On parla après s'être battu, alors que les ligueurs eussent pu commencer par là et éviter de dévaster les campagnes sur lesquelles ils prétendaient régner.

Les délégués trouvèrent les princes réunis autour du godelureau Charles de France, qu'ils présentaient sans doute comme le successeur de Louis sur le trône. Et que voulaient-ils ? Rien de moins que le contrôle des finances du pays, tous les offices qui pourraient leur assurer prébende et le commandement des troupes. De plus, ils exigeaient de mettre « la personne et le gouvernement du roi » en tutelle. Tout cela fut énoncé sur le ton d'un ultimatum. Ils se comportaient donc comme s'ils avaient gagné.

Des Parisiens qui étaient sortis de la ville prétendirent avoir fait le compte des troupes massées alentour. Trente mille, dirent les uns, cent mille, dirent les autres. Ces chiffres étaient fantaisistes ; en vérité, personne ne sut jamais combien d'ennemis étaient aux portes de la ville. Un seul fait était sûr : si un nouvel engagement se produisait, il serait sanglant.

La délégation rentra chez elle penaude et, le lendemain, rendit compte des exigences des seigneurs. Tout Paris les apprit dans l'heure : ils voulaient le moulin, le meunier et sa fille.

— Nous sommes assiégés par des voleurs ! s'écria dame Contrivel.

Elle et Joseph, qui était devenu son locataire, faisaient partie commune. Ils jouaient même aux échecs ensemble. N'eût été l'âge canonique de dame Contrivel, on eût même pu supposer qu'ils se livraient à d'autres jeux. En réalité, la fibre maternelle de la drapière s'était réveillée à la vue d'un jeune homme aussi fin que beau et courtois.

Jeanne n'était pas d'un avis différent : elle tenait depuis longtemps que les princes étaient des forbans, des fiers-à-bras et des cervelles de moineaux. Quant à Angèle, qui avait grandi dans des années de paix relative, elle témoignait d'une répugnance à l'égard de la vie publique et ne sortait plus guère de la maison, par peur de la soldatesque dans les rues.

Elle finira recluse ou nonne, se dit Jeanne.

L'humeur du peuple de Paris n'était pas moins hostile aux princes qui l'assiégeaient : outre qu'ils la contraignaient à accueillir un surcroît de troupes pour défendre la capitale, ces mirliflores l'empêchaient de travailler et dévastaient les cultures, les vergers et les champs alentour. On les qualifia bientôt de Peste blanche.

Une partie des notables, toutefois, était défaitiste et en particulier l'évêque Chartier, pour qui la ville était perdue : ces gens-là voulaient ouvrir les portes de la ville aux assiégeants, à la condition qu'ils s'engageassent à ne point piller. Bel engagement, en vérité ! Autant faire entrer les loups dans la bergerie ! À qui se plaindrait-on si les moutons avaient été dévorés ? Le prévôt des marchands, Henri de Livres, contrecarra habilement ces dispositions funestes : il fit circuler en ville des rumeurs selon lesquelles les délégués voulaient faire occuper la ville. Les Parisiens s'énervèrent. Les délégués étaient des traîtres !

Sous la pression de la rue, ceux-ci sentirent chauffer leurs culs : ils repartirent à Beauté déclarer aux insurgés que rien ne serait décidé en l'absence du roi. Dépité, l'un des seigneurs, Jean de Dunois, les menaça de cent mille morts et du sac de Paris. Les délégués préférèrent une mort hypothétique et différée au sort certain qui les attendait à leur retour dans la capitale s'ils acceptaient la reddition : l'estrapade. Faute de courage, en effet, ils s'étaient fait deux ennemis, les princes rebelles et le peuple de Paris.

Sur quoi le roi rentra dans Paris avec des troupes fraîches. C'était un dimanche. Et c'était des troupes bien tenues : à preuve, on leur avait assigné des moines pour le salut de leurs âmes et des ribaudes pour le confort des corps. D'autres troupes affluèrent, cavaliers, archers, arbalétriers, artilleurs. Cela rendit courage au peuple. Finalement, on ne prit pas tant le parti du roi par amour de la royauté que parce qu'il défendait Paris contre des malfrats de haut lignage.

Lundi, les assiégeants se livrèrent à des mouvements de troupes devant la capitale.

Mômeries ! conclut le peuple de Paris.

Le lieutenant général Charles de Melun, jadis favori du roi, se trouva d'humeur farce : il envoya des cavaliers au camp des princes. Ils raflèrent quelques chevaux et rentrèrent, hilares. Puis ils recommencèrent le lendemain.

Les canons des Bourguignons menaçaient la ville, mais, en même temps que des processions, des pantomimes furent improvisées dans les rues. Elles daubèrent sur les princes rebelles. Dans l'une d'elles, aux Halles, le rôle de Charles le Téméraire fut tenu par un ours en pourpoint, celui du duc François II de Bretagne par un singe en culottes jaunes et celui de Charles de France par un chien couronné. C'était le seul chien qu'on pût voir en ville : une ordonnance avait interdit qu'on les laissât errer.

Puis on promena sur un tombereau d'éboueur l'ivrogne Casin Cholet, celui qui avait annoncé que les Bourguignons étaient dans Paris, et on le roua de coups en public, à l'esbaudissement de la populace.

— Quand nous serons sortis de là, s'écria Jeanne, eh bien, nous sortirons aussi de cette ville !

L'automne approchait. Moissons et vendanges ne sauraient se faire dans ce climat de guerre molle.

Une fois de plus, l'inaction énerva les soldats. Des cavaliers bourguignons partis en reconnaissance s'affolèrent en voyant une armée de lances debout à l'horizon, à l'est de la porte Saint-Antoine. Les lanciers du roi ! Ils attaquaient ! Ces éclaireurs revinrent au camp donner l'alerte. Le Téméraire crut l'heure enfin venue : il se prépara à l'assaut. Il s'approcha de cette armée. Elle était bien immobile. C'était un champ de chardons qu'ils avaient pris pour des lances.

Louis le Onzième laissa les assiégeants lanterner. Affligés d'un ravitaillement aléatoire et mangeant leur argent sur place, ils se rongeaient.

Mais ils rongeaient aussi la patience des Parisiens et des habitants de la région. On n'allait quand même pas laisser cette soldatesque piétiner indéfiniment les blés, piller les villages et terroriser les femmes. Les Parisiens, et surtout ceux qui avaient des terres, commencèrent à tenir rigueur au roi de laisser pourrir la situation.

D'une certaine façon, Louis n'avait pas tort : plus le temps passait et plus ses ennemis perdaient d'ardeur. Il n'était pas facile d'attaquer Paris. Le système de double fossé en eau et de double fossé sec entourant l'enceinte de Philippe Auguste excluait l'usage d'engins de siège et de l'artillerie : ces fossés s'étendaient sur cent pas, et les boulets lancés par les bombardes et couleuvrines retomberaient dans les fossés. Attaquer les portes ? Encore fallait-il en approcher sans être décimé par les arbalétriers.

Une des fortes raisons de l'attitude timorée des ligueurs était le bon sens : s'ils donnaient l'assaut à Paris, ils pourraient peut-être l'emporter, mais au prix de pertes considérables en hommes et d'un carnage. Et surtout, ils s'attireraient la haine tenace des Parisiens. Autant capturer un loup enragé.

Louis, qui avait saisi la cause de leurs scrupules, commença par asticoter les seigneurs du Bien public avec sa propre artillerie. Quelques boulets lancés par-ci par-là, à partir de bouches à feu qui les prenaient à revers, leur firent comprendre que la situation, en effet, n'allait pas s'éterniser. Deux boulets défoncèrent ainsi la salle où le Téméraire soupait à Conflans. Le Bourguignon s'en tira de justesse : son trompette fut tué.

Le 3 septembre, les assiégeants demandèrent à négocier. La tactique royale les avait amenés à résipiscence. Il en était temps.

On parlementa donc. C'est-à-dire qu'on dépensa beaucoup de salive. Ces messieurs voulaient des provinces entières, des villes et des fortunes pour les dédommager de leurs peines.

Le damoiseau Charles de France, qui avait beaucoup larmoyé sur les morts et les blessés, voulait ainsi la Normandie, la Guyenne et la Gascogne ! Un tiers du royaume ! Il n'eut que la Normandie, et encore.

Le visage aimable et souriant, Louis marchanda avec une patience et des ruses de maquignon. Il promit ainsi au Téméraire la main de sa fille : elle avait alors quatre ans. Grand devin qui prévoirait le jour du mariage ! Et il s'employa à faire des jaloux. Il proposa des sommes mirifiques, qu'il comptait évidemment épargner le plus possible. Ainsi, il proposa quatre cent vingt mille écus à Jean de Calabre, qui envisageait une expédition sur Naples ; tout ce que le fils du roi René en vit jamais fut quinze mille. La ligue du Bien public se démembra. Ces princes n'étaient que des manants qui demandaient de l'argent.

Non sans mal, un traité fut signé fin octobre 1464, à Conflans. Les ligueurs se séparèrent, se détestant les uns les autres et détestés d'une bonne partie de leurs armées.

Deux étoiles filantes saluèrent le début et la fin de ces comédies mérétricieuses, sanglantes et futiles. La première tomba dans l'enceinte de Paris, et l'on pensa que c'était une fusée lancée par les Bourguignons pour mettre le feu à Paris

– on crut même qu'ils y étaient parvenus – et la seconde, le dimanche suivant la fin de la bataille de Paris.

Jeanne enrageait : un jour déjà, la soldatesque avait failli rompre le fil de sa vie. Cette fois-ci, elle se prit d'aversion pour les seigneurs, ducs, comtes ou barons et voulut même renoncer au titre que le roi précédent avait concédé à son mari. Il eut grand-peine à l'en dissuader, et ce fut toujours par la douceur.

16

Pièges et sortilèges

La soldatesque, comme l'appelait Jeanne, n'évacua pas les lieux d'un jour l'autre. Elle traîna, et des archers ou des lieutenants qui n'avaient jamais vu Paris et que rien de pressant ne rappelait au pays s'y incrustèrent.

Les troupes de Gian Galeazzo Sforza, enfin arrivées, semblaient également désireuses de prolonger leur séjour. Ces gens-là n'étaient pas les plus importuns : à les voir déambuler dans les rues, souriant dans leurs costumes à vastes manches et crevés rouges et jaunes, coiffés de grands chapeaux à plumes, on eût plutôt dit des comédiens qui se préparaient à figurer dans une comédie fastueuse.

Jeanne brûlait d'impatience d'aller avant l'hiver vérifier sur place les dommages que les troupes de l'un ou l'autre camp avaient infligés au manoir et aux fermes. Mais les routes étaient peu sûres encore, et ni Jacques ni Joseph n'eurent grand mal à lui faire différer le voyage.

Le roi, de surcroît, avait grand besoin des banquiers pour de nouveaux emprunts destinés à payer partie au moins des sommes fabuleuses promises aux princes : trente-six mille livres pour le seul Jean de Bourbon. On requérait les services de Jacques ; il n'aurait pu s'y soustraire. Par bonheur, les messageries de poste fonctionnaient de nouveau, surtout à l'est, et fussent-elles irrégulières, elles le dispensaient de plus d'un voyage vers Mayence, Milan ou Genève.

Un matin, Jeanne et Angèle vaquaient à la boutique auprès de Guillaumet, remplissant les bocaux d'épices qui venaient d'arriver en sacs : cannelle, gingembre, girofle. Guillaumet, en effet, avait reçu de sa mère les premiers faisans et s'était mis en tête de confectionner des pâtés clos au faisan, relevés de girofle. Quant à la cannelle, elle servait à parfumer les échaudés à la pomme.

Un léger émoi à la fenêtre. Un homme parlait avec un accent étranger et Guillaumet n'y comprenait rien. Jeanne et Angèle tournèrent la tête. Un visage charmant s'y encadrait, au-dessus d'un buste magnifiquement vêtu.

— *Gentile signore, che sono queste confezioni che vedo la ?* demanda-t-il, montrant du doigt un plateau de pâtés au faisan et un autre d'échaudés à la pomme.

Le peu de latin qu'elle savait revint à l'esprit de Jeanne. Elle comprit bien la question, mais elle ignorait le mot idoine pour « faisan » ; elle joignit alors les mains et, montrant les pâtés au faisan, imita un oiseau qui s'envole. Le client éclata de rire, d'un rire à coup sûr contagieux, car il se communiqua à Guillaumet et Angèle. La pomme posait d'autres problèmes. Elle expliqua alors, dans un baragouin de fortune :

— Eva... Adamo...

Puis elle fit le geste de mordre dans un fruit.

— *Mela !* cria l'Italien.

Il demanda un pâté au faisan. Il y mordit et émit des sons voluptueux. Guillaumet se tordit de rire.

Jeanne, se retournant, saisit l'expression d'Angèle.

— *Vino ?* demanda l'Italien.

Jeanne hocha la tête et lui servit un verre. Mais l'Italien semblait vouloir autre chose. Il montrait le verre et pointait le doigt vers Jeanne et Angèle. Elle saisit un regard de velours et comprit qu'il se dirigeait vers Angèle. Elle comprit qu'il leur offrait à boire, à elle et à la jeune femme. Elle sourit et remplit deux verres. Il indiqua Guillaumet ; elle remplit un troisième verre. Il fit le geste de trinquer. Ce client-là avait le goût de la compagnie. Tout le monde trinqua donc. Puis l'Italien se nomma : Ferrando. Il demanda les noms ; on les lui dit.

Jeanne vérifia à la dérobée le regard d'Angèle ; il s'était effroyablement approfondi.

— *Angela !* s'écria l'Italien. *Qual nome più felice ! Sembra in fatto un'angelo ceso dal cielo ! Il mio cognome è Sassoferrato, Ferrando Sassoferrato. In fatto, Ferrando Sassoferrato della Rocca. E' vostro ?*

Jeanne comprit à peu près la question et répondit :

— De l'Estoille.

Le sieur Sassoferrato avait quelques notions de français, car il saisit le sens du nom. Il cria :

— *Stella ! Son' due stelle ! Non sara possibile ! Angela della Stella ! L'angela della stella !*

Et il écarta les bras dans un geste d'extase.

— Milanais ? demanda Jeanne.

— *No, non sono milanese. Son' nato a Roma, pero mi son' ritrovato con l'armata del duca. Glielo spieghero se vuole.*

Il demanda un échaudé aux pommes et un autre verre de vin. L'échaudé lui arracha d'autres cris d'extase. Le sieur Sassoferrato ne décollait pas.

On eût dit qu'on venait d'allumer une lampe à l'intérieur d'Angèle.

Jeanne remonta, riant à moitié, mais inquiète.

Peu après, Angèle la rejoignit. Elles se regardèrent et échangèrent un rire bref.

— Il est beau, dit Jeanne. Et gracieux.

Angèle leva les yeux et ne répondit pas.

— Tu sors enfin de ton veuvage ? demanda Jeanne.

— C'était comme un veuvage, en effet, murmura Angèle.

Descendant faire les comptes avec Guillaumet, Jeanne apprit que le sieur Sassoferrato della Rocca avait payé avec une pièce en or et n'avait pas pris son reste. Guillaumet ne connaissait pas la pièce et Jeanne non plus. On verrait demain.

— Il reviendra sans doute, dit Jeanne.

— Il m'a farci la tête, dit Guillaumet en riant.

— Et pas qu'à vous, marmonna Jeanne.

Au souper, il y eut dame Contrivel et Joseph.

Après la soupe à l'oignon, Jacques versa le vin.

Une musique monta de la rue.

Un homme jouait du luth et chantait d'une voix chaude et douce :

Angela,
Stella matutina,
Mi s'alz'il cuore
Quando dico il tuo nome.

Jacques leva les yeux. Il regarda sa sœur. La voix reprit :

Angela,
Stella del tramonto,
Ascolti il mio dolore
Quando canto il tuo nome...

La voix manqua de se briser, mais après avoir plané dans un aigu périlleux, elle redescendit avec l'aisance d'une hirondelle qui se pose.

— C'est à toi que ce chant s'adresse, dit Jacques, surpris.

Il alla ouvrir la fenêtre et n'aperçut que le sommet d'un grand chapeau. Jeanne riait. Joseph et dame Contrivel roulaient des yeux ahuris.

— Je pense que c'est à moi, en effet, dit Angèle.

— C'est le sieur Ferrando Sassoferrato della Rocca, ajouta Jeanne. Un militaire amoureux d'Angèle.

Joseph tendit le cou.

— Je ne comprends pas l'italien, dit Angèle. Que dit-il ?

Jacques, qui parlait l'italien, l'anglais, l'allemand et on ne savait combien d'autres langues, traduisit. Le chanteur poursuivait son compliment mélancolique.

— Mais qui est donc ce galant ? demanda Jacques, stupéfait.

— Je ne savais pas qu'il savait chanter, dit Angèle.

— Je vais descendre voir, dit Jacques, se levant.

— Et ensuite ?

— Je vais le prier de monter.

Joseph secouait la tête.

— Angèle... commença-t-il, et il n'acheva pas sa phrase ou sa question.

L'entretien entre Jacques et l'Italien dut avoir quelque teneur, car un moment s'écoula avant que Jacques fût remonté, précédé de son hôte, souriant et tenant son luth d'une main et son chapeau de l'autre.

Les regards se figèrent sur le soupirant d'Angèle. Sa mise élégante fut détaillée. Son attitude, déférente. Son visage doré, coloré par l'émotion. Ses traits délicats et ses longs cils de fille. L'aménité courtoise qui émanait de lui.

Il baisa la main de Jeanne, puis se tourna vers Angèle et mit genou en terre pour baiser aussi sa main. Jacques l'invita à s'asseoir. Un silence embarrassé pesa : personne d'autre que Jacques ne parlait l'italien. Jeanne ajouta un couvert et servit du faisan en quartiers et une salade de choux à demi cuits. Pendant la conversation entre Jacques et Ferrando, celui-ci filait de longs regards vers la jeune femme. Ne comprenant rien à ce qui se disait, les autres feignirent de reprendre leurs échanges.

— Et après ? demanda Joseph.

— Avant qu'il y ait un après, dit Angèle, il faudrait voir s'il y aura un avant.

— Ce garçon est beau du dedans et du dehors, déclara dame Contrivel. Il fait ses compliments en chantant et, rien qu'à le voir, on est en fête.

— Il est épris d'Angèle, dit Jacques. Il me demande la permission de lui faire sa cour. Je la lui ai donnée. Il dînera ici demain soir. C'est un lieutenant de Gian Galeazzo Sforza. Il espère emmener un jour prochain Angèle à Milan, où il possède, dit-il, une grande maison.

Quand le sieur Ferrando Sassoferrato eut pris congé, se confondant en remerciements auprès des maîtres de maison et après avoir longuement baisé la main d'Angèle, chacun demeura plongé dans ses pensées.

Jeanne, parce qu'elle revivait ses premiers émois amoureux et surtout sa rencontre avec Jacques, alors Isaac.

Jacques, parce qu'il mesurait le passage du temps et qu'il s'inquiétait de savoir quel avenir ce gracieux militaire étranger réservait à sa sœur chérie.

Dame Contrivel, parce qu'elle songeait à sa jeunesse depuis longtemps enfuie et qui n'avait sans doute pas compté de soupirants aussi gracieux.

Joseph, parce qu'il percevait soudain que cette sœur aimée et mystérieuse, avec laquelle il avait formé un couple chaste et mystique, s'éloignerait un jour de lui.

Angèle, évidemment, parce que la seule vue d'un visage avait déchiré les voiles sous lesquels elle semblait s'être réfugiée pour toujours. Soudain, la musique était entrée dans sa vie. Quel était donc le pouvoir de ce visage-là ?

Et tout le monde, parce que le petit cercle clos créé depuis la conversion des Stern se disloquait.

— Bon, observa Joseph, cette maison devient décidément trop petite.

Puis il raccompagna dame Contrivel chez elle. L'heure s'était avancée et mieux valait éviter de s'attarder davantage, car les rues étaient hantées par des soldats avinés et désœuvrés.

Le lendemain matin, Jacques partit pour se mettre en quête du capitaine supérieur de Ferrando Sassoferrato ; la recherche fut longue et le mena finalement à l'hôtel des Tournelles, où le roi allait chaque jour régler les affaires courantes. C'était un quadragénaire basané et moustachu qui ne semblait guère enclin à la sérénade. Ils allèrent dans une taverne proche, et il écouta les questions de Jacques.

— Ferrando Sassoferrato est l'un des trois lieutenants des lanciers envoyés au secours du roi de France par le comte Gian Galeazzo. Vous m'interrogez sur sa famille : il est l'un des quatre enfants du mariage de deux familles de banquiers, l'une romaine, les Bonvisi, et l'autre milanaise, les Sassoferrato. Je devine aussi votre souci : le lieutenant Ferrando Sassoferrato est-il un bon parti pour votre sœur ? Grand clerc est celui qui peut sonder les sentiments amoureux d'un homme ! Je ne peux vous répondre que ceci : le lieutenant a vingt ans, il appartient à deux familles honorables et, à ma connaissance, il n'est pas marié à Rome ni à Milan. Je crois savoir que ses familles l'avaient destiné à un mariage qui leur convenait et que la promise est morte de la fièvre des marais. Il n'est pas militaire de carrière. Il est parti avec le comte pour se distraire d'un chagrin d'amour, mais je ne sais lequel.

C'en était assez pour rassurer Jacques. Et le rendre encore plus perplexe. Le mariage d'Angèle avec un garçon issu de deux familles de banquiers ne pouvait qu'arranger ses affaires. Mais en revanche, où donc, quand et dans quelles circonstances serait-il célébré ? Quelles seraient les conditions posées par les Bonvisi et les Sassoferrato ? Après tout, c'étaient des familles comme toutes les autres ; elles ne pouvaient qu'éprouver de la réserve à l'égard de l'amourachement soudain du garçon dans une ville étrangère.

Il lui faudrait user de toutes ses capacités de psychologue pour sonder le cœur du jeune Italien.

Il examina la pièce d'or avec laquelle Ferrando avait payé son casse-croûte et que Jeanne ne connaissait pas. C'était un écu de Florence, valant sept livres et demie, soit cent cinquante sols. Ce garçon était bien riche.

Passant devant un libraire, Jacques s'attarda. Sachant que Jeanne lisait de la poésie, il acheta un livre tout frais dont le libraire lui fit les plus vifs éloges, l'assurant qu'il vivait quasiment des ventes de cet ouvrage.

C'était le *Lais* de François Villon.

Jacques, en effet, ignorait tout des rapports anciens de Jeanne avec le poète. Certains secrets supportent mal d'être portés à la lumière : ils se développent de façon inattendue, sinon déplaisante. Elle avait tu l'existence du vrai père de son fils.

Dans la vie, les plus grands changements s'effectuent souvent de façon muette.

La maison de la rue de la Bûcherie perdit le caractère de place forte qu'elle avait revêtu pour Jeanne, depuis que Charles le Septième lui en avait fait don : trop grande pour le ménage de la jeune pâtissière, elle était devenue trop petite pour la famille de l'Estoille. Joseph était contraint d'habiter chez dame Contrivel, rue de la Montagne-Sainte-Geneviève, et quand il reviendrait à Noël, François devrait en faire de même. Cette situation ne pouvait se prolonger indéfiniment. Les trois étages étaient composés chacun d'un logis de deux pièces principales et de dépendances, dont une cuisine et un réduit pour les commodités de l'hygiène. Le premier était occupé par Jeanne et Jacques, le deuxième par la nourrice et le jeune Déodat et le troisième par Angèle, la boutique occupant le rez-de-chaussée et la cave.

On ne pouvait décemment plus faire dormir François avec la nourrice, ni Joseph avec sa sœur ; ce genre de promiscuité n'était admissible que dans les campagnes et chez les pauvres, et l'on savait trop bien quelles pouvaient en être les conséquences. Les d'Estoille étaient trop délicats pour s'en accommoder.

Or, l'arrivée du jeune Ferrando compliquait encore la situation. D'une part, il eût certes été inconvenant de faire habiter sous le même toit deux jeunes gens qui n'étaient pas encore promis, mais de l'autre, il eût été agréable, si la maison avait été plus grande, de le loger dans une pièce convenablement éloignée : cela eût permis de mieux connaître ce prétendant.

Car Ferrando, il l'avait annoncé, ne rentrerait pas à Milan avec le reste des troupes de Gian Galeazzo Sforza.

De surcroît, des vents contraires soufflaient désormais sur le clan de l'Estoille, car c'en était bien un. Après le procès en sorcellerie, l'affrontement entre le pouvoir royal et les princes finit de convaincre Jeanne que Paris était étouffant. Comme toutes les places fortes, la capitale pouvait se transformer en prison. L'on avait sué l'angoisse pendant la bataille de Paris, elle s'en souviendrait longtemps.

Et la question revint de façon lancinante : où aller ? Au sud, oui, mais encore ? Jacques avait répondu : Lyon ou Marseille. L'arrivée de Ferrando changeait encore la donne.

Il revint donc le lendemain soir, sans son luth, l'air plus grave que la veille. Il demanda à Jacques la permission d'offrir un cadeau à Angèle. Jacques y ayant consenti, il sortit de sa poche une bourse de soie qu'il tendit à Angèle.

Elle contenait un anneau serti d'un rubis.

Angèle leva les yeux et sourit.

— *È 'na gocce del mio sangue*, dit Ferrando.

Une goutte de son sang, traduisit Jacques.

Ils étaient fiancés.

Jacques quitta son siège et leva son verre à la santé des futurs époux. Tout le monde l'imita, à court de voix. Jacques autorisa les fiancés à s'embrasser.

Personne n'avait jamais imaginé qu'Angèle embrassât jamais un homme. Finalement, son nom lui convenait plus qu'il n'eût fallu. Et le baiser qu'elle rendit à Ferrando confondit les témoins plus qu'ils ne l'auraient cru. Elle le serra dans ses bras avec une fougue qui laissa les témoins pantois.

Jacques et Jeanne convinrent en aparté qu'il conviendrait le lendemain de consentir aux fiancés un peu plus d'intimité, et Jacques invita Ferrando à emmener le lendemain Angèle en promenade dans Paris.

Les Sassoferrato avaient une maison à Milan. « Une grande maison », avait précisé Ferrando. Le mariage y serait célébré au printemps. Les d'Estoille étaient invités à Milan. Ferrando rentrerait chez lui quelques semaines plus tôt, pour informer ses parents et préparer la fête, puis il reviendrait.

Mais il convenait auparavant de remédier au problème du logement. Ce fut Ferrando qui en prit l'initiative : il loua rue de Bièvre un hôtel très ancien, qui avait appartenu à un marchand de Sens. L'hôtel Dumoncelin comptait douze pièces sur trois étages. Jacques prit sur lui de l'aménager et de le meubler. Guillaumet s'installa avec sa nouvelle épouse dans l'appartement de Jeanne rue de la Bûcherie.

Le poète Dante Alighieri, disait-on, avait vécu dans la maison. Ferrando récita des vers de *La Divine Comédie* :

Già si godea solo del suo verbo
quelle specchio beato, et io gustava
lo mio, temprando col dolce l'acerbo ;
e quella donna ch'a Dio mi menava
disse : « Muta pensier[1]*... »*

Jacques souriait, les autres écoutaient. Ferrando apprenait le français, Angèle l'italien et tous deux à se connaître.

Ferrando engagea un domestique et Jacques un autre. La salle où l'on se réunissait pour les repas fut garnie du plus grand tapis que Jeanne eût jamais vu : il venait de Constantinople.

Le trentième avent de la vie de Jeanne arriva. Elle se regarda dans le premier miroir qu'elle eût jamais possédé, celui que Jacques lui avait offert à Argentan. Elle y découvrit soudain une autre femme que celle qui avait, quinze ans plus tôt, eu la révélation de son image. De légères pattes d'oie au coin des yeux. Peut-être un soupçon de lourdeur aux commissures des lèvres.

Elle avait vécu son printemps.

Le clan de l'Estoille, enfin réuni dans les mêmes murs et enrichi d'un Milanais, célébra Noël et l'arrivée de l'an 1465 avec un faste particulier.

Pour la première fois Jeanne assista à un petit concert domestique : Ferrando avait engagé deux musiciens ; il joua du luth, les deux autres de la viole et de la flûte. Ils chantèrent, parfois seuls, parfois en chœur. Jeanne découvrit que la vie pouvait être douce grâce à des ornements de l'oreille et

1. *En silence déjà ce divin miroir*
Jouissait de son verbe et moi,
Je jouissais du mien, mêlant le doux à l'aigre,
Et cette femme qui me menait à Dieu,
Me dit : Fais taire ton esprit...

des yeux. Elle repensa à la poésie, ce qu'elle s'était interdit depuis qu'elle avait chassé un poète de sa vie.

Par convenance, la chambre d'Angèle avait été installée à un bout de l'étage et celle de Ferrando à l'autre. Ce qui n'empêcha pas qu'un matin Angèle confiât à Jeanne :

— J'ignorais que les hommes eussent d'aussi jolis corps.

Jeanne éclata de rire et se trouva soulagée. Elle avait craint qu'à vingt-trois ans Angèle arrivât béjaune dans le lit nuptial. Désormais, elle appréhenda qu'une grossesse précédât de longtemps le mariage.

La Grande Tapisserie s'éclaira d'or, d'azur et d'écarlate.

Au printemps, Jeanne et Jacques allèrent visiter leurs fermes et la draperie de Lyon. Puis tout le monde, y compris dame Contrivel, s'engagea dans le voyage à Milan.

Un mois de fêtes, de musique, de danses comme Jeanne n'eût même pas su en rêver. Elle dansa ! Au son des violes !

Ferrando fit faire le portrait d'Angèle par un peintre de la cour.

Jeanne commanda celui de Jacques. Et Jacques celui de Jeanne.

Puis il fallut rentrer et retrouver la question demeurée sans solution : où donc élirait-on domicile ? Lyon ou Marseille ?

Entre-temps, Jacques se laissa convaincre par des collègues d'aller acheter au Caire, en Égypte, des produits d'Orient, dont l'Europe commençait à raffoler : tapis, plumes d'oiseaux exotiques et ces oiseaux eux-mêmes, singes, objets d'orfèvrerie et d'ivoire, perles, corail, que sais-je...

Il ramena une cargaison de prodiges incongrus ou luxueux qu'il eut peine à ne pas vendre dès le débarquement à Marseille. Il les avait échangés contre des draperies ; il y gagna huit fois le prix qu'il les avait payés.

Il repartit en septembre. Il tarda beaucoup à rentrer.

En fait il ne rentra pas. Deux mois plus tard, des marchands vénitiens rapportèrent à Ferrando que son bateau avait été arraisonné par les Barbaresques.

— La meilleure nouvelle que vous pourriez espérer recevoir désormais serait une demande de rançon, lui firent-ils dire.

Jeanne attendit cette demande. Elle ne vint pas. L'espoir s'agita en elle comme une oriflamme qui domine un champ de bataille. La pluie, la mitraille et le temps le déchirèrent. Ce ne fut plus qu'un lambeau, trop petit pour que le vent le fît encore palpiter.

Des mois s'écoulèrent. Puis d'autres. Le printemps 1466 fit fleurir les haies et les prairies. Pas de nouvelles.

Tout n'était donc que pièges et sortilèges.

Jacques avait été l'étoile fixe de la vie de Jeanne. Le reste n'avait été que comètes. Le ciel ne fut plus que cela, une tenture qui menaçait de s'écrouler sur une scène désertée.

DEUXIÈME PARTIE

LES VOIX DE LA NUIT

17

La Mort noire

C'était à l'hôtel Dumoncelin que Jeanne avait reçu la nouvelle de l'enlèvement. Un grand feu flambait dans la cheminée, cet après-midi-là ; mais elle avait grelotté de froid.

Au fil des mois, les décors qu'elle avait connus avec Jacques lui parurent tous pénibles, insupportables. Cet hôtel. La rue de la Bûcherie. La Doulsade. Un hiver éternel gelait le monde. Elle n'eût su où aller. Si François et Déodat n'avaient pas été ses enfants, elle eût tout quitté. Mais pour aller où ?

Du reste, la piété exigeait qu'elle entretînt au contraire les lieux qui avaient abrité son bonheur avec Jacques. Elle pleura donc.

Certes, François, Angèle, Joseph, Ferrando et la nourrice redoublèrent de présence auprès d'elle. Et dame Contrivel. Ils lui rendirent au centuple la bonté qu'elle leur avait témoignée dans les jours heureux.

— Je ne sais ce qu'il y a de pire dans l'affliction, soupira dame Contrivel, avoir le souvenir de jours heureux ou n'en pas avoir.

Le plus efficace fut Ferrando. Sa grâce n'avait pas été un plumage de circonstance. Jacques avait laissé maintes affaires en suspens, auxquelles elle ne comprenait rien. Fils de banquiers, le Milanais fit venir son frère Ildeberto en pleins frimas de mars pour les dénouer à l'avantage de Jeanne et de tous. Billets à ordre échus, créances à récupérer, conventions à respecter, Ildeberto Sassoferrato, banquier de son état, fit diligence. Ferrando, lui-même instruit dans ces pratiques, aida son frère à rétablir l'ordre dans les finances de celle qui n'était pas encore veuve de l'Estoille. Et de Joseph aussi bien, puisque celui-ci avait confié sa part d'héritage à son frère. Ildeberto rentra à Milan satisfait.

Jacques était disparu mais, nulle preuve de sa mort n'ayant été fournie, Jeanne était sans mari, et non point veuve. Bien qu'il l'eût spécifié et attesté devant notaire, elle ne pouvait se tenir pour héritière de la fortune conjugale. Et la situation était d'autant plus délicate que cette fortune comprenait la part d'héritage de Joseph. Le vrai financier de la famille de l'Estoille devint Ferrando. Ce chanteur et musicien d'un soir reprit même les rênes de la draperie de Lyon, qui avait failli aller à vau-l'eau.

Dans l'entre-temps, Jeanne s'était félicitée d'avoir conservé ses trois pâtisseries et les fermes, qu'elle avait eu par moments la tentation de vendre. Elles lui assuraient un revenu constant. Non qu'elle eût besoin d'argent, mais elle entendait ne pas laisser François et Déodat démunis quand viendrait le jour.

Le jour ! La nuit, oui ! Elle aspira plus d'une fois à la mort, une ombre noire qui viendrait la prendre par la main. Mais elle ne se serait pas résolue à laisser Déodat orphelin pour étouffer son propre chagrin. Il demandait souvent quand reviendrait son père ; elle et la nourrice répondaient que son voyage serait plus long que les précédents. Beaucoup plus long. Ni l'une ni l'autre femme ne se résolvait à prononcer le mot de « mort ».

Or, elle se morfondait à l'hôtel Dumoncelin. Ferrando partageait son temps entre Paris et le Milanais. Angèle était enceinte. Il voulait qu'elle accouchât à Milan. Quand Déodat et la nourrice étaient couchés, Jeanne se retrouvait souvent dans la seule compagnie de Joseph, qui lui avait appris à jouer aux échecs, et de dame Contrivel. Quand la voix de Déodat n'y éclatait pas, le vide résonnait quand même dans ces murs, irrémédiable.

Dame Contrivel eut la mauvaise idée de choisir ce moment-là pour mourir. Elle avait vécu soixante-seize ans, et la vie ne lui réservait plus guère de faveurs. La disparition de Jacques l'avait affligée autant que si ç'avait été celle de son fils, et le chagrin de Jeanne l'avait éprouvée comme le sien. On ne choisit pas ses parents, mais les amis, oui, et ils s'y substituent. Que de frères et d'enfants sont moins présents que des personnes dont on a partagé les tribulations et les joies !

La drapière fut enterrée près de son mari. Son fils ne vint même pas à l'église. Sans doute était-il en voyage. Les hommes étaient tous et toujours en voyage.

L'hôtel Dumoncelin devint tout à fait insupportable.

Jeanne décida de partir pour Angers.

C'était le royaume d'un roi sans royaume, René d'Anjou. Et cet homme était le parangon des défaites. Il avait été roi de Naples ; il ne l'était plus. De Jérusalem ; fiction ! De Naples et de Sicile ; les armes d'Alphonse V le Magnanime les lui avaient ravies ! Duc de Bar, il avait été fait prisonnier quand il avait voulu reconquérir son bien, la Lorraine. Charles le Septième, qui l'eût pu, n'avait pas fait grand-chose pour le libérer. De notoriété publique, le roi René, comme on l'appelait, n'entretenait plus grandes illusions sur la solidarité des lignages. Son frère, le comte du Maine, était un arriviste opportuniste, ce qui est une redondance. Son fils, Jean de Calabre, aventurier en quête de couronne, se distinguait plus par ses espoirs de conquêtes que par leur vraisemblance. René conservait assez de courtoisie pour envoyer des délégations aux nouveaux papes, et encore, mais il ne se souciait plus guère de ferrailler et encore moins d'intriguer pour se coiffer d'or. Il laissait le Magnanime régner sur les terres de Naples et de Sicile, qui pourtant lui revenaient.

Non qu'il fût mou : c'était sa fibre philosophique qui était trop forte. Régner, c'est verser du sang, et le premier qui coule en appelle d'autre. Un roi est un loup. René voulait rester humain.

Angers prodiguait assez de bonne chère, de bon vin et de jolis visages pour le consoler de ses pertes. Ses formes massives témoignaient que ce roi sans couronne appréciait les premiers, et son regard de crevette, qu'il savait honorer les autres. Il lisait Virgile et Sénèque, écoutait des musiciens et recevait des poètes. Il avait sa cour, mais si l'on y intriguait, c'était surtout pour y être reçu de nouveau. On pouvait y espérer l'obole pour des vers bien tournés ou un madrigal harmonieux, mais guère de prébendes.

Jeanne avait écouté maints propos sur René et Angers ; elle conclut que cette ville serait une consolation pour un cœur meurtri. Le nom même de la ville est une caresse, et qu'elle se trouve en Anjou donne à rêver entre la joue et l'enjouement.

Elle, d'habitude résolue, temporisa plusieurs jours. Quitter des lieux où le bonheur a fleuri, puis s'est brusquement consumé, est une forme d'adieu à soi-même.

Des événements imprévus la contraignirent à hâter sa décision.

Un matin des premiers jours d'août 1466, un homme, en proie à une terreur panique, parcourut la rue de la Bûcherie en courant et criant :

— La peste ! La peste est revenue !

Les riverains l'entendirent, mais ne se contentèrent pas de mettre la tête à la fenêtre ; ils s'élancèrent après l'homme et le maîtrisèrent, afin de savoir s'il disait vrai ou bien s'il était faible d'esprit. Guillaumet en fut.

— Deux malades à la tour de Nesles... j'en viens ! haleta-t-il. Trois autres et un mort au Châtelet ! Il faut fuir ! Je cours chercher ma femme et mes enfants !

On le laissa partir, sans quoi des rumeurs aussi alarmistes lui auraient valu une raclée tout au moins. Dans l'heure, une escouade de sergents de ville et d'autres rapports semblèrent confirmer les dires de l'homme. Guillaumet mit les volets à la pâtisserie et courut à la rue de Bièvre informer Jeanne.

— Maîtresse ! dit-il, essoufflé. On dit que la peste est en ville. J'ai fermé la boutique.

La nourrice poussa un cri et Jeanne blêmit.

— Vous avez bien fait, dit-elle. Que Sidonie ferme aussi sa boutique. Quant à Ciboulet...

— Il a dû être informé : il y a déjà eu un mort aux Halles.

Sur ces entrefaites, en effet, Ciboulet arriva, pour prévenir Jeanne qu'il avait également fermé la boutique. Les deux hommes craignaient, en effet, qu'un client contaminât les verres, le sol, l'air, que savait-on !

La peste ! La Mort noire ! L'on vivait sans cesse sous la menace de l'horrible maladie et tout le monde en connaissait bien les symptômes : la fièvre violente, les bubons purulents à l'aine ou aux aisselles ou les deux, la soif brûlante, la toux, la difficulté à respirer, puis après une agonie affreuse, la mort. Elle sévissait par à-coups, dans une ville ou une autre, puis, au bout de quelques semaines, s'en allait sans qu'on sût pourquoi ni comment, après avoir fait, à son gré, des dizaines ou des centaines de morts. La Camarde moissonnait en toute saison.

Certes, quelques chanceux en avaient réchappé, et d'autres aussi, qui avaient payé de l'or à un barbier pour percer les bubons à la lancette. Mais on en comptait un sur cent, sur mille...

— Le puits, Guillaumet ! Protégez le puits ! recommanda Jeanne. Et ne buvez d'eau que de ce puits ! Ne quittez plus la maison ! Ne touchez personne ! Je ne veux pas vous perdre.

On soupçonnait, en effet, que c'était au contact de malades que l'on contractait le mal.

Il sourit pour la rassurer.

— Nous en avons vu d'autres, répondit-il.

C'était vrai, mais là, Jeanne tremblait pour Déodat.

— Il suffit de se claquemurer chez soi, dit Ciboulet. J'ai assez de provisions, Dieu merci. Guillaumet et Sidonie aussi, sans doute. En avez-vous ?

— Pour trois ou quatre jours, mais pas davantage, répondit Jeanne.

— Voulez-vous que je vous en apporte ?

— Merci. Non. Je vais essayer de partir pour Angers. Ne faites rouvrir les boutiques que lorsque l'épidémie sera passée.

Joseph avait écouté la conversation d'un air soucieux.

— Comment comptez-vous partir ? demanda-t-il.

— En chariot, comme d'habitude.

— Je serais surpris que vous en trouviez un. Tout le monde voudra partir, si ce n'est déjà fait.

Le souper fut évidemment morose. Les serviteurs avaient rapporté d'autres nouvelles : on comptait déjà six morts.

Jeanne dormit à peine. Le lendemain, elle alla réveiller les domestiques pour leur demander de courir chez les loueurs et de réserver un chariot. Ils revinrent trois heures plus tard, bredouilles : point de loueurs. Peut-être avaient-ils eux-mêmes déguerpi.

L'idée de se trouver prisonnière d'une ville où la peste sévissait rendit Jeanne fiévreuse. À midi, le glas commença à sonner aux clochers du voisinage. S'armant de bravoure, elle décida d'aller elle-même aux Halles, chez un chevillard qu'elle connaissait du temps où elle faisait elle-même les achats et qui était propriétaire d'un chariot. Il fallait faire vite, avant que les rues s'emplissent d'agonisants. Les Halles étaient quasiment désertes. Les portes du marchand, closes. Elle frappa avec vigueur. Elle cria :

— Maître Charlet, c'est Jeanne de Beauvois !

C'était le nom sous lequel il la connaissait.

Deux ou trois fenêtres s'entrouvrirent aux étages, des têtes curieuses apparurent. Elle frappa encore du plat de la main, prise de frénésie. Le glas sonna au clocher de Saint-Eustache ; celui de Saint-Merri lui répondit.

À la fin, des ferrures grincèrent, un vantail de la vaste porte s'écarta à peine pour laisser passer un nez et couler un regard : c'était maître Charlet. Il la reconnut et ouvrit davantage la porte, surpris.

— Quel raffut ! s'écria-t-il. Je ne pouvais pas croire que c'était vous, madame. Qu'est-ce qui vous amène ? Je ne vends pas de viande depuis hier, vous pensez ! Il n'y a d'ailleurs point de clients.

— Maître Charlet, combien voulez-vous pour nous mener dans votre chariot, mon fils, la nourrice, mon frère et moi hors de Paris ?

Il parut surpris.

— Où voulez-vous aller ?

— À Angers.

— Angers ?

Elle eût pu lui dire : la Lune.

— Mais on ne vous laissera pas entrer, à Angers. Ils ne laissent pas entrer les gens des villes malades.

— Maître Charlet, nous dirons que nous venons de La Châtre. J'ai un manoir là-bas, on m'y connaît.

— Je ne peux pas profiter de vous, dit-il. Mettons cinq livres.

— Sept si nous partons sur l'heure, maître Charlet.

— Vous voulez courir plus vite que la mort ? demanda-t-il, narquois. Bon restez ici, j'attelle les chevaux. Mais c'est parce que c'est vous.

Elle avait les lèvres et le gosier desséchés. Elle entendit cliqueter les attaches du harnais, les sabots des chevaux qui heurtaient le sol de terre battue, le grincement des cerceaux de la bâche. Puis maître Charlet crier qu'il partait pour Angers et rentrerait à la fin de la semaine. Enfin, il souleva la clenche de fer qui retenait l'autre vantail et ouvrit les deux portes toutes grandes. Une odeur de viande froide et sanglante envahit les narines de Jeanne. Elle vit des carcasses de bétail pendues aux crocs et les trouva sinistres.

Le chariot sortit lentement de la grange. Maître Charlet referma soigneusement les portes, quelqu'un les verrouilla de l'intérieur. Elle prit la place à côté du cocher.

Les rues étaient quasiment désertes, sauf pour les sergents à cheval ; ils filèrent bon train vers la rue de Bièvre. Ils faillirent écraser une femme jaillie d'une maison, échevelée et hurlant.

Le chariot s'était à peine arrêté devant l'hôtel Dumoncelin que Jeanne bondit du siège et courut à l'intérieur.

— Vite, tout le monde, j'ai trouvé un chariot ! Nous partons ! Joseph, nourrice, nous partons tout de suite !

Elle monta quatre à quatre à l'étage, jeta quelques effets dans un petit coffre de voyage, prit sa grosse bourse et une dague, et les domestiques descendirent la malle et la chargèrent dans le chariot. Les apercevant, maître Charlet demanda à boire ; ils coururent et lui apportèrent un flacon entier. Il en but une goulée. Puis les domestiques s'élancèrent de nouveau dans la maison, pour transporter le coffre de la nourrice et de Déodat, et enfin, haletants, aidèrent Joseph à descendre sa malle.

— Verrouillez la maison ! Ne sortez pas, ne laissez entrer personne ! dit-elle aux domestiques en leur donnant une généreuse avance sur leurs gages.

Aussi éperdus qu'elle, ils coururent de nouveau à l'intérieur de la maison et revinrent portant un panier rempli d'un poulet rôti, d'un gros pâté de jambon, de pain, de vin et d'échaudés, de flacons de vin, d'une fiasque d'eau ainsi que le couteau de Jeanne dans son étui.

— Dieu vous bénisse ! Dieu vous protège ! crièrent-ils quand le chariot s'ébranla.

En chemin, le chariot croisa une procession de pénitents pieds nus portant des cierges, qui se dirigeait vers Saint-Merri. La nourrice se signa. Joseph jeta un regard curieux sur ces gens pour qui, sans doute, la peste était la sanction divine des péchés de la ville. Mais lesquels ?

Avant la nuit, ils furent à Nogent. Aux portes de la ville, un garde somnolent leur demanda d'où ils venaient, car ils avaient reçu des ordres de ne laisser entrer personne de Paris ; ils répondirent qu'ils arrivaient de Dreux. Il les laissa passer. Jeanne choisit la meilleure auberge, et ils y firent un souper gras. Joseph prit une chambre, Jeanne en paya une à maître Charlet et s'installa dans une troisième avec la nourrice et Déodat.

Était-ce donc l'existence ? se demanda-t-elle en se déshabillant. Passait-on sa vie à courir devant une soldatesque enragée, la peste, le chagrin et les chasseurs de sorcières, pour se retrouver tout nu devant un Dieu furibard ?

Je deviens hérétique, se dit-elle avant de s'assoupir.

Le lendemain, ils atteignirent Angers au crépuscule. Ils firent un autre souper copieux, comme pour se rassurer d'être encore en vie. Le surlendemain, un lundi, elle paya maître Charlet et se mit en quête d'une maison. Dès qu'elle l'aurait trouvée, elle enverrait un message à François, à Orléans, pour l'y inviter. Sans doute avait-il été informé de la peste qui sévissait à Paris et avait-il en conséquence sursis à s'y rendre.

18

La succession mystique

Tout à coup, une fois passées les terreurs de la Mort noire, Jeanne s'avisa de la présence de Joseph.

Ils visitaient ensemble une maison, tel un ménage qui s'installe, quand elle perçut, comme s'il était un étranger invoqué par la magie, ce jeune homme au pas long, souple et filé, et au regard souvent absent, qui semblait toujours n'en penser pas moins.

Il était tout ce qui restait à Jeanne de son frère. Les consolations qu'il avait offertes à Jeanne, pendant les semaines suivant l'épreuve, n'avaient guère été expansives. Il avait simplement été présent : un jeune homme silencieux dans un siège voisin, lisant, levant parfois le regard sur elle, lui proposant un verre de vin ou d'hypocras, l'engageant dans une conversation, même épisodique, pour interrompre le cours de pensées qu'il savait moroses, sinon désespérées. Parfois il divertissait Jeanne par ses réflexions brèves et provocatrices :

— Le plus pénible est d'avoir le sentiment de mourir alors qu'on se sait en vie.

Ou encore :

— Dieu est sans doute un usurier : il fait payer le bonheur deux fois son prix.

Jeanne se laissa même aller à sourire.

Quand il décida de la suivre à Angers, elle s'étonna.

— Que ferais-je seul à Paris que je ne puisse faire en votre compagnie ?

Ils louèrent une maison cossue nantie d'un grand jardin. Plusieurs semaines se passèrent à la meubler et à lui prêter l'apparence d'un foyer. Le premier soin de Joseph fut d'y installer une étuve, car l'accès au bain public était interdit aux clercs, aussi bien qu'aux hommes mariés, ce qui n'était pas surprenant, vu la licence qu'on y voyait ; or, il était clerc et passait pour marié. Les domestiques, qui demeuraient dans la maison, furent chargés d'allumer dès le lever du jour le feu dans le foyer de l'étuve, car Joseph se levait tôt et faisait alors sa toilette. Puis il faisait venir le barbier.

Elle devait plus tard mesurer la signification de tant de soins.

L'été prodigua ses dernières roses et le jasmin délirait. Déodat l'avait élu comme royaume, sous la régence de la nourrice. Mais il n'y régnait que l'après-midi : le matin, Joseph lui enseignait l'alphabet et lui apprenait à lire. Jeanne calcula que c'était sa sixième maison depuis qu'elle avait quitté la Normandie, seize ans auparavant. On se demande toujours, dans une nouvelle demeure, si ce ne sera pas la dernière.

Elle oublia Paris et le sort de la France. Louis le Onzième reconquérait subrepticement la Normandie, concédée à son frère. Charles le Téméraire et les autres princes reformaient leur ligue. Grand bien ou mal leur fît, pourvu qu'ils n'allassent pas se battre sur ses terres !

Joseph se lia avec un érudit chenu qui cultivait Aristote. Ce dernier s'émerveilla des connaissances et de l'esprit de Joseph. Il fut particulièrement piqué par le scepticisme du jeune philosophe concernant l'héliocentrisme, c'est-à-dire l'idée que le Soleil tournât autour de la Terre.

— Pourquoi, de toutes les planètes, s'étonna Joseph, pointu, le Soleil aurait-il choisi de ne tourner qu'autour de la nôtre ?

Cet homme, nommé Hiéromontanus, mais qu'on appelait couramment Jéromont, gloussa, toussa et fit des grimaces à l'énoncé de cette mise en cause provocatrice.

— Mais vous finirez sur le bûcher, mon ami ! s'écria-t-il, admiratif.

Comme il avait ses entrées chez le roi René, il lui recommanda Joseph, et trois jours plus tard, un messager vint prier le jeune Joseph de l'Estoille à une soirée de discussions chez le roi. Joseph y emmena Jeanne.

— Est-ce votre épouse ? demanda René.

— Non, sire, celle de mon frère disparu.

— Votre frère aura donc perdu ses deux biens les plus précieux, sa vie et une femme de grande beauté.

La maison du roi était entourée de jardins ; on soupa donc à la vue des roses, des pivoines et des lys, que prolongeait le crépuscule tardif, et en musique. Le roi assit Jeanne à sa droite et lui demanda ce qui l'amenait à Angers.

— Le goût de la paix, sire. On se bat trop à Paris, et quand ce ne sont pas les puissants qui se battent, ce sont les citoyens. Il faut bien une trêve dans la vie.

— La paix demande parfois plus de combats que la guerre, observa le roi.

Le souper fut fin autant que généreux : des pâtés de palombes, des salades, des vins d'Anjou et de Guyenne, jaunes et rouges. Après le souper, Hiéromontanus et trois ou quatre philosophes et théologiens invitèrent Joseph à débattre avec eux sur le principe fondamental de l'existence. Pour l'un, c'était le bonheur, pour l'autre, la volonté, pour le troisième, l'inspiration divine, et ainsi de suite. Seul Joseph n'exposa pas le sien. Le roi, qui écoutait le débat, lui demanda la raison de son silence.

— Sire, je ne saurais m'avancer dans une discussion aussi savante, car je ne suis que moi-même et parce qu'il existe autant de principes fondamentaux que de natures. Pour le paysan, c'est la fertilité de sa terre et pour l'avare, sa cupidité. Les capitaines veulent la victoire et la gloire qui l'accompagne et les philosophes, le triomphe de leurs idées sur toutes les autres. Il faut donc que je ne sois pas philosophe, car je ne souhaite pas que mes idées soient imposées à mes semblables.

Les autres discuteurs froncèrent les sourcils :

— Ne croyez-vous donc pas, messire, à l'universalité de l'esprit ?

— Si fait, maître, mais je vous demande aussi : comment se fait-il que nous en débattions alors que nous devrions être d'accord ?

Ils se trouvèrent encore plus dépités. Hiéromontanus éclata de rire et s'écria, à l'adresse du roi :

— Ne vous l'avais-je pas dit, sire, voilà un esprit original ! Il est philosophe et s'en défend !

René souriait, pensif. Jeanne observait la joute et les fausses dérobades de Joseph avec attention ; elle ne cessait de découvrir des facettes de ce garçon.

— Pourquoi ne voulez-vous pas le triomphe de vos idées, Joseph de l'Estoille ? demanda René d'Anjou, surpris. Si elles sont bonnes, ne vous réjouiriez-vous pas qu'elles soient partagées par le plus grand nombre ?

— Non, sire, car ils ne sauraient qu'en faire et même, elles pourraient leur être nuisibles.

— Comment cela ?

— Admettons que je sois capitaine et qu'on me persuade que le principe fondamental de l'existence est l'inspiration divine, comme le soutiennent les honorables théologiens que je viens d'entendre. Dans ce cas, j'attendrais cette inspiration dans la bataille et, si elle ne venait pas, j'en serais réduit à mes propres expédients. Il se pourrait aussi que l'inspiration divine me détourne de la guerre, qui est un crime, ainsi que l'indique le commandement divin. Et je laisse à penser ce qui adviendrait si cette inspiration survenait en pleine bataille !

Cette fois, René d'Anjou éclata de rire lui aussi, et les autres suivirent l'exemple royal, fût-ce à contrecœur.

— Joseph de l'Estoille, dit le roi, vous êtes le premier sage que j'entende qui ne se flatte pas de détenir la sagesse !

— Dieu m'en garde, sire.

— M'écririez-vous un traité sur la sagesse de s'abstenir d'avoir raison ?

— Sire, cette sagesse-là m'imposerait le silence.

Le roi rit encore.

— Allez, d'Estoille, maintenant j'attends ce traité.

La maison qu'avaient louée Jeanne et Joseph, et qu'on appela bientôt la Maison de l'Estoille, était vaste et pourvue d'une terrasse à l'italienne. De grands pots de plantes l'ornaient le jour de couleurs et la nuit, de parfums.

Tout dans le paysage inclinait au repos. La mélancolie, toutefois, est différente des autres sentiments en ce qu'elle ne connaît pas de repos. Bien au contraire, il semble que celui-ci l'avive.

Pour somnoler parfois dans l'après-midi, Jeanne dormait peu la nuit. La pleine lune venant à éclairer le ciel, elle dormit encore moins et sortit sur la terrasse. Elle y trouva Joseph et s'en étonna.

— Le clair de lune est moins commun que le clair de soleil, et celui-ci est si pur que j'aurais scrupule de le manquer, dit-il.

Sa voix même souriait dans la façon dont il disait ces mots.

— Quel est le désir qui vous chasse du lit ? demanda-t-il.

— Plutôt le désir d'un désir. Depuis que Jacques est… parti, j'ai le sentiment que ma vie aussi s'est achevée.

— Mais elle ne l'est pas, observa-t-il.

Le constat était élémentaire jusqu'à l'absurde ; et pourtant, il la surprit.

— Le sentiment est parfois faux, reprit-il, tout comme les idées. C'est ainsi qu'on se met en colère contre un pied de table qui n'a rien fait pour vous heurter.

Elle rit.

— Vous avez cette façon de voir les choses…

— Ce n'est pas la mienne, justement. J'essaie plutôt de représenter les choses comme elles sont.

— Et comment sont-elles ?

— Pour dire vrai, déplorables.

— Qu'y a-t-il à déplorer?

— De la complaisance dans le chagrin, un excès tel qu'on en vient à se demander si vous ne vous punissez pas de la disparition de mon frère. Je trouve votre mélancolie funeste. À Paris, vous m'avez donné à craindre que vous commettiez un acte de désespoir et que seule l'existence de François et de Déodat vous en aurait détournée.

Elle avait jusqu'alors regardé devant elle. Mais là, elle tourna la tête vers lui : la lumière de la lune faisait au jeune homme un masque saisissant. Le front luisait comme un dôme d'ivoire, les yeux étaient des trous d'ombre et seul, bordé d'argent, l'arc de sa lèvre supérieure, ombré par le nez de marbre, révélait sa bouche et un léger sourire. Elle eut l'impression de parler à l'émanation d'un esprit. Mais depuis qu'elle connaissait Joseph, l'esprit avait paru chez lui dominer le corps au point qu'on n'imaginait pas qu'il y eût une substance au-dessous de ce visage gracieux.

— J'ai lu que dans l'Inde, dit-il, les veuves sont requises de se jeter sur le bûcher où l'on brûle le cadavre de leur époux.

— Et vous désapprouvez la coutume?

— Je crois vous l'avoir dit une fois, je ne désapprouve rien, je pense que c'est excessif. Si vous vous étiez enterrée après la mort de votre premier mari, vous n'auriez pas donné à Jacques le plaisir de vous aimer et vous vous le seriez également refusé. Et pourtant, je crois que vous aimiez Barthélemy de Beauvois.

L'argument laissa Jeanne sans réponse.

— Me reprochez-vous donc d'être fidèle à Jacques?

— Jeanne, vous n'êtes pas fidèle à Jacques, vous l'êtes à votre chagrin, pour des raisons que je ne connais pas.

Elle se tourna tout à fait vers lui.

— Mais que voulez-vous que je fasse? demanda-t-elle, inquiète.

— Que vous me regardiez comme un homme et non comme un pur esprit. Ne suis-je pas le frère de Jacques?

Elle balbutia :

— Mais… vous auriez un sentiment pour moi ?

Il eut un petit rire.

— Faut-il donc que la philosophie m'ait désincarné ?

— Mais… Joseph… Je ne vous ai pas connu de penchant… Voici dix ans que nous vivons sous le même toit… Et l'on ne soupçonne même pas que vous ayez jamais eu recours à une ribaude…

— Dieu me garde des ribaudes ! Elles me détourneraient plutôt du plaisir. Quant à ma nature, voulez-vous me mettre à l'épreuve ? demanda-t-il.

Elle en demeura interdite.

— Joseph…

— Laissez-moi seulement dormir avec vous. Ainsi, vous vous familiariserez avec moi. Différemment.

La proposition prit Jeanne au dépourvu. Il y avait tant de mois que Jacques était parti ! Elle avait cessé d'être un corps de femme.

Elle tenta de réfléchir. Elle n'y parvint pas. Et ce masque énigmatique qui la fixait…

— Soit, dit-elle enfin.

Les stupeurs se succédèrent et dévastèrent Jeanne.

La lumière bleue de la lune éclaira une moitié du corps nu de Joseph, la lueur dorée des chandelles, l'autre. Il semblait appartenir à deux mondes.

Joseph, c'était l'image de Jacques quand elle l'avait connu.

Il avait proposé de dormir. Mais les voyant tous deux dans le lit, le sommeil s'enfuit comme un voleur.

La main de Joseph sur son sein faillit arracher un cri à Jeanne. Les lèvres de Joseph sur les siennes lui imposèrent le silence. La réalité de ce corps lui parut tellement inconcevable qu'elle se demanda si Joseph n'avait pas feint pendant toutes ces années, et pourquoi. Ce fut, d'ailleurs, sa dernière pensée avant que son corps prît la relève de son cerveau, assiégé par les sensations. Une mer brûlante déroula ses vagues sous la lune. Le monde bascula. Elle n'était plus seule. Des bras, des jambes et des lèvres reflétaient les siens.

Joseph avait les mêmes cheveux soyeux que Jacques.

À la lumière de l'aube, puis sous le soleil et les jours suivants, il dut s'expliquer sans fin. N'avait-il pas ressenti de besoins amoureux pendant toutes ces années ?

— Ne t'es-tu pas posé la même question à propos d'Angèle ? répondit-il.

— Si. Je pensais qu'elle finirait bréhaigne ou nonne.

— Nonne ! répéta-t-il, amusé. Ne sais-tu pas que Jacques était resté de longues années seul, après la mort de sa première femme ?

— Jacques a été mon premier amant, dit-elle, songeant soudain à la façon singulière dont il avait fait l'amour avec elle sans jamais prendre possession de son corps. Jusqu'au mariage.

Des questions nouvelles la troublèrent. Elle n'osa les poser et à peine se les poser. Mais il n'avait toujours pas expliqué sa longue continence. La conversation avait lieu dans le jardin, sous une treille. Des abeilles butinaient.

— Suis-je donc la première femme de ta vie ?

— Oui.

Il avait vingt-neuf ans. Était-ce possible ? Elle parut tellement surprise qu'il le vit et sourit.

— Nous avons été élevés d'une manière qui n'est évidemment pas celle de ce pays, ni d'aucun pays, répondit-il. Il nous fallait prendre femme ou mari, sous peine d'être infidèles aux préceptes de notre religion. Mon père témoignait d'une rigueur extrême sur ce point. Et jusqu'alors, il nous fallait être chastes, ce que nous fûmes, Angèle et moi. On proposait à ma sœur deux partis. Les deux lui répugnaient. On m'en proposait trois, entre lesquels je devais choisir. Je n'avais non plus d'appétence pour aucune. On nous expliqua que le mariage est affaire de raison et non de folie des sens. Angèle demandait à réfléchir, et moi, je prétextais des études. Puis tu es apparue dans la vie de Jacques.

— Je ne comprends pas.

— Tu as convaincu Jacques de se convertir. Il était la perle des yeux de mon père. Le chagrin a été trop violent, Salomon en est mort. Tu nous as dégagés sans le savoir de l'obligation du mariage de convenance.

— Mais alors ?

Elle détailla ce visage fin, ces mains blanches et agiles, ces gestes sans défaut.

— Notre premier sentiment à ma sœur et moi fut double. Au chagrin profond, car nous aimions notre père, se mêlait l'exultation. Nous étions délivrés ! Nous n'étions plus contraints de livrer nos corps pour le respect d'une obligation plusieurs fois millénaire, celle de perpétuer notre race. Nous n'étions même plus de cette race. Tu ne peux comprendre notre passion de liberté.

— Tu parles comme une vierge : livrer ton corps, dis-tu. C'est un langage de femme.

— Non, si j'acceptais un mariage avec une femme que je n'aimais pas, je sacrifiais mon corps. Je le livrais à une obligation aveugle. N'étant plus maître de moi, j'étais pareil à une esclave. Il en allait de même pour Angèle.

Elle demeura songeuse. Ces considérations étaient tellement différentes de son expérience ! Et pourtant, elle commençait à percevoir ce que lui expliquait Joseph.

— Mais ensuite, Angèle a vu des hommes, tu as vu des femmes… N'avez-vous pas, l'un et l'autre, ressenti de désir ?…

— Nous avons d'abord ressenti de l'appréhension. Était-ce vraiment celle-là ? Était-ce vraiment celui-ci ? Nous éprouvions alors un sentiment trop fort de notre liberté et de la propriété de nos corps pour nous laisser emporter par la première séduction venue. Non, nous ne nous livrerions pas à trop bon compte.

Jeanne était médusée. Elle eut un rire incrédule.

— Mais huit ans pour Angèle ! Dix ans pour toi ! Te rends-tu compte ? Même nos prêtres ne vivent pas ainsi !

Il haussa les épaules.

— Peu m'importent les prêtres ! Nous avions, Angèle et moi, le sentiment que le bien le plus précieux que nous puissions offrir à quiconque était celui d'un corps vierge, et que ce trésor absolu nous ne l'offririons qu'à une personne que nous en jugerions digne et qui en saurait le prix. Nous n'allions pas nous abaisser à des copulations aventureuses.

Ce langage aristocratique n'en finissait pas de confondre Jeanne. Elle éprouva un pincement de cœur au souvenir de Matthieu, qui s'était pendu quand il avait découvert qu'elle n'était plus vierge ; il avait alors supposé qu'elle s'était donnée à un autre. À sa façon aussi, il avait été aristocratique.

La brise secoua les glycines et les clématites qui se disputaient la possession de la treille.

— Et Ferrando ? Comment Angèle a-t-elle su qu'elle l'aimait ?

— Elle ne l'a pas su. Elle a été émue par la voix et le regard. Quand il est venu chanter, le premier soir, elle a constaté qu'il ne l'avait pas oubliée. Ils se sont fait la cour pendant trois mois, souviens-t'en, avant qu'elle lui cède.

— À l'hôtel Dumoncelin.

— Elle te l'a dit ? C'est la preuve de son innocence.

Jeanne se souvint de la réflexion d'Angèle sur le corps de Ferrando, et le souvenir écarta une appréhension qui l'avait effleurée : elle n'avait donc pas vu le corps de Joseph. Car il était aussi gracieux que celui de Jacques. Cette étrange famille unissait des esprits exceptionnels à des corps comme on les eût prêtés aux archanges.

— Lui a-t-elle cédé parce qu'il est beau ? demanda-t-elle.

— Je connais ma sœur. Elle lui aura cédé à cause de sa grâce.

— Sa grâce… répéta-t-elle.

— Sa grâce, oui. Elle a deviné en lui un homme différent de ceux pour lesquels l'amour n'est qu'un rut et qui vont au lit comme on se met à table.

— Qu'est-ce donc ce qui fait de tels hommes ?

Il réfléchit un instant.

— Le sentiment qu'ils ne sont pas constamment menacés par la faim et la mort. Ces deux misères rendent l'homme primitif et grossier. La femme aussi, d'ailleurs. Ceux-ci n'ont ni le goût ni le loisir de la finesse. Ils se jettent sur la femme comme s'ils faisaient leur testament avant la corde ou la hache.

Elle rit. Oui, songea-t-elle, ç'avait sans doute été le cas de Montcorbier, toujours affamé, pareil à un loup étique.

— Et moi ? demanda-t-elle.

— Étant l'épouse de Jacques, tu étais à moitié la mienne, dit-il, sur un ton provocateur.

— Comment ? s'écria-t-elle, presque indignée.

— Je connaissais le jugement de Jacques : s'il avait abjuré sa foi pour toi, c'était donc qu'il te prêtait des qualités exceptionnelles. J'avais de grandes chances de partager son avis, répondit-il avec un sourire insidieux.

— Mais tu as attendu tout ce temps pour me faire tes aveux, sur la terrasse ?

Elle se rappela soudain que Joseph ne l'avait pas quittée d'un jour depuis le départ de Jacques et qu'il l'avait accompagnée à Angers, où il n'avait pourtant pas les mêmes raisons qu'elle de se réfugier.

— J'ai pensé que tu aurais surtout besoin du réconfort d'une présence amie, dit-il.

— Et toi, tu n'as pas éprouvé le besoin d'en dire plus ?

Il demeura silencieux un moment. Puis il répondit, avec gravité :

— Jeanne, tu appartiens à un monde où l'on s'impose. Où l'on impose ses idées. Et son corps. Où l'on fait la guerre pour s'imposer. Ce n'est pas le mien. Ce n'était pas celui de Jacques.

Elle se souvint du discours qu'il avait tenu chez René d'Anjou et qui avait surpris et diverti le roi ; il ne voulait pas imposer ses idées. Ni sa personne. Il était l'opposé intégral de François de Montcorbier, qui l'avait prise de force.

Mais Montcorbier avait disparu de sa vie. Et Joseph était présent, de même que le souvenir de Jacques.

— Je ne crois pas qu'on force le destin, dit-il rêveusement, comme s'il pensait à haute voix. Mais quand j'ai vu que tu te rongeais sans fin, j'ai pensé que je pouvais te demander de me regarder.

Il avait poussé à sa limite extrême la douceur qu'elle avait appréciée chez Jacques. Il atteignait à une délicatesse déchirante.

— Les Stern sont vraiment des gens singuliers, dit-elle.

C'était la première fois qu'elle prononçait le nom ancien de son mari.

— Ils s'efforcent d'être civilisés, dit-il. Un de nos sages, Maimonide, a écrit, citant Aristote, que le sens du toucher devrait être une honte pour nous, car nous ne le possédons qu'en tant que nous sommes des animaux. J'ai voulu ne pas être un animal avec toi.

— Et pourtant, quel amant tu fais ! dit-elle en riant.

— Je voulais, avec mon corps, te dire autre chose, conclut-il, penchant la tête.

Il n'avait pas une seule fois usé du mot « amour ». Elle fut stupéfaite. C'était la première fois de sa vie qu'elle était subjuguée par l'esprit d'un homme.

Elle n'avait peut-être rien compris à la vie. Ni à la sienne, ni à celle des autres. Même Jacques, sans doute fidèle à cette exigence de ne rien imposer à autrui, ne lui en avait pas appris autant.

— Mais que dirait Jacques ? demanda-t-elle.

— Il serait offensé que je n'aie pas agi comme je l'ai fait.

Elle secoua la tête, ne comprenant pas, une fois de plus, ce qu'il disait.

— Une loi des Juifs, celle du lévirat, veut que lorsqu'un homme disparaît, son frère prenne sa succession auprès de sa femme.

Elle s'abstint de lui faire observer qu'il n'était plus juif. Elle avait trouvé son compte dans cette succession mystique. Il lui avait rendu la vie.

19

Le visage par-dessus la haie

Joseph n'était pas seulement un amant étrange et délicat, il était le premier et sans doute le dernier d'une variété différente : il l'élevait. Non seulement par les propos qu'il lui tenait parfois après le souper, et si elle l'y engageait. Mais aussi spirituellement, mentalement ou amoureusement, elle n'eût su dire. Les gestes de Joseph prolongeaient si parfaitement ses discours qu'ils lui procuraient une surprise sans cesse renouvelée. Il lui avait ainsi enseigné que les organes de l'amour n'étaient pas plus impudiques que les autres parties du corps, sans quoi il eût fallu se voiler les yeux et la bouche. Ainsi les gestes qu'elle eût jugés inconvenants chez un autre, eût-ce été Jacques lui-même, lui paraissaient à la fin naturels chez Joseph.

— Tout le corps sert à faire l'amour, ma mie, lui avait-il dit un jour.

Et il l'avait portée à l'extase sans autre organe que ses mains. Comme s'il jouait du luth.

Jadis, elle s'était parfois impatientée du pas pesant des hommes, mais à l'instar de son frère, Joseph semblait glisser sur le sol d'un pas léger et sûr. Il était impossible de dissocier en lui le physique du spirituel. Quand elle le voyait vaquer le soir à sa toilette, dans une longue robe d'intérieur, il lui donnait l'illusion d'être la maîtresse d'un moine méticuleux, mais d'un ordre inconnu. Elle le savait, feu le père Martineau, connaissant les origines de Joseph, l'eût soupçonné d'être un dangereux hérétique, et les premières réactions des théologiens à la cour de René d'Anjou la confortaient dans ce sentiment.

Mais hérétique, il l'était sans doute autant pour les Juifs qu'il menaçait de l'être pour les chrétiens. Il ne croyait ni à Dieu ni au diable et tenait ainsi que le démon n'est qu'une défaillance de l'esprit et que les évêques qui bénissaient les armées étaient les plus effrénés suppôts de ce Satan dont ils avaient postulé l'existence. Et il tenait pareillement que Dieu n'était que l'émanation d'un esprit assoiffé d'ordre.

— Le goût excessif de l'ordre engendre aussi le fanatisme.

Il s'attela donc à la rédaction du traité que lui avait demandé René d'Anjou. Il l'intitula *Maximes pour un roi sage.*

François arriva d'Orléans en même temps qu'une lettre par un courrier d'Italie à cheval, qui avait fait un crochet par la rue de Bièvre, puis par la prévôté d'Angers ! Les domestiques de l'hôtel Dumoncelin ne savaient en effet que le nom de la ville où leur maîtresse avait fui le fléau, et le malheureux messager était donc allé à l'Hôtel de Ville pour s'enquérir de l'adresse de Joseph de l'Estoille. Il gardait encore dans les yeux les tombereaux de cadavres à demi putréfiés qu'il avait vus passer dans les rues de Paris. Près de trois mille morts ! s'écria-t-il. Des maisons entières dépeuplées d'un jour l'autre ! Jeanne, la nourrice et les domestiques frémirent à ces horreurs. Joseph lui donna trois livres de plus, pour le dédommager de ses peines et de ses émotions, et lui fit servir un repas par les domestiques.

Puis il décacheta la lettre : Angèle avait mis au monde une fille et adressait ses sentiments tendres à Jeanne et Joseph. Ferrando se rendrait à Paris avant l'hiver et souhaitait y rencontrer Jeanne et Joseph pour les entretenir d'une affaire. À Paris ? N'avait-il donc pas entendu parler de la peste ? Joseph rédigea sur-le-champ une réponse pour le mettre au fait et le prier de surseoir à son voyage ; dès que Paris serait assaini, assura-t-il, Ferrando en serait informé ; quant à l'affaire, elle devrait attendre. Puis il descendit voir le messager, qui achevait son repas, et lui remit la réponse, en lui recommandant de passer par Lyon cette fois-ci. Il joignit cinq livres à la lettre. La correspondance coûtait décidément cher !

N'ayant pas trouvé de chariot en partance rapide, François, qui avait bien reçu la lettre de sa mère l'informant de l'adresse d'Angers, avait dû louer un cheval. Parti à l'aube, il avait bien trotté et, prenant Jeanne dans ses bras, lui déclara qu'il était fourbu, mais heureux de la revoir saine et sauve. Jusqu'à réception de la lettre, il s'était rongé d'inquiétude à Orléans, ne sachant si sa mère était encore à Paris, ni même vivante, et se demandant que faire. Les rares voyageurs venus de la capitale en rapportaient des descriptions à hérisser le poil. Puis il saisit Déodat, l'embrassa et le fit voler comme il le faisait depuis son enfance. Enfin, lui et Joseph se donnèrent l'accolade.

Il suffit à François d'un seul regard pour deviner le lien qui unissait sa mère à Joseph. Et d'un instant pour qu'on saisît qu'il l'avait compris. Il s'était, dans sa jeunesse, spontanément lié d'amitié avec Joseph. Leur affection s'était renforcée au collège. La situation le prit d'abord de court. Après un instant d'hésitation, il esquissa un sourire.

Quand il se retrouva seul avec sa mère, il lui dit d'une voix basse, la fixant de son regard vert :

— Il ressemble tellement à Jacques, n'est-ce pas ?

Elle faillit rougir. Mais après le souper, il joua aux échecs avec Joseph.

Le lendemain, la maisonnée reprit peu à peu son rythme. Jeanne retrouva dans un coffre le dernier cadeau de Jacques et l'emporta au jardin ; c'était le *Lais* de François de Montcorbier, dit Villon.

François jouait à la balle avec Déodat. Elle aborda le cinquième huitain :

Le regart de celle m'a prins
Qui m'a été félonne et dure :
Sans ce qu'en rien aye mesprins,

Veult et ordonne que j'endure
La mort, et que plus je ne dure
Si n'y voit secours que fouir.
Rompre veult la vive soudure,
Sans mes piteux regrets oïr[1] *!*

Elle reposa le livre, contrariée. Était-ce d'elle qu'il s'agissait ? Était-ce bien elle qui avait rompu, ou bien lui, quand il avait pris la fuite pour une sombre affaire de crime ? Avait-elle donc refusé d'écouter ses regrets ? Ou bien avait-il été épris d'une autre femme ? Et dans ce cas, pourquoi était-il venu la revoir ? Cet homme n'avait-il été que mensonge ? Pourquoi diable avait-il écrit-il cela ? Pour se faire prendre en pitié ?

Une quinte de toux atroce déchira le calme du matin. Ses deux fils s'interrompirent de jouer ; elle jeta un coup d'œil sur eux ; ils observaient quelque chose par-dessus la haie ; elle suivit leur regard. Cet objet était tout proche d'elle. C'était un visage. Il la regardait.

Elle poussa un cri.

Ce visage était si hâve que c'en était presque un crâne de mort flottant au-dessus de la haie comme une apparition sinistre en plein soleil.

Elle le connaissait. Les pommettes saillantes. Les yeux bruns, jadis veloutés, la bouche autrefois charnue…

Elle se pétrifia. Il l'avait reconnue. Son regard fixa le livre. Puis erra vers les enfants. Elle poussa un cri. La nourrice tourna la tête.

---

1. En français contemporain :
Le regard m'a pris de celle
Qui m'a été félonne et dure,
Sans que j'aie commis de faute à son égard,
Il veut et ordonne que j'endure
La mort et que je ne vive plus
Que dans l'espoir de fuir.
Elle veut rompre notre vivante liaison
Sans écouter mes piteux regrets.

Le spectre émit un son étranglé, puis disparut. À travers les branchages de la haie, on vit qu'il était tombé. Jeanne courut à l'extérieur.

François de Montcorbier gisait sur le dos, les yeux ouverts et vitreux. Était-il mort ? Il la regardait. Mais était-ce elle qu'il regardait ou bien l'Enfer ? Un spasme l'agita. Une main maigre et crochue remua dans la poussière. Le sang coula de la commissure de sa bouche entr'ouverte.

Dominant sa répugnance et sa terreur, Jeanne se pencha sur lui. Il était mort. Mais de quoi ? De la peste ? Ici ? La peste l'avait-elle rejointe à Angers ? François, Déodat et la nourrice accoururent. Elle les renvoya et rentra dans la maison.

— Appelez les sergents ! cria-t-elle. Il est peut-être mort de la peste !

La nourrice poussa de petits cris étouffés.

Le spectre de la Mort noire ne parut pas effrayer François de Beauvois ; il alla regarder longuement l'homme qui gisait par terre : déjà cadavre avant la mort. Il reconnut en lui son précepteur d'autrefois.

Mais l'attention avec laquelle il le dévisageait était décidément bien longue ; avait-il perçu une ressemblance ? Il regagna le jardin. Jeanne se tenait sur le seuil de la maison. Il leva les yeux vers sa mère, surpris du désarroi dans lequel la vue de ce misérable l'avait jetée. Il l'interrogea du regard. Mais le moment ne se prêtait pas pour Jeanne à une confession, et même, l'horreur de cette scène écartait pour toujours la possibilité d'une révélation. Elle se devait de protéger son fils. Elle demeura muette. Le domestique courut appeler les sergents ; son épouse prépara de la tisane de camomille.

— Pourquoi êtes-vous si bouleversée, mère ?

— La peste… prétexta-t-elle.

Joseph descendit. Il se fit raconter l'incident par la nourrice et François. Il s'abstint de poser aucune question.

Les sergents arrivèrent, précédant un tombereau. Le voisinage s'agitait. François et Joseph les épièrent derrière la haie. Ils baissèrent les chausses et les braies de l'homme, cherchant évidemment les bubons ; il n'y en avait pas. Ce faisant, ils avaient dénudé des cuisses étiques et le sexe sombre dans sa toison. Le spectacle était atroce, offensant. Puis ils tâtèrent les aisselles du mort et secouèrent la tête.

— Ce n'est pas la peste, dirent-ils.

— Ce n'est pas la peste ! cria Joseph à Jeanne, à la fenêtre.

Les sergents chargèrent le cadavre dans le tombereau. Ils l'emmenèrent à la fosse commune.

Ce mendiant, apprit-on dans la soirée, de la bouche d'un employé de la prévôté de la ville, venu interroger Joseph sur les circonstances de la mort de l'inconnu, errait à Angers depuis des années. Il prétendait s'appeler François Villon. Les gardes à la porte du palais de René d'Anjou l'avaient chassé à plusieurs reprises, ricanant chaque fois qu'il se présentait à eux, leur disait qu'il connaissait le roi et qu'il avait été reçu à sa cour, qu'il avait été un familier de Charles d'Orléans. Non, il n'était pas mort de la peste. Le malheureux était déjà en piteux état et vivait de la charité publique[1].

Les yeux sombres de Joseph se posèrent sur Jeanne, allongée, les yeux mi-clos, dans un faudesteuil près du feu, en dépit de la chaleur. Il s'assit à son côté et lui dit que François, Déodat et la nourrice l'attendaient pour souper.

Elle prit sa main, comme pour se donner des forces.

— C'était le père de François, murmura-t-elle. C'était bien François Villon.

Le lendemain, Joseph partit pour la prévôté, puis se rendit à l'église, afin de donner au misérable un enterrement chrétien. Il expliqua que la baronne de l'Estoille l'avait connu à

1. On ignore quelles furent les dernières années de François Villon après que, en 1463, la peine de mort prononcée contre lui par le Parlement eut été commuée en bannissement pour dix ans. Certains témoignages indiquent qu'il était malade, peut-être tuberculeux. Sans doute chercha-t-il refuge dans un climat plus clément, comme celui de l'Anjou.

Paris : il avait été le précepteur de son fils et il était bien François Villon, de son vrai nom Montcorbier.

*

Un prince, rencontrant un sage, lui demanda :

— Quels conseils un sage donnerait-il à un prince ?

— S'il s'y aventurait, ce sage n'en serait plus un, mais serait un fol.

— Pourquoi ?

— Parce que si le prince n'appliquait pas ces conseils et qu'il venait à s'en repentir, il en tiendrait rigueur au sage. Et s'il les appliquait et s'en félicitait, il lui tiendrait également rigueur de lui avoir dicté sa conduite.

Le prince promit néanmoins de ne tenir rigueur au sage ni d'une manière, ni de l'autre et pria ce dernier de lui donner quand même les conseils qu'il estimait utiles.

Ainsi commençait l'opuscule que Joseph de l'Estoille destinait à René d'Anjou.

Joseph le donna à lire à Jeanne, qui l'approuva. La maxime suivante était celle-ci :

– La sagesse pour un prince commence par s'aviser d'une loi : s'il est sans égal dans son royaume, il n'est qu'un mortel comme les autres dans la communauté des princes. Il est donc contraint d'avoir deux poids et deux mesures, car il ne peut mettre en vigueur les lois qu'il impose aux siens, afin de maintenir la paix dans son royaume. Il faut donc qu'il soit constamment deux hommes en un : le maître des siens et l'égal des autres.

– Dans un royaume en paix, les sages ne devraient débattre qu'en secret et en présence du prince. En effet, s'ils venaient à discuter en public, leurs idées en susciteraient d'autres et ainsi de suite à l'infini, et il est bien rare que l'idée de l'un ne mette en cause l'autorité de l'autre. Ces questionnements pourraient même mettre en péril l'autorité du prince.

– Aristote observe que les gens ne veulent pas tant savoir que croire, car le besoin de foi est plus fort que

celui de compréhension. La sagesse du prince devrait donc consister à persuader le peuple qu'il a raison de croire aux choses qui conviennent au prince et tort de croire à celles qui lui sont contraires.

– Un homme sage se garde d'avoir trop brillamment raison. Son talent doit plutôt œuvrer à persuader les autres d'avoir trouvé les premiers ce qu'il veut signifier. Il feindra alors de se joindre à leurs conclusions. Car s'il advenait qu'il n'ait plus raison, ils n'auraient qu'eux-mêmes à blâmer.

Jeanne s'amusa beaucoup de ces maximes. Le même jour, Joseph en soumit les premières à René d'Anjou au cours d'un souper. Ayant prié le roi de la laisser accompagner par son fils, Jeanne y emmena François. Le jeune homme enchanta le roi par sa mine, et aussi les dames et demoiselles de la cour. On lui fit des compliments, et l'on posa évidemment des questions sur ses affections. Jeanne observait cet intérêt d'un œil distant, mais vigilant. Son fils, en effet, était d'âge à s'intéresser aux femmes, et cependant elle ne lui connaissait pas de liaison. Elle se demanda si l'influence de Joseph ne l'avait pas changé. Les deux garçons avaient été ensemble au collège, et de quoi parlent donc les jeunes gens si ce n'est de galanterie ?

Au retour, elle interrogea Joseph. Il se mit à rire :

— La dernière année que j'étais à Orléans, il a rendu visite à une ribaude. Il en est revenu dépité et s'est lavé sans fin ! raconta-t-il. Je ne crois pas qu'il y soit retourné. Il a maugréé : « La belle affaire que voilà ! Le bœuf a été voir la vache, et c'en était d'ailleurs une ! Est-ce là ce qui fait tourner le monde ? Je m'étonnerais qu'il ne se soit pas arrêté ! »

Sans doute, se dit Jeanne, la ribaude n'était-elle pas allée au bain de longtemps : le prix du bois de chauffage et les taxes du roi avaient, en effet, rendu l'entrée aux bains exorbitante. Seules les plus riches de ces créatures vénales s'offraient encore le luxe de se laver.

— Mais c'est toi qui lui as inspiré ce détachement ?

— Pas du tout. Nous n'avons que rarement parlé de ces choses. Il m'a demandé si j'étais amoureux et j'ai répondu que je le serais quand il le faudrait.

— Mais enfin, s'étonna-t-elle, ce garçon est bien constitué !

— Justement, répondit Joseph d'un ton ironique. Il ne porte pas sa tête entre les cuisses.

D'une certaine manière, elle était soulagée que François ne fût pas un coureur de ribaudes, non par pudibonderie, mais pour sa santé. Par ailleurs, elle s'inquiétait. Elle finit donc par interroger Joseph sur le commerce des garçons ; il fut tout aussi ironique.

— Ces choses-là sont communes dans les collèges, répondit-il. *Asinus asinum fricat.* Mais je ne crois pas que François ait des penchants grecs et coure le garnement.

Elle songea que, s'il avait eu ces « penchants grecs », comme disait Joseph, il se serait sans doute penché sur un jeune homme aussi séduisant que Joseph. Elle se résolut enfin à interroger François lui-même. Il fut clair :

— L'expérience que j'en ai est déplorable. On met un jour à se laver après une affaire d'une minute. Il faudra que j'aie le cerveau bien en feu pour me perpétuer !

Le monde a bien changé depuis ma jeunesse, songea-t-elle.

— Pourtant il y a des filles, avança-t-elle, qui ne sont pas des ribaudes…

— Grâces fussent rendues au Ciel qu'une fille qui cède si facilement à un garçon n'ait pas déjà cédé à un autre. As-tu entendu parler du Mal de Naples[1], mère ? De l'arsure, de la paillardise ?

Que si ! Et elle en avait vu les plaies infectes et les ravages, même dans la démarche de ses victimes ! Elle frémit de dégoût.

— Seras-tu moine ? demanda-t-elle encore.

---

1. Le Mal de Naples et la paillardise étaient les noms de la syphilis, l'arsure, celui de la blennorragie. Reconnue maladie spécifique en 1493, la syphilis est considérée par certains comme originaire de l'Amérique ; elle n'en existait pas moins, depuis un siècle, sinon plus.

— Grand Ciel ! répondit-il en riant. Rien qu'à l'odeur, on devine leur présence à dix pas ! Les Cordeliers nous ont enseigné que les soins du corps détournent de Dieu et qu'un esprit pur tient le corps propre. Ce qui faisait que le dortoir puait.

Elle avait, à ce propos, été frappée par les soins de propreté de son fils ; de même que Joseph, il faisait un usage quotidien de l'étuve installée dans la maison, alors que jadis, les bourgeois trouvaient raisonnable d'aller aux bains publics une fois le mois. Ils changeaient tous deux leurs braies et le reste du linge de corps à un rythme qui eût scandalisé la génération précédente. Enfin, terrorisés par la menace des poux, puces et autres parasites, ils faisaient une débauche de savon de Naples. Gagnée par leur exemple, alors qu'elle ne se considérait certes pas comme manquant à l'hygiène, Jeanne avait adopté la pratique de l'étuve matinale et du savonnage intégral et l'avait imposée au jeune Déodat. La nourrice aussi avait fini par s'y mettre. Et toute la maisonnée avait également adopté l'habitude de se rincer la bouche après les repas avec de l'eau additionnée de vin de girofle, pour se purifier l'haleine. Et les litières étaient régulièrement parfumées avec ce qu'ils appelaient des oiselets de Chypre, c'est-à-dire de petits sacs de toile poreuse remplis de poudre parfumée, qu'on secouait sur les draps.

Cette génération-ci a appris la délicatesse, songea-t-elle. Dans sa jeunesse, on ne pouvait laisser un garçon et une fille ensemble qu'ils ne finissent par se tâter le corps entier, et ces garçons étaient si détachés qu'on les eût crus chapons.

Toujours était-il que le corps humain n'attirait pas François à l'excès.

Bon, on verra, se dit-elle philosophiquement. Après tout, Angèle s'était éprise à vingt ans passés.

Il y eut encore un débat philosophique sur les maximes que Joseph avait soumises à René d'Anjou. Pleins de componction, les deux théologiens firent des réserves sur celle qui traitait du besoin de croire et de la nécessité de détourner le peuple des croyances qui ne convenaient pas aux princes.

— Le prince, argua le plus péremptoire des deux objecteurs, doit s'incliner devant les croyances religieuses qui ne lui conviendraient pas, si elles sont dictées par le pape !

Ils faisaient évidemment allusion au fait que l'Université n'obéissait qu'au pape et non au roi de France, vieille pomme de discorde entre la royauté depuis Charles le Septième et la Pragmatique Sanction[1].

— Oui, certes, répondit Joseph, mais ce n'est pas là un problème de croyance, c'est un problème d'autorité.

Ce point établi, les deux théologiens daignèrent souper.

---

1. La Pragmatique Sanction de Bourges, prise par Charles VII en 1438, limitait l'autorité du pape sur les évêques français et autorisait l'intervention du roi dans leur nomination.

20

L'encre et le plomb

L'automne éparpilla ses ors et distribua ses fruits. François rentra à Orléans pour sa dernière année d'études.

À la mi-octobre, la peste ayant déserté Paris, Joseph envoya un nouveau message à Ferrando pour l'en informer et lui dire qu'ils l'attendraient donc à l'hôtel Dumoncelin au début novembre.

Puis ils traînèrent, lui et Jeanne, dans un regain de voluptés, sachant qu'à Paris, leurs corps n'auraient pas la même saveur de soleil et de jasmin. Enfin, ils se décidèrent à se mettre en route. Partis dans la panique, sous la menace de la peste, ils regagnèrent la capitale comme s'ils se rendaient dans un pays étranger et même dangereux : ils s'en étaient déshabitués. Point de jardin, les ordinaires odeurs pestilentielles, exaltées par l'été, et ces mines affairées et chagrines de gens qui couraient tous à leurs besognes.

Ils avaient à peine mis le pied à l'hôtel Dumoncelin qu'ils se promirent d'en repartir dès que possible. Seul l'accueil chaleureux des domestiques les consola d'avoir quitté Angers.

Jeanne alla voir Ciboulet, aux Halles et, après un entretien, décida d'augmenter son salaire : il avait, en effet, ainsi organisé les arrivages de méteil qu'il n'en achetait désormais plus.

— Ythier est venu me voir, dit-il, pour vous remettre l'argent des fermages, qu'il m'a confié. Par la même occasion, il m'a fait savoir qu'il était plus avantageux de ne plus cultiver qu'une seule céréale par ferme. Trois de vos fermes produiront donc du seigle, trois autres de l'épeautre et la septième, de l'orge. Nous ferons par conséquent les pâtisseries sucrées à la farine d'épeautre et les salées, à celle de seigle. Le vin de deux de vos fermes est suffisamment buvable pour que nous fassions l'économie de douze muids de vin de Meudon. Enfin, Ythier m'assure que l'approvisionnement en œufs et volaille est plus que suffisant pour les trois pâtisseries, aussi ai-je convaincu Guillaumet et sa sœur de produire à l'ordinaire des pâtés de volaille.

L'économie était considérable : Jeanne y gagnait vingt écus de plus l'an. Ciboulet s'était transformé en administrateur et, avec Ythier, il gérait l'ensemble de ses terres et commerces ; c'était un intendant de ville. Bien que les trois pâtisseries eussent été fermées en août et septembre, le manque à gagner était presque négligeable.

— Retournerez-vous à La Doulsade ? demanda-t-il, après lui avoir remis l'argent d'Ythier et celui de la pâtisserie des Halles.

— Je ne sais, répondit-elle. Pourquoi ?

— Ythier m'a appris qu'un notaire de Bourges voudrait l'acheter pour doter sa fille. Et Ythier lui-même, soit dit entre nous, serait content d'y habiter avec sa famille. Avez-vous besoin de tant de maisons ? Elles vous coûtent en entretien et ne vous rapportent guère. Déjà, vous n'êtes pas souvent à Paris.

L'idée de vendre le manoir lui serra le cœur. Mais c'était là que les loups avaient tué Denis. En dépit des autres souvenirs heureux qu'elle en avait gardés, l'endroit porterait toujours la cicatrice d'un incident funèbre.

— Je donnerai la préférence à Ythier. Qu'il me fasse une offre.

Elle se rendit ensuite chez Guillaumet, qui l'accueillit comme une sœur ; pour la première fois, elle l'embrassa.

— Maîtresse, vous avez bien fait de partir. C'était intenable. Je tremblais pour ma femme, qui était enceinte.

L'épidémie avait fait quelque trois mille huit cents morts en deux mois ; ce n'était mathématiquement pas énorme pour une ville de près de cent mille âmes, mais les survivants entretenaient la frayeur. Ils tenaient tous le même discours : ils étaient revenus de chez les morts. Pas un coin de rue où l'on ne vît brûler une chandelle offerte à saint Roch.

Jeanne alla ensuite chez Sidonie, puis chez la volaillère, qui poussèrent des cris de joie, l'embrassèrent et la gardèrent pour un en-cas.

Avait-elle des nouvelles de son époux ? Elle secoua la tête. Elle s'efforçait de ne pas y penser. Jacques n'avait même pas de tombe sur laquelle elle eût pu se recueillir. Ce fut donc une double prière qu'elle prononça quand elle se rendit au cimetière de Saint-Séverin, sur la tombe de Barthélemy de Beauvois.

Elle trouva le cimetière bien encombré : il comptait une foule de stèles et de croix toutes fraîches.

Ferrando arriva chargé de présents confectionnés dans son pays, qu'il offrait à Jeanne et Joseph de sa part et de celle de son épouse : des bottes de cheval en cuir fauve, des velours ciselés, des flacons d'eaux de senteur et d'autres brimborions luxueux. Angèle se reposait dans une villa familiale sur l'une des îles Borromées, et leur fille Severina, âgée de quatre mois, se portait à ravir.

Angèle lui avait sans doute inculqué plus que des rudiments de français, car il s'exprimait sans trop de maladresse, sinon avec élégance, mais en conférant aux mots un accent tonique qui les faisait chanter. Il disait ainsi : « Les dou*a*nie*rr*s de Pa*rr*is sont des bri*gands* pa*ten*tés. »

Il apportait aussi une idée qui était l'objet de son voyage.

— L'imprimerie, dit-il simplement, le regard brillant.

Voilà près de quinze ans qu'un Allemand ou un Batave, nul ne savait vraiment, avait inventé une nouvelle méthode d'impression des livres : non plus en sculptant les caractères sur une planche de bois, à l'envers, mais en assemblant des caractères préalablement sculptés dans le plomb et serrés dans une forme. Joseph le savait depuis le collège, Jeanne l'ignorait. Ni l'un ni l'autre n'avaient jamais vu de livres pareillement imprimés. C'étaient là des produits quasiment fabuleux. Ils ne connaissaient l'un et l'autre que les petits livres imprimés à l'ancienne, tels que ce *Lais* que Jacques avait offert à Jeanne. Joseph avait entendu parler d'une Bible en latin de quelque mille deux cents pages, qui aurait été imprimée vers 1456 à Strasbourg ou Bamberg, on ne savait ; elle valait cent écus ! Une somme insensée : seul un prince ou un cardinal pouvait s'offrir un ouvrage pareil.

Joseph servit du vin de Loire, jaune, et ils s'assirent près du feu.

— L'imprimerie, reprit Ferrando, c'est l'avenir. On peut désormais produire des centaines de livres identiques à bas prix, pourvu qu'on ait l'outillage. Mais il est rare et difficile à utiliser. Il en existe très peu, peut-être deux ou trois.

Il décrivit l'équipement : outre les boîtes de caractères ou casses, des cadres ajustables dans lesquels on serrait ces caractères une fois qu'ils avaient été assemblés, puis les presses à vis, destinées à serrer le papier contre les caractères enduits d'encre. Et surtout l'encre.

— Le secret de l'encre qui doit être assez fluide pour recouvrir toute la surface de chaque caractère et y adhérer, qui ne pâlit pas au soleil, qui ne sèche pas trop vite ni trop lentement, est essentiel ! s'écria Ferrando. Mais il est bien gardé.

— En quoi cela nous concerne-t-il ? demanda Joseph.

— J'avais rendez-vous en octobre à Paris avec l'imprimeur de la Bible en latin, Johann Fust, dit Ferrando, pour lui racheter son matériel et ses secrets de métier. Il est arrivé avant moi, en août. Sa fille Dyna m'a écrit qu'il est mort de la peste[1].

— Et où se trouve ce matériel ? demanda Jeanne.

— C'est ce que j'aimerais savoir, dit Ferrando.

— Es-tu allé à l'adresse où habitait Fust ?

— Je ne la connais pas.

1. Johann Fust, personnage historique et imprimeur d'une célèbre Bible, est effectivement mort de la peste à Paris, en 1466. Les raisons de sa présence dans la capitale sont inconnues.

— Tel que tu le décris, ce matériel semble lourd et encombrant, dit Jeanne. Si Fust l'a apporté avec lui, il y a des chances pour qu'il soit resté où il l'a laissé. Quelle peut être sa valeur ?

— Nous étions convenus que je lui ferais un premier paiement de mille livres, répondit Ferrando.

— Mille livres ! s'écria Joseph, sursautant. Mais c'est énorme ! Cela équivaut à près de sept cent vingt-cinq écus tournois !

On pouvait pour ce prix-là louer dix maisons à Paris pendant vingt ans ou en acheter trois.

— C'est à peu près la moitié de la somme que Fust avait avancée à un artisan nommé Gensfleisch[1] pour fabriquer ce matériel : mille neuf cents guilders, soit mille trois cent quatre-vingt-deux écus.

— Mais pourquoi ce matériel vaut-il si cher ? s'étonna Jeanne.

— Je te l'ai dit : il est rare.

— Dans ce cas, pourquoi Fust voulait-il s'en défaire ?

— Parce que ni lui ni Gensfleisch n'avaient ni assez de moyens pour l'exploiter, ni les relations nécessaires pour obtenir les commandes. Leur affaire avait périclité.

— Et comment l'exploiterais-tu, toi ? demanda Joseph.

Le sourire charmant qui était l'un des apanages de Ferrando se peignit sur son visage.

— Pour commencer, grâce à mon oncle, le cardinal Bonvisi. Nous pourrions obtenir l'impression des indulgences plénières grâce à quoi Sa Sainteté Paul II effectue ses levées de fonds. À raison d'une demi-livre l'indulgence, deux mille feuilles suffiraient déjà à nous faire rentrer dans la plus grande partie de nos fonds.

— Il en vend souvent, des indulgences ? demanda Joseph.

— À Pâques et à Noël, dit Ferrando, tendant son verre à Joseph pour qu'il le resservît.

---

1. Johannes Gensfleisch, vrai nom de Gutenberg qui, contrairement à la légende, n'est pas le seul inventeur de l'imprimerie à caractères mobiles.

Jeanne se retint de sourire : c'était l'affaire des petits échaudés qui recommençait, mais sur une tout autre échelle.

— Or, reprit Ferrando, il y a bien d'autres textes que les indulgences à imprimer, à commencer par l'Ancien et le Nouveau Testament, qu'une recommandation pontificale pourrait encourager tous les chrétiens de quelque aisance à acheter, comme instrument essentiel au salut de leurs âmes. Si on les produit en grande quantité, des bibles qui valent aujourd'hui cent écus ou plus peuvent être avantageusement proposées à vingt écus alors qu'elles ne coûteraient en matières premières que quelques livres.

Jeanne s'avisa que les manières de chérubin de Ferrando Sassoferrato dissimulaient en fait un esprit commerçant acéré.

— Il est un point que vous aurez peut-être deviné, dit Ferrando, mais tout ce qui va sans dire gagne à être dit : une imprimerie capable de produire des textes à des centaines d'exemplaires représente un instrument de pouvoir infiniment plus grand que l'argent. C'est un pouvoir quasiment royal.

Jeanne et Joseph écoutèrent, frappés.

Oui, c'était, en effet, le pouvoir. Infiniment plus séduisant que l'argent.

Elle venait de découvrir la plus grisante des tentations. Ne plus être à la merci des princes ! Et cela, grâce à de l'encre et du plomb !

— Vous le pensez bien, ce n'est pas l'argent qui m'inspire, dit Ferrando, et ce n'est pas la seule possibilité de gagner quelques écus ou milliers d'écus. Cela ne nous fera pas manger deux fois plutôt qu'une, et cela n'allongera pas nos vies. Non, c'est le pouvoir ! Il donne un goût bien plus savoureux à toutes choses.

L'éloquence italienne résonna sous les plafonds. Et dans les cerveaux de Jeanne et de Joseph. Ils surent qu'ils étaient acquis à ce projet dont ils ne savaient presque rien.

Le souper fut servi, et la nourrice fit descendre Déodat ; Ferrando lui tendit les bras et le couvrit de compliments fleuris en italien.

Une soupe de blé dur précéda un rôti de bœuf à l'ail et aux clous de girofle.

— Il est un point que je saisis mal, observa Jeanne. Pourquoi Fust serait-il venu en avance au rendez-vous qu'il avait avec toi ?

— Ah ! s'écria Ferrando, je reconnais bien là l'intelligence féminine ! Car c'est là toute la question. À mon avis, il voulait me mettre en concurrence avec un autre acheteur possible.

— As-tu idée de son identité ?

— Oui. La Sorbonne.

Joseph posa sa cuiller.

— Il aura été cruellement puni de sa duplicité, dit Ferrando.

— Tu aurais l'intention de te mettre en concurrence avec la Sorbonne ? Le pouvoir religieux, doublé de la puissance royale, est redoutable, dit Joseph.

— J'aurais plutôt l'espoir de me mettre au service de la Sorbonne, rétorqua Ferrando avec un sourire. Je ne crois pas qu'il y ait à Paris un seul artisan actuellement capable de mettre en œuvre le matériel de Fust. Il en est à peine trois ou quatre, Gensfleisch inclus. Je connais les noms de Peter Schöffer, Albrecht Pfister, Martin Brechter, qui est l'associé de Gensfleisch, et Conrad Humery.

— Mais cela peut s'apprendre, dit Joseph.

— Sans doute. Mais il y faut plusieurs années. À la condition qu'on possède aussi le secret de l'encre.

— De quelle ville t'a donc écrit la fille de Fust ? demanda Jeanne.

— De Paris.

— Elle était donc à Paris. Peut-être s'y trouve-t-elle toujours ?

— Je l'ignore.

— Quand et où as-tu vu Fust pour la dernière fois ?

— À Mayence, en juillet. Il créait une nouvelle police de caractères qui, disait-il, l'absorbait beaucoup, et il ne comptait pas l'avoir achevée avant la fin septembre. C'est pour cela que nous avons choisi octobre pour notre rendez-vous. Entretemps, j'ai reçu votre lettre d'Angers, m'informant que la peste sévissait à Paris. J'ai espéré que l'épidémie aurait pris fin en octobre, et je me suis dit que Fust en serait également informé. Je me disposais à lui écrire à Mayence pour le prier de remettre notre rencontre après la fin de l'épidémie, quand, début septembre, j'ai reçu la lettre de sa fille m'avisant de sa mort.

— Tout cela est singulier, déclara Joseph.

— Et pourquoi avez-vous choisi Paris comme lieu de rendez-vous ? Tu aurais pu te rendre à Mayence pour le voir, non ? demanda Jeanne.

— C'est lui qui a décidé que nous nous rencontrerions à Paris. Il y avait là, disait-il, deux ou trois artisans graveurs dont il avait apprécié le talent.

Ils demeurèrent tous trois songeurs un moment. Le domestique servit des cerises cuites confites au sucre et un vin clair et léger.

— Tout cela est bel et bon, dit Jeanne. Mais pour le moment, nous n'avons rien. Nous ne savons pas où se trouve le matériel de Fust et nous ne saurions pas nous en servir.

— Il faut le trouver, dit Ferrando. Et quand nous l'aurons trouvé, je me fais fort de trouver aussi l'artisan qui saura s'en servir.

— Il y a bien d'autres choses à imprimer que des indulgences et des bibles, dit rêveusement Joseph avant de se coucher.

Jeanne savait d'expérience que ce n'est pas en se forçant de résoudre un problème qu'on y parvient le mieux, mais au contraire en le laissant mûrir dans un placard de sa conscience. Elle se représenta le matériel de Fust : une presse, sinon deux, des casiers de caractères de plomb qui devaient être pesants, des cadres pour serrer les caractères composés, tout un attirail d'outils, des flacons d'encre… Cela ne passait pas inaperçu. De plus, ce matériel ne pouvait pas être exposé à l'air. Les casiers de caractères risquaient de se répandre dans le transport et les flacons de la précieuse encre, de se casser. Fust avait dû faire serrer son matériel dans des caisses.

Elle se rendit chez Ciboulet.

— Si je voulais savoir, demanda-t-elle, à quelle date un chariot chargé de lourdes caisses est venu d'Allemagne et à quelle adresse il s'est rendu, comment devrais-je m'y prendre ?

Il eut un petit rire.

— Il faudrait vous munir de quelques pièces, maîtresse, et vous rendre aux greffes de la porte Saint-Antoine, de la porte du Temple, peut-être la porte Saint-Martin. Vous apprendriez déjà la date de l'arrivée, mais non l'adresse où ces chargements ont été livrés. Voulez-vous que je m'en charge ?

— Faites-le. Vous me direz ce que vous avez payé. Mais pour l'adresse ?

— Si c'était un chariot venant d'Allemagne, il y a bien des chances qu'il ait été originaire de ce pays, et nous ne saurons pas le nom de son cocher, ni de sa corporation de loueurs. D'où venait-il, en Allemagne ?

— De Mayence, je crois.

— C'est loin ?

— Assez loin. Au moins deux jours de voyage.

— Dans ce cas, il sera peut-être resté un jour à Paris, et si vous avez de la chance, ce sera à l'Auberge de la Roue d'Or, pas loin d'ici. Nous apprendrons peut-être quelque chose. Ce cocher avait-il un voyageur avec lui ?

— Oui, un Allemand, Johann Fust.

— Johann Fust, répéta-t-il, pour mémoriser le nom. Et il est reparti ?

— Il est mort de la peste, apparemment à la mi-août ou à la fin d'août.

— Ah, voilà une information intéressante ! s'écria Ciboulet. L'aubergiste l'aura alors déclaré à la prévôté. Mais ça ne nous apprendra pas où se trouve le chargement.

— Il était avec sa fille, Dyna, ajouta Jeanne.

— Elle est morte, elle aussi ?

— Je n'en sais rien. Si elle est morte, c'était en tout cas après lui.

— Qu'est-ce qu'il y avait dans ce chargement ?

— Des objets lourds, très lourds même. Serait-elle repartie avec ?

— Je doute qu'au moment où sévissait la peste, elle ait trouvé assez de bras pour transporter ces caisses. Rappelez-vous, il n'y avait pas un chariot disponible : ils avaient tous quitté Paris. Laissez-moi m'informer et je vous rendrai compte, maîtresse.

Elle retourna rue de Bièvre, perplexe. Plus elle y réfléchissait, plus cette histoire lui paraissait bancale. Elle était convaincue du bien-fondé de ce que disait Ferrando, et des possibilités de gagner beaucoup d'argent dans l'imprimerie à caractères mobiles, mais trop de questions se posaient encore. Qui donc Fust était-il venu voir à Paris ? À Paris ? Lui qui n'y connaissait personne ?

Trois jours plus tard, Ciboulet vint la voir. Il avait obtenu des informations. Le 5 août, deux chariots venant d'Allemagne étaient entrés par la porte Saint-Antoine, portant un chargement d'une valeur déclarée de cinquante écus, destiné à la Sorbonne. Le propriétaire, Johann Fust, accompagné de sa fille, Tina Schöffer, avait payé un droit de douane de deux livres, en dépit du fait que les marchandises destinées à l'Université étaient exemptées de frais de douane.

— Cela m'a coûté une livre, dit Ciboulet.

Jeanne allait mettre la main à la bourse quand il l'arrêta :

— Ce n'est pas tout. Votre Fust, il est descendu comme je le pensais, à l'Auberge de la Roue d'Or. Avec sa fille. Et le cocher. C'est là qu'il est mort. Dès qu'il est tombé malade et que son état s'est révélé désespéré, sa fille a payé sa note et elle est repartie avec le cocher comme s'ils avaient le diable aux trousses. Ils étaient restés une semaine. Elle est repartie le 12 août.

Joseph et Ferrando, bouche bée, attendaient la suite, du moins s'il y en avait une.

— Vous n'êtes point la seule à chercher ces caisses, dit Ciboulet. Dès la fin de l'épidémie, deux messieurs vêtus de noir, sans doute des clercs, se sont présentés à l'Auberge de la Roue d'Or, et ils ont demandé à l'aubergiste de leur livrer les bagages que Johann Fust avait apportés avec lui. Il a répondu qu'il n'avait pas de bagages. Ils ont menacé d'appeler les sergents et de faire emprisonner l'aubergiste pour vol. Heureusement pour lui, trois témoins, qui travaillent à l'auberge, ont déclaré que la fille de Fust était repartie avec des malles sitôt qu'elle avait vu que son père était à l'agonie. L'aubergiste a menacé d'appeler lui-même les sergents en vue d'inculper les hommes en noir pour accusations mensongères. C'étaient des gens de l'Université. Ils ont crié qu'ils avaient le prévôt pour eux, et ils ont exigé de visiter la cave. Ce que l'aubergiste leur a consenti. Ils cherchaient des caisses. Il n'y avait point de caisses. Ils sont repartis furieux. L'aubergiste ne l'était pas moins.

Ciboulet jeta un regard malin à la ronde.

— L'aubergiste me connaît. Il m'a commandé souvent des pâtés et des échaudés. Il sait que je n'ai rien à voir avec l'Université. Il ignore où sont les fameuses caisses. Mais il m'a donné une petite sacoche qu'il a trouvée dans la chambre de Fust après que les croque-morts sont venus emporter le cadavre. S'il y avait de l'argent dedans, je n'en sais rien. L'argent des morts est vite envolé. Mais la sacoche contenait quelques papiers et il l'a mise de côté. Il n'en a pas soufflé mot aux messieurs de l'Université parce qu'ils l'avaient agressé avec fureur. Elle m'a coûté deux livres.

Il la sortit de son manteau et la tendit à Jeanne. Une pochette plate, en vieux cuir usé.

Elle en délia le cordon et en tira quelques papiers épars, couverts d'inscriptions dans une langue qu'elle devina être l'allemand. Elle les tendit à Ferrando, qui donna sept livres à Ciboulet et le remercia avec effusion de ses informations et de son travail.

Ciboulet avait bien gagné sa journée. Il s'en fut après avoir salué Jeanne et ces messieurs avec chaleur.

Ferrando examina les papiers. Sept feuillets, couverts sur les deux faces d'inscriptions hâtives, abrégées, presque indéchiffrables. Jeanne et Joseph allèrent se coucher qu'il était encore penché dessus. Il allait sans doute y passer la nuit.

Quand ils descendirent le lendemain, pour prendre leur petit déjeuner, Ferrando était déjà levé. Il les attendait visiblement. Il déclara qu'il avait peu dormi. Nul n'en douta : il avait les yeux rouges. Le domestique remplaçait les chandelles, consumées jusqu'aux bobèches. Ils prirent place à table avec la nourrice et Déodat.

Après les civilités d'usage, et quand il eut bu son lait chaud et tâté de la compote de pommes, il demanda tout à trac :

— Y a-t-il à Paris un bureau de change ?

Question incongrue s'il en était ; Paris comptait, en effet, plusieurs officines de changeurs, comme on le lui apprit.

— Mais un grand bureau ? demanda-t-il.

— Non... Il y a le pont au Change, répondit Jeanne, interloquée.

Il donna sur la table un grand coup du plat de la main, qui fit sursauter la nourrice et effraya Déodat.

— Le pont au Change ! cria-t-il, sans doute plus fort qu'Archimède n'avait crié son fameux « Eurêka ! ».

— Pour l'amour du Ciel, Ferrando, expliquez-nous l'objet de votre émotion, dit Joseph.

— Le pont au Change ! répéta, extatique, Ferrando, levant les yeux au plafond.

Un silence consterné régna sur les convives.

Ferrando tira de sa poche un des papiers trouvés dans la pochette rapportée par Ciboulet.

— Regardez là, dit-il, en indiquant du doigt un griffonnage à peine lisible. Que lisez-vous ? *Bei Wechsel B.* Donc, *bei Wechsel Brücke.* Près du pont au Change.

Joseph écarquilla les yeux.

— Et alors ?

— Pourquoi Fust aurait-il marqué ce nom-là ? C'est là que doivent se trouver les caisses ! Le nom ne devait pas lui être familier. Il l'aura écrit pour ne pas l'oublier.

C'était plausible. Mais où donc Fust aurait-il entreposé ses caisses ? Sur le pont au Change même ?

— J'y vais ! déclara Ferrando en se levant.

— Asseyez-vous, Ferrando, ordonna calmement Jeanne. Vous êtes visible comme une mouche dans du lait. Vous avez entendu le récit de Ciboulet hier. Vous n'êtes pas le seul à chercher ces caisses. Si vous vous montrez là-bas, vous allez ameuter tout le monde. D'abord, vous ne savez pas où ces caisses se trouvent, sinon dans les parages du pont au Change, ce qui est bien vague. À mon avis, elles sont entreposées sur l'une des barges amarrées près du pont. Mais là aussi, si vous alliez dans votre mise et avec votre accent, ce serait comme si vous sonniez le tocsin. Laissez-moi faire. Je suis plus discrète que vous. Il reste aussi à établir que la Sorbonne n'a pas déjà un droit sur ces caisses. Vous avez entendu Ciboulet : Fust a déclaré que le destinataire du matériel était la Sorbonne, et dans ce cas, c'est à elle qu'elles doivent revenir.

Ferrando secoua la tête.

— Non, si Fust avait conclu un marché ferme avec la Sorbonne, il ne m'aurait pas fait venir à Paris. À mon avis, il avait en tête un plan compliqué. Il voulait sans doute que je paie son matériel et que je cède l'exclusivité du droit d'imprimer à la Sorbonne. J'ai étudié ces papiers pendant la plus grande partie de la nuit. Fust a écrit : *Schöffer und Kaster als alleinige Werksmeistern*, c'est-à-dire « Schöffer et Kaster comme uniques maîtres d'œuvre ». Il entendait imposer ces deux hommes à l'exploitation de l'imprimerie qu'il avait le projet d'installer à Paris.

— Schöffer semble donc avoir été son gendre, dit Jeanne, puisque Dyna ou Tina sa fille porte son nom.

Ferrando hocha la tête.

— Si ce matériel n'a pas été vendu à la Sorbonne, observa Jeanne, et si tu n'as pas payé Fust, ce sont donc Tina et son mari Schöffer qui en sont les héritiers. Je ne vois pas pourquoi nous nous agitons : la solution la plus raisonnable et la plus honnête serait d'aller à Mayence interroger le couple Schöffer sur l'usage qu'il compte faire de ce matériel.

Ferrando se leva et arpenta la pièce.

— Ce serait, en effet, la solution la plus raisonnable. Et la moins réaliste.

Il s'interrompit et fit face à ses interlocuteurs :

— Quelles que soient les intentions des héritiers de Fust, elles sont et resteront purement théoriques. Il faudrait être bien naïf, en effet, pour croire que la Sorbonne laisserait jamais ce matériel sortir de Paris. Dès qu'elle aura eu connaissance de son emplacement, elle le fera confisquer sous les prétextes les moins honnêtes, sans payer un sou à personne. Vous aussi vous avez entendu Ciboulet. Les deux mandataires qui sont allés perquisitionner chez l'aubergiste se seraient emparés des caisses *manu militari*, sans rien payer à quiconque. Leur détermination était évidente. L'honnêteté nous mènerait à laisser proprement dérober ce matériel par la Sorbonne sans profit pour personne d'autre qu'elle.

— Il faut donc, si je te comprends bien, dit Joseph, faire sortir ce matériel de Paris sans que la Sorbonne s'en avise. C'est de la piraterie, pour parler clair.

Ferrando haussa les épaules.

— Les mots sont bien autre chose que la réalité. Toute forme de pouvoir est une piraterie. Et les chrétiens les plus éminents sont les premiers pirates de ce monde. Mon oncle, le cardinal, m'a révélé que la fameuse donation de l'empereur Constantin au pape Sylvestre était un faux patent. L'Église s'est approprié la fortune immense de Constantin par une escroquerie. Nous ne faisons rien de tel : nous essayons seulement d'empêcher des pirates de s'emparer d'un trésor qu'ils n'ont pas payé et sur lequel ils n'ont aucun droit.

— Commençons par voir où pourrait se trouver ce fameux matériel, dit Jeanne. Nous aviserons ensuite.

21

Les comédiens pirates

Les rives de la Seine en novembre n'étaient guère un riant séjour. Boueuses et défoncées par endroits, puantes partout, il s'en dégageait une humidité évidemment plus pénétrante qu'en haut, sur les quais. Elles offraient une vue privilégiée sur les détritus que le courant poussait vers la mer, cageots vides, chiens morts et étrons voyageurs. Des cadavres humains frais, on le savait, suivaient souvent ce courant en profondeur et, selon leur imprégnation d'eau, remontaient un ou deux jours plus tard, vers Saint-Germain, Poissy, Bonnières ou plus loin. Ce qui ne semblait nullement décourager des pêcheurs à la ligne, pour la plupart des mendiants, installés de loin en loin, un panier à leurs côtés. Quelques-uns avaient d'ailleurs fait de belles prises.

Plusieurs feux de fortune sur les deux rives répandaient une fumée bleuâtre, qui batifolait dans l'air froid. Chacun groupait autour deux ou trois marins d'eau douce, coiffés de vastes chapeaux. Deux sergents à verge, ayant achevé leur tournée et n'ayant trouvé aucune activité répréhensible, gravissaient lentement l'escalier par lequel Jeanne et Ciboulet étaient descendus.

Quelques chalands étaient à l'ancre. Certains mesuraient jusqu'à cinq ou six toises, d'autres trois seulement[1] ; pareille embarcation, à fond quasi plat, donc sans quille, ne devait

1. Une toise valait six pieds, soit environ deux mètres.

être ni trop grosse, sous peine de ne pouvoir passer par les arches des ponts, surtout pendant les crues, ni trop petite, sous risque de chavirer dans les remous. La plupart étaient des transporteurs de fourrage, venus d'aussi loin que le fleuve était navigable, mais le plus souvent de Melun ; d'autres, des transporteurs de pierres et de briques, de bois aussi. Un chaland est une bête de trait qui n'a pas besoin de fourrage, mais de calfatage régulier. Si le courant est paresseux, deux ou trois marins suffisent à y remédier. Des coups de marteau résonnaient à distance ; un propriétaire réparait sa cabine. L'un après l'autre, deux chalands chargés de pierres taillées enfilèrent lentement les arches du pont au Change ; des mariniers armés de gaffes veillaient à ce que les embarcations n'allassent pas se frotter contre les piles.

Jeanne et Ciboulet allaient d'un pas nonchalant, comme des amoureux. Il lui tenait d'ailleurs le bras, aussi bien pour l'empêcher de glisser que pour donner la comédie dont ils étaient convenus. Leurs têtes bougeaient à peine, c'étaient leurs regards qui inventoriaient les chalands.

Devant l'un de ceux-ci, Jeanne donna un léger coup de coude à Ciboulet. Personne dessus. Des bâches de toile grossière recouvraient des formes anguleuses, et un pan rabattu par le vent révélait sans doute aucun une caisse de bois. Le chaland s'appelait *La Belle Catherine,* comme en témoignaient les lettres rouges peintes à la proue.

— Remontons, dit Ciboulet.

Ils se retrouvèrent devant le Palais de Justice, face au Châtelet qui, sur l'autre rive, dressait ses formes sinistres. On distinguait bien, se balançant au gibet, un pendu courtisé par les corbeaux.

— Vous pensez que c'est ça ? demanda-t-il.

— J'en suis presque sûre.

— Rentrez chez vous. Laissez-moi faire.

— Rappelez-vous ma recommandation : vous offrez de payer la garde.

Il hocha la tête. Elle rentra donc, le cœur battant.

Ferrando jouait aux échecs avec Joseph, devant l'âtre. La sérénité de la scène contrastait violemment avec l'état d'esprit de Jeanne.

— Je les ai trouvées ! s'écria-t-elle, rabattant son capuchon.

Ils s'interrompirent et levèrent les yeux sur elle. Elle grelottait. Joseph s'empressa de la conduire devant le feu et de lui servir un verre de vin chaud. Puis il la défit de sa houppelande. Elle raconta.

Quand elle fut remise, elle demanda à Ferrando :

— Et maintenant ? Que te proposes-tu de faire ? Y as-tu réfléchi ?

Il parut perplexe.

— Arracher ce matériel à l'emprise de la Sorbonne. S'il se trouve sur un chaland, l'action la plus simple me semble être de faire descendre ce chaland jusqu'à la mer, en suivant le fleuve et, au Havre, de l'embarquer sur un navire étranger.

— Quel navire ?

Question sans doute futile, car Ferrando haussa les épaules. Des banquiers pouvaient affréter un navire hollandais ou allemand d'un jour l'autre.

— Et après ?

— Après, l'amener en Hollande. De là, et avec l'agrément des époux Schöffer, nous pourrons traiter avec la Sorbonne. Ou tout autre pouvoir.

Ils attendirent Ciboulet dans un état fiévreux.

Il arriva peu après la tombée du jour.

— Ça n'a pas été facile, déclara-t-il quand il se fut assis. J'ai interrogé les mariniers. Ils voulaient évidemment savoir pourquoi je m'intéressais à ce chaland-là. J'ai donc suivi le conseil de ma maîtresse : j'ai répondu que j'étais venu pour régler les droits de garde d'un client allemand qui ne parlait pas français. Ils m'ont donné le nom du propriétaire : maître Antoine Bricot. C'est un Normand qui habite dans le quartier des Augustins. Quand je lui ai dit que je venais de la part du gendre de son client, il a été content de me voir. « Un mois de retard ! » s'est-il écrié. « Il me le paiera ! Toutes les affaires que j'ai manquées ! » Il allait, disait-il encore, débarquer les caisses et les laisser sur la berge. Je lui ai annoncé qu'il a rendez-vous demain matin à l'Auberge de la Roue d'Or avec maître Schöffer, qui ne parle pas un mot de français, et dont je serai l'interprète.

Il regarda ses hôtes :

— Qui donc de vous deux, messires, sera l'Allemand ?

— Moi évidemment, dit Ferrando.

— Tu parles allemand ? demanda Joseph.

— Assez couramment. De toute façon ce Bricot n'y entend probablement rien. Ciboulet n'aura qu'à dire qu'en plus des cinquante livres, j'en offre cent pour faire descendre le chaland jusqu'au Havre.

— Et s'il refuse ?

— Nous nous retirerons pour délibérer.

— Cent livres, c'est tentant, admit Ciboulet. Maintenant, il ne vous reste plus qu'à courir prendre une chambre à l'Auberge de la Roue d'Or, sous le nom allemand de... Schöffer, c'est cela ? Je vous y escorte. Faites vite, la nuit tombe.

— Ciboulet*t, v*ous êtes un maîtr*rr*e ! s'écria Ferrando.

Il courut emplir un sac de voyage et revint. Les deux hommes souhaitèrent bonne nuit à Jeanne et Jacques et sortirent sur-le-champ.

Maître Antoine Bricot était un gaillard quadragénaire coiffé d'un toit de chaume blond et blanc. Il jaugea Ferrando du regard ; celui-ci s'était vêtu de ses habits les plus mornes : du noir et gris. Il s'était également composé une mine austère et soucieuse. Ciboulet se retint de rire quand il le vit apparaître dans la grande salle de l'auberge.

Les trois hommes s'attablèrent. Ciboulet commanda trois verres d'hypocras.

— Ce pauvre maître Fust, commença Bricot, qui aurait cru !

Ciboulet se trouvait déjà en peine de traduire. Ferrando saisit l'écueil :

— *Ja, ja, niemand kann es glauben! Das war uberhaupt tragisch und schmerzlich!*

Il secoua la tête.

— Che pârle un pétipé frannnçais, maître Pricot. Pas bienn, mais che compprends! ajouta-t-il.

Bricot hocha la tête, soulagé. Ferrando sortit sa bourse et compta cinquante livres. Le regard de Bricot s'illumina.

— Ah bé! C'est pas trop tard. Mais cinquante livres! Vous êtes généreux. Vous ne m'en devez que quarante-deux.

Ferrando fit un geste de la main pour dire que ça n'avait pas d'importance, puis il toucha le bras de Ciboulet pour l'inviter à parler.

— *Jetzt sprechen sie.*

— C'est que maître Schöffer voudrait vous faire gagner encore plus d'argent, dit Ciboulet.

— Ah? fit Bricot, que son bénéfice avait visiblement mis d'excellente humeur. Pas de lui garder encore ces foutues caisses, non?

Ciboulet secoua la tête.

— Non, il veut que vous les descendiez au Havre.

— Au Havre? s'écria Bricot, décontenancé. Mais les glaces vont bientôt prendre!

— Pas avant le 15 décembre, et encore, argua Ciboulet. D'ici là, vous serez allé et revenu.

— Il faut que je réfléchisse, dit Bricot. Il me faut au moins deux hommes et...

— *Nein!* coupa Ferrando. *Heute!* Cenntt lifres, maître Pricot! Cenntt lifres!

À l'évidence, l'énoncé de la somme saisit Bricot. Il écarquilla les yeux et but une gorgée.

— Cent livres, confirma Ciboulet. Et une avance de dix.

Un marinier ne gagnait pas cette somme en toute une saison. Bricot demanda ce qu'il y avait donc dans les caisses.

— Machines tissache, répondit Ferrando en entrecroisant les doigts. Fous comprendre? Tissache!

— Bon, alors demain, dit Bricot, vaincu. Laissez-moi la journée pour trouver deux hommes.

— Quelle heure ? demanda Ferrando.

— Huit heures devant le chaland.

Ferrando hocha la tête et compta dix livres, puis les poussa vers Bricot.

— Sur l'honneur, dit Bricot.

— Tiscrézionn ? dit Ferrando.

Bricot ne comprit pas. Ciboulet lui expliqua qu'il valait mieux ne pas trop parler de l'affaire. Bricot hocha la tête et serra les mains des deux hommes.

L'affaire était scellée.

— Je ne suis pas tranquille, dit Jeanne. Et si cet homme parle ? Ce voyage vers Le Havre s'ébruitera.

— Il ne parlera pas, dit Ferrando, mais il y a évidemment un risque et nous ne pouvons pas l'éviter. En tout cas, j'embarque sur ce chaland.

— Joseph, dit Jeanne, nous allons suivre ce chaland en chariot.

Joseph réfléchit.

— Pourquoi pas ? concéda-t-il.

Il partit pour en louer un.

Le lendemain, ayant embrassé Déodat et prévenu la nourrice qu'elle serait absente pour une dizaine de jours, Jeanne monta dans le chariot. Ferrando était parti pour le pont au Change.

Un chaland, surtout quand il était aussi grand et lourd que *La Belle Catherine* de Bricot, allait moins vite qu'un chariot ; il fut donc convenu qu'un rendez-vous serait pris à Poissy, où le chariot attendrait l'arrivée du chaland ; dès lors Jeanne et Joseph suivraient la route qui longeait la Seine. Deux ou trois fois au cours de la première journée, Joseph fit arrêter le chariot pour attendre le chaland ; il alla sur la berge et vit Ferrando qui lui faisait de grands signes de bras pour l'informer que tout allait bien. Un chaland ne circulait guère la nuit, de peur d'en heurter un autre, et cela en dépit des fanaux d'avant et d'arrière qu'ils portaient tous. Tout le monde s'arrêta donc à Vernon pour l'étape de nuit.

Ferrando continuait toujours sa comédie et conservait son accent à trancher les choux.

Jeanne dormit peu. Elle ne parvenait pas à réprimer une anxiété sourde. Elle jugeait improbable qu'on pût emporter ces précieuses machines sans que personne ne s'en avisât. Paris, elle le savait par Ciboulet, grouillait d'espions.

Elle se leva tôt, bien avant le jour. Sitôt sa toilette expédiée, sans autre réconfort qu'un verre d'eau, car la salle de l'auberge n'était pas encore ouverte, elle s'en alla vers la berge, à quelque distance de là. Le jour tardait à se lever, tout était bleu-gris. Le froid était vif. Au bout de l'étroite estacade devant laquelle *La Belle Catherine* était amarrée, elle distingua deux silhouettes. Deux hommes. En noir. Deux chevaux étaient attachés à des arbres près de là.

Son cœur battit. Pour être là si tôt, ils avaient couru à bride abattue. De Paris. Ils avaient dû être prévenus quelques heures après le départ de Ferrando. Et ils avaient calculé que le chaland s'arrêterait à Vernon. Leur hâte révélait leur détermination. Ils donneraient l'ordre à Bricot de décharger les caisses et les rapporteraient à Paris. Ils venaient d'arriver ; ils attendaient sans doute le lever du jour pour appeler les archers. Ils arrêteraient certainement Ferrando. L'imposture serait découverte. Ses complices également. Jeanne de l'Estoille, qui avait déjà affronté un procès en sorcellerie. Joseph de l'Estoille, Juif converti. Le scandale serait immense. Le procès était perdu d'avance : jamais les juges ne résisteraient au pouvoir de la Sorbonne.

Ferrando était désormais l'administrateur de l'héritage de Jacques. Elle perdrait tout, corps et biens. Et Joseph après Jacques.

Tout.

Dans quelle aventure s'était-elle donc engagée !

Elle fixa les deux silhouettes du regard. Sous leurs capes noires, on devinait que l'une était trapue, l'autre plus fluette.

Elle atteignit les limites du désespoir. Sa vie allait donc s'arrêter là. Et chaque minute comptait. Chaque seconde. Mais que faire ?

Une gaffe traînait sur le sol. L'eau était glacée, on le devinait au froid presque givrant de la brume.

Elle s'empara de la gaffe et avança lentement vers l'estacade. Ils ne l'entendirent pas. La brume amortissait les sons. Elle fonça brusquement et poussa la silhouette trapue dans l'eau.

L'homme cria. Il se débattit, s'efforçant de se raccrocher à la poupe du chaland. L'autre, stupéfait, se retourna. Une femme ! Jeanne le poussa également à l'eau. Il cria aussi. Le courant l'entraîna. Soudain le premier, sans doute frappé de congestion, cessa de se débattre et coula. Le second essaya de regagner la rive. Elle se pencha et l'assomma d'un coup de la gaffe. Il partit à la dérive.

Elle jeta la perche où elle l'avait trouvée et regarda les deux corps flotter vers l'aval. Dans une heure, ils seraient sans doute aux Andelys. Elle regagna l'auberge, livide. La salle n'était pas encore ouverte, ni le feu rallumé. Elle regagna sa chambre, à pas feutrés.

Joseph s'éveillait. Il fut stupéfait de la voir tout habillée et le masque convulsé.

— Que se passe-t-il ?

Elle s'assit sur le lit sans répondre.

— Jeanne ?

— Je te le dirai plus tard.

Une heure après, *La Belle Catherine* détachait ses amarres. Ferrando, apparemment de belle humeur, allait et venait entre les caisses. Il salua gaiement Jeanne et Joseph.

Joseph s'étonna de voir deux chevaux attachés près de là. Il interrogea Jeanne du regard. Elle ne répondit pas davantage que le matin. Il parut songeur.

Au Havre, ils descendirent tous dans une hôtellerie. Jeanne dit simplement à Ferrando :

— Fais vite, crois-moi.

Il lui lança un regard curieux et disparut jusqu'au soir. Il revint l'air satisfait.

— Je ne veux pas vous faire lever avec les poules, mais si vous voulez voir les caisses embarquer à destination de Rotterdam, rendez-vous demain à six heures sur le quai de l'Église devant la hourque à trois mâts *Kees van Duyl.*

— Et toi ?

— J'embarque avec, bien sûr. Je vous fais mes adieux jusqu'à mon retour à Paris, sans doute au printemps. Mais je vous écrirai bien avant. Je vais voir ce qu'il en est des intentions des Schöffer. Et quel artisan je pourrai trouver. Quoi qu'il en soit, et où que soit installée cette imprimerie, c'est une affaire immense. Je suis certain de l'appui de mon oncle. Nous y sommes tous les trois associés.

Jeanne insista pour être présente à l'embarquement. Elle voulait s'assurer que son geste désespéré de Vernon n'avait pas été vain. Elle et Joseph attendirent jusqu'à neuf heures que le *Kees van Duyl* eût bien levé l'ancre. Aucun homme en noir n'apparut.

Ferrando, accoudé au bastingage, agitait son chapeau. Jeanne leva le bras et Joseph son chapeau. Ils regardèrent le navire jusqu'à ce qu'il eût gagné la mer.

Le matériel d'imprimerie était hors d'atteinte de la Sorbonne.

22

Le rendez-vous de Strasbourg

Faut-il toujours défendre le bien en faisant le mal ?

Sa voix était si rauque que Jeanne elle-même ne la reconnut pas. Joseph était assis sur le lit, désolé. Depuis leur retour de Vernon, Jeanne était alitée. Elle avait pris froid dans les brumes glacées de Vernon, et le chemin du retour avait été éprouvant. Elle toussait et frissonnait.

Elle avait tout raconté à Joseph. Denis. Les deux émissaires de la Sorbonne.

— Le bien est ce qu'une personne bien née veut toujours faire, répondit-il. Il n'est pas un être humain, si pervers soit-il, qui ne pense qu'il poursuit le bien dans toutes ses actions. Car il tend à perpétuer sa vie, et toute vie est un bien juste. Mais plus ses buts sont ambitieux, plus grands sont les obstacles sur sa route. Et plus grands sont les enjeux, plus grands les risques.

Il retrouva sans le savoir les mêmes mots que Jacques à propos de Denis.

— Ton frère Denis menaçait de tuer ton fils afin d'atteindre son but, qu'il croyait légitime. Tu l'as tué pour défendre deux vies, celle de François et la tienne, et ton acte était légitime. Les émissaires de la Sorbonne menaçaient de tout ruiner pour s'emparer des caisses de Fust. Ils ne pouvaient le faire qu'en détruisant nos vies sous des prétextes fallacieux et par un abus du pouvoir qu'ils représentaient. Ton acte était donc légitime. Je sais que ce que je te dis peut te paraître déroutant, mais j'ai la plus profonde conviction que tu as bien fait. Là, tu as protégé quatre vies, celle de Ferrando, la mienne, la tienne et même celle de François, qui aurait été dévastée si ces deux hommes avaient arrêté Ferrando.

Elle soupira et hocha la tête. Puis elle le pria d'aller chercher à la cuisine un grand bocal empli d'écorces de saule et d'en faire préparer une infusion ; c'était le remède avec lequel elle avait guéri la fièvre de Jacques après sa blessure, quatre ans auparavant. Un bol de lait chaud avec du miel lui permettrait aussi de s'éclaircir la voix.

Les développements de l'affaire des caisses n'avaient pas été de nature à la rassurer. Elle les apprit par Ciboulet, venu à son chevet.

Une semaine auparavant, c'est-à-dire trois jours après le retour de Jeanne et de Joseph à Paris, le recteur de la Sorbonne s'était alarmé de ne pas voir revenir les deux émissaires qu'il avait dépêchés à la poursuite du bien convoité ; ces hommes étaient investis des pleins pouvoirs d'en appeler aux sergents et saisir les caisses entreposées par le sieur Fust dans un chaland sur la Seine. Car des espions avaient bien alerté le recteur, comme Jeanne l'avait craint. Le départ d'Antoine Bricot n'était pas passé inaperçu, surtout que le maître marinier semblait avoir été grassement payé. Le lieutenant chargé de la surveillance des quais en avait été promptement informé et, cette histoire de caisses évoquant des souvenirs récents, il en avait à son tour informé la prévôté. Le recteur furieux apprit ainsi le départ de la précieuse cargaison de Johann Fust. Mais plusieurs heures trop tard.

Or, on ne savait où les émissaires avaient disparu.

Ciboulet en riait.

— Ils se sont volatilisés dans la nature, dit-il. Vous ne les avez pas vus ?

Jeanne secoua la tête. Il y avait des limites à ce qu'elle pouvait confier à Ciboulet. Et personne n'avait donc signalé les deux chevaux attachés aux arbres et laissés sans propriétaires. Pardi ! Quelqu'un s'en était emparé trop volontiers.

Deux beaux chevaux à vingt écus l'animal ! La cupidité des autres avait joué en sa faveur.

— La prévôté pense qu'ils se sont fait acheter par l'Allemand, reprit Ciboulet. Bien évidemment, ils ont interrogé Bricot.

Jeanne frémit.

— Il a expliqué qu'en effet, un Allemand se présentant comme le gendre du propriétaire était venu payer les droits de garde et le prier de convoyer le chargement au Havre, ce qu'il avait fait. C'est son métier. Personne ne peut rien lui reprocher. On lui a demandé la description de cet Allemand : un homme jeune et maigre, vêtu de noir, et parlant avec un accent allemand effroyable. Ils font le tour des Allemands de Paris.

Ciboulet riait tant que Jeanne en sourit. Il avait beau travailler pour la police, il n'en était pas moins content de jouer un tour à ces grands messieurs de la prévôté et de la Sorbonne. En fait, Ciboulet travaillait surtout pour ses intérêts. Payé comme il l'était, il amassait du bien grâce à Jeanne. Il avait même acheté la maison dans laquelle il habitait jadis comme simple locataire.

— Bricot a-t-il parlé de vous ? demanda-t-elle.

— Non, c'est un homme trop malin.

— A-t-il parlé de nous ?

— Non plus. Voyez-vous, maîtresse, nous autres, nous ne répondons qu'aux questions qu'on nous pose. On ne les devance pas.

Elle songea qu'en la circonstance deux choses l'avaient sauvée : l'anxiété qui, à Vernon, l'avait tirée du lit avant l'aube et le fait que la Sorbonne ignorait où ses émissaires avaient disparu.

Nous autres, avait dit Ciboulet. Il considérait que le peuple ne pouvait s'identifier à ces puissances hautaines que la politique changeait de place au gré des événements et au sien propre. Le peuple était uni dans une complicité tacite contre ces gens qui, somme toute, vivaient des impôts qu'ils prélevaient sur les vrais travailleurs. Ciboulet avait vu Jeanne à l'ouvrage. Toute baronne qu'elle fût, elle n'était pas du monde du pouvoir. Elle était une paysanne, il le savait. Aussi la protégeait-il.

Elle garda le lit plusieurs jours et ne retrouva un peu de santé qu'à l'avent, comme par coïncidence. Elle arrivait à trente et un ans, mais bien lasse. Elle tenait surtout par la force de la volonté.

— Je me rétablirai, dit-elle à Joseph. Je me dois à Déodat et à toi.

François, venu pour la trêve de Noël, s'alarma de la voir ainsi amaigrie. Il ignorait tout des récents événements qui l'avaient secouée. Elle tenta de le rassurer et organisa un repas de Noël joyeux ; elle engagea même deux ménestrels, l'un jouant du rebec et l'autre chantant des airs de Noël.

Le précepteur de Déodat, un jeune cordelier, s'en enchanta. Jeanne fit également distribuer de la nourriture aux pauvres du voisinage.

Lentement, Jeanne reprit des forces. Ni la présence physique ni la tendresse de Joseph ne s'étaient démenties un seul moment. Il avait dormi avec elle chaque soir, la réchauffant quand elle tremblait et supportant les suées violentes que lui faisaient endurer les décoctions d'écorce de saule.

Était-il possible que deux frères fussent le prolongement l'un de l'autre ? Pouvait-on aimer deux hommes en un ? À la fin, elle se donnait à Jacques en s'abandonnant à Joseph. Un sentiment mystérieux de fidélité l'exaltait quand Joseph déployait son corps comme on ouvre une fleur pour la humer.

François achèverait donc ses études au collège d'Orléans au printemps suivant.

— Quel métier te paraît désirable ? demanda Jeanne.

— Peintre et enlumineur, répondit-il, le regard un rien frondeur.

La réponse surprit Jeanne. Et bien plus encore quand François lui montra une feuille calligraphiée et enluminée par ses soins : c'était la Ballade du *Lais* de François Villon. L'émotion la laissa muette. Son regard parcourut la lettrine dorée sur fond d'azur, le D majuscule au centre duquel brillait une étoile d'argent.

Dame du ciel, régente terrienne,
Emperière des infernaux palus...

— Où l'as-tu trouvée ? demanda-t-elle.

— Je l'ai recopiée dans ton livre.

Joseph examina la feuille et leva les sourcils, admiratif.

— Où as-tu appris à dessiner si bien ?

François écarta les bras et sourit.

— En regardant. En m'essayant.

Chaque lettre était tracée avec une élégance et une précision qui laissèrent Joseph rêveur. François ignorait tout du projet d'imprimerie. Et, avait assuré Jeanne, il ignorait également que le poète était son vrai père. Le monde était décidément plein de coïncidences ; François avait lié deux brins de la destinée de Jeanne sans le savoir.

— Il y a peut-être encore mieux à faire, dit Joseph.

Et il expliqua ce qu'était l'imprimerie. Et particulièrement le dessin et la fonte des caractères. Les yeux de François brillèrent.

— Mais où donc peut-on faire cela ?

— C'est ce que nous nous employons à savoir, ta mère et moi.

L'enthousiasme du jeune homme s'enflamma. Pourquoi attendait-on si longtemps ? Et Jacques le lui expliqua aussi.

À la mi-mars arriva une lettre de Ferrando. Il revenait de Mayence ; il y avait vu Schöffer, qui s'était étonné du récit de Ferrando. Il savait que son beau-père avait emporté à Paris un matériel d'imprimerie, mais il croyait que ce matériel avait été confisqué par la Sorbonne ; telle était la raison pour laquelle sa femme, la fille de Fust, était partie sans tenter de le récupérer, se doutant des difficultés qu'elle affronterait à faire sortir de Paris douze caisses pesantes sans être arrêtée par les agents de l'Université. Enfin Schöffer se considérait bien comme l'héritier de son père et il était disposé à céder le matériel à Ferrando ; il s'offrait même à lui prêter un apprenti et à lui confier certains secrets de son art, l'Art noir comme on l'appelait. Il estimait que Strasbourg serait la ville parfaite pour l'installation d'une imprimerie, en raison de la proximité de Mayence ; il pourrait ainsi remonter le Rhin et franchir sans trop de fatigue les quelque quarante lieues qui séparaient les deux villes. Il faisait également observer qu'il se trouvait déjà un imprimeur à Strasbourg, Jean Mentelin, un élève de Gensfleisch, qui avait imprimé une bible. « Mais avec des capitaux, on peut faire encore mieux, concluait-il. L'imprimerie est l'art que le monde attendait. »

Ferrando concluait en proposant une rencontre entre toutes les parties à l'Auberge du Cerf de Saint Hubert à Strasbourg le jour de Pâques.

Jeanne accueillit ces nouvelles avec enthousiasme. Son acte criminel de Vernon n'avait donc pas été inutile. Et Joseph se félicita du choix de Strasbourg, qui était une grande place commerciale et une cité à l'humeur indépendante.

Le jour de Pâques 1467 fut l'une des perles de l'existence de Jeanne de l'Estoille. L'Auberge du Cerf de Saint Hubert devint soudain l'un des lieux les plus enchantés dans la grande tapisserie de sa vie.

Il y avait là Peter Schöffer, sa femme Tina, leur fils Arminius, Jeanne, Joseph, François, la nourrice, Déodat, Ferrando, Angèle et son poupon, ainsi que sa nourrice, enfin Carl Kokelmann, l'apprenti de Schöffer. Ils mangèrent deux oies rôties, six salades, nombre de pâtisseries aux amandes, aux raisins secs et aux œufs qui donnèrent bien des idées à Jeanne, et ils burent onze flacons de vin du Rhin et un flacon entier de kirsch. On échangea des propos joyeux en mauvais allemand et en mauvais français.

Même les arbres autour de l'auberge agitèrent leurs branches en signe de bienvenue.

Peter Schöffer, la cinquantaine, maigre, le visage buriné et garni d'une barbe grise en pointe qui lui prêtait l'air d'un religieux, était remarquable par son regard intense, brun sombre, et ses mains énergiques qui hachaient l'air à grands gestes. Sa femme évoquait une pomme reinette, ferme et simple.

Un mystère fut éclairci au cours du repas : selon Schöffer, auquel son beau-père avait écrit de Paris, Fust doutait que l'imprimerie pût réellement intéresser des banquiers ; l'invention était trop neuve, trop aventureuse et surtout coûteuse. Telle était la raison pour laquelle il avait pris langue avec la Sorbonne, sans pourtant s'engager d'aucune manière. L'imprimeur n'avait nourri aucune intention de double jeu, il cherchait simplement des fonds pour se dédommager des frais considérables encourus pendant des années à financer Gensfleisch. Et ses entretiens préalables avec l'un des régents de l'Université, dont il n'avait cependant pas cité le nom, l'avaient mis sur ses gardes ; ce personnage, en effet, avait déclaré que l'imprimerie était une invention dangereuse, susceptible d'encourager la sédition ; il considérait également que, dès son arrivée à Paris, le matériel d'imprimerie devrait être placé sous la garde de la prévôté et de l'Université, en d'autres termes confisqué. Ne doutant pas que ce point de vue fût partagé par bien d'autres, Fust s'était alors gardé de révéler à quiconque de l'Université le lieu où il avait entreposé ses caisses.

— Mon père, raconta Tina Schöffer, tremblait que les gens de la Sorbonne s'emparent par la ruse du matériel qu'il avait caché, et pis, qu'ils le retiennent de force à Paris et le contraignent à travailler pour eux. J'ai profité de la confusion causée par la peste pour m'enfuir, car j'avais moi-même peur qu'ils me retiennent et me fassent avouer sous la torture où se trouvait le matériel.

Tout cela était sinistre et même troublant : Jeanne se demanda si les gens de l'Université étaient aussi peu éclairés pour tenir des propos aussi méfiants. Qui donc Fust avait-il vu ?

Un autre mystère ne fut cependant pas éclairci : comment Ferrando avait-il retrouvé le matériel et réussi à le faire quitter Paris ? Ce fut tout juste si Ferrando révéla qu'il avait mis la main sur des notes personnelles de Fust lui indiquant la piste du chaland. Outre cela, personne ne lui souffla mot de la comédie de l'Auberge de la Roue d'Or, ni de la tragédie de Vernon.

Au dessert, Tina et son époux nettoyèrent soigneusement la table. Schöffer tira d'un étui un ouvrage magnifiquement relié, le posa à plat et l'ouvrit.

Les convives se levèrent pour l'admirer. Car on ne pouvait faire autrement : les pages que Schöffer tournait devant eux étaient imprimées en trois couleurs, rouge, noir et bleu. C'était un exemplaire du célèbre psautier, dit Psautier de Mayence, l'un de ses chefs-d'œuvre.

Retenant son haleine, François se pencha dessus, comme buvant les pages des yeux, et leva vers Schöffer un regard émerveillé.

— C'est sublime ! s'écria-t-il.

Schöffer sourit.

— Cela m'a valu quelques revenus, dit-il. Ceci est d'ailleurs mon second psautier, car j'en avais déjà imprimé un deux ans auparavant. Mais notez que j'ai utilisé pour ce psautier cinq cents caractères.

— Ceci est du papier ?

— Oui, mais du vélin, de pâte très fine.

Puis il referma l'ouvrage et le glissa dans son étui.

Dans la semaine qui suivit, un entrepôt fut loué dans les environs de la ville, rue des Trois-Clefs, pour abriter l'atelier, puis une maison de six logis pour l'habitation d'Arminius, du jeune Kokelmann, de Schöffer quand il séjournerait dans la ville, de Jeanne, qui entendait bien voir l'imprimerie enfin mise sur pied, et de François. Car ce dernier avait décidé qu'il resterait à Strasbourg pour apprendre l'art de ciseler et fondre des caractères.

Ferrando partit pour Rotterdam et, onze jours plus tard, les caisses furent débarquées d'un chaland, puis convoyées par chariot à l'atelier de la rue des Trois-Clefs.

Schöffer vint examiner le matériel sorti des caisses par son apprenti, secondé par François et même Joseph et Ferrando.

— C'est celui qu'avait fabriqué Gensfleisch, dit-il en allemand. Mais il n'avait pas remboursé mon beau-père des quelque deux mille guildens que celui-ci lui avait avancés. Et mon beau-père en était pressé, car il les avait lui-même empruntés. Mais il n'y en a pas assez ! s'écria-t-il, mécontent. Vingt casiers de caractères alors qu'il devrait y en avoir cent ! Neuf formes usagées ! Et cette presse-là ! Mais elle est notoirement insuffisante, dit-il en montrant une presse à barre de torsion, qui semblait pourtant impressionnante. Il en faut au moins quatre.

Il allait et venait dans la vaste salle, visiblement courroucé.

— Gensfleisch est certainement un grand artisan, mais c'est un homme d'affaires retors, car il a gardé pour son propre compte une bonne partie du matériel fabriqué avec l'argent de Fust.

— Où se trouve Gensfleisch en ce moment ? demanda Joseph.

— À Mayence. Mais nous ne nous voyons guère. Nous sommes en procès. Remarquez qu'il a travaillé dans cette ville il y a une vingtaine d'années. C'est un drôle de bonhomme. Il faisait de l'alchimie. Il insultait les gens.

Schöffer gloussa.

— Il était déjà à Strasbourg ? s'étonna Ferrando.

— Oui. Il y a séjourné une dizaine d'années. Il essayait de mettre au point l'impression par caractères mobiles, répondit Schöffer. Jean Mentelin est son élève.

— C'est Gensfleisch qui a inventé les caractères mobiles ?

Schöffer secoua la tête.

— Non, il y avait un Hollandais, Coster, de son vrai nom Laurens Janszoon, qui travaillait sur cette méthode bien avant, en 1423. Mais je ne pense pas que ce soit Coster non plus qui ait inventé cette méthode.

— Qui alors ?

— On m'assure que ce sont les Chinois. Un voyageur m'a apporté une gazette imprimée dans leur langue, qui me semble bien avoir été composée avec des caractères mobiles.

Et elle remonte à un siècle et demi ! Je vous la montrerai quand vous viendrez à Mayence. Je ne sais quel voyageur la leur a rapportée ou décrite, mais je pense que Coster et Gensfleisch ont repris l'idée des Chinois et l'ont adaptée à l'écriture européenne. Puis ils se sont mis à inventer le matériel. Ils ont perfectionné les pressoirs à vin, Gensfleish surtout. Ils ont également créé une encre moins fluide que celle des copistes. Et surtout, on doit à Gensfleisch la forme adaptable et l'impression directe sur les caractères mobiles.

— Je ne suis pas sûr de bien comprendre, dit Ferrando, dont les connaissances en allemand commençaient à être mises à rude épreuve et qui voulait maîtriser le sens réel des propos de Schöffer avant de les traduire.

Jeanne regarda François ; s'intéressait-il à ces considérations savantes ? Mais elle le trouva pendu aux lèvres de Ferrando et même à celles de Schöffer, alors qu'il ne parlait pas un mot d'allemand, comme s'il tentait de façon surnaturelle de dépasser la barrière du langage.

Schöffer s'adossa à un mur. Il ressemblait à un prophète sermonnant les Hébreux. D'une certaine manière, se dit Joseph, il était bien cela, un prophète.

— Voilà, dit Schöffer, Coster composait bien sa page de caractères comme nous le faisons, mais ce n'était pas sur ces caractères qu'il effectuait l'impression : il trouvait cela trop compliqué. Il effectuait donc un moulage en plomb de la page entière, et c'était ce moulage qui servait à l'impression. Gensfleisch s'est aperçu qu'après avoir servi un certain nombre de fois, ce moulage s'usait. Certains caractères s'écrasaient et, quand on refaisait un moulage de la page, c'étaient les caractères mobiles qui s'émoussaient eux-mêmes. Il a alors imaginé un perfectionnement formidable : imprimer sur les caractères de base eux-mêmes.

— Et ils ne s'émoussaient pas, eux aussi ? demanda François.

Schöffer tourna la tête vers le jeune homme.

— Ah ! Voilà la question ! Non, les caractères ne s'émoussaient plus, parce que ce diable de Gensfleisch avait aussi trouvé un moyen de rendre le plomb plus dur : il y ajoutait d'autres métaux. Dont de l'antimoine. La page composée pouvait alors servir un nombre considérable de fois. Elle était aussi beaucoup plus nette à l'impression.

— Ça ressemble vraiment à de l'alchimie ! dit Jeanne.

— Oui, je crois que c'est l'alchimie qui a inspiré Gensfleisch. Mais son secret a fini par se répandre. Il existe bien peu de secrets dans ce monde qui ne finissent par s'éventer, observa Schöffer, d'un ton sarcastique. Les Vénitiens ont été les premiers à comprendre que Gensfleisch avait durci le plomb par un stratagème. C'est ainsi qu'ils ont fondé leurs imprimeries.

Chacun resta rêveur un moment.

Jeanne éprouva le sentiment diffus qu'un monde venait de naître, foisonnant de prodiges. La petite paysanne de La Coudraye qu'elle était près de quinze ans auparavant aurait-elle compris la dixième partie de ce que décrivait Schöffer ?

L'esprit toujours pratique, Ferrando demanda :

— Que manque-t-il ici ?

— D'abord, des caractères. Il en faut vingt fois, trente fois autant que ce qu'il y a ici et qui ne peut nous permettre de composer fût-ce un seul Évangile. Songez, messire Ferrando, que si nous voulons imprimer une bible, nous avons besoin de plus d'un million de caractères !

Ferrando traduisit et la stupeur fut générale.

— Mais… objecta-t-il, ne peut-on défaire les formes d'une page pour y reprendre les caractères nécessaires à une autre ?

— Certes, répondit Schöffer en souriant, mais il faut conserver la forme d'une page recto pour imprimer la page verso. Et si nous imprimons sur de grandes feuilles qui seront pliées en quatre pour la reliure, d'où le nom in-quarto, puis cousues, il nous faut conserver douze autres pages ou bien trente-six, selon le type de cahiers choisi. Cela représente déjà environ soixante-huit mille caractères. Mais il en faut au moins autant pour composer un autre cahier pendant qu'on imprime le précédent…

— Demande-lui combien de caractères un bon ouvrier peut fondre par jour, dit François.

Ferrando traduisit de nouveau.

— Fondre est relativement simple : il suffit de couler l'alliage en fusion, avec une cuiller, dans les matrices. L'essentiel est que celles-ci soient prêtes. Dans ce cas, un bon ouvrier peut fondre mille à deux mille caractères par jour. Il faut ensuite limer et vérifier ces caractères, bien sûr.

— Qu'est-ce qui nous manque encore ?

— Des presses. Au moins deux autres, plus grandes que celle-ci. Et leurs établis. D'autres formes ajustables. Au moins trente-six. Et un haut-fourneau. Des barres de plomb, de cuivre, d'étain, de l'antimoine, de l'argile fine. Du matériel de graveur et de ciseleur pour réaliser les modèles des matrices. Des poinçons. Des ciseaux. Des limes à polir. Des balles d'encrage… En tout cas, il nous en faut bien plus que cela. À mon avis, mon beau-père Johann avait juste emporté ce qui se trouve ici pour faire une démonstration à ses éventuels financiers, que ce fussent des banquiers ou la Sorbonne. Et j'allais oublier, il nous faut aussi du papier, bien sûr. Nous pouvons l'acheter tout prêt, mais si nous avions un et même deux moulins à papier, nous récupérerions leur prix en peu de mois sur l'économie que nous ferions.

Joseph, Jeanne, Ferrando, Angèle, François et Arminius écoutaient, déçus sinon consternés. À l'exception de Ferrando et d'Arminius, ils ne comprenaient pas ce que disait Schöffer, mais ils voyaient bien qu'il était en colère. Il se tourna vers eux.

— Messire Ferrando, déclara-t-il en allemand, je suis un homme honnête ! Vous m'avez dit que ceci me revenait. Vous avez engagé des frais considérables, fourni de grands efforts et dépensé beaucoup d'intelligence pour faire parvenir tout ça jusqu'ici, mais vous ne me devez rien. J'aime mon métier. Je vais vous aider à monter cet atelier. Vous me paierez sur les premières ventes. De plus, j'assure les gages de mon fils Arminius et de Carl Kokelmann pendant un an.

Ferrando traduisit et hocha la tête.

Schöffer sourit :

— C'est un cadeau d'un prix bien supérieur à ce matériel que je vous fais, messire Ferrando, dit-il. Car si vous ne savez pas vous en servir, il ne vaut rien.

Il arpenta lentement l'atelier et s'arrêta soudain, montrant la salle :

— Ceci – traduisez, je vous prie, messire Ferrando – est un lieu pour moi sacré. C'est de pareils ateliers que jaillira la lumière de la lecture et du savoir, celle qui dissipera les ténèbres de l'ignorance ! Le mal, c'est l'ignorance !

Il paraissait ému.

Jeanne alla vers lui et lui prit la main.

— Vos paroles sont aussi belles que celles de l'Évangile ! lui dit-elle.

Il sourit de nouveau et lui posa la main sur l'épaule :

— Écoutez-moi, ce que nous faisons est aussi beau qu'un enfant !

Elle rit.

— Combien d'artisans vous faudra-t-il ? demanda Ferrando.

— Outre Arminius et Kokelmann, il me faut un ciseleur et fondeur pour produire les caractères, un prote pour les assembler et les serrer dans les formes et, bien évidemment, deux *famulus* pour les menues besognes, allumer le feu, transformer ceci et cela, nettoyer.

— Vous avez déjà le ciseleur, dit Ferrando.

Schöffer leva les sourcils. François tira de sa poche la page qu'il avait dessinée et enluminée et la soumit à l'imprimeur. Celui-ci la regarda longuement de près, puis leva les yeux vers le jeune homme.

— Mais ce garçon est un artiste ! s'écria-t-il. Il a compris l'âme de chaque caractère ! Son dessin distinctif et les détails qui lui confèrent l'élégance ! Regardez, les novices vous dessinent des N qu'on prendrait pour des V malades et des L qui ressemblent à des I mal nourris ! Mais lui, il a mis en valeur la personnalité de chaque lettre ! Quel est ton maître, mon fils ?

— Je n'en ai pas, répondit François.

— Prodigieux ! dit Schöffer. En effet, j'ai trouvé mon ciseleur… Reste à lui apprendre à se servir d'un ciseau.

— Combien de temps faudra-t-il pour mettre cet atelier sur pied ? demanda Jeanne.

— Avec la grâce de Dieu, nous devrions commencer nos essais peu après les vendanges.

Les pommes se gonflèrent dans les vergers.

Un haut-fourneau au toit en dôme fut construit et installé dans l'atelier, qu'il suffisait tout seul à chauffer. On y eût fait fondre de la pierre !

François apprit à ciseler des lettres dans le plomb, à fabriquer des moules en creux dans de l'argile fine et, une fois cette argile cuite et durcie et le moule graissé à la cire liquide, à y couler un alliage de quatre-vingts parts de plomb, dix d'étain, quatre d'antimoine et six de cuivre, selon les indications de Schöffer.

Il s'habitua aussi à l'exhortation du veilleur de nuit :

— *Sehen Sie zu Feuer und Talglicht !* (Prenez soin de l'âtre et de la chandelle !)

Charles le Téméraire recommença à s'agiter contre Louis le Onzième.

Jeanne et Joseph repartirent pour Angers, emmenant la nourrice et Déodat, afin de fuir les chaleurs de l'été qui, à Strasbourg, étaient particulièrement éprouvantes.

Vint le temps des vendanges.

François apprenait à parler allemand et Arminius, le français. Ils reçurent livraison de deux grosses presses à barre de torsion, commandées au meilleur fondeur de la ville et payées par François douze écus de son argent, car, maintenant qu'il était entré en possession de sa part d'héritage de son père Barthélemy de Beauvois, il voulait être partenaire dans l'imprimerie.

En Alsace comme en Normandie, on cueillit les pommes et les poires et l'on fabriqua le premier cidre. Puis l'on goûta au premier jus de raisin, et les vignerons déclarèrent que l'année serait bonne. Jeunes filles et garçons chantaient dans les auberges sur les bords du Rhin.

Fin octobre, François avait réalisé et fondu onze alphabets. Ses mains étaient devenues calleuses, son visage cuisait à la chaleur du haut fourneau, son cœur était plus léger que jamais. Schöffer, qui passait plus de temps à Strasbourg qu'à Mayence, l'avait félicité de sa peine ; aussi le jeune homme ne se contentait-il pas de réaliser des modèles parfaits : il reprenait chaque lettre fondue et l'affinait selon le modèle, au ciseau et à la lime. Mais il découvrait aussi que la fabrication et la cuisson des moules étaient bien plus délicates qu'il l'avait cru : si l'argile n'était pas suffisamment fluide, elle ne prenait pas le détail du modèle. Et si on la faisait cuire avant qu'elle fût tout à fait sèche, elle se cassait.

Les troupes de Charles le Téméraire menacèrent Liège. La ville, qui était hostile au Bourguignon, s'impatientait contre le roi qui lui conseillait d'éviter un affrontement avec le Téméraire.

La venaison apparut sur les marchés de Strasbourg, et François goûta le premier pâté de chevreuil de sa vie.

Ythier s'était installé à La Doulsade, que Jeanne lui avait consentie et qu'il lui payait par échéances, sans intérêt.

Le prévôt des marchands, maître Ludwig Heilstrahl, vint visiter l'Atelier des Trois Clefs, car tel était le nom qu'il avait été convenu de donner à l'imprimerie, pour s'enquérir de ce qu'on y fabriquait. Il regarda avec stupeur ce matériel qu'il n'avait jamais vu de sa vie, le haut fourneau, les presses, les boîtes de caractères, les formes assemblées sur les tables. On lui expliqua. Peine perdue.

Le deuxième lundi de novembre, jour de la Saint-Willibrord, Arminius composa sa première forme sous la surveillance de Schöffer et le regard attentif de François : la première page de l'Évangile de saint Matthieu, qui traite de la généalogie de Jésus. Puis il serra la forme de bois autour des caractères, afin de les maintenir exactement en place, et bloqua les quatre montants aux coins, à l'aide de petits vérins. Schöffer vérifia avec une règle que tous les caractères étaient exactement au même niveau et tous parfaitement horizontaux, puis il les enduisit avec un pinceau plat de l'encre d'un des flacons trouvés dans les caisses de Fust. La forme, placée sur une grande planche de chêne, fut alors glissée sous l'une des presses et Schöffer posa dessus une grande feuille de papier. Kokelmann et Arminius abaissèrent le plateau supérieur de la presse, qui était garni de feutre, et ils tournèrent la barre jusqu'au point où Schöffer cria :

— *Genug !*

La barre fut alors tournée dans l'autre sens, le plateau remonta et Schoffer détacha la feuille de papier avec une délicatesse d'accoucheur.

Le moment fut quasi religieux. Les trois garçons et les *famulus* s'assemblèrent autour de lui pour examiner le résultat et écouter ses commentaires.

— *Vollendet !* s'exclama Schöffer.

La page était, en effet, parfaite et les lettrines ciselées que François avait gravées avec amour ressortaient dans toute la richesse de leur détail. On accrocha la feuille au mur et Schöffer décida que l'événement serait célébré à la taverne. Ils burent beaucoup de bière et mangèrent beaucoup de saucisses, et François, qu'on appelait désormais Franz, se sentait poreux de bonheur. Schöffer avait décidé que le jeune de l'Estoille, alors âgé de dix-sept ans, avait passé le stage d'apprenti et qu'il serait désormais maître de l'atelier en son absence ; il lui donnait ainsi la préséance sur son propre fils Arminius, dont il souhaitait qu'il prît sa succession à Mayence. Il n'existait pas de corporation des imprimeurs, évidemment, et l'enregistrement de la maîtrise posa quelques problèmes avec le prévôt des marchands. François de l'Estoille fut donc enregistré dans la corporation des orfèvres.

Toutefois, examinant le lendemain ce premier essai, François trouva quelques fines barbes aux caractères imprimés et le fit remarquer à Schöffer.

— Tu as de meilleurs yeux que moi, mon garçon. C'est exact. Comment cela m'a-t-il échappé ? L'encre est trop fluide ou bien n'a pas été suffisamment remuée.

Les flacons qui la contenaient étaient entreposés près de la fenêtre, dans la partie de l'atelier qui n'était pas chauffée par le haut fourneau.

— Mais de quoi donc est faite cette encre ? demanda François.

Schöffer lui adressa un regard ironique.

— Tu veux le savoir, n'est-ce pas ? Tu as raison, c'est l'un des plus grands secrets de l'Art noir !

Or, révéla-t-il en secret à François, l'encre était confectionnée par un mélange de six parts et demie de suie, dont une part de suie de graisse de porc, une part et demie de tannin, une demi-part d'oxyde de fer, un tiers de part d'esprit-de-vin et une part et deux tiers d'eau distillée. Si l'on en trouvait, on pouvait remplacer une part de suie par une part d'encre de seiche.

— L'une des conditions essentielles est la finesse du broyat sec, qui devrait être plus léger que la poussière la plus fine et s'envoler sous le souffle avant qu'on y ajoute l'esprit-de-vin et l'eau.

Dix jours plus tard, le Téméraire faisait son entrée dans Liège, qui était en principe, mais en principe seulement, sous sa coupe et payait cher son alliance à Louis, onzième du nom.

Rue des Trois-Clefs, on s'en fichait royalement : Schöffer avait entrepris le premier grand œuvre de l'atelier ; ce serait l'impression de la Bible en latin : mille deux cent quatre-vingts pages de quarante-deux lignes in-quarto, avec des lettrines de François de l'Estoille. Jeanne et Joseph accoururent de Paris, et Ferrando de Lyon, avec un chargement de drap à vendre à la foire de Strasbourg.

Ce fut le jour où l'assesseur du prince-archevêque de la ville, Alexandre de Luxembourg, alerté par le prévôt des marchands, vint voir ce qu'on fabriquait vraiment rue des Trois-Clefs. Il fut reçu avec grande déférence et un flacon de kirsch. Schöffer lui montra les premières pages imprimées de la Genèse. Il faillit en suffoquer. Il avait entendu parler de l'imprimerie, certes, oui, mais, mais...

— Et tout cela est fait mécaniquement ?

— Non, monseigneur, répondit Schöffer, c'est accompli par les mains et l'esprit humains sous l'inspiration divine.

Les premières feuilles imprimées tremblaient dans les mains de l'assesseur ; soudain, il se pâma et secoua la tête. Contrôlant mal son émotion, il marmonna qu'il devait, oui, absolument, sans tarder, sur-le-champ, ô merveille, aujourd'hui, bref, qu'il devait en informer le prince-archevêque. Jeanne, Joseph, Ferrando, François et les autres se retinrent de pouffer. L'assesseur repartit dans l'extase.

Son Éminence le prince-archevêque n'eut pas le loisir de venir aussi vite que le lui avait sans doute recommandé son assesseur : l'affaire du prince-évêque, Charles de Bourbon, que les Liégeois avaient fichu à la porte de la ville pour faire pièce à Charles de Bourgogne, avait attiré dans la région le légat du pape, Onofrio di Sante Croce, désireux de rétablir le prestige du Saint-Siège à travers le prélat. Et cela occupait beaucoup le prince-archevêque.

De plus, les ambitions évidentes de Charles le Téméraire sur la Haute-Alsace alarmaient énormément les Strasbourgeois aussi bien que les Suisses : en effet, si le Bourguignon parvenait à mettre la main sur cette région, il recréerait l'antique Lotharingie et c'en serait fini de la zone libre d'échanges commerciaux qui avait fait la fortune de la ville et de toutes les autres de part et d'autre du Rhin.

Strasbourg avait jusqu'alors été une sorte de république indépendante, où le pouvoir temporel et le spirituel, c'est-à-dire le bailli d'une part et l'archevêque de l'autre, s'accordaient pour maintenir la prospérité des habitants. Tout à coup, le Bourguignon avait nommé un bailli qui était sa créature, Pierre de Hagelbach. Celui-ci fut vite exécré des Strasbourgeois à cause de sa brutalité et de ses intentions par trop évidentes d'entraîner la ville dans le conflit entre le roi de France et les princes rebelles, où Strasbourg n'avait rien à gagner.

Alexandre de Luxembourg devint vite leur héraut et, paradoxalement, le garant de leur indépendance. En fin de compte, il représentait le pape, et Paul II était bien plus favorable à Louis qu'à Charles. Le prince-archevêque était le garant de la liberté de Strasbourg.

Le prélat ne put se rendre rue des Trois-Clefs que huit jours avant la Noël 1467, évidemment escorté de son assesseur et d'un secrétaire. La bible était alors achevée d'imprimer et elle avait même été reliée en cuir fauve avec la marque des Trois-Clefs plaquée à chaud à la feuille d'or, sur le plat d'une belle reliure bien grasse, à huit nervures.

Alexandre de Luxembourg était petit ; il le compensait par la hauteur du ton et des talons dissimulés dans ses chaussures en pattes d'ours. Le prélat admira sans fin l'ouvrage, posé sur un lutrin, tandis que François tournait les pages devant lui.

— Prodigieux ! murmura-t-il. Prodigieux. Je ne suis pas censé le dire, mais elle est bien plus belle que la bible de notre cher Mentelin, qui était pourtant remarquable. De qui sont ces enluminures ?

— De moi, éminence.

— Elles démontrent donc que la main reste infiniment supérieure à l'écriture artificielle. Mais je crains que ce soit une maigre consolation pour les moines copistes que vous et Mentelin condamnez au désœuvrement.

— La main humaine gardera toujours sa noblesse, éminence.

— Et combien d'exemplaires tirerez-vous de ce chef-d'œuvre ?

— Autant qu'il plaira à votre éminence.

— Les ornerez-vous tous de ces lettrines ?

— À la demande de l'acheteur, Éminence.

— Et combien vendrez-vous l'exemplaire orné ?

— Cinquante écus, éminence, s'il vous plaît.

Le prélat hocha la tête.

— J'en veux dix, dit-il. J'emporte celui-ci. Je le destine à Sa Sainteté notre pape Paul II. Le deuxième exemplaire sera adressé à Son Altesse Impériale l'empereur Maximilien, le troisième à…

L'exemplaire fut emballé dans un linge fin et l'assesseur s'en empara comme s'il eût porté le corps du bambin Jésus.

Cinq cents écus, six cent quatre-vingt-sept livres et demie ! François se sentit pousser des ailes.

Arminius et Kokelmann lui firent un clin d'œil.

— Comment expliquez-vous, maître François, demanda le prince-archevêque, que vous, un Parisien, veniez à Strasbourg pour réaliser de pareils chefs-d'œuvre et que Paris, qui ne manque pourtant pas de talents, n'ait pas encore d'imprimerie à ma connaissance ?

François réfléchit.

— Je ne sais, éminence. Il me semble qu'un art tel que le mien demande la paix de l'âme pour être accompli, et je crains que cette paix soit un bien rare à Paris.

Le prince-archevêque émit un petit rire.

— Vous êtes clairvoyant pour votre âge ! Les luttes de pouvoirs troublent l'âme comme les remous troublent l'eau des étangs.

Et il s'en fut.

Le bailli Hagelbach étant trop occupé par la politique pour s'intéresser à une nouvelle imprimerie, ce fut le Premier échevin de la ville qui vint visiter l'Atelier des Trois-Clefs. Apprenant que le prince-archevêque avait acheté un exemplaire enluminé pour son usage propre, il en voulut un. Il discuta âprement le prix d'un exemplaire, et François finit par lui consentir le prix de quarante-sept écus au lieu de cinquante, en l'assurant que c'était là une faveur consentie à son haut rang et en le priant de n'en pas souffler mot.

François décida d'imprimer ses lettrines en rouge, ce qui le lança dans les recherches d'une encre carminée stable. La couleur servirait de base à ses enluminures.

Les moines copistes de la cathédrale, guère rassurés par les acquisitions du prince-archevêque, vinrent en délégation rue des Trois-Clefs.

— Comme s'il ne suffisait pas de Mentelin ! Vous nous avez enlevé du travail pour vingt ans ! se lamenta leur chef, regardant autour de lui, comme s'il se fût trouvé dans l'antre du diable.

— Non, mes pères, dit François, nous faisons en un an ce que vous feriez en vingt. Et il y a suffisamment de textes dans le monde pour vous occuper encore longtemps.

— Êtes-vous sûr que le Malin n'a pas sa main dans tout cela ? dit le moine en chef, l'œil soupçonneux, en montrant les machines.

— Si elle y était, répondit François en souriant, il y a longtemps qu'elle aurait été broyée, car nous répandons la parole de Dieu. Telle est la raison pour laquelle le prince-archevêque nous a consenti sa bénédiction.

Façon de leur signifier que leurs récriminations ne devaient pas franchir un certain seuil. Les moines soupirèrent et s'en allèrent.

Mentelin lui-même, enfin, vint rendre visite à ses nouveaux collègues. François trouva flatteur qu'un homme qui les avait précédés dans ce métier nouveau et dont les talents avaient été largement prouvés par ses livres leur rendît pareil hommage. Arminius Schöffer, en revanche, le suivit d'un œil soupçonneux tout au long de sa brève tournée de l'atelier ; pour lui, Mentelin était un rival qui venait les espionner ; il cherchait un secret de métier qui lui manquerait, et François le vit s'impatienter quand l'ancien associé de Gensfleisch prit, comme négligemment, un caractère dans une boîte et l'examina de près. Chacun avait relevé, en effet, que les caractères de l'atelier des Trois-Clefs étaient bien plus nets que ceux de Mentelin et semblaient mieux résister à l'usure des impressions répétées. Et ce fut d'un air pincé qu'il reçut les compliments de Mentelin.

Heureusement, Mentelin ne posa pas de questions sur l'alliage que Schöffer le père avait recommandé pour la fonte des caractères : Mentelin, à l'évidence, ignorait la proportion d'antimoine qu'il fallait ajouter au plomb.

Au printemps 1468, fier comme Artaban, Ferrando apporta enfin la commande annoncée de mille trois cents indulgences papales à un écu pièce.

Jeanne regarda, écouta et se déclara heureuse ; l'affaire se révélait rentable. Jeanne avait trouvé un métier à son fils. Il y prospérait. Et quel métier !

Elle ajouta rêveusement qu'il ne manquait plus à son bonheur que de se voir des petits-enfants.

Elle était elle-même enceinte.

23

Le remède de la rose

« Marions-nous donc », dit-elle.

Jacques était disparu depuis trois ans. L'on n'avait plus aucune nouvelle de lui. Ferrando alla prêter serment devant les clercs de l'Échevinat : le baron Jacques de l'Estoille avait disparu au cours d'un voyage en mer vers l'Orient, et les dernières nouvelles qu'il en avait étaient que son navire avait été saisi par les pirates barbaresques.

La baronne Jacques de l'Estoille fut déclarée veuve.

Les bans de son mariage avec le sieur Joseph de l'Estoille furent affichés à la porte de l'église Saint-Séverin trois semaines avant la cérémonie. Le mariage eut lieu en juin 1468. C'était le troisième de Jeanne.

N'y furent conviés que les intimes : d'abord son fils François, Ferrando, Angèle, Guillaumet, Sidonie, Ciboulet et la nourrice. Déodat portait un costume de soie azur. Tout le monde s'accorda sur sa ressemblance de plus en plus prononcée avec Jacques.

— Mon Dieu, faites que ce soit mon dernier mariage ! pria Jeanne.

Et en son cœur, elle dit : Jacques, tu sais que c'est toi que j'épouse à nouveau.

Les larmes lui montèrent à la gorge ; elle les ravala avec l'hostie. Joseph la regardait ; elle tourna la tête et lui sourit.

S'il n'était là, se dit-elle encore, je serais une épave.

Au repas de noces, à l'hôtel Dumoncelin, Angèle prit Jeanne dans ses bras. Avait-elle deviné les sentiments contradictoires de sa belle-sœur ?

— Ces hommes ! dit-elle. Sans eux, la chandelle s'éteint, mais c'est quand même nous, la chandelle !

Ce fut donc elle qui fit rire Jeanne pour la première fois ce jour-là.

Jeanne et Joseph repartirent pour Angers ; ils allèrent présenter leurs respects au roi et retrouvèrent la même cour qu'à leur départ, y compris Hiéromontanus et les deux théologiens, mais enrichie d'un astrologue, Chrestien Le Saulnier, dit Chrestien de Bâle, d'un miniaturiste et d'un poète. Joseph annonça à René d'Anjou qu'il aurait bientôt achevé le recueil de maximes qu'il lui dédiait.

— J'attendais un traité sur la sagesse, dit René d'Anjou.

— Sire, vous me prêtez trop de science, se récria Joseph. Vous serez encore trop bon d'accepter les maximes d'un fol ! Je les ferai imprimer pour les présenter à votre majesté.

Le roi sourit.

— Comment, imprimer ? se récria l'un des théologiens de service, qui se nommait Juste de Basseterre. Vous feriez donc imprimer des maximes profanes, alors que l'imprimerie doit être réservée aux choses de Dieu ?

— D'où tirez-vous donc ce précepte, messire ? demanda Joseph.

Le théologien se trouva embarrassé de répondre. Le roi intervint :

— Il n'est dit dans aucun Évangile, messire, que l'imprimerie soit réservée aux choses de Dieu. Ce n'est après tout qu'une forme d'écriture.

— Oui, mais elle répand beaucoup plus vite le mauvais esprit ! protesta Basseterre.

— Je n'ai pas connaissance de mauvaises choses que l'imprimerie ait répandues, observa calmement Joseph, mais je sais qu'elle répand le bon esprit aussi vite. L'on peut imprimer vingt bibles dans le temps qu'une armée de moines copistes ne rédige pas le quart d'une seule.

— En tout cas, il vous en coûtera ! s'écria Basseterre. Je suis assuré que cela est affreusement cher. Il faut donc que vous soyez bien riche ou bien vain pour faire imprimer vos maximes.

— Je ne suis ni riche ni vain, messire, répliqua Joseph, sans se départir de son flegme, mais il se trouve que je suis associé dans une imprimerie et que je peux donc faire imprimer ces maximes à bon prix.

Jeanne suivait d'un œil vigilant la confrontation entre Joseph et Basseterre ; l'hostilité du théologien la confortait dans ses craintes que la Sorbonne et le clergé finissent par se déclarer ouvertement hostiles à l'imprimerie.

— Avez-vous l'autorisation de l'Université ? s'écria Basseterre, agressif.

— Je ne sache pas que j'en aie besoin, car elle ne l'a pas déclaré, répondit Joseph.

— Où se trouve donc cette imprimerie ?

— À Strasbourg, avec l'assentiment et la bénédiction du prince-archevêque de la ville, répondit encore Joseph avec patience, en fixant Basseterre du regard.

— Trouvez-vous équitable que vous disposiez d'une imprimerie, alors que notre illustre Université n'en a pas ? cria Basseterre.

— Rien n'empêche l'Université d'acquérir une imprimerie si elle en a le désir, dit Joseph. Elle est bien plus riche que moi. Il lui faut seulement se mettre en quête du matériel et d'artisans qui sachent s'en servir.

— Il suffit, messire Basseterre, déclara le roi, visiblement excédé par la hargne du théologien. Vos alarmes me semblent excessives. Maître de l'Estoille fera donc imprimer ces maximes.

Les deux théologiens ravalèrent leur bile. Cependant, l'astrologue et le poète se montrèrent empressés auprès de Joseph : tous deux se déclarèrent désireux de soumettre, l'un ses prédictions et computations, l'autre ses vers. Chrestien de Bâle, en particulier, estimait souhaitable de faire connaître aux princes de ce monde les calculs qui les alerteraient sur les dangers qu'ils pouvaient courir.

Basseterre suivait ces entretiens d'un œil féroce. Il n'était plus douteux qu'il s'était pris d'exécration pour Joseph.

L'effet de son aversion ne se fit d'ailleurs pas attendre. Deux jours plus tard, deux sergents de la prévôté se présentèrent à la maison de l'Estoille pour enquêter sur une plainte concernant le sieur Joseph de l'Estoille, qui voyageait avec des écrits séditieux, contraires à la religion chrétienne et à la morale. Ils fouillèrent la maison et ne trouvèrent pas d'autres écrits que les feuillets sur lesquels Joseph rédigeait ses maximes à l'encre ; ils les saisirent, avec l'évidente satisfaction que l'autorité abusive procure à ses agents.

Joseph alla sur-le-champ s'en plaindre à René d'Anjou, qui s'impatienta et convoqua le prévôt pour le tancer et le prier de restituer ses textes à Joseph. Il se trouvait que les textes avaient été confiés au délateur, qui se croyait investi d'une mission apostolique et divine et qui refusa donc de les rendre, n'ayant pas à se soumettre à l'autorité civile ; clerc, en effet, il ne répondait qu'à l'autorité de l'Université. L'affaire risquait donc de traîner, comme c'était sans doute l'intention de Basseterre.

Joseph fut contrarié, mais Jeanne encore plus. Et d'être contrariée pendant qu'elle était enceinte la contraria davantage, car elle craignait que son enfant ne naquît bossu, les enfants en gestation subissant, dit-on, les humeurs peccantes de la mère. Les maximes ne comportaient rien de séditieux, n'était une certaine liberté de pensée. Mais Jeanne devinait que Basseterre avait l'intention de soumettre l'affaire de l'imprimerie devant les autorités religieuses d'Angers, puis celles de Paris.

Elle rumina sa vengeance trois jours. Le troisième, elle et Joseph devaient aller souper chez le roi ; c'était, pour René d'Anjou, sa façon de témoigner son soutien à Joseph. Elle était certaine que Basseterre y serait. Munie d'un bol de lait, d'un bol vide et d'une pelle, elle se rendit dans un coin du jardin où elle savait que se tapissait un nid de vipères. Elle posa le bol devant le trou, et quand la vipère sortit, elle l'assomma d'un coup de pelle. Ni les rôtis aux épices ni les vins de prix n'avaient effacé sa nature de paysanne normande. S'étant assurée que la bête était morte, elle la saisit comme elle l'avait vu faire dans sa jeunesse à Guillemette, la femme du forgeron quelque peu sorcière. Elle pressa la tête de la vipère de part et d'autre des mâchoires, et fit ainsi jaillir trois gouttes de venin ; elle les recueillit dans le bol vide.

Puis elle coupa une rose, choisissant celle qui avait les épines les plus acérées, et enduisit la tige de venin. Cela fait, elle laissa le venin sécher et emporta la rose au souper, soigneusement enveloppée dans un cornet de papier et dissimulée dans sa cape.

René d'Anjou leur fit un accueil particulièrement chaleureux. Il leur fit tâter d'un vin de Guyenne qu'il venait de recevoir, se gardant d'en offrir à Basseterre, évidemment présent.

Basseterre lançait des regards terribles.

Le poète et l'astrologue, au fait de la mésaventure de Joseph avec le théologien, se montrèrent économes de leurs civilités. Il eût été périlleux pour des lettrés de se brouiller avec l'Université.

L'heure vint de souper. Jeanne savait où s'asseyait Basseterre : toujours à la troisième place à la droite du roi. Les serviteurs s'affairaient aux cuisines. Elle laissa la rose glisser du cornet sur le siège de Basseterre.

Le roi prit Jeanne à sa gauche, ce qui était un hommage destiné à vexer le théologien, et une dame plus âgée à sa droite, entre lui et Basseterre, donc. René d'Anjou s'assit. Tout le monde suivit l'exemple.

En posant son séant, Basseterre poussa un petit cri. La dame âgée se tourna vers lui, surprise. Le théologien porta la main à son cœur, ouvrit la bouche et battit des bras, puis tenta de se lever, se toucha les hanches et les fesses de façon inconvenante, bousculant ainsi ses voisins. Une rumeur monta de l'assistance. Puis il trébucha et s'effondra. Les domestiques tirèrent le fâcheux, l'étendirent par terre et lui palpèrent le cou. Il était vivant, mais fort mal en point. Personne ne prêta d'attention à une rose qui, un instant accrochée à la robe de la victime, tomba ensuite sur le sol et fut piétinée par les convives qui accouraient au secours du futur mort.

On s'attroupa autour de lui et René d'Anjou fit mander le barbier. Quand il arriva, Basseterre était pourpre.

— Le cœur a cédé, dit le barbier.

— Il en avait donc un ? murmura le roi.

Moins d'une heure plus tard, Basseterre était mort.

Joseph interrogea Jeanne du regard. Elle évita ses yeux. C'était une façon de répondre.

La défense de l'imprimerie avait fait trois morts. C'était bien peu au regard de tous ceux qu'elle devait faire par la suite, y compris l'infortuné Étienne Dolet, brûlé vif en 1546 sur ordre de la Sorbonne, pour avoir été chrétien indépendant et avoir publié un dialogue de Platon.

On soupa évidemment fort tard, après que les archers eurent transporté la dépouille de Juste de Basseterre chez lui. Le second théologien, compère du premier, l'accompagna non sans lancer d'abord à l'assistance des regards épouvantés et épouvantables.

— La protection divine semble vous défendre avec vindicte, déclara René d'Anjou en coulant un regard vers Jeanne.

— C'est trop d'honneur, sire, car il faudrait que mes ennemis fussent ceux de Notre Seigneur, répondit-elle en souriant. Je ne suis que sa servante.

— Que n'êtes-vous la mienne aussi ! murmura-t-il avec un sourire en coin. Je serais bien mieux défendu.

Jeanne ne ressentit aucun remords. Elle s'en scandalisa elle-même.

— C'est toi qui l'as tué ? demanda Joseph, quand ils furent rentrés chez eux. Mais comment ?

Quand elle le lui eut expliqué, il parut confondu de stupeur, puis se mit à rire.

— J'ai compris quelque chose, dit-elle. Il y a deux sortes de brigands, mais ils sont tous deux également brigands. Il y a ceux des rues et des grands chemins qui, forts de leurs armes et de la frayeur qu'ils causent, veulent vous détrousser. Et ceux qui se servent de l'arme du pouvoir pour vous ruiner. Je ne sais si, à la fin, je n'aurais pas plus d'estime pour les premiers, car ils prennent des risques et font preuve de courage. Les seconds sont des lâches et des haineux, qui s'abritent derrière les boucliers du pouvoir pour vous infliger des coups mortels. Je les tiens pour des hypocrites. Ce sont tous ceux qui invoquent le bien public, l'autorité de Dieu et celle du roi. Comme Denis, qui voulait enlever François pour me dépouiller et se faire valoir auprès du Dauphin. Comme Docquier, qui m'a fait traîner devant un tribunal sous l'accusation de sorcellerie, pour s'emparer de nos terres, à Jacques et moi. Je sais que, désormais, toute personne qui invoquera le nom de Dieu ou du roi pour attaquer des gens plus faibles est une créature méprisable, et je n'aurai pas assez du venin de toutes les vipères de France pour les éliminer !

Joseph fut abasourdi par cette violence.

— Ciel, Jeanne, murmura-t-il, cela risque de faire beaucoup de monde...

— Qu'ils s'écartent de mon chemin et du tien, dit-elle. Le but de Basseterre était évident : te faire inculper afin de mettre la main sur l'imprimerie et faire triompher son propre pouvoir.

— Cela n'est pas douteux, convint-il.

— C'en eût été fait de François, de Schöffer, de toi, de moi... De nous tous ! Et pour quoi ? Pour remettre l'autorité de la parole écrite à des cardinaux vérolés ? Nous savons tous qu'ils sont aussi corrompus, fornicateurs, cupides, gloutons et voleurs que leurs ouailles et que Dieu est le cadet de leurs soucis !

— Jeanne, quand je pense que c'est toi qui nous as fait nous convertir après Jacques ! dit-il en secouant la tête.

— Je ne vous ai pas convertis, je vous ai mis à l'abri, répliqua-t-elle. Enfin, à demi.

Joseph obtint sans peine de René d'Anjou que les lieutenants récupérassent son manuscrit chez Basseterre. Il y ajouta une maxime :

> *L'homme qui se considère comme un juste est plus enclin à faire le mal que le méchant, car celui-ci se sait méchant et tend à se réfréner, alors que le juste se croit inspiré par la vertu et met dans toutes ses actions de la véhémence.*

L'opuscule était mince : une trentaine de pages. Joseph partit exprès pour Strasbourg le faire imprimer par François. Ce dernier, enthousiaste, en composa et imprima en hâte cinquante exemplaires, en donna dix à Joseph, et ils convinrent tous deux que le reste serait vendu aux Strasbourgeois.

Ce fut ainsi que naquit la librairie des Trois-Clefs.

Joseph en offrit le premier exemplaire au prince-archevêque et, de retour à Angers, le deuxième à Jeanne et le troisième à René d'Anjou, avec un envoi circonstancié.

— Vous me rendez triste de n'avoir pas vingt ans, lui dit le roi le lendemain. Je sens à vous lire qu'un esprit nouveau est en train de naître et j'eusse voulu le voir pleinement fleurir. Je ne saurais le définir, mais j'y perçois de la distance et de la finesse à l'égard de toutes choses, comme si vous aviez la mémoire de vos ancêtres et que vous aviez appris à vous défier des certitudes. J'attribue une partie de ce nouvel esprit au fait que vous avez vécu toute votre vie dans des villes, alors que, dans ma jeunesse, nous vivions la plus grande partie du temps à l'écart des villes et que, dans les châteaux, notre seule compagnie se résumait à quelques hommes d'armes, des courtisans trop prompts à nous donner raison et des paysans soucieux du lendemain. Les villes offrent beaucoup plus d'occasions de se frotter aux autres et de comprendre la diversité des idées et des sentiments. Je crois qu'elles confèrent ainsi plus d'humilité.

Les courtisans écoutaient le discours de ce roi qui avait goûté un fruit rare de la défaite militaire et de l'adversité : le loisir d'y réfléchir.

— Tous ces seigneurs qui se rebellent contre Louis me paraissent appartenir à un monde ancien. Ils étaient rois de leurs provinces, et nul n'aurait jamais osé leur rappeler que ces provinces n'étaient pas l'univers et que la fortune ou l'infortune des armes pouvaient les réduire à l'état de vassaux. Personne non plus ne leur a jamais dit que leurs guerres incessantes ruinaient le pays et changeaient les campagnes en déserts sur lesquels régnaient les loups et les ours. C'est ainsi que tant d'entre eux se retrouvent depuis maintes années pauvres comme Job, parce que les paysans qu'ils ont enrôlés dans leurs armées ont laissé leurs terres en friche. Ils ont dû faire appel à des mercenaires étrangers qui ont achevé de les ruiner. Je crains pour eux que leur temps soit révolu, mais comme l'esprit vient beaucoup plus tard aux hommes qu'aux femmes, je ne serai plus là quand ils se seront rendus à la réalité des faits : un pays divisé contre lui-même est malade et il ne se guérit que dans l'unité. Je bois à la couronne de France.

Le roi leva son verre et but une gorgée de vin. L'assistance fit de même.

— C'est vous, sire, qui eussiez dû écrire un traité de sagesse, dit Jeanne.

Elle n'osa dire qu'il eût dû être roi de France, car des espions traînaient partout, mais le roi l'entendit sans doute.

— Chacun son métier, madame, j'étais trop occupé à rassembler les restes de mon royaume, dont chacun sait qu'il finira dans les mains des Valois. Votre époux s'entend bien mieux que moi à condenser dans les mots la liqueur de l'expérience.

Il tourna la tête vers Joseph.

— Les combats à venir quand je ne serai plus là se feront entre des puissances plus grandes que nos provinces, messire de l'Estoille. L'Église sera l'une de celles-là. Car, ainsi que vous l'avez écrit dans vos maximes, citant Aristote, le peuple n'a pas tant soif de savoir que de croire, et notre sainte Église est détentrice de la croyance. Elle voudra exercer son pouvoir. Je prie Dieu qu'elle n'en soit pas grisée.

Joseph sourit.

Le maître d'hôtel[1] annonça que Sa Majesté était servie.

Le second théologien, révéla incidemment le roi à Joseph, n'avait plus reparu, de crainte de rencontrer Joseph et Jeanne, qu'il soupçonnait dotés de pouvoirs surnaturels et diaboliques. En revanche, voyant Joseph tiré d'affaire, le poète et l'astrologue redoublèrent d'attentions à son égard. Joseph se trouva contraint de lire leurs manuscrits et, guère enthousiaste, les transmit à Jeanne pour avoir son avis.

Le Remède de la Rose, comme ils l'appelèrent entre eux, s'était montré efficace.

1. Les termes « maître d'hôtel » désignaient alors le chef de la maison royale, c'est-à-dire l'équivalent d'un premier chambellan des monarchies ultérieures.

24

Un visiteur sinistre

La France entra dans de nouvelles convulsions.

Rebelles obstinés, les princes tentèrent à nouveau de déloger de son trône Louis le Onzième. Comme le roi s'y était attendu, les troupes de François II de Bretagne entrèrent en Normandie, province que le traité de Conflans avait concédée à Charles de Berry, le frère du roi, dit aussi Charles de France, qui n'en finissait pas de rêver à la couronne. L'espoir du duc de Bretagne, en rejoignant les troupes du duc de Bourgogne – car le Téméraire avait enfin hérité –, était à l'évidence de reconstituer un front de troupes qui encerclerait Paris et forcerait Louis à se replier vers le sud, à se laisser dicter la loi des princes ou à s'en aller.

Louis vit clair : il envoya ses troupes en Bretagne.

Le Bourguignon proposa de négocier.

Louis se savait en situation critique : le Bourguignon avait épousé l'Anglaise Marguerite d'York et cette alliance entraînerait l'Angleterre dans un conflit. Les troupes de France auraient affaire à forte partie : non seulement la Bretagne, la Normandie et la Bourgogne, mais encore l'Angleterre. Ce serait un massacre de première grandeur. Louis préféra négocier.

Des personnages s'entremirent, allèrent et vinrent, mais enfin le roi alla à Péronne et se retrouva l'hôte de son ennemi. Le piège se referma. Le Téméraire fit fermer les portes du château, puis celles de la ville, avant de dicter ses conditions au roi : qu'il donnât la Champagne à son frère et s'engageât à ne pas soutenir la Flandre française, où Liège montrait tant de mauvais vouloir. Contraint et forcé, Louis signa le traité de Péronne pour recouvrer sa liberté.

Dans son imbécillité rageuse, sans doute révélatrice d'un obscur pressentiment de défaite, le Téméraire emmena le roi assister au siège de Liège, la ville qui l'exécrait et avait osé crier : « Vive le roi de France ! » Le 30 octobre 1468, Charles le Téméraire, modèle de la brute aristocratique, organisa le massacre. La Meuse charria par centaines des cadavres de Liégeois.

À Strasbourg, on ne parlait évidemment que de ces événements, ne fût-ce qu'en raison de la proximité de la ville qui avait subi les outrages sanglants du Bourguignon. François en écrivit à sa mère ; en retour, elle résuma ce qu'elle pensait des princes : « De la canaille couronnée. » Il fut surpris ; n'était-elle pas baronne de Beauvois ? Puis de l'Estoille ? Et elle lui écrivit en fin de lettre ce qu'elle avait dit à Joseph : « Il y a deux sortes de brigands, mais ils sont tous deux également brigands. » Et elle conclut : « Louis se trouve dans la situation de défendre son peuple contre des brigands. Il a cessé d'être roi : il est le chef de la France. Garde-toi de jamais te ranger du côté des brigands. Ils sont perdus. »

La prédiction le laissa songeur.

Désormais chef de l'atelier des Trois-Clefs, maître François étudiait, un après-midi de la fin d'automne 1468, des encres de couleur, afin d'enrichir la gamme de celles qui rehaussaient les lettrines ; il les étalait sur le papier avec un pinceau et observait la façon dont elles viraient en séchant. Le regard de François revenait avec complaisance à l'échantillon de bleu, réalisé avec du lapis-lazuli d'Asie broyé pendant vingt heures et qui, sur le papier, revêtait un éclat sans pareil. La transparence de l'encre sur le papier blanc conférait à ce bleu-là des diaprures nacrées quasi célestes.

François demeura un moment pensif : depuis que l'atelier des Trois-Clefs avait produit sa bible, les propositions et demandes ne cessaient d'affluer, de même que les érudits de toute l'Europe. Tous lui demandaient d'éditer les auteurs latins anciens. Il avait ainsi enregistré cent dix-sept commandes pour le *De natura rerum* de Lucrèce, cent trente-cinq pour *De tranquillitate animae* de Sénèque, deux cent dix pour le *De officiis* de Cicéron... Lettrés, savants, princes et bibliothécaires d'universités, particulièrement du Nord et de Rhénanie, défilaient à longueur de semaine dans l'atelier. Il n'y avait que sept imprimeries dans toute l'Europe, toutes au Nord. Et le besoin de savoir était immense.

L'avenir de l'atelier était garanti.

Mais ce n'était pas seulement la prospérité matérielle qui enchantait François ; le sentiment d'œuvrer pour l'instruction et l'ennoblissement des âmes lui procurait la joie la plus profonde qu'il eût jamais ressentie. Il éprouva aussi un élan de reconnaissance envers sa mère, qui l'avait encouragé, et pour Ferrando, qui avait été le génie bienfaisant de l'entreprise.

Son regard erra vers un casier posé sur sa table : des essais de caractères grecs ; car il envisageait aussi d'éditer des auteurs grecs, sur la demande de plusieurs grands lettrés. On l'avait presque supplié de publier Aristote.

C'est alors que la porte s'ouvrit et qu'un individu, au costume morne mais à la face colorée, entra, l'air impérieux, regardant autour de lui. Il garda sa toque sur la tête. Son regard détailla les machines, puis les hommes qui travaillaient : Arminius, Kokelmann, les deux apprentis et un *famulus* qui mettait du bois dans le haut fourneau. Puis François.

— Qui est le maître de cet atelier ? demanda-t-il, en français parisien.

— C'est moi, répondit François, à la fois intrigué et indisposé.

L'homme s'avança et le toisa.

— Vous êtes François de l'Estoille ?

— Oui. Qui êtes-vous ?

— Mon nom ne vous dira rien.

— Dans ce cas, quittez cet atelier.

Le visiteur ne parut pas intimidé par cet accueil. Il sourit finement.

— Ne soyez pas si emporté, mon jeune ami. Si du moins vous voulez rester maître de cet atelier. Je me nomme Aymard de Falois. Êtes-vous plus avancé ?

— Je ne suis pas votre ami. Vos manières me déplaisent. Que voulez-vous ?

L'homme lui lança un regard ironique. Puis il alla d'un pas lent vers l'un des casiers posé sur la grande table de composition. Il souleva comme une poignée de cailloux les lettres qui s'y entassaient, en examina une et la laissa retomber avec désinvolture. François lui saisit le poignet et le maîtrisa.

— Sortez !

Arminius et Kokelmann approchèrent pour prêter main forte à leur maître. Les deux apprentis interrompirent leur travail, vigilants. L'atelier avait déjà reçu la visite de deux ou trois trublions, des illuminés qu'il avait fallu éjecter par la force.

— Le prince-archevêque Alexandre de Luxembourg est prêt à vous retirer son agrément, dit Falois.

François ne relâcha pas sa prise.

— Parce qu'il en dépend de vous, sans doute ?

— Certes, baron, répliqua l'homme en se dégageant d'un geste sec. Si je le veux, demain cet atelier est investi par les sergents, son matériel confisqué et vos employés en prison. Ne songez pas à recourir à la force : c'est bien le sort qui vous adviendra si je ne sors pas d'ici satisfait.

— Que voulez-vous ?

— Cet atelier. Et vous. Et vos artisans.

Le visage de François s'empourpra.

— Eh bien, soit ! s'écria-t-il, ivre de colère. L'atelier sera saisi, mais vous ne l'aurez pas !

François reconnut d'emblée et d'instinct l'un de ces ennemis organiques auxquels sa mère avait eu affaire, comme elle le lui avait rapporté. « Pas de pitié ! » avait conseillé Jeanne. Il resserra sa prise et, les deux autres hommes étant accourus à sa rescousse, il maîtrisa Falois.

— Vous êtes imprudent, François de l'Estoille.

— Pas tant que vous, manant ! dit François haletant. Ligotez cet homme !

Falois résista. Arminius lui administra au menton un coup d'une pogne endurcie au serrage des barres de torsion. Kokelmann immobilisa les poignets de Falois.

— Le temps d'un courrier à Paris et votre mère sera en prison, dit Falois.

— Pas du tout, répliqua François.

Il alla à sa table, saisit une feuille de papier, une plume et de l'encre et écrivit, lisant à haute voix :

« Votre Excellentissime Éminence, je suis satisfait de ma mission à l'atelier des Trois-Clefs. L'affaire requerra cependant plus de temps que je n'escomptais. Je vous en rendrai fidèlement compte dans une semaine. »

Il signa et, arrachant la bague qu'il avait remarquée au doigt de Falois, s'en servit comme cachet sur la cire qu'il avait fait fondre.

Les yeux du prisonnier étincelèrent de fureur.

François tendit le pli au *famulus* et lui ordonna de le porter à l'archevêché.

— Attendez ! s'écria Falois.

— Quoi ?

— Vous commettez une grave erreur. Vos ennemis seront légion. Vous consommez votre perte.

Un geste impatient de François signifia au *famulus* d'accomplir sa course.

— Vous comptez me garder ici une semaine ? demanda Falois, incrédule.

— Ou plus.

— Vous êtes fou. On s'inquiétera de ne pas me voir.

— Qui ?

— L'Université.

François hocha la tête.

— C'est donc elle qui vous envoie ?

— Ce matériel lui a été volé à Paris. Vous le détenez indûment. Vous êtes un voleur. Comme tous vos complices. Et votre sorcière de mère.

François résista à l'envie de gifler l'insolent.

— Ce matériel a été payé à son propriétaire et complété ici. Il est quadruple de ce qu'il était au départ.

— Négocions.

— Non.

Miséricordieusement, Ferrando était en ville.

— Tenez bien cet homme, dit François à Arminius et Kokelmann. Je reviens dans une heure. Il vous proposera de l'argent pour le libérer. Ce serait votre perte.

— Cet homme sera ici à votre retour, maître, assura Arminius.

François courut à perdre haleine à travers la ville. Il trouva, à l'auberge du Marché, Ferrando souriant, en compagnie de drapiers. Ferrando s'alarma de sa mine défaite. François lui représenta la situation.

— Il faut envoyer un courrier à cheval à ton oncle ! Que ce courrier revienne avec un ordre à Alexandre de Luxembourg de respecter l'indépendance de l'imprimerie !

Ferrando, rembruni, demanda à l'aubergiste de quoi écrire et de faire quérir un courrier à cheval. L'affaire prit moins d'une heure.

— Le courrier sera à Rome dans quatre jours, dit Ferrando. Il devrait être ici dans autant, avec la grâce de Dieu.

— Je coucherai à l'atelier jusqu'à son retour, dit François.

Quand il revint à l'imprimerie, Aymard de Falois était ligoté à une chaise, car Arminius et Kokelmann voulaient vaquer tranquillement à leur travail.

— Vous dormirez dessus, l'avertit François. Et moi, votre geôlier, je dormirai ici. N'espérez pas de fuite. Tant d'arrogance mérite punition. Dans huit jours, vous êtes un homme perdu. Et vos maîtres, des perdants.

L'incarcération de Falois se compliqua de ce qu'il fallait tenir le prisonnier en vie. Deux hommes l'accompagnaient pour qu'il allât faire ses besoins et le surveillaient quand ils lui déliaient les mains pour le nourrir.

Le deuxième jour, il obtint de dormir couché ; on lui jeta une couverture par terre, et il dut s'allonger et tenter de trouver le sommeil les mains liées.

— Négocions, redit-il à François.

— Je ne négocie pas avec des loups. Vos manières et vos menaces sont celles d'un brigand. Vos accusations sont des mensonges. Vous recevez le traitement qu'elles méritent.

Il avait compris la monition de sa mère. Avait-elle affronté les mêmes épreuves ?

Le neuvième jour, le prisonnier était en piteux état : dépenaillé, avec une barbe de coquillard, car François lui avait refusé le bénéfice du barbier.

— Qu'attendez-vous donc ? demanda-t-il à François.

— Vos juges.

Falois eut un rictus.

— Ce seront les vôtres et vous paierez ma captivité au centuple.

Mais quand Peter Schöffer arriva, mandé d'urgence par Ferrando, il le dévisagea d'un œil moins assuré.

— Qui êtes-vous ? lui demanda-t-il.

Schöffer ne répondit pas.

Ferrando arriva aussi et jeta un regard méprisant au prisonnier.

Falois s'avisa qu'on attendait quelqu'un. Moins d'une heure plus tard, il se fit un grand remous dans l'atelier. Le prince-archevêque arriva, suivi de son assesseur, d'un secrétaire et de deux archers.

— Éminence ! cria Falois. Voyez comment ces hommes traitent un émissaire de l'Université !

Alexandre de Luxembourg ordonna qu'on déliât le prisonnier. Celui-ci triomphait. Il se redressa péniblement, lançant des regards haineux à François.

Alexandre de Luxembourg le souffleta.

— Vous m'avez menti ! s'écria-t-il, visiblement en colère.

— Éminence..., balbutia Falois, stupéfait.

— Taisez-vous. Le matériel d'origine de cette imprimerie a été payé à son propriétaire légitime, maître Peter Schöffer que voici. Le reste a été fabriqué par ses actuels propriétaires, dont maître François de l'Estoille, votre légitime geôlier. J'ai vérifié tout cela sur documents notariés. La Sorbonne, puisqu'il s'agit d'elle, n'en a pas payé un denier. Vous avez voulu me faire commettre une vilenie, sur la base d'un faux témoignage. La prison sera trop douce pour vous. J'en écrirai à vos mandants. Archers, saisissez cet homme et jetez-le en prison jusqu'à ce que je décide de son sort !

— Le pape, éminence... commença Falois tandis que les archers l'encadraient.

Le prince-archevêque se retourna et tira un document de sa poche :

— Sa Sainteté Paul II renouvelle sa protection à l'imprimerie des Trois Clefs.

Les archers emmenèrent Falois. L'émotion tint tous les assistants muets pendant un moment. Alexandre de Luxembourg prit François à part.

— Je vous absous pour avoir pris ce malfaiteur en otage et pour avoir falsifié sa signature. Il n'en sera pas fait mention. Maître François, vous avez agi avec invention et énergie. C'est bien. Mais ce sera mieux si vous vous alliez à une famille capable de vous abriter sous son ombrage. J'y pourvoirai.

Puis il partit. Ferrando décida d'emmener tout le monde souper, afin de détendre les nerfs, mis à rude épreuve.

Jeanne, à Angers, ignorait tout de ces péripéties. Quand elle en reçut le récit de la main de son fils, elle entra dans une agitation qui inquiéta Joseph. Pour elle, que les sbires de l'Université eussent reconstitué, fût-ce partiellement, les circonstances de la fuite des machines, cela signifiait qu'ils avaient soutiré des aveux à quelqu'un. Peut-être en savaient-ils plus que Falois ne l'avait dit à François. Peut-être avaient-ils torturé Ciboulet. Peut-être…

Pour la rassurer et en avoir le cœur net, Joseph alla demander à René d'Anjou qu'un de ses lieutenants l'accompagnât le lendemain à Paris. Ils partiraient à cheval. Une journée au petit galop suffirait pour gagner la capitale. Il reviendrait dans trois jours.

Une fois de plus, elle trembla. Peut-être Joseph se jetait-il dans la gueule du loup. Elle pria ardemment le Ciel. La nourrice lui fit boire force infusions, dont une, fort amère, à base d'opium de l'Inde, qui rendit Jeanne somnolente.

Joseph revint cependant comme prévu. Il avait vu Ciboulet, et celui-ci n'avait pas été torturé.

— Mais alors ?… demanda Jeanne.

— Le raisonnement, répondit Joseph. Les gens de l'Université n'en sont pas plus dépourvus que nous. Il est notoire que nous sommes alliés à Ferrando Sassoferrato, connu à Strasbourg comme l'un des commanditaires de l'imprimerie. Il est tout aussi notoire que Peter Schöffer est intéressé à l'imprimerie et qu'il était le gendre de Fust. Comme l'imprimerie de Strasbourg est neuve et que Schöffer a déjà la sienne à Mayence, ils en ont déduit que les caisses de Paris contenaient bien le matériel des Trois Clefs. Et j'ai moi-même déclaré à Basseterre que j'avais une imprimerie à Strasbourg ; il en aura, j'en suis presque certain, avisé ses acolytes de l'Université à Paris. Nos activités ne sont pas si secrètes qu'on ne puisse savoir que nous possédons une industrie désormais aussi importante qu'une imprimerie.

— Mais pourquoi l'émissaire de l'Université a-t-il montré tant de hargne à François ? Pourquoi m'a-t-il traité de sorcière, alors que cette affaire est passée et que j'ai été innocentée ? Pourquoi le recteur de l'Université m'en veut-il tant ? Tout cela signifie que les persécutions vont reprendre !

— Il y a là, en effet, quelque chose qui n'est pas clair, convint Joseph. Mais laisse-moi te dire ceci : je doute fort que ce soit Guillaume Fichet, le recteur de l'Université, qui inspire ces malveillances. Les propos que j'entends à son sujet le dépeignent comme un véritable érudit, épris de savoir, fin et tolérant. Il faudrait qu'il ait eu une querelle particulière avec toi.

— Je ne le connais pas.

— Donc, il y a quelqu'un d'autre, peut-être un régent qui nourrit un ressentiment contre toi. Mais je ne m'en inquiéterais pas outre mesure. Ce personnage est nuisible, mais non pas tout-puissant, la preuve en a été donnée par l'incident de Strasbourg.

— N'y a-t-il pas moyen de savoir ? demanda-t-elle.

— Laisse-moi y réfléchir. Un fait est certain : plusieurs grandes villes d'Europe ont leurs imprimeries. L'Université de Paris, qui se targue d'être un grand centre de culture, n'en a pas. Il est concevable que cela vexe ses clercs. Ils ont espéré s'emparer à bon compte des machines de Fust et, n'y étant pas parvenus, ils enragent et poursuivent ce qu'ils croyaient être leur butin et qui leur a échappé.

Deux jours plus tard, Joseph annonça à Jeanne qu'il partait pour Strasbourg. Elle s'étonna :

— Je vais tenter d'obtenir la réponse à la question qui te tracasse, dit-il.

Alexandre de Luxembourg parut surpris par la requête de Joseph.

— Votre éminence m'autorisera-t-elle à penser qu'il est aussi utile de connaître les sources d'un mal que de le réprimer ? répliqua Joseph. Cet homme n'est que l'émissaire d'un personnage évidemment animé d'intentions malveillantes. Nous savons vous et moi que ce ne saurait être Guillaume Fichet. C'est donc quelqu'un qui agit dans l'ombre de cet éminent lettré et sans doute, le fait à son insu. Par là même il lui cause du tort, et c'est pourquoi il doit être démasqué.

Le prélat sourit.

— J'ai lu vos maximes, messire de l'Estoille, je retrouve là votre esprit de prudence et de sagacité. Votre raisonnement est judicieux. Soit.

Sur l'ordre de son maître, l'assesseur rédigea sur dictée un billet autorisant Joseph de l'Estoille à rendre visite au prisonnier Aymard de Falois et à s'entretenir avec lui dans sa geôle, hors de la présence des geôliers.

— A-t-il envoyé un message à l'extérieur ? demanda Joseph avant de quitter le prélat.

— Non. Nous l'aurions évidemment intercepté et je vous l'aurais dit. Il protège son protecteur.

La prison était à brève distance de l'archevêché. Le bâtiment était sinistre. Qui donc a jamais vu une prison riante ? Mais Joseph réprima un frisson quand il fut conduit par deux archers dans le couloir sur lequel s'ouvraient les portes des geôles. Un remugle de sueur, d'urine et de moisi y prenait à la gorge. Ordre fut donné au garde d'ouvrir la porte du prisonnier et de laisser la lucarne ouverte, afin que le visiteur pût appeler pour sortir.

Falois était couché sur une paillasse rousse d'humidité. Un pot de chambre était à ses pieds. Une cruche et un bol vide sur la table. Le jour pénétrait à contrecœur par une haute lucarne grillagée.

Le prisonnier était seul ; il regarda Joseph et demanda :

— Qui êtes-vous ?

— Joseph de l'Estoille, un des propriétaires de l'atelier des Trois-Clefs.

— Que voulez-vous ?

— Vous entendre.

— Je n'ai rien à dire.

Joseph s'assit sur l'unique escabeau de la geôle.

— Vous risquez d'être ici longtemps. Vous paieriez ainsi pour quelqu'un qui vous a fourvoyé dans une mission malfaisante et mensongère.

— Et qu'obtiendrais-je en échange ?

— Que je plaide votre cause auprès du prince-archevêque.

— On me libérerait. Et que ferais-je ? Croyez-vous que je rentrerais à Paris après avoir trahi mon maître ? Ma carrière serait terminée.

Falois se redressa et enserra ses jambes dans ses bras.

— Je pourrais suggérer au prince-archevêque de vous trouver un poste à Strasbourg. Quelle est votre charge ?

— J'enseigne la philosophie grecque.

— Vous pourriez obtenir un poste à l'université de cette ville.

Falois considéra la proposition.

— On me retrouvera. L'Université a la main longue. Je serais brimé, sinon persécuté. Mieux vaut attendre qu'un avocat me tire d'ici.

— Un avocat ne saurait vous éviter la peine qui vous revient : vous avez proféré des accusations infondées sur de faux témoignages. Vous avez prétendu que l'Université avait payé le matériel des Trois-Clefs et que celui-ci avait été indûment emporté hors de Paris. C'est faux.

— Je l'ignorais.

— Votre mandant ne vous défendra pas non plus, puisque c'est lui qui a inventé ces mensonges et rédigé le faux.

— Mon avocat soutiendra que j'étais de bonne foi et que j'ignorais que ces pièces étaient fausses.

— Et vous espérez qu'alors vous rentrerez à Paris, libre.

— Oui.

— Vous vous trompez : Guillaume Fichet vous fera arrêter de nouveau.

Le regard de Falois se troubla.

— Comment le savez-vous ?

— Parce que le prince-archevêque l'a déjà instruit de cette affaire. Elle nuit à Fichet. Il voudra savoir le fin mot. En quittant Strasbourg pour Paris, à supposer que vous soyez libre, vous ne feriez que sauter de la poêle dans le feu.

Falois réfléchit un moment à cette observation. Joseph se leva et arpenta la geôle.

— Il faut, dit-il, que votre secret soit bien grave pour que vous lui sacrifiiez votre liberté.

— Il s'agit aussi de mon honneur et du respect d'un serment, dit Falois. Si je brisais ce serment, je m'exposerais à la mort.

— Un serment fait à une personne de mauvaise foi est délié d'office.

— Peut-être, admit Falois, mais je serais quand même exposé à la mort à tout moment, en plus du déshonneur. Vous ne pouvez pas comprendre…

— Vous ne seriez pas exposé si, au sortir d'ici, on vous concédait une autre identité.

— Une autre identité ? s'écria Falois, stupéfait.

— Oui, un autre nom de baptême, un autre métier.

— Est-ce possible ?

— Ce l'est.

— Jurez-le.

— Je ne peux jurer. Mais je peux demander une faveur au prince-archevêque. Si vos raisons sont bonnes, il me la concédera.

— Demandez-la !

— Alors parlez.

La patience de Joseph, en effet, commençait à s'épuiser. Falois inspira profondément.

— C'est Bernard de Morvilliers, dit-il. Le frère de Pierre, celui qui fut chancelier de France. Il est l'un des régents de l'Université. Il aspire ardemment à posséder une imprimerie. C'est pour lui un instrument suprême du pouvoir. Elle lui permettrait de se faire valoir auprès de son frère, qu'il admire sans réserve.

Il se leva, saisit la cruche et but à la régalade.

— J'ignore si vous êtes au fait des variations de Pierre de Morvilliers, reprit-il. Jusqu'il y a quatre ans, il était donc chancelier, un poste extraordinaire. Puis ses sympathies ont dérivé en faveur de Charles de Bourgogne, de Charles de France, de Jean de Bourbon et des autres princes rebelles. Le roi l'a démis. Pierre de Morvilliers est ensuite revenu vers le roi, dont il a su regagner la confiance. Il ne peut se passer de

Pierre, dont le talent de persuasion et l'intelligence sont hors pair. Le roi l'a nommé à son conseil, avec son autre homme lige, Dammartin.

— Où donc entre votre folle démarche dans tout cela? coupa Joseph, qui s'impatientait de vérifier, une fois de plus, à quel point les péripéties royales influençaient les entreprises et la vie de Jeanne et des siens.

— Attendez, il faut que vous compreniez la passion de Bernard de Morvilliers pour l'imprimerie. C'est une clef de l'affaire. La fabrication rapide de textes tels que des pamphlets le rendrait, croit-il, plus puissant que le recteur lui-même. Des libelles distribués dans la rue changeraient l'opinion du peuple dans les villes. Bernard se rendrait ainsi indispensable à son frère. Il aurait presque barre sur lui. C'est ce qu'il croit. Il a cru mettre la main sur les machines de Fust. Car c'est avec lui que Fust a traité. Ces machines lui ont échappé. Il sait comment ou du moins le soupçonne. C'est lui qui m'a envoyé ici. Il m'a assuré que l'Université avait payé à Fust un acompte de cinq cents écus. Il m'a montré le document. Maintenant, je sais que la pièce était fausse.

Joseph commençait à discerner les dessous de l'affaire.

— L'Université est riche. Que ne fait-il acheter une imprimerie par elle? demanda-t-il.

— Le matériel est rare, vous le savez. Mais surtout, Morvilliers voulait que cette imprimerie lui appartînt en propre. Il aurait alors manœuvré grâce à son frère pour la placer sous l'égide de l'Université. Il aurait commencé par imprimer les textes d'un astrologue…

— Un astrologue?

— Chrestien de Bâle. Pour annoncer le triomphe du frère du roi, Charles de France.

Chrestien de Bâle était l'astrologue qui sévissait à la cour de René d'Anjou. Belle compagnie! Joseph rumina ces informations et songea que Basseterre avait sans doute été lié, lui aussi, au clan de Morvilliers.

— Et Guillaume Fichet dans tout cela?

— Il n'est au courant de rien, évidemment. Morvilliers lui avait fait valoir que l'Université devait se doter d'une imprimerie, Fichet l'a chargé de voir comment il serait possible d'en acquérir une. Morvilliers a saisi l'occasion pour réaliser ses propres projets.

Joseph se représenta la situation.

— Bon, résuma-t-il, Morvilliers sera accusé de faux. Il sera jugé, condamné ou acquitté, selon les interventions de son frère et l'humeur des juges, et vous, vous pourrez prouver que vous n'étiez que l'exécutant de bonne foi des menées d'un intrigant et faussaire. Je ne vois pas la place d'un serment dans tout cela.

Falois se leva.

— Ce n'est que l'un des aspects de l'affaire, dit-il en faisant face à Joseph. Morvilliers est par ailleurs lié à un personnage très puissant.

— Qui ?

Falois hésita un moment et dit enfin :

— Jean de Bourbon.

Joseph leva les sourcils.

— Soit. Le duc de Bourbon est puissant et c'est un allié du roi. Mais je ne vois toujours pas le serment d'honneur qui vous lie à ces gens.

Falois se rapprocha encore de Joseph.

— Ce sont des Maçons, souffla-t-il.

Un moment passa. Joseph avait entendu parler des Maçons et s'interrogeait toujours sur l'objet de cette association secrète que les uns accusaient de toutes les vilenies et que les autres tenaient pour un cénacle d'esprits supérieurs. Mais il n'avait aucune opinion sur ce point.

— Et vous êtes Maçon ?

— Oui. Si je parle, je suis un homme mort. C'est le sort des parjures de notre confrérie.

Joseph soupira.

— Il faudra donc vous donner une nouvelle identité, en effet, dit-il.

Un rayon de lumière rasa le visage de Falois, faisant apparaître les méplats et lui prêtant un air pathétique, effrayant.

— Pourquoi avez-vous été aussi odieux avec François de l'Estoille ? demanda Joseph. Pourquoi lui avez-vous dit que sa mère était une sorcière ?

— Jeanne de l'Estoille ! s'écria Falois. La plus damnée ribaude de Paris !

Joseph lui lança un regard glacé.

— Vous parlez de ma femme.

— Votre femme ? s'écria Falois, effrayé. Je croyais que c'était votre belle-sœur...

Dans l'une de ses rares impulsions incontrôlables, Joseph se leva et le saisit par le collet.

— Ma femme, misérable gibier de potence !

Falois essaya de reculer. Joseph le repoussa brutalement. Un garde mit un œil à la lucarne.

— Cette femme, messire, dit Falois, soudain haineux, cette femme... François de l'Estoille est le fils de François Villon, le savez-vous ? C'est un bâtard ! Ce bâtard possède une imprimerie !

— Mesurez vos propos, Falois, ou vous ne sortirez jamais de cette prison ! Quel est le rapport de mon beau-fils François de l'Estoille avec vos rateries de Maçons ?

Falois regarda Joseph par-dessous.

— François Villon était Maçon. Et protégé de Jean de Bourbon. Quand il a été dans le besoin et qu'il a demandé de l'argent à la mère de son fils, elle le lui a refusé ! Il s'en est plaint à Jean de Bourbon...

— Imbécile ! Misérable imbécile ! s'écria Joseph. Jeanne, ma femme, avait été violée par ce poète du ruisseau ! Et vous vouliez qu'elle donne de l'argent à ce voleur, gibier de potence et maquereau notoire ? Et coureur de garçons de surcroît ?

Le visage de Falois se décomposa. Le garde remit un œil à la lucarne.

— Avez-vous besoin d'aide, messire ? cria-t-il.

— Non, merci, répondit Joseph sur le même ton.

— Je l'ignorais… Je l'ignorais… Pardonnez-moi ! dit Falois.

Il parut accablé, se rassit sur sa paillasse et se prit la tête dans les mains.

— Tout le monde m'a menti… Tout le monde ! gémit-il.

— Jeanne, poursuivit Joseph, a parfaitement élevé ce garçon et lui a donné un nom. C'est un jeune homme de grand talent qui, à dix-huit ans, dirige aujourd'hui une imprimerie. Je ne tolérerai pas de l'entendre insulter dans une geôle où croupit un imbécile infect qui répète des ragots de ribauds et de boulgres !

— Pardonnez-moi, marmonna Falois. Je suis un imbécile, en effet.

Sa voix était devenue rauque.

— Et l'on m'avait aussi dit, reprit-il, qu'elle avait tué son frère et qu'elle avait été jugée en sorcellerie…

— En quoi son frère intéressait-il tout ce beau monde ? demanda Joseph.

— Denis d'Argency était un autre protégé de Jean de Bourbon. Et un Maçon.

Joseph demeura sans voix. Le destin était décidément ténébreux, qui réunissait le père de François et le frère de Jeanne dans le même filet.

— Et alors ? demanda-t-il en s'efforçant de garder son calme.

— Morvilliers était attaché à Denis d'Argency et ne s'est pas consolé de sa mort affreuse. Il serait enchanté de causer la perte de votre femme et des siens.

— Et donc la mienne, conclut Joseph. Et celle de François.

— Il avait deux raisons puissantes pour l'entreprise dans laquelle il m'a lancé. Il veut François de l'Estoille à sa botte…

— Assez !

Joseph se leva, écœuré. Il aurait eu besoin de relire ses propres maximes pour retrouver un peu de sérénité. Il suffoquait.

— Messire ! s'écria Falois. Je vous ai tout dit ! Vous m'avez promis !

— Vous avez déversé un tombereau d'ordures à mes pieds !

Le prisonnier leva vers Joseph un regard lamentable, larmoyant.

— Je me repens, dit-il. J'ai été abusé. Qu'allez-vous faire ? Ne me laissez pas croupir ici ! J'y mourrai ! Ils me tueront !

Et il sanglota, le visage dans les mains.

Misérable victime du pouvoir ! songea Joseph. Il songea au courage de Jeanne. Et à celui de François, qui avait saisi Falois et l'avait emprisonné.

— Messire ! cria Falois d'un ton déchirant.

— Votre confession était hideuse, dit Joseph. Cependant, elle vous a sauvé la vie. Je vais de ce pas chez le prince-archevêque.

Il appela le garde, qui lui ouvrit la porte, et ressortit, la tête basse, comme s'il traînait la misère morale de Falois après lui.

— C'est le roi qu'il faudrait aviser, dit Alexandre de Luxembourg, quand Joseph lui eut rapporté les révélations de Falois, en omettant bien sûr celles qui touchaient à Jeanne et François de l'Estoille. Mais son esprit sera ailleurs en ce moment. Il est occupé à la dénonciation du traité de Péronne. En tout cas, j'informe Fichet par courrier personnel.

— Et Falois ? demanda Joseph.

— Je vois bien la consternation qu'il vous a value. Je peux, en effet, lui donner une autre identité et prétendre qu'il est mort en prison. Ou qu'il s'est évadé.

Cette idée le fit sourire.

— Cela inquiétera Morvilliers, dit-il. Oui, c'est cela, nous allons dire que Falois s'est évadé et nous lui donnerons une autre identité. Vous dites qu'il est professeur de grec ? Que ne l'engagez-vous aux Trois Clefs ? Il sera votre âme damnée !

Le prince-archevêque fut secoué de rire par sa propre proposition. Joseph fut abasourdi.

L'idée n'était pas sotte.

— Si vous l'engagez, je le libère sur-le-champ, dit le prélat.

— Laissez-moi d'abord convaincre François de l'Estoille, répondit Joseph.

Strasbourg était vraiment une ville épuisante. Il prit congé, mais à la porte, il se tourna vers Alexandre de Luxembourg :

— Éminence, comment résoudrons-nous le problème de Morvilliers ?

— Nous y pourvoirons, messire, nous y pourvoirons. Je n'aime pas qu'on me tourne en bourrique !

25

Amère victoire

« Es-tu fou ? »

Telle fut la première réaction de François à la proposition de Joseph. Elle suivait un long récit.

— Cet homme nous a rendu un immense service, dit Joseph. Il nous a révélé nos ennemis. Ceux de Jeanne. Les tiens. Il s'est repenti. Tu auras sur lui droit de vie et de mort. Révèle son identité et c'est un homme mort. Tu veux imprimer du grec. Il est professeur de grec.

Soudain François se mit à rire.

— Joseph, je t'aime ! s'écria-t-il, saisi par l'incongruité de la situation. Si tu es fou, tu es un fou de génie.

Le lendemain, Joseph ramena à l'atelier un barbu qu'il présenta comme Jérémie Le Guitault ; c'était Aymard de Falois, tout le monde le reconnut en dépit de la barbe, qui n'était pas assez épaisse, et se hérissa. L'helléniste se jeta aux pieds de François et lui baisa les mains.

— Pardonnez-moi, messire ! Au nom de Jésus, pardonnez-moi ! J'ai été abusé !

Arminius, Kokelmann et les apprentis observaient la scène, ébahis. L'insolent prisonnier s'était mué en esclave abject. Ils ne se seraient pas abaissés à triompher ; ils demeurèrent impassibles.

— Relevez-vous, Le Guitault, dit François. Nous allons utiliser votre savoir grec.

Joseph embrassa François, salua Arminius, Kokelmann et les apprentis et s'en fut. Il voulait être auprès de Jeanne. Un seul havre existait sur la terre, et c'était Jeanne.

Quand il fut enfin à Angers, il se garda de lui rapporter les propos de Falois sur Denis et sur François ; il ne voulait pas que les spectres de ces deux personnages la poursuivent toute sa vie.

Alexandre de Luxembourg avait vu juste : Louis le Onzième était bien trop absorbé à réparer le désastre de Péronne pour s'intéresser à des histoires d'imprimerie et des intrigues de régents Maçons. Les Parisiens le trouvèrent ridicule et le brocardèrent. Plusieurs d'entre eux avaient appris à des geais et choucas à répéter « Péronne ! Péronne ! ». Un greffier du Châtelet crut bon de saisir les oiseaux en cage. Les Parisiens se gaussèrent encore plus. Louis, d'ailleurs, évitait de mettre les pieds dans la capitale, craignant le pire. Les Parisiens commençaient à se demander s'il n'était pas un chapon et si le Bourguignon ne l'aurait pas mis en cage, lui aussi.

Et ce n'était rien à côté des Liégeois, qui accommodaient le nom de Louis le Onzième à toutes les sauces et le traitaient couramment de larron et de fils de pute. Strasbourg partagea cette malveillance. Mais aussi, le commun n'aime que les vainqueurs, et les Césars l'avaient déjà compris : *Vae victis !*

Pendant ce temps, Joseph goûtait à Angers la douceur de Jeanne. Ce fut une seconde lune de miel, chaste, car elle était au quatrième mois de sa grossesse et inquiète de l'effet des épreuves qu'elle avait vécues.

— Et comment ferons-nous pour avoir raison de Morvilliers ? demanda-t-elle.

— Alexandre de Luxembourg a dit qu'il y pourvoirait, répondit Joseph.

— Mais le fera-t-il ?

— Cette affaire l'a vexé. L'amour-propre des hommes est souvent plus fort que leur sens de la justice.

Informé discrètement que son astrologue était lié à Jean de Bourbon et toute une coterie d'intrigants, René d'Anjou plissa l'œil et répondit :

— De toute façon, il ne disait que des bêtises. Il ferait beau voir que Saturne décourageât les gabelous de percevoir l'impôt !

Et il éclata de rire.

— Cet enfant bouge beaucoup, dit Jeanne un soir. Il sera turbulent.

En février 1470, il s'avéra qu'elle avait commis une erreur de grammaire : ce fut une fille. Une fille ! Tout enfant était un cadeau du Ciel, témoin le nom qu'elle avait choisi pour Déodat. Mais une fille ! Une fille ! Elle l'accueillit comme une assoiffée la découverte d'une source. D'une certaine manière, elle se lassait de la gent masculine, toujours en quête de conquêtes et finalement sans connaissance du monde. Elle avait aimé Jacques à cause de sa façon d'être lointain, comme si, pour s'y accorder, il écoutait la musique d'arcanes mystérieux.

Qu'aurais-je fait sans ces deux frères ? se dit-elle.

Elle y avait songé durant toute sa gestation : cet enfant-là était un don de Jacques aussi bien que de Joseph, telle une île au confluent de deux fleuves. Cette idée de fleuves la retint. Pour elle, un être humain représentait le surgissement terrestre de vastes courants qui animaient l'univers, se tordant et se dénouant dans les étoiles et, un jour, y retournait. Sur terre, on lui donnait un nom, il s'entourait de hochets et se croyait fils d'un tel et d'une telle, mais la vérité voulait que toute créature fût l'enfant de la terre et du ciel.

Elle et Joseph décidèrent de l'appeler Aube.

— S'il y avait plus de femmes au monde, il y aurait moins de guerres.

Elle ne vécut plus que pour Aube et Joseph. Elle la regardait éveillée, elle la regardait endormie.

Mais elle trouva le temps de lire et relire une lettre de François lui annonçant qu'il était convoqué par Guillaume Fichet afin de créer une imprimerie pour l'Université.

— Qu'est-ce que ça peut signifier ? demanda-t-elle à Joseph. L'Université le persécute et voici qu'elle lui demande son aide ?

— Attendons voir. De toute façon, je t'avais dit que Fichet n'est pas notre ennemi.

Une autre lettre raconta que l'entrevue avec Fichet, que François avait trouvé fort civil, s'était déroulée en présence de Morvilliers, « qui ressemblait à un abcès bilieux ». C'était sans doute la vengeance de Fichet ; il confiait l'imprimerie, qui était le vœu ardent de Morvilliers, à l'homme même que celui-ci avait tenté de dépouiller ! Le régent avait essayé de fourrer sa patte dans l'affaire, mais le recteur avait décidé que l'imprimerie serait placée sous le contrôle exclusif de François de l'Estoille après le sien propre.

— Il va rendre Morvilliers fou ! dit Jeanne.

— Morvilliers l'est déjà.

Ce qui n'était pas plus rassurant.

François séjournerait donc à l'hôtel Dumoncelin, pour monter l'imprimerie demandée par Fichet et qui devait être installée à la Faculté du Décret, rue Saint-Jean-de-Beauvais ; Jacques lui adressa un billet pour l'informer de la naissance d'Aube et lui conseiller de se tenir sur ses gardes.

L'hôtel Dumoncelin étant abandonné depuis des mois et Jeanne ne manifestant guère le désir d'y retourner dans un avenir proche, Joseph, toujours économe, avait congédié le cuisinier, ne gardant que le couple de domestiques qui entretenait la maison. François, quand il y vint, s'accommoda les premiers jours de la pitance que lui préparaient ces derniers. Mais il finit par se lasser des œufs sur le plat, du saucisson et de la soupe et, surtout, il souhaitait traiter chez lui, fût-ce modestement, les gens avec lesquels il faisait commerce, des marchands de métaux, recrutés dans la corporation des orfèvres, aux lettrés qui conseillaient d'imprimer ceci ou cela. Il se mit donc en quête d'un autre cuisinier. Il y fallut quelques jours, le quartier entier fut informé et on lui présenta enfin un homme qui faisait l'affaire ; il se nommait Quentin Lafoye et avait servi, assurait-il, chez le duc de Bourbon.

Par goût de la provocation ou calcul, François avait emmené avec lui le faux Jérémie Le Guitault. Désormais barbu jusqu'aux yeux, lui qui avait été glabre et avait fait usage très fréquent du barbier, il était méconnaissable. Le calcul se révéla judicieux : le faux Jérémie servit à François pour distinguer dans le monde de l'Université les séides de Morvilliers de ceux qui ne l'étaient pas. L'ancien prisonnier, qu'il faisait assister à ses entretiens, ne pipait mot et ne faisait ses commentaires à François qu'en tête-à-tête. Il s'était voué à François corps et âme et tremblait d'être démasqué comme à l'idée des chausse-trappes que Morvilliers, assurait-il, ne manquerait pas de semer sur le chemin de François.

De fait, il y en eut. Entre autres, le maître forgeron auquel François avait donné une forte avance pour fabriquer les presses à barre de torsion leva le pied avec les fonds et, quand François se rendit à l'adresse indiquée, il découvrit qu'il n'y avait jamais eu là de forgeron. Cela grossissait les frais et causait du retard.

Jérémie occupait une chambre chez François. Il y découvrit avec délices l'étuve installée par Joseph et en fit grand usage. François apprécia que son âme damnée ne ramenât jamais de ribaudes à l'hôtel. Outre leurs maladies, plus ou moins bien dissimulées, ces créatures étaient souvent en cheville avec des malfrats qui cambriolaient leurs clients pendant les ébats.

Jérémie soupait donc tous les soirs avec son maître.

Un soir qu'ils étaient assis, en tête-à-tête, le cuisinier, qui servait aussi à table, apporta la soupe et versa le vin dans les verres, comme à l'ordinaire. Les deux hommes discutaient de la possibilité de faire passer les formes de quarante-deux à trente-six lignes, pour des formats moins encombrants que l'in-quarto, et de la nécessité éventuelle de fondre des caractères plus petits. François, en effet, avait engagé un graveur pour dessiner et ciseler des caractères grecs.

Jérémie saisit son verre de vin. Tout à coup, il s'agita et cracha violemment par terre la gorgée qu'il avait en bouche. Joseph, surpris, tenant son verre en main, le regarda. Jérémie se leva soudain et lui arracha le verre des mains.

— Qu'avez-vous ? demanda François.

— Ce vin est empoisonné ! cria Jérémie en se tournant vers le cuisinier.

Celui-ci était blême. Était-ce le choc ou bien l'effet de la culpabilité ? François se tourna vers lui.

— Messire, dit le cuisinier Quentin, ce sont sans doute les épices de la soupe qui ont abusé votre hôte...

François tâta une demi-lichette du vin et cracha aussi.

— Ce ne sont pas les épices ! dit-il avec force. Je n'ai pas encore goûté à la soupe.

Il se leva, le verre en main, le tendit au cuisinier et ordonna :

— Buvez.

— Messire, je ne bois pas...

François réitéra l'ordre. Quentin refusait toujours, jetant des regards autour de lui et songeant visiblement à fuir. François se jeta sur lui. Le cuisinier connaissait d'autres pratiques que celle des sauces et sa corpulence était double de celle de son assaillant ; il repoussa vigoureusement l'attaque. À son tour Jérémie se jeta sur lui et se trouva pareillement déséquilibré. Le cuisinier s'élança vers la porte. François courut après lui, déterminé à l'empêcher de fuir ; il reçut un coup de poing à la poitrine qui lui coupa le souffle. Il se plia en deux, haletant. Jérémie saisit alors un des chandeliers qui éclairaient la table et en asséna un coup de travers dans le dos du cuisinier. Celui-ci cria et demeura un instant immobile. Le vacarme attira les domestiques, qui s'étaient retirés ; ils commencèrent à monter l'escalier menant à l'étage.

— Arrêtez cet homme ! cria Jérémie.

Les domestiques barrèrent le passage. Le cuisinier fit pleuvoir sur eux une grêle de coups. La femme cria. Mais François, animé d'une force soudain décuplée par la rage, fondit sur lui comme un loup, le jeta à terre et lui administra un coup de poing au visage à décorner un bœuf. L'homme perdit connaissance quelques instants ; François lui décocha un autre coup.

— Trouvez-moi une corde ! cria-t-il.

Les domestiques coururent. Le cuisinier crut l'occasion bonne pour s'enfuir ; il se releva et tenta de s'arracher à l'emprise de François. C'était un gaillard. Il y fût presque parvenu, mais Jérémie saisit l'homme par l'arrière et lui fit une clef au cou pour l'étouffer. Le cuisinier se débattit. François lui administra un coup de genou aux parties, puis un autre au foie, puis encore un au visage et un dernier dans la poitrine. Cette fois, le cuisinier s'écroula. Les domestiques étaient revenus. François lui ligota les mains dans le dos et lui entrava les pieds. L'homme poussait des ahans, mais il était enfin maîtrisé.

— Allez appeler les sergents, dit François, rajustant sa mise.

Il fallut une heure pour trouver l'une des patrouilles nocturnes. Elle arriva, torches aux poings. François résuma l'affaire. Le lieutenant tâta du vin et cracha. Il descendit aux cuisines. Ils fouillèrent. Il trouva un flacon suspect, rempli d'un liquide noir, le déboucha et le flaira.

— Ce ne sont pas des épices, dit-il. Voilà votre poison.

Les archers emmenèrent le prisonnier au Châtelet. Jérémie continua de fouiller les quartiers du cuisinier. Il trouva un papier.

> *Reçu de maître Quentin Lafoye, cuisinier, la somme d'une livre et huit deniers pour la vente d'un flacon d'arsenic à imprégner les appâts pour les rats.*
>
> *René Vallin, apothicaire, rue Boutebrie, en face de l'église Saint-Pierre-aux-Bœufs.*

Il le tendit à François.

— Ce n'est pas avec cela que nous mettrons Morvilliers en cause, observa celui-ci.

Jérémie fouillait toujours. Il trouva un autre papier :

> *Donné à maître Quentin Lafoye cinq livres et dix deniers pour ses gages de décembre 1469.*

Monsomert, maître d'hôtel à l'hôtel des Treilles, au Pré-aux-Clercs.

Jérémie en parut particulièrement satisfait :

— Le Pré-aux-Clercs appartient à l'Université, dit-il.

François paraissait sceptique.

Comme ils n'avaient rien mangé, ils soupèrent de fromage, de noix et de figues fraîches et débouchèrent un flacon de vin, conservant celui qui était empoisonné à titre de preuve. Puis ils se frictionnèrent à l'arnica. François avait un œil poché et Jérémie, une belle ecchymose au bras.

Le lendemain, Jérémie partit dès potron-minet pour savoir à qui appartenait l'hôtel des Treilles. Dans la matinée, le lieutenant des archers revint à l'hôtel Dumoncelin ; il paraissait sombre. Le cuisinier, interrogé, avait déclaré avoir été payé par Bernard de Morvilliers, régent de l'Université, pour empoisonner François ; il avait d'ailleurs été cuisinier chez Morvilliers. Il leva un regard gris pâle vers François et lui dit :

— Vous savez qui est cet homme.

François hocha la tête.

— Votre affaire sera difficile à mener, dit le lieutenant.

— Vous maintiendrez votre rapport ? demanda François.

L'autre esquissa un grognement désabusé.

— Vous savez comment c'est. En tout cas, il faut que vous alliez déposer plainte à la prévôté. Si vous ne le faites pas, on pendra cet homme un peu vite.

Cela n'arrangeait certes pas le travail, déjà ardu, de constitution de l'imprimerie.

Jérémie revint à midi, triomphant :

— Comme je le soupçonnais, l'hôtel des Treilles appartient à Bernard de Morvilliers ! s'écria-t-il.

François hocha la tête ; il restait effrayé par l'accusation qu'il allait devoir formuler. Il se rendit au greffe de la prévôté et déposa plainte pour tentative d'empoisonnement par inconnu, par l'entremise de son cuisinier Quentin Lafoye ; il ne voulait pas citer trop vite le nom de Morvilliers, afin de ne pas alerter ce dernier. Puis il se mit en quête d'un avocat. Seul à Paris et sans conseil, il se rappela le nom que lui avait mentionné Joseph, lors du récit du procès de Jeanne : Bertrand Favier.

Favier le reçut avec chaleur. Mais quand François lui eut exposé le récit des événements, il fit la grimace.

— Mon jeune ami, je veux bien prendre votre cause, mais je tiens à vous prévenir que nous n'irons sans doute pas beaucoup plus haut que votre cuisinier, lequel sera de toute façon pendu, s'il ne l'est déjà. Pierre de Morvilliers est conseiller du roi après avoir été chancelier de France. Ses amis sont nombreux, son pouvoir est immense, et peu de juges oseront lui déplaire. De surcroît, nous affrontons un problème fondamental : nous pouvons démontrer la culpabilité de Bernard de Morvilliers dans une cour du roi, nous pouvons même le faire jeter en prison, comme on l'a vu avec d'Estouteville, mais comme il est clerc, une cour du roi n'a pas le pouvoir de le juger. Comprenez-vous cela ?

François hocha la tête.

— Et cela parce que le roi a aboli la Pragmatique Sanction.

— C'est cela. Seule l'Université peut juger ses clercs. Voulez-vous aller de l'avant ?

— Oui, dit François. Le seul fait d'exposer le coupable le réduira à l'impuissance.

— Bien, dit Favier. Avez-vous déposé plainte ?

— Oui.

— Contre qui ?

— Je n'ai pas nommé Morvilliers.

— Vous êtes décidément astucieux, mon jeune ami. C'est prudent. Cela étant, quelles preuves avez-vous ?

Outre les aveux de Quentin Lafoye, François n'en avait pas beaucoup ; il produisit le premier document, le reçu de l'apothicaire de la rue Boutebrie.

— C'est bien, dit Favier, mais ce sera encore mieux si nous avons la teneur de l'interrogatoire par la prévôté.

Il se tourna vers son clerc :

— Aymard, mon ami, veuillez aller sur-le-champ à la prévôté obtenir copie certifiée de l'interrogatoire de Quentin Lafoye, cuisinier à l'hôtel Dumoncelin, arrêté en ces lieux hier soir et interrogé ce matin.

Ce clerc, Aymard Flandrin, était le même que celui qui l'avait assisté lors du procès de Jeanne.

— Avez-vous d'autres preuves ? demanda Favier.

François le regarda sans répondre.

Favier sourit :

— À votre mine, je comprends que vous en avez et que vous hésitez à me les confier, car vous craignez que je subisse des pressions de la magistrature et, pour parler clair, que je me fasse acheter. Est-ce bien cela ?

François demeurait muet.

— Bien. Faites-moi simplement voir ces preuves, je vous les rendrai.

François tira le second document de sa poche. Favier demanda à qui appartenait l'hôtel des Treilles ; à Bernard de Morvilliers, répondit François.

— Hou là ! s'écria l'avocat. Mais c'est que ça se corse !

Il eut un sourire et passa le doigt sur le tranchant du papier :

— Cela peut trancher le cou du sieur de Morvilliers ! Gardez-le donc précieusement.

François s'efforça de garder la tête froide ; ce fut difficile. Il ne pouvait se confier à personne. Il affrontait le travail considérable que représentait l'organisation d'une imprimerie alors qu'il n'avait que dix-huit ans et un an à peine d'expérience de ce métier. Il eût souhaité avoir Schöffer près de lui. Et surtout sa mère. Mais il n'osait l'alarmer en l'informant des événements. De surcroît, Bernard de Morvilliers avait sans doute appris l'arrestation de son sbire, et sa fureur allait s'enfler. Il tenterait un autre coup meurtrier, puisque, c'était à présent certain, il avait l'intention de se défaire de son pire ennemi, François de l'Estoille.

Par chance, Ferrando déboula rue de Bièvre, ayant affaire de banques à Paris ; il s'étonna de trouver là François, qui le mit au fait des événements. Ferrando devint grave.

— Toi et ta mère, vous êtes des gens indépendants, et donc solitaires. Vous n'êtes liés à aucun grand parti et n'avez que votre mérite et votre tête pour triompher. Aussi apparaissez-vous comme des proies faciles qu'on peut éliminer sans grand dommage. Ce qui vous est advenu ne me surprend pas. Vous vous mêlez d'intérêts considérables et toi, tu n'as même pas la faveur royale qui parfois protégeait ta mère. Il faudra te marier. Et bien.

C'était le conseil d'Alexandre de Luxembourg, songea François.

— Mais la partie ne me semble pas du tout perdue, en dépit de l'influence de tes ennemis, reprit Ferrando. Je penserais même le contraire.

En attendant, il fallait poursuivre le travail quotidien. Le haut fourneau avait déjà été installé dans le local de la rue Saint-Jean-de-Beauvais. François avait fait fondre à Strasbourg quelque mille deux cents caractères venus dans douze casiers. Les deux premières presses avaient enfin été livrées.

La fierté de l'œuvre qui avançait stimulait François.

Mais il eût été bien aise de pouvoir porter une dague.

Le procès eut lieu trois semaines plus tard.

Bien que l'interrogatoire de Quentin Lafoye comportât le nom de Bernard de Morvilliers, il y eut peu d'affluence. Les greffiers n'en avaient soufflé mot et, d'ailleurs, il était courant que des gens de peu ou de rien traînés devant la justice citassent les noms de personnes haut placées, espérant semer ainsi la confusion dans l'esprit des juges et du public. De plus, les affaires d'empoisonnement ne valaient pour les badauds que par la personnalité des acteurs, et surtout si elles comptaient des femmes. Une ribaude empoisonnant un magistrat ou bien une bru sa belle-mère, cela faisait courir les commères ; or, François de l'Estoille était pour le commun un personnage encore obscur. S'il n'avait porté plainte, l'affaire n'eût même pas été jugée ; Lafoye eût été pendu haut et court. Celui-ci n'avait pas les moyens de se payer un avocat ; ce fut l'avocat général qui tonna contre lui et, la preuve du crime ayant été établie par les sergents, ainsi qu'en attestait la déposition du lieutenant qui avait fouillé les lieux, il demanda la pendaison du criminel. Et il se rassit.

C'était bien ce qu'avait espéré l'avocat Favier : endormir l'avocat général en lui donnant l'illusion d'une victoire aisément remportée.

François, près de qui Ferrando était assis, croisa et décroisa les jambes.

Favier demanda la parole, l'obtint et observa que l'avocat général n'avait pas cité le nom du maître d'œuvre de la tentative d'empoisonnement, Bernard de Morvilliers, régent de l'Université. La main était certes coupable, mais le cerveau, bien plus.

— Par ailleurs, observa-t-il, dardant son regard de pie sur les juges intrigués, l'avocat général n'a pas évoqué le motif de l'empoisonnement. Il faut bien qu'il y en ait eu un.

Maître Favier était célèbre à la Cour. Aussi, l'on s'étonna qu'il s'occupât d'une vétille. Et ses questions tombaient sous le sens.

Au nom de Morvilliers, les juges levèrent soudain la tête et la tournèrent en tous sens pour échanger des regards tout ronds, comme des dindons dans une basse-cour. L'un d'eux faillit, d'ailleurs, en perdre son mortier en la tournant trop vite.

L'avocat général se leva pour objecter, avec une belle indignation, qu'il n'allait pas enregistrer cette fabrication d'un criminel, ordinaire dans une affaire où l'on risquait sa tête. Un juge haussa les épaules.

Favier lui répliqua aimablement qu'il détenait la preuve que Lafoye avait été employé par maître Bernard de Morvilliers. Et il produisit la seconde pièce communiquée par François et la posa sur le bureau de l'avocat général, lequel la transmit aux juges, qui ajustèrent leurs besicles, visiblement très contrariés. Favier eut quelque peine à la récupérer.

Cette affaire prenait bien mauvaise tournure pour eux. Contraints et forcés, ils ajournèrent leur jugement en attendant la convocation, *horribile dictu*, du « témoin Bernard de Morvilliers » et du « témoin Monsomert », son maître d'hôtel.

Quentin Lafoye gagna quelques jours de vie. L'audience suivante fut fixée à trois jours de là. Puis reportée en raison des engagements antérieurs du régent. Puis encore reportée. Mais enfin, tout Morvilliers qu'il fût, le régent ne pouvait se soustraire indéfiniment à une convocation de justice, ne fût-ce qu'eu égard au rang de son frère. Ce ne serait pas seulement Paris qui dauberait sur ce grand clerc qui fuyait la justice, mais encore l'Université sur ce régent qu'on lui avait imposé. Plus l'affaire traînait, plus elle engendrait de bruit, telle une casserole attachée à la queue d'un chien et rebondissant sur le pavé.

Évidemment informé de l'affaire, Guillaume Fichet se rendit rue Saint-Jean-de-Beauvais, sous couleur de constater l'avancement des travaux.

— Quand pouvons-nous espérer imprimer ? demanda-t-il à François.

— Monseigneur, j'attends des livraisons d'encre dans la semaine. Mais nous avons déjà commencé à composer l'ouvrage que vous m'avez confié.

C'était le *De officiis* de Cicéron.

— Vous avez fait diligence en dépit de vos soucis.

— Monseigneur, j'ai à cœur votre satisfaction, le renom de l'Université et celui de mon art. Aussi, pour aller plus vite j'ai fait couler à Strasbourg, dans les moules de notre imprimerie, les caractères nécessaires ici.

Fichet hocha la tête. C'était un homme rond et fin tout à la fois. Il prit le bras de François :

— Je suis au fait de vos démêlés. Le prince-archevêque Alexandre de Luxembourg m'en a écrit. On s'est servi de l'Université et j'en suis indigné. Je suis également horrifié qu'on ait tenté de vous empoisonner. C'était nuire à notre travail commun. Je ne puis évidemment paraître devant une cour de justice, car cela entraînerait bien des dissensions dans l'Université. Mais tout ce que je sais, mon secrétaire le sait aussi ; vous le connaissez, c'est maître Sylvestre Fromont. Je lui ai donné l'ordre de se tenir à la disposition de maître Favier et il est heureux de vous aider.

Il ne pouvait en faire plus.

Maître Fromont, qui comptait à peine vingt-cinq ans, s'avança pour serrer la main de François. Ce n'était pas un homme enclin aux circonlocutions. Morvilliers l'horripilait.

— Il a le grenier plein de souris et la cave pleine de vipères.

Le jour de la deuxième audience, la salle était pleine ; l'affluence encombrait le parvis du Palais de Justice. Bernard de Morvilliers parvint à grand-peine à fendre la foule, avec l'aide des archers qui lui frayèrent passage.

De haute taille, profil de tranche-montagne et pomme d'Adam à fendre le cou, il portait sa grande tenue noire. Escorté par son avocat et trois clercs, il entra dans la salle comme s'il s'attendait à y être couronné et prit place au banc ordinaire des témoins, non loin d'ailleurs de François, qu'il ne daigna même pas regarder. Les juges entrèrent, la salle se leva, ils s'assirent, elle s'assit, ils regardèrent Morvilliers, la salle le regarda. Il salua les juges et l'avocat général, qui lui rendirent son salut de façon appuyée.

Presque personne ne posa un regard sur Quentin Lafoye, droit sur son banc entre les archers. Et ce fut à peine si l'on dévisagea ce jeune homme qui osait porter plainte contre le frère du plus haut commis de France auprès du roi.

On fit prêter serment à Morvilliers, qui s'avança devant l'estrade des juges. On l'interrogea : connaissait-il le prévenu Quentin Lafoye ?

— On m'assure qu'il était employé dans les cuisines de mon hôtel. Je ne descends pas aux cuisines et je ne connais pas cet homme.

Un autre juge l'interrogea : avait-il quelque raison de vouloir du mal à maître François de l'Estoille ?

— J'ai vu maître de l'Estoille dans le cabinet de notre recteur, maître Guillaume Fichet, le jour où celui-ci lui a donné commission de constituer une imprimerie pour l'Université. Je ne l'ai pas revu jusqu'à ce jour. Je n'ai aucun grief contre lui et ne vois guère pourquoi j'aurais tenté de l'empoisonner, ce qui eût considérablement retardé la constitution de l'imprimerie, au grand dommage de l'Université. Ce sont là inventions d'un cerveau malade de persécution ou d'un cerveau criminel.

Une fois de plus, Favier écouta ces déclarations avec un sourire de chat qui vient de croquer la souris.

La Cour remercia le témoin, qui retourna s'asseoir à sa place, accueilli par les hochements de tête de son avocat et des trois clercs.

Favier demanda la parole ; la Cour la lui accorda avec condescendance, l'air de dire : mais l'affaire est entendue ! Que diantre un maître tel que vous s'obstine-t-il dans ses vains efforts !

— Le témoin maître Morvilliers a répondu à la première question qu'il ne connaissait pas son cuisinier Quentin Lafoye, ne descendant pas aux cuisines. Soit. Qu'on me permette de faire entrer mon premier témoin.

Le greffier fit un signe aux archers, la porte s'ouvrit et maître Sylvestre Fromont entra, lui aussi dans sa robe noire de clerc.

L'expression de Morvilliers, jusqu'alors satisfaite, s'assombrit d'un coup.

Fromont s'avança devant les juges. On lui fit décliner ses nom et qualités et prêter serment.

— Sylvestre Fromont, vingt-cinq ans, demeurant à Paris, secrétaire de maître Guillaume Fichet, recteur de l'Université de Paris.

— Pouvez-vous, dans cette salle, nous dire où se trouve l'homme que vous avez vu attendant à la porte du recteur le lundi 8 juin à midi ? lui demanda Favier.

François frémit : c'était le jour au soir duquel il avait failli être empoisonné.

Le regard de Fromont parcourut les premiers bancs et indiqua Quentin Lafoye. Un murmure monta de la salle.

— Silence ! cria le président.

— Fort bien, dit maître Favier. Et qui attendait-il ?

— Maître Bernard de Morvilliers.

Ce ne fut plus un murmure, mais un brouhaha qui monta de la salle. Il fallut plusieurs minutes avant qu'il s'apaisât, sur les semonces répétées du président.

— Êtes-vous sûr que c'est lui qu'il attendait ?

— Il est arrivé avec maître de Morvilliers ; il tenait sa sacoche. Et il est reparti avec lui, lui reprenant la sacoche des mains.

Maître Favier remercia maître Fromont, qui sortit de la salle, après avoir glissé un regard en direction de François.

Un charivari suivit son départ.

— Empoisonneur ! cria une voix.

— Crapaud !

Favier attendit que le calme se fût rétabli et reprit la parole.

— Le témoin maître de Morvilliers a donc menti, et il s'est parjuré en déclarant qu'il ne connaissait pas le cuisinier Quentin Lafoye, puisqu'il était en sa compagnie le jour même de la tentative d'empoisonnement. Que faisait-il avec l'empoisonneur, nous l'ignorons…

Brouhaha. Accuser de parjure un régent de l'Université, frère d'un conseiller du roi !

— … Le même témoin a répondu à la seconde question qu'il n'a aucun grief contre mon client et qu'il se désolerait du retard apporté à la constitution de l'imprimerie de l'Université. Qu'on me permette de faire entrer le second témoin.

Ce fut Aymard de Falois qui apparut. Rasé et net.

Le cri seul que poussa Bernard de Morvilliers eût suffi à l'envoyer au billot. Il tendit le cou et s'empourpra. On eût cru qu'il allait se jeter sur Falois. Son avocat et les trois clercs qui l'accompagnaient le retinrent. La salle cria :

— La souris a mordu le chat !

Quelques fous rires fusèrent.

L'expression convulsée de Morvilliers n'avait échappé à personne et en tout cas pas aux juges ; ils se demandèrent pourquoi le personnage qui venait d'entrer produisait un tel effet sur lui.

On fit décliner à Falois nom et profession et prêter serment. Le cœur de François battit. Il éprouva de l'admiration pour Falois, qui s'était de lui-même proposé de reprendre sa véritable identité, le temps de témoigner. Après, il s'enfermerait quinze jours dans la maison de Ciboulet aux Halles, le temps que sa barbe repoussât, puis reprendrait sa fausse identité de Jérémie Le Guitault.

— Aymard de Falois, professeur de grec ancien à l'Université.

— Connaissez-vous maître Bernard de Morvilliers ? demanda Favier.

Favier raconta tout : la mission dont Morvilliers l'avait chargé à Strasbourg, le faux document d'achat par l'Université, la démarche auprès du prince-archevêque, la tentative d'intimidation de François de l'Estoille, la réaction de François, l'arrestation, puis la libération par Alexandre de Luxembourg. Il parla clair et net.

— L'intention de maître de Morvilliers était de s'emparer par la ruse et la force combinées de l'imprimerie de François de l'Estoille, conclut-il. J'ai été dupé. Je l'ai payé. Voilà la vérité.

Favier le remercia. Un silence pesant s'abattit sur la salle. Même le public demeura silencieux. On avait fini de rire : l'épreuve de force commençait. Comment réagirait la Cour ? Risquerait-elle d'affronter le pouvoir royal, le frère du témoin étant, avec Commynes et Dammartin, l'un des hommes les plus écoutés du roi ? Ou bien se déroberait-elle à son devoir et recourrait-elle à des arguties juridiques ?

Ce fut cette dernière solution que sembla préférer l'avocat général : il argua que le témoin étant un clerc, l'affaire criminelle constituée par les témoins du plaignant n'était pas de son ressort et qu'il ne pouvait requérir. Il jetait ainsi la patate chaude dans les mains de la Cour.

Celle-ci se retira pour délibérer.

— L'avocat de Morvilliers n'a pas ouvert le bec, observa François à l'adresse de Favier.

— Votre plainte ne visait pas Morvilliers en personne. Celui-ci n'était présent qu'en tant que témoin et l'avocat, en qualité de conseil.

La Cour revint une heure plus tard. Elle déclara par la voix de son président qu'elle se rangeait à l'avis de l'avocat général et n'avait pas à juger une affaire qui ne ressortissait pas à la justice du roi...

Un murmure de blâme monta de l'assistance.

... Mais qu'au vu de la mauvaiseté évidente du témoin Bernard de Morvilliers, révélée par les témoins de maître François de l'Estoille, elle ne pouvait faire autrement que de condamner maître Bernard de Morvilliers au cachot, comme elle en avait le pouvoir, en attendant que la justice de l'Université jugeât son affaire.

Des clameurs d'enthousiasme jaillirent.

— En cage, le corbeau !

— Gobe ta bile, empoisonneur !

Morvilliers se leva, au comble de la fureur.

— C'est une indignité ! clama-t-il. Je suis ici en tant que témoin !

— Vous ne l'êtes plus, répondit calmement le président.

Et il se leva et sortit. Les archers vinrent arrêter le régent.

— C'est le jugement le plus sage que la Cour pouvait rendre, observa Favier une fois qu'il fut dans la rue avec François et Ferrando. D'une part, le roi n'est pas à Paris et sa popularité est bien faible. Il eût été dangereux pour la Cour de mécontenter le peuple en montrant ouvertement que la justice du roi laisserait aller un empoisonneur en liberté. D'autre part, l'abolition de la Pragmatique Sanction ne donne à la Cour que le droit d'emprisonner un sujet du roi, non de le juger. C'est ainsi qu'on garde en prison les cardinaux Balue et Haraucourt sans les juger[1].

— Que croyez-vous qu'il adviendra de Morvilliers ? demanda Ferrando.

— Il est discrédité. Il sera chassé de l'Université *in absentia.* Son frère ne pouvant trop ouvertement prendre sa défense, il restera quelques mois au cachot, puis on l'en fera sortir discrètement. Je ne sais pas si on le jugera. Mais je peux vous assurer que l'homme a perdu tout son pouvoir.

— Mais pas sa vie, remarqua François.

— Et le cuisinier ? demanda Ferrando.

— Oh, lui, il sera pendu assez vite.

Le cou de Morvilliers n'avait pas été tranché. La bête resterait vivante. Pendant combien de temps, se demanda François, aurons-nous affaire à ce loup haineux, ma mère et moi ?

— Tu as quand même gagné, dit Ferrando, quand ils sortirent du tribunal.

Amère victoire, songea François.

1. Soupçonné – à juste titre – de double jeu, le cardinal Balue allait ainsi rester dix ans en prison, dans la fameuse « cage de Loches ». À sa sortie, il fut exilé.

26

Le bois sec

« Je suis las », dit François.

Les apprentis balayaient l'atelier, ramassant de-ci delà un caractère qui avait roulé sous une table.

Il reboucha les flacons d'encre et jeta un coup d'œil sans gaîté aux essais qui séchaient sur les murs. Le faux Jérémie était reclus dans un logis de la maison de Ciboulet et ne pouvait évidemment l'aider à l'atelier.

Ferrando posa un long regard désolé sur le jeune homme qui était son neveu par alliance, mais surtout un ami cher. Il alla lui secouer l'épaule.

— Cet atelier est terminé, dit François. Ma mission est finie. Je rentre à Strasbourg. On ne trouve que des loups sur les routes. Je ne veux pas être à Paris quand Morvilliers sortira de prison ou sera décapité. Je veux être imprimeur et non faire de la politique. À Paris, on fait de la politique même en dormant ! Tout est politique, même la justice ! On ne pète que pour contrarier le roi ou bien ses ennemis. Merde !

Il s'avisait aussi, mais ne le disait pas, qu'il avait jusqu'alors vécu par Jeanne et que, maintenant qu'elle était loin, absorbée par les soins de sa jeune sœur Aube, il était seul.

Ferrando écouta la diatribe.

— Allons dîner, viens. Tu as trop travaillé.

Le soir, François écrivit une longue lettre à sa mère. Il évoqua la tentative d'empoisonnement. Le procès. Les deux audiences. Les atermoiements des juges et leurs raisons. La folie d'un pays qui comptait deux justices, toutes deux probablement iniques. Et il annonça qu'il rentrait par conséquent à Strasbourg.

Il alla voir Guillaume Fichet. Le recteur l'accueillit par ces mots :

— Vous avez donc gagné.

— Encore deux victoires pareilles, maître, et je suis un homme mort.

Fichet éclata de rire.

— Vous avez mangé un peu de notre pain et vous le trouvez amer. Mais nous, nous le mangeons depuis cinquante ans, remarqua-t-il.

— L'imprimerie est prête, maître. Je vous la laisse.

Fichet parut surpris.

— Mais je pensais que vous seriez attaché à votre œuvre et que vous resteriez pour la diriger.

— J'ai mon imprimerie à Strasbourg. Je ne peux en diriger deux.

Fichet fut songeur.

— En eût-il été autrement si Morvilliers avait été jugé par la justice du roi ?

— Je l'ignore. Tout ce que je sais est qu'il sortira de prison et restera aussi dangereux.

— Le conseil de l'Université a décidé de l'exclure. Nous le jugerons. Comme il n'y a pas eu mort d'homme, nous le bannirons. Pour dix ans. Cela vous satisfait-il ?

— Cela devrait vous satisfaire vous-même, maître. Mais cet homme a des amis puissants.

— Une fois discrédité, répondit Fichet après une hésitation, il leur sera moins utile. Et il n'est pas certain qu'ils partagent ses ambitions.

François ne semblait pas convaincu. Fichet considéra le jeune homme. None sonna.

— Bien, me consentirez-vous un délai de quelques jours, voire de deux ou trois semaines ? Il faut que quelqu'un prenne votre succession. J'ai un homme. C'est Jean Heynlin, notre bibliothécaire. Il est déjà instruit des secrets de votre art, mais la succession me paraîtrait plus harmonieuse avec votre présence. Ainsi votre belle œuvre ne demeurera pas trop longtemps inactive[1].

— Je suis votre serviteur, maître.

La lettre de François attrista et agita Jeanne. On avait tenté d'empoisonner son fils ! Il avait maîtrisé l'empoisonneur ! Il avait dû subir l'horreur d'un procès ! Que d'ennemis, que d'ennemis ! Et elle n'avait pas été présente !

Elle ne savait pas la moitié de l'affaire, se félicita Joseph. Ni surtout, les motifs de la vindicte de Morvilliers contre elle, comme ami à la fois de François Villon et de Denis d'Argency. Il prit la lettre et la lut.

— Tu ne peux être présente aux côtés de ce garçon toute sa vie, déclara-t-il en repliant la missive. Il doit affronter ses difficultés seul. Nous ne lui serions d'aucune utilité maintenant, à Paris ou à Strasbourg. Il a mené seul son combat et il a gagné, même si sa victoire lui laisse un goût de poussière. Il y aura appris qu'il est un individu indépendant, et cela lui aura fait prendre de l'assurance, nécessaire dans la vie. La seule consolation que nous puissions lui offrir est notre affection, la vraie consolation dont il a besoin est une épouse.

— Mais, quand tu l'as vu à Strasbourg, n'avait-il aucun penchant pour une fille ? demanda-t-elle.

— S'il en avait, je ne l'ai pas relevé, et je doute qu'il en ait. Levé à six heures, couché à dix, il est sans cesse au travail et le métier d'imprimeuse n'existe pas, répondit Joseph

1. Jean Heynlin mit en service en 1470 la première imprimerie parisienne, celle de la Sorbonne, à l'aide de trois imprimeurs allemands, Ulrich Gering, Martin Krantz et Michael Freiburger. Ils s'établirent en 1473 rue Saint-Jacques, à l'enseigne du Soleil d'Or. Les locaux de la rue Saint-Jean-de-Beauvais furent repris par Henri Estienne, fondateur de la célèbre dynastie d'imprimeurs français.

en souriant. De plus, les jolies filles à marier ne courent pas les rues.

Ils avaient déjà eu pareille conversation, mais les considérations abstraites satisfaisaient mal Jeanne.

— Quel est donc le problème ? demanda-t-elle.

— S'il y en avait un, ce serait toi, répondit Joseph : tu as été une mère parfaite et une présence féminine sans défaut. Et s'il y avait une solution à ce problème, ce serait justement que tu sois absente.

En septembre 1470, Louis le Onzième convoqua les États généraux pour faire abroger le désastreux traité de Péronne, qu'il n'avait pas signé de son plein gré, étant alors prisonnier de Charles de Bourgogne.

Avec sa barbe d'homme des bois, Aymard de Falois avait repris sa fausse identité avant de repartir pour Strasbourg. François lui fit le meilleur accueil : il retrouvait le seul compagnon véritable de ses tribulations, et François s'interrogea maintes fois sur les capacités de changement d'un être humain. Comment l'homme qu'il avait failli étrangler était-il devenu un chien fidèle ? Il se promit d'interroger Joseph sur ce point, quand il le reverrait.

Le même mois, Alexandre de Luxembourg donna un grand souper, à l'occasion de son départ pour la première chasse de la saison, avec des hôtes du Palatinat. Il y invita François de l'Estoille, bien que celui-ci ne fût pas chasseur.

C'était la première sortie dans le monde du jeune homme en tant que personne indépendante et non plus fils de Jeanne de l'Estoille. Il n'avait quasiment plus que ses habits de travail. Soucieux de faire honneur à son protecteur et bien qu'indifférent à sa mise, il se fit confectionner une jaque de soie bleue, bien prise à la taille, et des chausses blanches, ainsi qu'une nouvelle houppelande de drap bleu discrètement brodé d'argent. Le barbier lui conseilla une coiffure à l'écuelle. L'ayant réalisée, il tendit le miroir à François qui ne se reconnut pas. La frange qui lui retombait sur le front lui prêtait, trouvait-il, l'air d'un cheval.

— C'est la mode, assura le barbier. Aucun cœur tendre ne vous résistera.

À l'arrivée de François, un concert de violes, épicé par les accents acides d'un clavicorde, faisait résonner les pierres du palais archiépiscopal, où brûlaient bien cinq cents chandelles. Une vingtaine d'invités allaient et venaient dans la grande salle à l'étage ; par une porte ouverte, on voyait une table en fer à cheval, dressée et garnie. Tous les regards convergèrent vers l'arrivant. Il était à coup sûr le plus remarquable de l'assemblée. Il se dirigea vers le prince-archevêque, s'agenouilla et baisa l'anneau. Son hôte lui posa la main sur l'épaule, ce qui était un signe d'amitié, le releva et le présenta.

François comprit d'emblée l'objet de l'invitation quand son regard croisa celui d'une jeune fille, Sophie-Marguerite von und zu Gollheim. Puis celui du père de celle-ci, le comte Albrecht, de sa mère et du frère de la jeune fille, Othon.

— Parlez-vous allemand, baron ? demanda le comte Albrecht.

— Oui, comte.

— À la bonne heure. Et vous chassez ?

— Non, comte.

— Et pourquoi donc ?

— L'entreprise que je dirige exige des soins constants.

— Vous êtes imprimeur, c'est cela ?

— Oui, comte.

— Un métier exceptionnel, observa le comte, puisqu'il unit le savoir, le travail artisanal et le commerce.

Alexandre de Luxembourg avait donc informé l'Allemand de l'état de son possible gendre. Le regard de François dériva sur Sophie-Marguerite. Un visage en cœur, une bouche petite et mobile, des yeux étrangement obliques et pâles, un casque de cheveux blond de lin retombant sur les épaules et une résille en pointe, une *Zuckerhut*, ornée d'une simple perle. Seize ans à peine, plus ou moins, mais les yeux de Sophie-Marguerite scrutaient intensément les traits de François. Aussi, il conservait un masque impénétrable, bien que souriant.

— Vous avez des terres ? demanda le comte.

— Ma mère en a, monseigneur. Les miennes y sont incluses.

— De grandes terres ? Avec des forêts ?

— Un peu plus d'un millier d'arpents, comte. Mais bien qu'elles soient boisées, elles sont surtout cultivées.

Un millier d'arpents ! François s'avisa qu'on lui tâtait la fortune et que l'effet était sensible. La comtesse ouvrit de grands yeux.

— Mais qui donc y chasse, baron ?

— Personne, comte, à ma connaissance. Je crois que le droit de chasse a été concédé à l'intendant.

— Bienheureux intendant ! s'écria le comte. Mille arpents pour lui seul !

Il éclata de rire.

— Je vous y inviterai donc, comte.

— Je vous prends sur parole.

François se trouva assis près de Sophie-Marguerite.

La vérité la plus étrange est qu'à l'exception d'Angèle, qui n'était pas une jeune fille, mais quasiment une sœur, il ne s'était jamais de sa vie trouvé assis près d'une jeune fille et encore moins, d'un parti. Il lui trouva le charme d'un abricot, à moins que ce ne fût d'une prune. Que dit-on à une jeune fille ?

— Vous ne viendrez donc pas à la chasse ? demanda-t-elle.

— Non, je n'en ai pas le loisir.

— Montez-vous à cheval ?

— Certes.

— Alors venez faire du cheval, simplement.

— Et vous ?

— Je suivrai à cheval, avec ma mère. La gent féminine ne tire pas à l'arc, dit-elle, comme si le constat avait un double sens. Vous nous protégerez, ajouta-t-elle.

— Contre quoi ?

— Le gibier qui se rabat.

Il s'efforça de deviner les sous-entendus. En tout cas, il était en peine de se dérober au rôle de protecteur qui lui était offert.

— Eh bien soit, convint-il à demi-cœur, je serai des vôtres. Comment vous laisserais-je sans défense ?

Et il eut un petit rire. L'aventure l'intriguait.

Il confia l'imprimerie pour trois jours au faux Jérémie Le Guitault.

Ils partirent une trentaine au petit matin, Alexandre de Luxembourg en tête, flanqué à droite d'un autre invité, le comte de Limbourg, et à sa gauche, du comte de Gollheim, suivi de notabilités de la région et des dames et demoiselles sur lesquelles François était censé monter la garde. Venaient ensuite le secrétaire du prince et quatre domestiques en livrée, chargés de veiller aux repas, en-cas et confort du prince et des invités. Tout ce monde prit la direction d'un pavillon de chasse que le prince-archevêque possédait à six lieues de Strasbourg, en pleine forêt de Haute-Alsace.

Au fur et à mesure qu'on avançait vers la forêt, la brume devenait plus dense, et c'est ainsi que deux heures après le départ, il faisait tout aussi sombre. Au pavillon, l'équipage trouva les piqueux et la meute, qu'on entendit de loin. Puis l'on s'avança dans la forêt, le prince-archevêque ayant promis de beaux et bons sangliers, ainsi que des marcassins et des chevreuils.

Comment diantre les chasseurs verront-ils le gibier dans cette purée de poix ? se demanda François.

Il craignait à tout moment qu'un ours, un loup ou un cerf furieux surgît d'entre les arbres et les chargeât. On lui avait bien concédé, pour la chasse, comme c'était l'usage, le port d'une dague, mais il ne voyait guère qu'il se dépêtrât des griffes d'un ours ou des bois d'un cerf avec cette seule arme.

Sophie-Marguerite et sa mère chevauchaient près de lui. Cela l'empêcha de pester contre la chasse ; pareils propos ne seyaient guère à la noblesse. Coiffée d'un bonnet de fourrure,

Sophie-Marguerite paraissait retrouver son élément. Elle montait avec adresse et se lançait même dans des trots.

— Regrettez-vous d'être venu, messire François ? demanda-t-elle.

— Non point, mademoiselle, car j'aurai eu le plaisir de vous voir chevaucher comme la reine des Amazones !

Les chiens aboyèrent et, bien que la brume étouffât les sons, on devina qu'ils avaient flairé un gibier. Les chasseurs foncèrent et le brouillard les avala bientôt. Restèrent les dames, la comtesse de Limbourg, sa sœur, quelques autres, une comtesse douairière dont le double menton tressautait de façon absurde quand elle partait au trot.

— Je vais aller voir ce qu'ils auront levé ! cria la douairière avant de se lancer en avant.

Les autres dames s'élancèrent aussi. François fut bien contraint de suivre. Il eut bientôt l'impression d'être dans un cauchemar. Il entendit des cris, puis des galops, les chiens aboyaient de façon hystérique et les dames criaient aussi. Puis de nouveau tout cela s'éloigna. La bête, quelle qu'elle fût, avait probablement pris la fuite, entraînant l'équipage à sa poursuite. Il se retrouva tout seul et ne savait même plus où. Il se dit qu'il avait l'air gourde dans cette chasse et qu'il serait sans doute dans l'obligation de se repérer au soleil et aux traces des chevaux pour retrouver le chemin du retour.

Tout à coup, Sophie-Marguerite reparut, sortant de la brume comme Iris d'un nuage, mais haletante.

— Aidez-moi à mettre pied à terre, dit-elle. Je suis fourbue ! Ce cerf n'a décidément aucune grâce ! Ou bien c'est saint Hubert qui nous reproche de n'avoir pas brûlé assez de cierges.

Il mit pied à terre et aida la jeune fille à faire de même. Elle prit mal appui sur l'étrier et lui tomba dans les bras. Il la retint. Ils se retrouvèrent nez à nez, et elle lui lança un regard moqueur. Il était interdit.

— Vraiment, c'est votre première chasse, messire ? lui lança-t-elle sans se détacher, alors qu'elle avait pourtant retrouvé son équilibre.

Il se trouva encore plus gauche.

— Vous ne chassez donc rien ? lui dit-elle en osant un geste qu'il trouva totalement inconvenant.

Il crut qu'elle cherchait sa dague. Mais elle ne retirait pas sa main et il en perdit la voix.

— Mademoiselle… parvint-il à articuler.

— Ah voilà qui est mieux, dit-elle, mesurant l'effet de sa caresse.

Il s'empourpra. Elle insistait. Elle lui rabaissa la ceinture des chausses et en vint à l'objet de son intérêt.

— Mais c'est très bien, dit-elle. Un aussi beau garçon… Je me demandais si vous n'étiez pas chapon !

Il se mit à rire.

Elle avait également rabaissé les braies et dégagé le membre. Elle le caressait résolument. Il entrouvrit les lèvres, partagé entre le plaisir et la peur du scandale.

— Venez par là, dit-elle, en le prenant par la main et en l'entraînant hors du sentier, vers des taillis assez hauts pour les cacher. Montrez-moi ce que vous savez faire.

Ils tombèrent sur un tas de feuilles mortes. Le manteau fourré de la jeune fille servit de couche. Il saisit Sophie-Marguerite avec fougue, l'enlaça et l'embrassa avec tant d'ardeur qu'elle en perdit le souffle. Il n'avait pas la bouche assez grande, il eût voulu l'aspirer tout entière. Ils se tenaient l'un l'autre la tête, comme un assoiffé étanche sa soif. Elle lui rendit son baiser avec non moins d'entrain. Il tenta de dégrafer son corsage, ce qui fut ardu. Il lui baisa les seins. Elle le caressait toujours. Il glissa la main sous la jupe et, se souvenant de la ribaude de jadis, se préparait à faire ce qu'il ne pouvait désormais éviter.

— Non, murmura-t-elle.

Il la caressa aussi, de façon indiscrète et s'interrompit un instant.

— Non, dit-elle, vous voyez bien. Pas aujourd'hui.

— Sophie… supplia-t-il.

Elle secoua la tête.

— Mais alors ?…

— Nous pouvons prendre notre plaisir autrement, avec les mains. Ou les lèvres.

On n'arrête pas l'orage.

Il se laissa faire.

Elle aussi.

— François ! cria-t-elle.

Elle l'étreignit. Il l'embrassa. Puis se détourna et se répandit dans les feuilles.

Ils demeurèrent allongés un moment.

— Vous êtes si beau, dit-elle. Je craignais…

— Quoi ?

— Je ne sais. Ne vouliez-vous pas de moi ?

— Vous le croirez difficilement, mais je ne sais presque rien de… de ces choses.

— Comment est-ce possible ?

— C'est ainsi. Mais vous, comment ?…

— Comment je sais ces choses alors que je suis vierge ?

Elle rit.

— C'est l'utilité des cousins, dit-elle.

Elle se tourna vers lui :

— Je suis espiègle, mais pas folle.

Ils perçurent de nouveau les aboiements. Ils se rhabillèrent en hâte. La présence des chevaux, à trois pas de là, les aurait trahis.

— Voulez-vous de moi, François ? demanda-t-elle en le regardant en face.

— Sophie… Oui.

Il s'était fait violer et l'on demandait sa main ! Il faillit rire. Elle hocha la tête.

— J'en suis heureuse, dès que je vous ai vu, j'ai su que je vous voulais comme mari. Le prince avait vu juste.

Il l'embrassa, plus tendrement. Elle rajusta son bonnet. Il l'aida à remonter à cheval et se remit lui-même en selle. Il était temps : la douairière revenait.

— Ce diable de cerf a pris la fuite ! cria-t-elle, furieuse, le chignon en bataille sous son bonnet de loutre.

Quelques moments plus tard, le chemin était plein de monde et les chiens haletaient entre les pieds des chevaux.

— Ah, les cerfs d'Alsace sont des rebelles ! s'écria le comte de Limbourg.

— Je t'ai vue tout à coup rebrousser chemin, dit la comtesse de Gollheim à sa fille, je me suis demandé...

— J'ai compris que le cerf connaissait mieux les lieux que nous et j'étais épuisée. Je suis venue souffler.

La comtesse interrogea François du regard ; il lui répondit par un sourire. Elle parut piquée par une idée, détourna la tête et partit au petit trot après les cavaliers.

— Il y avait trop de brume, dit le prince-archevêque. Nous aurons plus de chance cet après-midi. Allons nous restaurer.

Quand ils revinrent au pavillon, il était déjà quatre heures ; le soleil se couchant vers six, il n'y aurait pas de chasse cet après-midi. On servit du vin d'Alsace et, vers cinq heures, la collation fut présentée. Pâtés, pintades rôties, pois verts en sauce, salades à l'oignon et comme dessert, des dattes d'Égypte !

François était assis une fois de plus à côté de Sophie-Marguerite. Il eût fallu être malvoyant pour ne pas s'aviser qu'ils étaient plus que voisins : ils étaient ensemble. La comtesse Gollheim prit un air entendu. De même que le comte : il leva son verre aux deux jeunes gens. Le prince-archevêque souriait dans sa barbe.

Le pavillon ne comptant que six chambres, les hommes allèrent coucher à l'auberge de Molsheim. François dut partager son logis d'une nuit avec le comte de Gollheim. Son futur beau-père ronfla comme un sonneur, mais ça n'avait pas beaucoup d'importance. François ne pouvait dormir. Il ne songeait qu'à Sophie-Marguerite et tentait de se représenter dans la peau d'un mari.

Pour la première fois de sa vie, il était amoureux.

Ce n'était pas une surprise : le bois sec flambe soudain et fort. Le feu eut raison des souvenirs fâcheux de Morvilliers, de l'empoisonnement et du procès.

En réalité, François en rejaillit comme le phénix, cet oiseau inventé par les Anciens et qui ne peut renaître que de ses cendres.

27

Mariage, poignard et soie céleste

François de l'Estoille demanda donc la main de Sophie-Marguerite von und zu Gollheim. Ce fut en présence du prince-archevêque, attendri. La comtesse feignit une surprise de bon ton, le comte parut ému. La demande fut agréée. L'après-midi, François alla acheter une bague ornée d'un rubis et l'offrit solennellement à sa fiancée au souper, à l'archevêché.

Par dérogation, justifiée par l'éloignement des futurs époux, et afin de ne pas les faire languir, le mariage serait célébré un mois plus tard, en octobre, à la cathédrale de Strasbourg, par le prince-archevêque Alexandre de Luxembourg en personne.

François en écrivit à sa mère.

Jeanne montra la lettre à Joseph et se jeta dans ses bras. Il lui caressa les cheveux.

— Tu seras bientôt grand-mère, dit-il.

Ils rirent.

Le comte, disait François, serait heureux de chasser dans les terres de la baronne de l'Estoille. Elle écrivit à Ythier pour le prier de lui louer La Doulsade et de veiller à ce qu'elle et Joseph pussent y recevoir quatre hôtes de marque et de préparer des chasses.

Elle mourait d'envie de voir sa bru. Elle et Joseph adressèrent au comte l'invitation à venir chasser à La Doulsade près La Châtre.

Le duc de Bourgogne et ses acolytes rôdaient toujours autour de la couronne de France comme des rats autour d'un fromage sous cloche.

Sophie-Marguerite n'accorda qu'une seule autre fois des gourmandises à son futur époux, une nuit, dans les jardins de l'archevêché de surcroît ! Elle avait une volonté de fer : elle arriverait vierge au lit nuptial.

Jeanne et les siens se hâtèrent de s'installer à La Doulsade. Ythier, l'ancien sergent qui l'avait défendue une fois contre les loups, avec un tasseau enflammé, la reçut comme une reine. Aussi, il s'était installé comme un nobliau et elle eut peine à reconnaître La Doulsade : le jardin sur le terre-plein devant le manoir était devenu un grand velours sculpté jaune et rouge. Il déclara que, pendant la durée du séjour, lui et sa famille iraient s'installer au Grand Palus. Il apprit ainsi à Jeanne qu'il avait racheté pour son compte la ferme où ils s'étaient réfugiés une nuit, avec le sergent Matthias.

François vint de Strasbourg. La valse n'avait pas encore été inventée, mais lui et sa mère n'en tinrent pas compte et tournoyèrent dans les bras l'un de l'autre, devant l'âtre de la grande salle, sous le regard attendri de Joseph, ne s'interrompant que pour rire.

Les Gollheim arrivèrent bientôt, poudreux et fourbus. François s'élança vers le chariot, qui ne pouvait franchir le petit pont, afin de conduire les arrivants au manoir. À la vue de Jeanne, le vernis glacé de la comtesse fondit ; elles s'étreignirent comme des sœurs. Le comte fut enchanté que Joseph parlât allemand.

Quand tout le monde eut été installé, Jeanne et Joseph allèrent attendre leurs hôtes dans la grande salle. Elle regarda par la fenêtre et soudain éclata en sanglots. Joseph s'élança, alarmé, et lui demanda la cause de son émotion. Elle tendit simplement le doigt vers la fenêtre. François et Sophie se tenaient par la main, exactement à l'endroit où Denis avait été déchiqueté par les loups.

— Ils exorcisent les lieux, dit Joseph.

Ce fut aussi la première fois que Jeanne releva le droit de chasse concédé par Charles le Septième avec le titre accordé à son mari et cependant prêté à Ythier. Le roi, en effet, avait restreint ce droit.

Le gibier abondait. Le comte rapporta triomphalement un chevreuil.

Le mariage réunit tous les personnages encore vivants de la tapisserie de la vie de Jeanne.

Guillaumet et sa femme, Sidonie, son mari et la volaillère s'y rendirent. Ciboulet et sa femme. Ythier, son épouse et ses deux fils. Maître Favier et les siens. Ferrando, Angèle et leurs enfants, ainsi que Tanzio, un frère de Ferrando, que personne n'avait jamais vu et qui était aussi beau que lui. Puis ceux de la vie de François : Schöffer vint de Mayence avec Tina, le faux Le Guitault, Arminius et leurs femmes, Kokelmann et tous les apprentis. L'aubergiste du Cerf de Saint Hubert, qui fit ses choux gras ces jours-là. Les Gollheim arrivèrent avec une tribu de barons, baronnes, comtes et comtesses. Déodat et sa jeune cousine Severina, la fille de Ferrando et d'Angèle, porteraient la traîne de la mariée.

Ils attendaient tous à la porte de la cathédrale, les yeux tournés vers la rue par laquelle le couple arriverait.

Jeanne s'avisa que François était la première fleur pleinement éclose de sa vie. Qu'elle avait donc œuvré et souffert pour ce jour !

La journée était splendide. Une foule sans pareille emplit la cathédrale et s'amassa sur le parvis.

Quand les futurs époux apparurent au bout de la rue, des vivats jaillirent, des applaudissements éclatèrent, des fleurs et des baisers volèrent. En réalité, le peuple de Strasbourg se célébrait lui-même : il avait élu comme héros un prince jeune et beau et son épouse également jeune et belle et qui ne triomphaient que par leur éclat et leur amour, pour faire la nique aux princes qui ne triomphaient que dans le sang.

Montés sur des chevaux blancs, François et Sophie-Marguerite, tout de blanc vêtus, arrivèrent au pas. On eût cru une apparition. Ils souriaient et se tenaient la main, d'une selle l'autre.

Les larmes jaillirent des yeux de Jeanne. Joseph aussi avait les cils humides.

Ce serait le plus beau mariage du monde, on peut le dire, car personne n'a assez de mémoire pour soutenir le contraire.

Mais il faillit ne pas avoir lieu.

Un cri d'horreur jaillit, puis d'autres au moment où le couple touchait au parvis. François tourna la tête et ne vit que trop tard un masque de tranche-montagne se précipitant sur lui, la dague à la main.

Morvilliers ! Sorti de prison ! Venu consommer sa vengeance !

François lâcha la main de sa promise.

Dix, vingt, cent bras se détachèrent de la foule et saisirent Morvilliers. Il fut jeté par terre, roué de coups, d'abord de poings et de pieds, puis de bâton.

Quand les archers arrivèrent, il était trop tard, Morvilliers agonisait.

Jeanne chancela dans les bras de Joseph.

Seules trois personnes présentes eussent pu révéler l'identité de l'agresseur : Favier, Falois et François. Nul ne le fit. Morvilliers disparut du monde, jeté dans l'anonymat par la rage qui l'avait consumé, lui qui avait rêvé de se distinguer aux yeux des princes.

Il avait offert le plus beau cadeau de noces à sa victime présumée : sa vie.

La messe, le faste, les orgues, les fleurs, le chant des chœurs, les fumées d'encens, la solennité de la cérémonie succédèrent si promptement à l'incident qu'ils l'effacèrent presque.

Jeanne se demanda si elle avait été victime d'une hallucination.

Au banquet qui suivit, dans les jardins de l'archevêché, prêtés au jeune couple pour la circonstance, Jeanne allait comme dans un songe entre les images fugitives de l'agression et celle du jeune couple, entre les compliments des convives qui, à l'intérieur de la cathédrale, n'avaient rien vu, et les récits de l'horreur.

Le couple partit pour le pavillon de chasse d'Alexandre de Luxembourg, mis également à la disposition des jeunes mariés.

Jeanne et Joseph regagnèrent l'auberge. Jeanne dormit le plus longtemps qu'elle eût souvenir : neuf heures !

Le 12 juillet 1471, dans son hôtel de Strasbourg, Sophie-Marguerite de l'Estoille mit au monde un garçon, qui fut prénommé Jacques Adalbert, en hommage à ses deux grands-pères. Par coïncidence, François reçut le même jour, de la part de Guillaume Fichet, un exemplaire du premier livre sorti de l'imprimerie de la Sorbonne, un ouvrage on ne peut plus immortel, les *Epistolae* de Gasparino Barzizza.

Jeanne et Joseph étaient revenus en Anjou après un voyage dans le Palatinat, au château de Gollheim, bien évidemment. L'hôtel Dumoncelin à Paris était décidément déserté ; seuls Joseph et Ferrando y séjournaient quelques semaines par an, lors de leurs voyages d'affaires. Lesquelles commençaient à devenir compliquées, comme on va le voir.

Angers avait perdu sa perle : le roi René était parti s'installer à Aix-en-Provence, emportant ses meubles, ses ivoires sculptés, ses tapisseries et ses tableaux. À vrai dire, cela ne surprit guère ; René était plus provençal qu'angevin. Son nouvel exil ne faisait que priver Jeanne et Joseph de quelques soupers, avec musiques et récitations. Quant aux tournois, dont René était si friand, Jeanne en faisait bon marché ; elle n'en avait vu qu'un seul, qui s'était affreusement terminé ; l'un des cavaliers, un beau jeune homme, avait eu la poitrine défoncée par la lance de son adversaire et avait craché du sang tout un jour avant de rendre l'âme. Elle songea qu'elle n'entendrait plus dans le parc du roi d'Anjou le cri discordant des paons, qui s'obstinaient à appeler : « Léon ! »

Jeanne était souvent seule. Joseph, en effet, séjournait fréquemment à Tours où, à l'initiative forcée du roi, venait de se créer une industrie de la soierie. L'industrie drapière tourangelle avait été décevante ; on lui substitua donc celle de la soie. Jusqu'alors, seule Lyon tissait de la soie, principalement avec des ouvriers italiens. Mais on en achetait beaucoup à l'étranger, comme on achetait d'ailleurs d'autres produits précieux, et Louis le Onzième s'indigna de tout ce bon argent français qui s'en allait dans les Flandres, à Genève, à Florence, voire plus loin ; aussi décida-t-il de créer une industrie de luxe et promit-il d'occuper ainsi dix mille « oiseux ».

Quelques œufs de vers du mûrier, rapportés clandestinement de Chine, comme l'imprimerie d'ailleurs, avaient appris à éclore et donner naissance à des vers, et ceux-ci avaient, à leur tour, appris à filer aussi docilement que dans l'Empire du Milieu. Joseph se lança dans cette trouée et se familiarisa avec l'odeur fétide des branches de mûrier blanc couvertes de larves de bombyx et des cocons où l'on étouffait les larves, avant qu'elles y fissent un trou pour en sortir. Il fonda une magnanerie et compta à son service six jeunes filles qui dévidaient inlassablement ces cocons pour enrouler sur un fuseau quatre ou cinq cents toises d'un fil si fin qu'on peinait à le voir. Des ouvriers génois surveillaient la teinture dans les cuves, car le mordançage de la couleur sur la soie était plus difficile que celui du drap, de la laine ou de la toile.

Joseph réalisa ainsi un rêve qui l'avait hanté depuis ses études hébraïques : la fabrication de ces gazes de soie dont parle le prophète Ézéchiel. Il réussit à les faire tisser si légères qu'un souffle les agitait. Il y gagna beaucoup d'argent. Tout en étant bien de la soie, ces gazes coûtaient bien moins cher à produire que les soies épaisses à cinq fils, mais elles se vendaient beaucoup plus cher, car leur transparence excitait l'imagination des femmes et, partant, celle des hommes. Toutes les soies, d'ailleurs, flattaient le goût des bourgeois pour l'apparat. Il n'était de maison cossue où l'on ne trouvât des miroirs et des soieries : leur brillant prouvait qu'on avait du bien.

Tours ! songea Jeanne. Nous sommes partout et nulle part. Une maison à Paris, des fermes dans le Berry, une maison à Angers, une draperie à Lyon, une maison à Strasbourg désormais, et sans doute une bientôt à Tours. Nous avons des parents à Milan et dans le Palatinat. Pâtisserie, draperie, imprimerie, soierie, nous serons bientôt marchands de harengs à Calais ou fabricants de miroirs à Venise. Joseph s'en accommode parce qu'il possède un centre de gravité philosophique. Mais moi ? Il faudra bien un jour nous retirer quelque part, et je ne vais pas faire claquer mes ossements à courir sur les routes quand je serai une vieille !

Elle songea que, étrangement, un souvenir sinistre s'accrochait à toutes les maisons qu'elle avait habitées depuis l'atelier du collège des Cornouailles où elle avait appris la pendaison de Matthieu : non seulement la mort de Denis à La Doulsade, mais celle de Barthélemy à la rue de la Montagne-Sainte-Geneviève, l'agression de Jacques rue de la Bûcherie, la tentative d'empoisonnement de François rue de Bièvre et la mort de François de Montcorbier de l'autre côté de la haie de celle-ci.

Comme un fil noir qui soulignait le dessin.

Elle ne s'adoucissait qu'en regardant Aube explorer le jardin, sous la surveillance de la nouvelle nourrice, Justine. L'autre, Félicie, celle qui avait veillé sur François, commençait à rassir et passait ses journées à se chauffer au soleil le matin et devant le feu le soir, après s'être rafraîchie quelques heures à l'église. Elle était pour Jeanne le témoin de sa vie ; elle avait vu défiler à la maison François de Montcorbier, Philibert, Barthélemy, Jacques, puis Joseph, de ce regard patient de chouette sur la branche. Elle ne servait plus qu'à participer au blanchissage du linge, dont elle détenait quelques secrets avarement cédés : par exemple, pour enlever les taches et souillures sur le linge blanc, le frotter à la cendre de bois fine et au savon ; pour les taches de vin rouge, les tremper de vin jaune ; pour le dernier rinçage, le faire en baquet et ajouter quelques gouttes de vinaigre.

Un après-midi, Justine l'appela pour le souper. Félicie, assise sous le tilleul, la tête renversée en arrière et les mains jointes sur le giron, ne répondit pas.

— Félicie ! cria Justine, plus fort.

Jeanne tourna la tête et comprit. Elle se leva d'un coup et alla se pencher sur la vieille nourrice.

— Elle est partie, murmura Jeanne.

Déodat comprit, mais non Aube.

— Partie où ?

On la transporta dans sa chambre, on appela le prêtre de Saint-Bernard, on fit la toilette de la morte et Jeanne lui organisa un bel office funèbre. Elle fit graver une pierre tombale avec l'inscription suivante :

Félicie Destart,
fidèle servante du Seigneur
et des humains,
vit désormais
le dimanche éternel

La disparition de la nourrice jeta Jeanne dans des réflexions sans fin.

Quand Joseph revint de Tours, elle lui demanda :

— Où allons-nous ?

Il la regarda un moment d'un œil pétillant :

— Au cimetière, bien sûr.

— Joseph ! Nous nous levons le matin depuis le commencement de la vie, nous travaillons, nous nous couchons, souvent les centres de nos corps s'agitent et se joignent, nous nous pâmons, parfois des enfants naissent, nous amassons du bien, et tout ça pour les vers ?

Il déployait au soleil une pièce de soie fine, qui chatoyait et s'irisait avec une générosité confondante. Aube la vit, accourut et voulut s'en emparer. Son père l'en coiffa et elle courut comme un papillon dans l'allée, pour se faire admirer de sa nourrice.

— Et qu'en font les vers ? demanda-t-il. Peut-être de la soie aussi belle que celle-ci. Peut-être servons-nous à tisser les soies du Seigneur.

— Mais ici-bas ? insista-t-elle.

— La navette sur le métier se demande-t-elle : Où vais-je ? Un coup à droite, un autre à gauche, cela n'a pas de sens.

Jeanne songea à la tapisserie, qui lui avait jusqu'alors servi de modèle quand elle tentait de se représenter son existence.

— Et pourtant, reprit Joseph, quand elle a fini sa course, la navette a tissé une belle pièce de soie. Ou de drap.

— Et tu as gagné un peu plus d'argent. Mais à quoi sert l'argent ?

— C'est une saison, répondit Joseph, souriant.

— Une saison ?

— Une belle saison. Il protège du froid. Il protège aussi la descendance. L'argent, c'est l'été. Ai-je répondu à ta question ?

Elle soupira.

— N'y a-t-il pas d'autre réponse ?

— Peut-être, dit-il, en prenant dans ses bras Aube, qui revenait vers lui. C'est que nous ne percevons jamais qu'un bout de tout autour de nous. Platon dit que nous vivons tous dans une caverne devant laquelle passent des personnages et que nous ne voyons que des ombres sur le mur du fond. Plus modestement, je nous compare à des souris qui, lorsqu'elles pointent le nez hors du trou, ne voient que des planchers, des pieds et des chats.

Elle se mit à rire.

— Nous n'avons jamais qu'un point de vue, ajouta Joseph.

— Écris-moi un livre. Nous le ferons imprimer par François.

Le 27 mai 1472, le ciel de Louis le Onzième s'éclaircit : son jeune frère Charles, dont l'insignifiance n'avait d'égale que l'ambition, mourut d'une maladie mystérieuse. Il est bien connu que, d'essence céleste, les princes ne sont jamais malades, et un moine qui dirigeait l'abbaye de Saint-Jean-d'Angély répandit le bruit que Charles avait été empoisonné par son frère ; cela lui coûta l'abbaye. Entre-temps, Louis s'empressa de reconquérir le fief qui lui avait échappé, la Guyenne. La même année, le roi s'avisa que le prénom de Jeanne portait bonheur aux Valois : Charles le Téméraire ayant eu l'imprudence d'assiéger Beauvais, il dut battre en retraite, la population ayant été exaltée par une nommée Jeanne Laisné, surnommée par la suite Jeanne Hachette. En guise d'adieu, le Bourguignon dépité incendia les villages alentour.

Le mai suivant, royaume et province bruissèrent de bruits alarmants : Louis non plus n'allait pas bien. Il souffrait d'invisibilité, maladie fort grave pour un personnage public. La cause en était sa réclusion volontaire, car il avait subi ce qu'on appelait une fluxion de cerveau, en d'autres termes une attaque cérébrale. Ses ennemis crurent triompher : son seul héritier n'avait que trois ans, et la régence prévue par le roi serait assumée par une femme, sa fille Anne.

Ils en furent pour leurs frais : le roi se rétablit et redevint visible et pis, Jean d'Armagnac, l'un des ligueurs alliés du Téméraire, mourut à son tour.

En 1474, un autre ligueur, Jean d'Alençon, décéda en prison. Le Téméraire rumina le projet de s'emparer de Paris. Il comptait évidemment sur les Anglais. Édouard IV d'Angleterre arriva bien, mais le Bourguignon n'était pas là : il était occupé à mater une révolte à Neuss, sur le Rhin, où on ne l'appréciait pas plus qu'à Paris. Louis en profita pour signer une trêve de sept ans – elle devait en durer dix, mais le Parlement anglais marchanda – avec son ennemi, au grand dam du Téméraire.

Louis le Onzième commençait donc à renforcer ses positions. Mais cette année 1474, le roi René fit un testament par lequel il cédait la Lorraine à son petit-fils René II de Vaudémont et la Provence et l'Anjou à son neveu Charles, comte du Maine. Nenni, objecta Louis : l'Anjou ne pouvait être transmis que par les mâles et le monarque ne pouvait blairer non plus le comte du Maine, son cousin germain. Le Parlement le fit entendre à René d'Anjou, qualifiant son testament de lèse-majesté et de menée contre la chose publique du royaume. À la vérité, Louis attendait que son oncle René allât écouter les concerts du Paradis pour mettre la main sur ses provinces. Quand il mourrait, ses possessions reviendraient à la couronne de France et basta.

Ces événements intéressaient directement Jeanne et Joseph en ce qu'ils compliquaient ou facilitaient le commerce des draperies et soieries. En effet, là où le roi régnait, on pouvait faire tranquillement du négoce et là où siégeaient ses adversaires, on ne le pouvait pas. Ainsi, quand il avait repris la Normandie, une foire s'était créée à Caen ; car le roi veillait au commerce : il en avait créé une autre à Saint-Germain-des-Prés et celle du Lendit à Saint-Denis avait été ranimée. La trêve avec l'Angleterre permettait de commercer avec ce pays, qui se montra, incidemment, fort avide des soieries françaises et des gazes iridescentes de Joseph de l'Estoille. Mais jusqu'à un point : on l'avait bien vu en 1471, pendant la guerre des Deux Roses et avant la trêve entre le roi de France et le roi d'Angleterre : soutenu par le Téméraire, Édouard IV avait écrasé son ennemi Henri VI, allié de la France, et mis à la porte tous les marchands français.

À l'exception des féodaux, chacun avait donc intérêt à voir triompher le roi de France. La royauté ne souffrait pas contestation, comme en témoignait le bref poème de Jean Meschinot, poète attitré du duc de Bretagne :

Sire !
Que veux ?
Entendez !
Quoi ?
Mon cas.
Or, dis...
Je suis...

Qui ?
La détruite France…
Roi suis, de grande puissance.
Bien.
Tu me dois…
Que dois-je ?
Obéissance !
Et vous à moi ?
Rien !

Aussi Joseph et Jeanne se tenaient-ils aux aguets des nouvelles : c'était d'abord par l'intermédiaire de ces bulletins irréguliers que diffusaient les banquiers lombards et les marchands de la Hanse teutonique, *avvisi* italiens et *Zeytungen* allemands, sans compter quelques gazettes genevoises, qui circulaient par courriers de Milan à Genève, Lyon ou Rotterdam. Grâce à des accords personnels, Joseph était parvenu à s'en assurer le service, d'ailleurs coûteux. Ensuite, la maison d'Angers servait en quelque sorte d'étape aux marchands français et étrangers qui sillonnaient la France, quand ils passaient par là. Joseph échangeait avec ses collègues banquiers ou drapiers des nouvelles sur le cours des épices, du drap ou des armes à Londres, à Madrid ou Genève, mais aussi sur les décisions, alliances, finances d'emprunts, défauts, mariages et santé des princes qui gouvernaient le sort des humains.

— Voilà comme le destin nous dicte nos sentiments, observa Joseph. Nous sommes partisans de ce roi que nous n'avons jamais vu.

28

La chambre noire

Elle regarda Déodat comme pour la première fois.

Le nez rose pâle. L'arc bouclé de la lèvre supérieure. Le rose satiné de la lippe. Le menton délicat de Jacques. La chevelure sombre, qui se tissait de scintillements dorés au soleil. Le regard intériorisé des anciens Stern, ourlé de cils d'une longueur inusitée.

Il tenait Aube sur les genoux. Elle lui enlaçait le cou.

Jeanne eut une idée. René d'Anjou avait laissé à Angers un peintre, Jouffroy Mestral, un petit jeune homme blond qu'elle avait parfois vu aux fêtes royales, plutôt taciturne, observant les manèges de la cour d'un œil lointain.

Elle se rendit chez lui, à pied car il n'habitait pas trop loin. Elle le trouva dans son jardin, derrière une armée de roses trémières, et se livrant à un exercice singulier : il regardait dans une boîte à peu près cubique, sans doute percée d'un trou au sommet et posée sur un trépied.

Il leva les yeux, la reconnut et courut vers la barrière pour lui ouvrir la porte. Il lui souhaita la bienvenue et la fit entrer dans l'atelier, puis l'invita à s'asseoir. Elle regarda autour d'elle : des pots de poudres de couleurs, des flacons, un mortier et son pilon alignés sur des étagères, des planchettes de bois finement polies posées sur une table. Une collection de pinceaux semblait attendre de fleurir dans d'autres pots.

Il lui demanda ce qui lui valait l'honneur d'une visite.

— Je voudrais faire faire le portrait de mes deux enfants, Déodat et Aube. Il a douze ans et elle, trois.

Elle promena son regard alentour, attendant la réponse, et l'accrocha au portrait d'un adolescent sur un fond vert. À l'instant, le modèle entra, salua de la tête et posa d'autres pots sur des étagères, puis s'empara du mortier.

— Les enfants, observa Jouffroy Mestral, sont une gageure. Il faudrait réunir plusieurs portraits d'eux sur la même planche afin d'avoir leur ressemblance. Ils changent bien plus souvent d'expression que nous, qui avons les traits figés.

— Avons-nous les traits figés ? demanda-t-elle, surprise.

— À force de ressentir les mêmes émotions, nous formons des plis. Qui deviennent des rides. Après vingt ans, un visage tend à devenir un masque. Mais vous êtes l'exception, madame, ajouta-t-il avec un sourire.

Le *famulus* entra de nouveau et présenta le mortier à son maître ; celui-ci en inspecta le contenu, en préleva une miette avec son auriculaire et hocha la tête.

— Je crois que c'est maintenant assez fin.

Il leva les yeux vers Jeanne :

— Je passerai donc voir vos enfants, dit-il, à votre convenance.

— Mais venez donc maintenant. Je n'habite pas loin.

Il accepta et se leva.

— Je sors, Joachim ! lança-t-il au *famulus*, qui s'était esquivé discrètement.

— Quelle est cette boîte ? demanda Jeanne, quand ils furent au seuil du jardin.

— Un stratagème et une parabole, répondit-il en souriant. Voyez.

Il retira de la boîte une planchette mince, insérée dans une fente, l'examina et la montra à Jeanne. D'abord, elle ne vit rien que des formes rouge groseille sur un fond violacé, presque noir.

— Ne distinguez-vous rien ?

Elle se pencha et crut reconnaître des formes végétales.

— Mais… on dirait les roses trémières ! s'écria-t-elle.

Il sourit, satisfait. Elle était stupéfaite.

— Ce sont les roses trémières, en effet.

— Mais par quel stratagème ?

— Regardez donc dans la boîte.

Celle-ci était percée d'un trou, dirigé vers les roses trémières. Cette ouverture, garnie d'une lentille de verre, pareille à un verre de lunettes, dirigeait un faisceau de lumière vers le fond. Jeanne regarda la projection de la lumière sur la paroi opposée au trou. Elle reconnut l'image des roses trémières, mais à l'envers, sur un fond de ciel bleu.

— Quel est ce prodige ?

— Un phénomène d'optique tout à fait ordinaire. L'image qui passe par la lentille est reflétée à l'envers.

— Et cette image ? demanda-t-elle, indiquant la planchette.

— Je me suis dit que l'image passant par l'ouverture dans la boîte pourrait être fixée sur des couleurs fraîches, selon le degré de son imprégnation par la lumière. À la condition d'avoir une substance qui noircisse davantage quand elle reçoit beaucoup de lumière que lorsqu'elle en reçoit moins. J'ai utilisé du jus de mûres étalé sur du blanc d'argent.

— De mûres !

— Il noircit plus vite quand il est exposé à la lumière. Comme le ciel est plus lumineux que les roses trémières, il est presque noir sur l'image. Les silhouettes des roses trémières se découpent ainsi dessus en clair. Hélas, dans quelques minutes, il ne restera plus rien de ce chef-d'œuvre, car toute l'image aura noirci.

Elle regarda la planchette et, en effet, les silhouettes qu'elle avait reconnues tout à l'heure n'étaient presque plus qu'un souvenir. Mais sa stupéfaction demeurait.

— N'y aurait-il donc pas moyen de fixer cette image de façon plus durable ? demanda-t-elle.

— Je cherche une substance alchimique aussi sensible que le jus de mûres, mais dont la mémoire serait plus longue. Venez, allons voir vos enfants.

Chemin faisant, elle demanda à Jouffroy Mestral :

— Pourquoi disiez-vous que cette boîte est une parabole ?

— Parce qu'elle est pareille à notre tête : les souvenirs y sont fugaces. La preuve en est que nous avons tous besoin de portraits pour fixer les traits des gens qui nous sont les plus chers. Le plus souvent, d'ailleurs, nous les voyons de manière inexacte. Et cela, non seulement à cause de la défaillance de notre vue, eussions-nous un œil de lynx, mais encore parce que les traits se modifient sous l'effet des émotions qui agitent l'âme et se succèdent d'heure en heure. De surcroît, les coiffures changent les traits des hommes et les fards ceux des femmes. Nous ne voyons jamais une personne telle qu'elle est essentiellement. C'est grâce à ces carences que je gagne ma vie, conclut-il avec un sourire.

Ces explications laissèrent Jeanne perplexe, et elle se demanda si elle avait vraiment fait un bon choix avec Jouffroy Mestral. Elle se rassura en songeant au portrait qu'elle avait aperçu dans l'atelier : elle y avait d'emblée reconnu les traits du *famulus*.

À la maison, le peintre examina Déodat et Aube avec attention ; ils semblèrent intimidés par l'homme qui les dévisageait de façon si insistante. Il hocha la tête avec satisfaction.

— Je serais honoré de faire les portraits de ces deux beautés juvéniles, dit-il.

Jeanne et lui convinrent qu'il viendrait exercer son art chez elle. Car ce seraient, demanda-t-il, deux portraits distincts, non parce qu'il gagnerait davantage – huit écus par portrait, séparément ou ensemble – mais parce que ses deux modèles dégageaient, expliqua-t-il, des sensations différentes.

— Je crains de ne pas comprendre, dit-elle.

— Déodat exprime une nature aventureuse, qui sera capable de grandes entreprises aussi bien que d'initiatives téméraires. Aube me semble, elle, d'un naturel prudent, réfléchi et adroite à résoudre les conflits.

Ces considérations laissèrent Jeanne tout aussi perplexe que les propos de Mestral sur l'impossibilité de voir les gens tels qu'ils étaient. Le peintre le vit-il ? Il demanda alors les dates de naissance des deux enfants. Déodat était né le 10 janvier et Aube le 22 février. Il ne put réprimer un sourire de triomphe.

— Cela, dit-il, signifie que Déodat est du signe zodiacal du Capricorne et Aube, de celui des Poissons.

— Mais encore ? insista-t-elle.

— Je vous montrerai demain un manuel d'astrologie traitant de l'influence des astres sur les caractères humains.

Il revint le lendemain, suivi du *famulus* qui portait son attirail. Avait-il apporté le fameux traité ? Quand il eut fait asseoir Aube sur un siège devant lui, il sortit de sa poche l'ouvrage, qui semblait bien fatigué.

— Jugez par vous-même, dit-il en le tendant à Jeanne, tandis que le *famulus* installait son matériel près de lui, sur une table pliante.

Jeanne feuilleta le traité et ne tarda pas à vérifier les dires du peintre. Pendant ce temps, celui-ci mélangeait une poudre brune à une substance liquide et, y ayant trempé un pinceau très fin, commença à dessiner les traits de la fillette sur une planchette de bois, à peine plus grande que la main et préparée à la céruse. La jeune nourrice, Justine, suivait le dessin du peintre ; elle était émerveillée.

— Mon Dieu, maîtresse, mais c'est presque de la sorcellerie ! Regardez !

Jeanne se pencha sur le chevalet. En quelques coups de pinceau précis et fluides, Mestral avait fixé l'expression à la fois étonnée et songeuse de la petite fille. Déodat aussi examina le travail du peintre, d'un œil incrédule, puis éclata de rire. Jeanne s'avisa que le *famulus* observait Déodat d'un air indéchiffrable ; un chat qui regardait un chat inconnu.

Elle se rassit.

— Êtes-vous disciple de cet astrologue qu'on voyait à la cour de René d'Anjou ? demanda-t-elle.

— Chrestien de Bâle ? Non pas. Il savait son art, certes, mais je crains qu'il l'ait mis ou tenté de le mettre au service de gens qui recherchaient autre chose que le savoir.

Il s'interrompit et regarda Jeanne d'un air entendu :

— Il faisait partie d'une cabale qui n'était pas plus favorable à votre époux qu'au roi. Il rédigeait des prédictions qui me paraissaient trompeuses et souhaitait les publier par l'écriture mécanique, afin de servir les intérêts de quelques princes ambitieux.

Elle changea de sujet, ne voulant pas s'attarder sur des personnages aussi odieux que Basseterre et cauchemardesques que Morvilliers.

Mestral achevait de dessiner les oreilles d'Aube.

— Deux pétales de rose, murmura-t-il.

— Puisque vous êtes instruit de l'influence des astres, messire Mestral, dit-elle, que pensez-vous qu'elle ait été sur moi ?

Il garda le regard sur son travail.

— Quand je vous ai vue à la cour, j'ai tout de suite pensé que vous étiez habitée par une grande énergie, qui vous poussait à aller toujours de l'avant. De plus, je vous crois peu encline à supporter longtemps les personnes qui vous font obstacle et auxquelles vous décochez plutôt des flèches mortelles. J'en déduis donc que vous seriez du signe du Sagittaire, c'est-à-dire que vous seriez née avant le 21 décembre.

Elle fut saisie. Elle était, en effet, née à l'avent.

— Et vous devinez ces choses rien qu'à regarder les gens ? Vous pouvez déduire la date de naissance d'une personne de la seule manière dont elle vous apparaît ? Mais ne disiez-vous pas tout à l'heure que les sens étaient défaillants et que les expressions changeaient sans cesse ?

Il posa un long regard sur Aube, qui s'ennuyait d'une trop longue immobilité et à laquelle la nourrice promit une datte d'Égypte si elle restait sage jusqu'à la troisième heure.

— L'âme se déchiffre souvent plus distinctement que la physionomie, répondit Mestral.

Le *famulus* émit un son indistinct.

— Comment ? demanda Jeanne.

— La voix est une grande révélatrice.

Il se pencha sur sa palette et mélangea du blanc de céruse et une pointe de terre de Sienne avant d'en appliquer quelques touches rosées avec un pinceau plat pour marquer les pommettes de son modèle.

Elle attendait qu'il lui décrivît sa voix.

Mais il parla du regard :

— Et les yeux. Accordés à la voix, c'est comme un concert de viole et de clavicorde.

Elle était fascinée par cette façon d'interpréter la personnalité.

— Ou bien, reprit-il, un vacarme de chats de sorcière et de crapauds.

Elle fut saisie d'une crise de fou rire.

— Quand Basseterre parlait, poursuivit-il, j'avais l'impression d'entendre siffler une vipère.

Une vipère ? Elle le considéra un instant, alarmée. Avait-il deviné quelque chose sur la mort de Basseterre ?

— Vous eussiez fait fortune comme devin, dit-elle.

— J'en doute. S'ils veulent qu'on leur parle d'eux, les gens attendent surtout des compliments. Il ferait beau voir qu'on leur dise que leur menton en galoche et leur gros nez trahissent des appétits bas et une sensualité débridée.

Elle rit de nouveau.

— Et comment faites-vous donc ?

— Je leur dis qu'ils ont des profils d'empereurs romains. Comme ils ignorent le plus souvent les natures de ces personnages fabuleux, ils se croient flattés. Ils n'ont jamais lu Suétone, sans quoi ils se rueraient sur vous la dague au poing.

La troisième heure sonna et la nourrice se leva pour chercher la datte promise ; Déodat la suivit dans l'espoir d'obtenir aussi sa part de friandise. Jeanne en profita pour demander :

— Et moi ?

— Vous n'avez pas besoin de compliments, madame. Votre maintien parle pour vous. Vous êtes droite comme un if. Ou une épée. Votre plus grande compromission consiste à vous taire, quand vous n'êtes pas satisfaite. Je tremble pour vos ennemis. Vous les consumez.

Il releva le menton d'Aube pour lui scruter les yeux ; elle tourna la tête vers la nourrice, qui apportait le fruit. Elle le saisit des deux mains et, comme on lui avait appris à le faire, elle le trancha des dents pour dégager le noyau, qu'elle garda dans une main, et mâcha goulûment la première moitié, puis la seconde. Sur quoi, elle glissa de la chaise et examina le travail de Mestral.

— C'est comme un miroir, dit-elle.

La séance de pose était terminée pour elle. Le *famulus* observait la scène de façon tendue, pareil à un moineau qui guette une miette. Jeanne s'avisa soudain qu'elle n'avait pas entendu sa voix une seule fois. Elle pria la nourrice de servir à boire à ses hôtes. Quand celle-ci tendit son verre au *famulus*, il hocha la tête avec force, sans toujours dire un mot.

— Joachim est muet, dit Mestral d'un ton égal.

Il leva son verre à la ronde.

— Je ne sais ce qui lui est advenu dans son enfance, poursuivit-il. Je pense qu'il a ressenti une frayeur si forte qu'il en a perdu la parole. Je l'ai trouvé il y a quinze ans sur le bord d'un chemin, crotté comme un gueux et n'ayant pas mangé de plusieurs jours. C'est miracle que des loups ne l'aient pas mangé lui-même.

Jeanne frémit. Le récit des tribulations de Denis, quand les déserteurs anglais l'avaient enlevé, lui revint à l'esprit. Joachim était-il un autre Denis ? Le regard de l'adolescent se posa sur elle avec une intensité insupportable. Pour le désarmer, elle lui sourit. Il lui rendit alors un sourire étrange, mi-angélique, mi-animal, qui lui découvrit des dents acérées.

C'était décidément un monde étrange que celui de Jouffroy Mestral. La connaissance des secrets de la nature et une perspicacité aiguë se mêlaient en lui à une compassion froide, car il avait recueilli et adopté ce garçon de longtemps. Que faisait-il donc de son savoir ?

— Joachim témoigne cependant d'un grand talent dans le dessin, reprit Mestral. Je vous montrerai un jour une danse macabre qu'il a tracée sans la moindre leçon. Je m'emploie à perfectionner ses dons. Peut-être prendra-t-il un jour ma succession.

Jeanne mettait de l'ordre dans ses pensées. Mestral la troublait de plus en plus.

— Ainsi, la destinée est inscrite à la naissance et l'on n'y peut rien ? demanda-t-elle. Les signes du zodiaque commandent votre vie et l'on ne fait que suivre leurs caprices ? Mais alors tous les gens nés sous le même signe ont le même destin ?

Mestral considérait son travail ; il leva les yeux sur Jeanne.

— Non, car les astres n'ont pas la même configuration tout au long du signe, ni même tout au long d'un jour. Le travail de l'astrologue consiste, dans l'horoscope, à établir cette configuration et à l'interpréter selon leurs influences respectives. Puis, la nature nous a dotés de plus ou moins de caractère et de volonté. Deux personnes nées au même lieu et à la même heure ne réagissent pas forcément de la même manière au même événement.

— Avez-vous fait l'horoscope de René d'Anjou ?

— Oui, mais je ne le lui ai pas communiqué. Je n'avais pas l'intention de me mettre en rivalité avec Chrestien de Bâle. De plus les gens d'Église et les théologiens, tels que ceux que vous avez vus à la cour, sont toujours enclins à voir dans la divination des destinées une complicité avec les puissances infernales. On croirait, à les écouter, que Dieu jouirait d'un malin plaisir à prendre les gens au dépourvu !

Il éclata d'un rire sarcastique.

— Que disait cet horoscope ?

Mestral sourit.

— Il confirmait ce que la personne physique du roi disait déjà. La position de Mars dans le ciel de ce natif de la Vierge indiquait qu'il serait défait par un homme tel que le roi, qui est un Taureau et dans l'horoscope duquel la même planète est bien plus forte.

— Vous êtes-vous parfois trompé ?

Il posa ses pinceaux et, sur un geste de son maître, Joachim s'en empara pour les nettoyer en les agitant dans de l'esprit-de-vin avant de les essuyer.

— Vous savez, madame, ces recherches sont comparables à ce qu'on fait quand on regarde dans la chambre noire que vous avez vue dans mon jardin. Oui, je me suis trompé, mais ce ne sont pas les astres qui auront erré, mais moi qui n'aurai pas vu assez clair.

— Et cela ne vous trouble pas de savoir tant de choses secrètes sur les gens ?

— Si j'établis un horoscope, c'est à leur demande et dans l'espoir de leur être utile. Pourquoi serais-je troublé ?

Elle réfléchit un moment.

— Feriez-vous un horoscope pour moi ?

— Volontiers.

Elle lui donna une date ; il l'inscrivit et hocha la tête. Puis il décida qu'il laisserait l'esquisse du portrait sécher un jour et reviendrait à la même heure le lendemain pour la poursuivre. Il posa sur l'entablement de la cheminée la planchette portant le visage d'Aube. Joachim replia le chevalet et rangea le reste du matériel. Mestral prit congé de Jeanne et la laissa pensive.

Il avait deviné sa date de naissance, c'était vrai, mais quel crédit pouvait-on prêter au reste de ses propos ? Était-il possible que tout fût écrit d'avance ? Elle regretta que Joseph fût absent ; il l'aurait éclairée.

Mestral revint le lendemain comme convenu et, de même que la veille, Joachim se livra à ses devoirs. Le peintre s'assit, tira un papier de la poche de sa jaque et le déplia. Puis son regard se posa longuement sur Jeanne.

— C'est l'horoscope d'un mort que vous m'avez demandé, n'est-ce pas ?

Elle en resta sans voix.

— Je ne sais si c'est un homme ou une femme, dit Mestral, mais je soupçonne que ce serait plutôt un homme. À l'âge de treize ans, il lui est advenu une mésaventure catastrophique. Il a dû quitter sa maison. Dès lors sa vie a été commandée par deux planètes, Mars et Saturne. Mercure lui a permis de remporter quelques succès, qui semblent n'avoir pas été honnêtes. Il y a six ans, une épreuve de force, peut-être était-ce un tournoi, je ne sais, semble s'être achevée par sa mort.

Jeanne ravala sa salive.

— Tout cela était dans les astres ?

Mestral sourit.

— Pas entièrement. J'ai eu recours au Grand Tarot. Les cartes ont à peu près confirmé ce que disaient les astres, mais elles l'ont surtout précisé. Sa carte maîtresse était la Maison Dieu, renversée.

— Qu'est-ce que la Maison Dieu ?

— La carte du principe de révolte individuelle et de l'action créatrice si elle est à l'endroit, mais celle des désastres, peut-être de la mort si elle est renversée. Cette personne était du signe du Bélier. Le mauvais côté de ce signe est la tendance à des actions irréfléchies et même téméraires, et dans les situations critiques, l'abandon de toute moralité. Ces gens-là, mal disposés, sont également portés à l'infidélité et à l'oubli des sentiments.

Elle se passa la main sur le visage.

— C'était un homme, admit-elle. Il est mort, en effet.

C'était l'horoscope de Denis qu'il avait établi. L'image sortie de la chambre noire était effroyablement fidèle.

Jouffroy Mestral reprit le portrait d'Aube, et Jeanne eut soudain la vision d'un temps futur où elle regarderait ce portrait comme témoignage d'une enfance qui se serait changée en jeunesse ; elle se demanda pourquoi.

On n'entendit pendant la séance que le chant des oiseaux dans le jardin.

29

Les Arcanes

Elle tira la Mort, la Tempérance, la Force et le Chariot. Elle s'effraya d'avoir tiré la Mort. Mestral leva la main pour la rassurer. Dans un jeu préalable, il avait disposé les cartes en carré, selon l'ordre où elle les avait tirées. Il lui demanda de choisir une cinquième carte : ce fut la Justice, qu'il plaça au centre des autres.

— Tout change donc pour vous, dit-il, après avoir jeté un regard d'ensemble. La Mort, votre première carte, indique une rénovation de la vie personnelle et des transformations. La Justice, votre dernière carte, indique votre connaissance des lois du monde et la création incessante. La Tempérance exprime la vie universelle qui passe de votre âme aux autres. La Force, elle, témoigne de votre rayonnement et le Chariot est l'image du mouvement universel. Toutes vos cartes sont à l'endroit et elles sont toutes parfaitement cohérentes.

Une colonne de lumière tombait à l'oblique dans l'atelier de Mestral, animée de poussières, de mouches, de particules indéfinissables. Joachim la traversa et sa personne s'illumina soudain, comme dans une épiphanie, puis retourna à l'ombre.

Un gros chat gris sauta sur la table, regarda Jeanne, fit le gros dos et effleura de son museau le visage de la visiteuse ; elle lui caressa la tête ; il plissa les yeux et sourit.

— Que dois-je comprendre ? demanda-t-elle.

— Vous subissez une transformation profonde, répondit Mestral, se radossant, c'est la Mort, la disparition de votre ancienne personne. Vous apprenez aussi à connaître les lois du monde, c'est la dernière carte, la Justice, qui le dit. La première partie de votre vie fut semée de combats. Vous êtes parvenue à un stade supérieur de la connaissance, même si vous ne l'avez pas recherché. Votre expérience commence à fermenter, comme le jus de raisin, et produit désormais du vin.

Il avait, quelques jours auparavant, après la dernière séance du portrait d'Aube, établi l'horoscope de Jeanne. Il semblait désormais la connaître comme s'il l'avait suivie depuis l'enfance. Il avait décelé par ses calculs les quatre hommes de sa vie, réservant une place particulière à François de Montcorbier. De celui-ci il ne connaissait pas l'identité, mais il l'avait décrit comme s'il avait été doué de prescience. « Un homme immoral et pourtant émouvant. »

Eût-on pu mieux dire ?

— Je ne serais pas surpris que vous ayez dépêché des ennemis au trépas, j'en suis même sûr, avait-il dit en lui tendant une feuille portant un dessin géométrique compliqué.

Elle l'écoutait, à l'éveil, s'efforçant de percer la nature de cet homme et n'y parvenant que malaisément. Il vivait seul avec cet adolescent muet qui dessinait des danses macabres, ne voyait plus guère, depuis le départ de René d'Anjou, que ceux qui lui commandaient des portraits et vivait des légumes de son potager. Elle lui avait apporté une poularde.

— Oh, s'était-il écrié, mais nous en aurons pour cinq jours, Joachim, Robert et moi.

Robert, c'était le chat.

Le peintre semblait posséder un grand savoir, mais n'affectait ni la sauvagerie des ermites ni la hauteur des philosophes. Il n'était pas liant, mais guère rébarbatif non plus. Elle observa ses mains : osseuses, fines, décharnées : faites pour saisir l'essentiel dans l'impalpable.

Robert s'était installé dans le giron de Jeanne.

— Vous dites que je serais parvenue à un stade supérieur de la connaissance, mais c'est se moquer, quand je mesure votre savoir.

— Cela s'acquiert, dit-il, mais bien mieux si l'on renonce à s'en servir de manière égoïste. Le savoir n'appartient à personne, il est destiné au bien de tous. C'est ce que la Justice est venue vous rappeler : c'est votre voie.

Pas celle de mes ennemis, songea-t-elle. Puis : s'ils avaient le savoir, peut-être n'auraient-ils pas été mes ennemis.

— Dites-moi ce que représentent les autres cartes.

Il le lui expliqua. Les tarots allaient par couples, en commençant par l'Esprit de l'Esprit et en finissant par le Corps du Corps. Les stades intermédiaires successifs étaient l'Âme de l'Esprit, le Corps de l'Esprit, l'Esprit de l'Âme, l'Âme de l'Âme, le Corps de l'Âme, l'Esprit du Corps et l'Âme du Corps. Car il convenait de distinguer neuf stades gradués de l'Être, allant de l'Esprit au Corps.

La première des dix-huit images du Grand Tarot était le Bateleur, principe de la conscience, avant toute expression, et la dernière, la Lune, symbolisant la matière, les sensations et les illusions des sens.

— Le portrait que j'ai fait de votre fille Aube est un paradoxe, car il unit sa personne profonde et sa personne physique.

Rien que d'être ici, se dit-elle, je suis, en effet, à un autre stade. À ce moment-là, Joachim fit un geste incompréhensible. Il vint à la table, saisit le paquet de tarots et en tira avec autorité une carte : c'était l'Ermite.

Jeanne leva les yeux sur lui, stupéfaite. Que signifiait ce geste ? Elle interrogea Mestral du regard ; il souriait pensivement.

— Joachim a parfois des intuitions, dit-il.

Ce qui n'expliquait rien. Joachim fixait Jeanne d'un regard pénétrant, troublant jusqu'à en être insupportable.

— Mais que veut-il me dire ? demanda-t-elle.

— Je ne sais, répondit Mestral. L'Ermite indique le corps astral.

Corps astral : elle devinait à peine le sens de ces mots. Joachim fit un grand geste des deux bras, pour indiquer le ciel savait quoi au-dessus de Jeanne. Joachim avait-il tiré une carte au hasard ou bien avait-il deviné où se trouvait l'Ermite dans le jeu ?

— Mais quoi ? s'écria-t-elle.

Les mains de l'adolescent sculptèrent dans l'air une forme humaine.

— Une personne, expliqua Mestral. Peut-être une personne disparue.

Joachim sortit de la salle.

— Il m'effraie, dit-elle.

— Privé de la parole comme il l'est, Joachim a développé une connaissance surnaturelle du monde, dit Mestral.

Il ne paraissait pas disposé à en dire davantage. Jeanne se leva. En rentrant chez elle, elle fit un crochet par la librairie et acheta un jeu de tarots pareil à celui de Mestral. Elle s'attarda, feuilletant les ouvrages offerts sur l'étal et se réjouissant d'en trouver quatre imprimés par l'Atelier des Trois Clefs. Depuis plus de deux ans, une imprimerie avait été créée à Lyon et François lui avait écrit pour lui annoncer qu'il avait vendu trois mille caractères à une autre imprimerie, qui se montait à Toulouse.

Elle découvrit un nouveau recueil de François Villon, le feuilleta et tomba sur l'*Épitaphe de François Villon*. Elle en lut les premiers vers :

Frères humains qui après nous vivez,
N'ayez les cœurs contre nous endurcis,
Car si pitié de nous pauvres avez,
Dieu en aura plus tôt de vous merci...

Elle se rappela le distique gravé au-dessus de la porte gauche de la tour de Saint-Séverin, qui donnait accès au cimetière :

Bonnes gens qui par cy passez,
Priez Dieu pour les trépassés.

Villon l'avait-il vue ? L'avait-il suivie au cimetière ? Il lui parut que son Épitaphe en était l'écho.

Soudain, un vacarme tout proche la fit sursauter. Elle se retourna : trois ménestrels vêtus de noir, avec des os figurés en blanc sur leurs costumes, exécutaient une farandole en agitant des crécelles. L'un d'eux jouait une ritournelle obstinée sur sa viole. Elle se ressaisit, leur donna la pièce, paya le livre et se hâta de rentrer chez elle.

Bon, l'année touchait novembre et la fête des Morts. Mais ces évocations funèbres et successives devenaient oppressantes.

Une fois rentrée, elle contempla le portrait d'Aube, dans un cadre italien, orné de fleurs sculptées. C'était quand même de la magie que d'atteindre à une ressemblance aussi parfaite.

Mais qu'avait voulu dire Joachim ?

Joseph rentra le soir de Tours ; il avait vendu la moitié de son magasin à un marchand anglais ; il était content. Il passa une heure dans l'étuve et n'en sortit que pour souper. Arrivé dans la grande salle, portant Aube dans les bras, il avisa les tarots étalés sur une petite table, devant le feu. Un sourire indéfinissable étira ses lèvres. Ses yeux allèrent des tarots à Jeanne :

— C'est la revanche des Stern, dit-il à mi-voix, imperceptiblement ironique.

Elle ne comprenait pas. Il posa l'enfant à terre et servit à sa femme un verre de vin, ainsi qu'à lui-même.

— Jacques était grand expert.

Et devant la surprise de Jeanne, il poursuivit :

— Les tarots sont l'illustration des arcanes numériques. Or, la Kabbale juive tient que les *sephiroth*, c'est-à-dire les nombres, expliquent les mystères de la création et la façon dont l'unité engendre la multiplicité.

Il considéra les tarots disposés sur la table en sept rangées parallèles de trois cartes, selon la méthode des sept ternaires, et reprit :

— Chacune de ces cartes porte un nom en hébreu.

— Même le pape ? s'étonna-t-elle.

— Oui, même le pape, le cinquième séphire. Il porte le nom de *Geburah*, c'est-à-dire « rigueur », ou de *Pech'ad*, c'est-à-dire « punition » ou « crainte ».

— Jacques n'en parlait jamais…

— Il les connaissait par cœur. Il n'avait pas besoin d'images pour pratiquer la connaissance. Je me rappelle que, lorsqu'il t'a rencontrée, à Argentan, en l'an 5211 de notre calendrier, il m'a écrit une lettre énigmatique. La somme des quatre chiffres cinq, deux, un et un, soit neuf, m'a-t-il dit, désigne à la fois le stade du Corps du Corps et la Force féminine. J'ai alors compris qu'il avait fait une rencontre féminine mémorable. Il m'a redit plus tard sa confiance dans les *sephiroth*, puisque tu l'avais ensuite sauvé de la mort… Mais comment en es-tu venue à lire les tarots ?

Elle lui raconta ses conversations avec Jouffroy Mestral et lui montra le portrait d'Aube. Il le trouva exquis et juste.

— Mestral va faire le portrait de Déodat, et je voudrais qu'il fasse le tien.

Elle songea aussi qu'elle avait tiré la Force chez Mestral. Le monde était plein de coïncidences.

Mais en était-ce ?

En mars 1476, François écrivit pour dire que Sophie-Marguerite avait mis au monde un autre enfant, celui-là mort-né. Il en était plein de chagrin et demandait s'il pouvait venir avec sa femme quelques semaines dans la maison d'Angers, dans l'espoir que l'affection et le bon air de l'Anjou leur rendissent à tous deux courage et sérénité. La réponse de Jeanne et Joseph partit aussi promptement que possible.

Ils arrivèrent dix jours plus tard, sans leur enfant, Jacques Adalbert, laissé à Strasbourg aux soins d'une nourrice. Jeanne le déplora ; mais elle avait d'autres soucis : Sophie-Marguerite ressemblait à une rose sans eau et François était plus brun de fatigue. Comme pour s'excuser de leur mauvaise mine, Sophie évoqua l'hiver, qui avait été particulièrement rude à

Strasbourg et François excipa du surcroît de travail que lui avaient valu les trois mille caractères fondus pour la nouvelle imprimerie de Toulouse. Ils évoquaient tous deux une mandore désaccordée.

Jeanne était perplexe ; Joseph lui expliqua qu'ils se rendaient sans doute responsables l'un l'autre de l'infortune advenue à Sophie-Marguerite.

Jeanne s'efforça de les distraire de son mieux : par amour de son fils, elle avait pris de Joseph des leçons d'allemand. Elle s'aperçut que Sophie-Marguerite pratiquait un français à peu près intelligible, fût-il coloré par un fort accent de l'Est. Les deux femmes parvenaient donc à s'entendre, aux deux sens du mot.

Le lendemain de leur arrivée, Mestral vint comme les jours précédents travailler au portrait de Déodat. Il sembla qu'il fût destiné à portraiturer toute la famille, Jeanne s'étant avisée que celui qui avait été fait d'elle à Milan ne lui ressemblait plus ; jugement sans doute étrange au su des premières réflexions de Mestral sur l'instabilité des modèles ; à le pousser à l'extrême, il aurait fallu un portrait par jour.

Ni François ni Sophie-Marguerite n'avaient vu de peintre à l'œuvre. Emplis de curiosité, ils prirent place dans la salle où l'artiste tentait de maîtriser en deux dimensions l'instabilité notoire de la première adolescence en plus de celle de tous les modèles, déjà déplorée. Gageure ardue en l'occurrence, car un instant, Déodat semblait un jeune garçon au visage pur et, l'instant suivant, des ombres lui creusaient le visage et une lueur insolente scintillait dans ses yeux.

Jeanne passait de temps à autre dans la salle, au gré des exigences ménagères et des tâches qu'elle faisait accomplir aux domestiques : balayer l'âtre, changer les chandelles, récurer les bobèches ou détruire les toiles que les araignées s'obstinaient à tisser aux angles des hauts plafonds lambrissés.

Le deuxième jour, elle releva que Sophie-Marguerite se tenait toujours au même point d'observation, la table pliante près de laquelle Joachim officiait.

Le troisième jour, idem.

Le quatrième jour, venue par civilité prier Mestral à souper avec eux, elle perçut un regard d'intelligence entre Sophie-Marguerite et Joachim.

Elle n'en souffla mot à personne. Elle avait elle-même été intriguée par Joachim ; peut-être en allait-il pareillement pour Sophie-Marguerite. Et elle se reprocha de manquer de bienveillance.

Le huitième jour, Mestral déclara qu'il laisserait les deux premières couches de peinture sécher et ne viendrait pas le lendemain.

Pourtant il vint, seul, vers la sixième heure de l'après-midi, et demanda discrètement à s'entretenir à part avec Jeanne.

— Pardonnez-moi, murmura-t-il, la question est embarrassante, mais avez-vous vu Joachim ?

Elle secoua la tête et fronça les sourcils.

— Il a quitté la maison vers midi et n'est pas revenu. Cela n'est pas du tout dans ses habitudes.

Il parut songeur et fouilla le regard de Jeanne. À l'évidence, une autre question lui brûlait les lèvres. Elle la devina : où était Sophie-Marguerite ? Or, elle n'avait pas vu non plus sa bru de l'après-midi. Et Mestral avait probablement remarqué le manège entre son mystérieux garçon à tout faire et la jeune Allemande.

Un silence embarrassé palpita entre elle et Mestral. Elle se demanda s'il n'entretenait pas des liens particuliers avec Joachim. Ou bien s'il était simplement inquiet que son *famulus* eût disparu, parce que cela contrariait sa vie domestique.

— Voyez-vous, reprit Mestral posément, Joachim est un garçon peu commun… Il est très doux, mais il a des réactions parfois imprévisibles… et je craindrais qu'une personne qui ne le connaît pas ait avec lui des gestes maladroits… Il prend alors un aspect effrayant…

Jeanne réfléchit un moment. La voix de François lui parvenait du jardin ; il riait en compagnie de Joseph ; il ne s'était donc avisé de rien. À supposer qu'il se fût bien passé quelque chose.

— Venez ! dit-elle à Mestral.

Elle l'emmena hors de la maison en passant par la cuisine ; ils longèrent le grand jardin et traversèrent un terrain vague, piqué de quelques bouquets d'arbrisseaux. Des restes de jour demeuraient dans le ciel, rose à gauche, indigo à droite.

— Où allons-nous ? demanda Mestral.

Elle se dirigeait vers le grand bois au nord de la maison.

Ils y parvinrent à peine qu'une forme sortit des arbres, les bras écartés, courant.

Sophie-Marguerite !

Jeanne et Mestral firent quelques pas de plus, stupéfaits. La jeune femme arrivait, trébuchant, hagarde. Elle aperçut Jeanne et se jeta dans ses bras, haletante, marmonnant des mots incompréhensibles. Des griffures lui rayaient le visage et la gorge. Ses vêtements étaient en grand désordre, la chemise déchirée. Elle fondit en larmes.

— *Sophie ! Was hingeht ?*

Mais Sophie, au comble de la détresse, ne parvenait pas à répondre. Mestral la considérait d'un air étrangement détaché.

La réponse à la question de Jeanne se manifesta sitôt après : Joachim apparut à son tour. Nu. Sa blancheur dans la lumière crépusculaire lui prêtait un aspect spectral. Un génie des bois.

Mestral s'élança vers lui et le prit par les épaules, pour le calmer aussi. Joachim regardait Sophie. Des grognements animaux lui sortaient de la gorge. Mestral alla chercher dans le bois les vêtements du jeune homme et lui fit enfiler ses braies, puis sa chemise.

Jeanne ramena Sophie-Marguerite vers la maison tandis que Mestral achevait de rhabiller le jeune homme. Ils se quittèrent sans un mot.

— Sophie, lui dit Jeanne avec autorité, il faut absolument que François ignore cela. Me comprenez-vous ?

La jeune femme hocha la tête.

— Ressaisissez-vous. Nous dirons que vous êtes allée vous promener dans les bois, que vous avez été effrayée par un cerf et que vous vous êtes enfuie. Vous vous êtes griffé le visage sur des ronces. Vous me comprenez? *Verstehen Sie mich, Sophie?*

La jeune femme hochait la tête, éplorée.

Elles passèrent par la cuisine, à la surprise de la nourrice et des domestiques, et montèrent à la chambre de Jeanne. Celle-ci aida sa bru à se refaire une apparence plus décente, lui appliqua un baume cicatrisant sur les griffures et l'envoya dans sa chambre se rhabiller. Puis elle descendit dans la grande salle, où Joseph, François et Déodat attendaient que le souper fût servi.

— Où est Sophie? demanda François.

— La pauvre, dit Jeanne. Elle est allée se promener dans le bois. Elle a été effrayée par un cerf et s'est enfuie. Elle a trébuché et s'est égratigné le visage sur des ronces.

— Oh, mais je vais aller…

— Ce n'est pas la peine, dit Jeanne, elle descendra d'un instant à l'autre. Une frayeur, c'est tout. Joseph, sers-moi un verre de vin, veux-tu?

Sophie arriva. Elle avait visiblement compris la monition de Jeanne. Elle avait, en effet, repris son air effronté et elle souriait même.

— Oh, quelle histoire! s'écria-t-elle, presque enjouée.

Et elle courut dans les bras de François.

On lui fit raconter sa mésaventure.

Mais elle n'assista pas à la séance de pose de Déodat le lendemain. Jeanne, si. Elle épia Joachim du coin de l'œil. À la fin de la séance, il lança à Jeanne un long regard, misérable.

— Joachim, dit-elle, voulez-vous un verre de vin?

Il hocha la tête. Elle le servit et, quand elle lui tendit le verre, elle trouva un regard humide. Il esquissa un geste de remerciement subreptice et pathétique: il lui caressa la main. Elle lui sourit, d'une façon qui commandait un sourire en réponse. Il se força donc à sourire.

Jeanne et Mestral reconstituèrent l'incident dès qu'ils eurent un moment d'intimité.

Sophie avait allumé Joachim. Ils étaient allés se promener dans le bois. Elle lui avait fait des avances. Assez caractéristiques, précisa Mestral avec un sourire. Elle ignorait que Joachim n'était pas un muet innocent.

— Je ne vous l'ai pas dit, déclara Mestral d'une voix basse, mais il possède des pouvoirs étranges.

Jeanne attendit la suite.

— Il attire les esprits de l'au-delà. J'ai assisté à des manifestations inexplicables en sa présence, quand il est dans un certain état de méditation… Des êtres fantastiques apparaissent.

— Diaboliques ?

— Non, je ne sais pas ce que sont des êtres diaboliques. Je ne suis pas théologien. J'ai vu un jour un vieil homme surgir dans un coin de l'atelier. Il n'était pas malveillant, bien plutôt vigilant. Il regardait Joachim. Il paraissait lui signifier sa protection.

Jeanne était saisie.

— Je vous parlerai de lui plus longuement une autre fois. Votre bru a éveillé en lui l'instinct animal. Je ne sais exactement ce qui s'est passé. Joachim a tenté de me le représenter par un dessin.

Il lui montra le dessin. Une femme à terre dans la forêt, levant le bras. Un jeune homme nu devant elle. On distinguait alentour des formes incertaines, humaines ou animales.

Sans doute des esprits s'étaient-ils manifestés autour de Joachim. Sophie-Marguerite avait été terrorisée.

— L'acte a-t-il eu lieu ? demanda Jeanne.

Mestral hocha la tête.

— C'était la première conjonction de Joachim avec une femme. L'expérience a sans doute été violente pour lui. D'où les apparitions que son dessin semble signaler. La leçon a dû être décisive pour votre bru, dit Mestral avec amusement. Elle est d'une famille de chasseurs, n'est-ce pas ?

— Oui, répondit Jeanne, surprise.

— Elle a pris Joachim pour un gibier sexuel. Mais il est plutôt comparable au cerf de saint Hubert.

Il se mit à rire.

— Il est votre guide aux Arcanes ? demanda Jeanne.

Ce fut au tour de Mestral d'être surpris.

— Comment le savez-vous ?

— Je le comprends maintenant, à la lumière de ce que vous venez de me dire. J'avais une question : comment savez-vous que son nom est Joachim, puisqu'il n'a pu vous le dire ?

— Quand je lui ai eu appris à lire et écrire, il a un jour inscrit son nom en pointant le doigt vers lui-même.

Jeanne regagna la maison, songeuse.

Quand elle revint, elle trouva François et sa femme au jardin, enlacés. C'était la première fois depuis leur arrivée. L'infidélité avait porté ses fruits. Aussi, Jeanne avait-elle fait de son mieux pour rétablir l'harmonie du ménage. Celle-ci valait bien un mensonge : elle avait interdit à Sophie-Marguerite de jamais mentionner sa particulière partie de chasse avec Joachim. Elle connaissait François : il en serait blessé. Qu'il fût donc cocu, à son insu, que diable ! L'essentiel était qu'il ne fût pas abandonné et amer.

Jeanne y gagna la dévotion de sa bru. La jeune Palatine n'eut d'ailleurs pas trop de mal à reconquérir l'amour de son François : elle avait sans doute compris qu'il valait mieux goûter les plaisirs du corps en compagnie d'un mari jeune, beau et aimant que de voir surgir des spectres pendant l'orgasme.

Jeanne en riait encore. Seulement, elle se demandait s'il y aurait d'autres fruits que la paix conjugale à l'aventure de Sophie.

30

Le rendez-vous de Venise

Charles le Téméraire n'avait probablement pas d'astrologue. Ou bien il ne l'écoutait pas. Ou encore ce conseiller manquait de talent.

Toujours fut-il qu'à la fin, lassés de ses tentatives répétées pour manger une proie plus grande que lui, cette France à laquelle il s'entêtait à méconnaître qu'il lui appartenait plutôt que l'inverse, ses génies protecteurs l'abandonnèrent. Après avoir conquis la Lorraine, il fit le siège de Nancy. La ville, en effet, lui était hostile comme toutes celles de l'Est. L'Alsace, la Suisse et l'Autriche ne voulaient pas de ce trublion. De plus, Louis le Onzième l'avait ruiné financièrement, en organisant le blocus commercial de la Bourgogne.

Il neigeait pendant que le Bourguignon assiégeait Nancy. Le 5 janvier 1477, une flèche le tua. On ne retrouva son cadavre, gelé, que deux jours plus tard. Louis ne perdit pas de temps : ses troupes occupèrent la Bourgogne incontinent. En mars, elles envahirent aussi bien la Picardie et l'Artois ; c'en était fini pour quelque temps de la ligue des princes. Quant au Bien public, nul n'en parlait plus.

La paix gagnait donc le royaume. Enfin, à peu près.

Peu de jours après la mort du Téméraire, Jeanne et Joseph reçurent une lettre de François, d'un ton notablement plus joyeux que la précédente. Sophie-Marguerite avait mis au monde un autre garçon, vigoureux et sain, dont la gestation l'avait fatiguée ; il serait appelé François Eckart, ce dernier prénom étant un hommage à son arrière-grand-père. Jeanne et Joseph s'en félicitèrent.

En mars, la paix ramena Ferrando à Angers, aussi exubérant que d'habitude : en effet, Louis le Onzième avait signé un traité avec Venise, jusqu'alors suspecte – à juste titre – d'accorder ses faveurs au Téméraire. On pourrait désormais commercer librement avec la Sérénissime !

Joseph se félicita aussi de la nouvelle : un nouveau marché s'ouvrait pour ses draperies et soieries.

— Et ce n'est pas tout, poursuivit Ferrando, Venise est devenue la capitale de l'imprimerie ! Elle compte cinquante ateliers ! Cinquante ! Alors qu'il n'y en a qu'un seul à Paris ! Regardez les livres illustrés qu'on y produit !

Il ouvrit sur la table un ouvrage, vraiment somptueux, orné de nombreuses gravures d'une finesse inconnue ; c'était un traité d'architecture de Leone Battista Alberti. Tout le monde s'extasia.

— Je suis certaine que François serait heureux de voir cela, dit Jeanne.

— Allons à Venise ! s'écria Ferrando.

La proposition séduisit Jeanne ; elle avait tant entendu parler de cette ville sans pareille, où les rues étaient des canaux et où l'on allait sur l'eau comme d'autres vont sur terre. Mais il fallait prévenir François.

Deux semaines se passèrent en correspondance. Il semblait, en effet, hors de question qu'un chariot loué à Angers ou à Strasbourg allât jusqu'aux confins de la Vénétie. Ferrando organisa des relais : l'on se retrouverait à Milan et, de là, les voyageurs gagneraient directement Venise. Jeanne décida qu'elle emmènerait Déodat, mais non point Aube, trop jeune pour supporter les fatigues de la route. François écrivit que son fils Jacques Adalbert, qui atteignait bientôt sept ans, serait du voyage ; les deux garçons se tiendraient compagnie. Ferrando, quant à lui, viendrait avec sa fille Severina. L'équipage se composerait de neuf personnes réparties sur deux chariots. Ferrando, toujours lui, écrivit à sa femme, pour l'informer du projet, et à un banquier de Venise pour qu'on lui louât un *palazzo*. L'arrivée dans la ville rose fut prévue pour les tout derniers jours de mai.

On s'affaira aux préparatifs. Déodat était excité : ce serait son premier grand voyage. Il rappela à Jeanne les réactions de François, jadis.

L'étape de Milan fut joyeuse. Tant d'années s'étaient écoulées depuis les dernières rencontres que l'émotion des retrouvailles se doubla de la surprise des découvertes.

Jeanne trouva qu'Angèle était devenue la plus belle femme qu'elle eût jamais vue. Épanouie, resplendissante et admirablement parée. La nonne juive d'antan s'était muée en princesse chrétienne.

Elle s'éprit de Jacques Adalbert, son petit-fils. Il était à la fois Jacques et François, que dire de plus ! Et ce mélange était pimenté par le sang allemand, qui lui conférait une *gravitas* teintée de l'espièglerie de sa mère.

Déodat s'enchanta de découvrir sa cousine Severina et se désola de ne pas parler italien. Lui, Jacques Adalbert et Severina emplirent de leurs cris les murs du palais Sassoferrato.

Une famille ! Des Français, des Italiens, des Allemands, mais une famille ! Et des enfants ! se dit Jeanne, le cœur gonflé de joie.

— Comment va mon nouveau petit-fils François Eckart ? demanda Jeanne à son fils.

— Mère, il est d'une santé effrayante ! répondit François. Avons-nous des ancêtres animaux dans la famille ?

Elle s'alarma.

— J'ai l'impression d'avoir engendré un loup, dit François, rêveur.

— Tant que ce n'est pas un singe ! s'écria-t-elle gaiement.

Elle n'en pensa pas moins.

Les voyageurs s'arrachèrent aux témoignages d'affection des parents de Ferrando et, grossis de deux membres supplémentaires, Angèle et Severina, se remirent en route, à destination de Venise.

La Lombardie verdoyait. Une halte de deux jours à Mantoue fut arrêtée par Ferrando et Joseph de concert. Ils profiteraient de l'occasion pour aller rendre visite à deux banquiers de leur connaissance. Jeanne se promena Piazza dell'Erbe et Piazza Sordello et acheta pour son fils et ses neveux des chemises fines aux broderies de soie, puis pour elle-même une coiffe de gaze brodée de perles.

L'arrivée à Venise se fit sous un ciel d'opale rougeoyante. La lagune s'irisait aussi. Le campanile jeta à pleine volée des notes de bronze austère par-dessus la piazza San Marco et jusqu'à la mer. Le monde chatoya, sons et couleurs mêlés.

Jeanne était muette d'admiration. Elle était emplie de cette ville où le ciel avait la couleur de l'eau et l'eau, celle du ciel.

Joseph l'embrassa de joie. Sophie-Marguerite étreignit François.

Une flottille de gondoles fut nécessaire pour embarquer tout ce monde et ses coffres jusqu'au palazzo Erizzo, sur le Canal Grande.

Le premier étage était constitué de grandes salles. Le deuxième et le troisième étaient réservés à l'habitation et les combles, aux domestiques. Les trois couples s'installèrent au deuxième et l'on mit les enfants à l'étage au-dessus.

Jeanne ouvrit les fenêtres. Un peuple de gondoles glissait sur le canal. Comme un accord de flûtes innombrables sur un fond de cordes.

Les domestiques firent chauffer de l'eau par baquets, l'on se débarbouilla et l'on alla souper dans une taverne. Des chanteurs survinrent, émerveillèrent les voyageurs par des passages d'octaves à couper le souffle, du grave à la haute-contre dans la même phrase. L'on dégusta des filets de poisson grillé après un séjour dans une sauce mystérieuse et servis sur un lit de pâtes. L'on but des vins de Romagne et d'Émilie.

Ferrando aussi chanta.

Quelle échappée ! Au diable Louis et feu son Bourguignon ! Vive Venise, ville de douceur et de paix.

Ferrando, pour ne pas gâcher leur plaisir, se garda de leur rappeler que treize ans plus tôt, le général Paolo Errigo, propriétaire du palais où ils habitaient, avait été scié vivant en deux par le sultan Mehmet II, dit le Conquérant, qui l'avait fait prisonnier à Chio.

Les fatigues du voyage s'évaporèrent. La nuit, Jeanne reconnut les cris de Sophie-Marguerite. Elle-même avait appris à répercuter ses émois sur l'intérieur, ce qu'elle fit d'ailleurs. Elle et Joseph s'aimèrent à la sauce vénitienne, en silence. Ils ne surent ce qu'il en fut de Ferrando et d'Angèle.

Venise était contente d'accueillir des Français et, d'ailleurs, tout étranger ; elle suffoquait. Ferrando l'expliqua avec éloquence : recluse au fond de l'Adriatique depuis la chute de Constantinople, la Sérénissime était en guerre contre les Turcs. Elle avait perdu non seulement Chio, mais toutes les Sporades, Scutari, la grande île de Lemnos, l'Argolide, une vaste partie de l'Albanie. Son trafic en mer Noire comme en Méditerranée orientale était sans cesse menacé, non seulement par la flotte régulière des Turcs, mais encore par leurs pirates. Elle avait perdu les esclaves et les fourrures de Russie, ainsi que son approvisionnement de chanvre, précieux pour les cordages des navires. Elle avait été réduite, pour garder pied en Orient, au stratagème de réclamer le royaume de Chypre pour Jacques II de Lusignan, qui avait épousé une riche Vénitienne, la fille des banquiers Corner. L'affaire avait d'ailleurs très mal tourné, et la propriété vénitienne de l'île n'avait pu être rétablie que grâce à une expédition de l'amiral Piero Mocenigo et un autre bain de sang.

Venise vivait d'entremises commerciales, expédiant les draperies et soieries des Flandres vers l'Afrique et les produits d'Afrique et d'Orient, à l'exception des épices, privilège de Milan, et surtout de Gênes, vers l'Europe du Nord. Elle commerçait même avec les Turcs et, fait extraordinaire, l'un de ses plus grands artistes, Gentile Bellini, avait été invité par l'effroyable Mehmet II pour… faire son portrait ! Car Venise vendait désormais de l'art, des verreries de Murano, des miroirs, des brocarts d'or et d'argent, de l'orfèvrerie et des peintures. Et de la banque : ses banquiers rivalisaient avec les Medici de Florence, prêtant aux princes et aux marchands pour payer des mercenaires, armer des bateaux ou financer des caravanes.

En 1469, le Sénat de la ville avait concédé au typographe allemand Johann de Spire, devenu Giovanni da Spira, le privilège de l'impression de livres avec des caractères mobiles ; depuis, cinquante ateliers typographiques avaient été fondés et leur production dépassait celle de Florence, de Rome et de Milan réunis.

Un ami de Ferrando en fit faire la visite à François. Ferrando et Joseph passaient leurs journées chez des banquiers. Laissées à elles-mêmes jusqu'au souper, Jeanne, Angèle et Sophie-Marguerite se promenaient avec les enfants à pied ou dans l'une des gondoles du palazzo Errigo. Elles allaient, dans un émerveillement renouvelé, des splendeurs byzantines de la basilique de Saint-Marc aux petites places bordées d'échoppes, et de la foule colorée du pont du Rialto à la sérénité de l'église des Frari, à la *Fondamenta* San Paolo et Pietro. Elles achetèrent à Murano des verres et des vases qu'on leur emballa exprès pour un long voyage, et à la Douane de mer, il fallut essuyer un bruyant caprice de Jacques Adalbert, qui avait vu chez un marchand un perroquet vert. Comme l'oiseau chantait et récitait des impertinences, Jacques Adalbert voulait absolument qu'on le lui achetât.

Un autre incident advint aux Zattere.

Il se fit un attroupement sur un quai, devant une caraque revenant de Morée. Une litière attendait un malade. Plusieurs personnes s'interrogèrent sur sa maladie, peu désireuses qu'on leur apportât un pestiféré ou un cholérique dans la ville, et le capitaine descendit certifier aux officiers des douanes que son passager n'avait aucune maladie contagieuse, mais qu'il souffrait des fièvres paludéennes. Tout l'équipage s'était occupé de ce pauvre homme et ne s'en portait pas plus mal.

Jeanne, Angèle et Sophie s'apprêtaient à remonter dans la gondole pour rentrer au palazzo, quand un nom leur parvint. Avaient-elles rêvé ? Elles avaient entendu, prononcé avec le zézaiement vénitien :

— Messer de l'Eztoille.

Elles se figèrent. Jeanne saisit le bras d'Angèle. Sophie-Marguerite comprit et même les enfants, d'ordinaire agités, devinrent muets.

Jeanne alla s'informer : avait-on bien dit ce nom ? Oui, c'était celui du malade. La civière descendait les planches de coupée, portée par quatre matelots. Jeanne s'élança et, quand la civière fut à terre, se pencha dessus et dévisagea le malade ; il avait les yeux fermés. Affreusement amaigri, mais c'était Jacques. Il frissonnait de façon alarmante.

Jacques !

Angèle, près d'elle, tremblait aussi.

— Où le portez-vous ? demanda Jeanne.

— À l'hôpital de l'île de San Giorgio, madame.

— Non, je l'emmène.

Ils furent interdits.

— Où allez-vous ?

— Nous avons notre gondole. Venez avec nous, dit-elle aux quatre matelots, je vous paie.

L'un d'eux demanda l'autorisation au capitaine qui, surpris, dévisagea ces trois dames de bien et la donna.

— Où allez-vous ? vint demander le capitaine. Vous êtes responsables de cet homme dès ici.

— Nous allons au palazzo Errigo, répondit Angèle, et je suis responsable de cet homme. C'est mon frère.

Les badauds commençaient à s'intéresser aux trois femmes. Les matelots descendirent précautionneusement la civière dans la gondole. Le capitaine appela les matelots d'urgence : le coffre ! Le coffre de son passager ! On descendit le bagage aussi. Les autres passagers se serrèrent à l'arrière, totalement privés de voix.

La civière fut déposée dans l'une des salles du rez-de-chaussée, celle qu'on pouvait chauffer. En dépit de la température ambiante, Jacques grelottait. Jeanne fit allumer un grand feu et couvrit la civière d'une fourrure qui garnissait un divan. Angèle manda un médecin.

Messer Ottone Zorzi arriva peu après.

Jacques ouvrit les yeux. Un sourire faible et sépulcral anima ses traits concaves quand il aperçut les visages de Jeanne et d'Angèle.

— Le Paradis... murmura-t-il.

Jeanne lui prit la main. Messer Zorzi prit l'autre main et son visage s'assombrit. Il leva un regard éloquent vers Jeanne et secoua la tête.

— Où étais-tu ? demanda doucement Jeanne, en caressant le front de Jacques, ruisselant de sueur.

— Chez le sultan... J'étais son conseiller... il n'avait pas voulu me laisser partir... seulement quand j'ai été très malade... il a décidé de me renvoyer... Tu es donc venue m'attendre...

Jeanne appela Déodat et posa la main de Jacques sur sa tête.

— Jacques, c'est Déodat.

La main esquissa une caresse. Jacques referma les yeux. Angèle emmena Déodat, en larmes.

Joseph rentra, saisi dès l'entrée par l'atmosphère funèbre du palazzo. D'un regard, il comprit. Il s'élança vers la civière et s'agenouilla. Il articula le nom de son frère. Jacques rouvrit les yeux et regarda Joseph d'un œil déjà vitreux.

— Occupe... toi... de Jeanne.

Il eut un dernier frisson, poussa un petit cri et s'immobilisa.

Messer Zorzi lui reprit le poignet ; il écouta le cœur et dit :

— C'était un prêtre qu'il aurait fallu appeler.

François et Ferrando arrivèrent les derniers. Un hasard céleste avait voulu que les trois personnes qui avaient été le plus proches de Jacques eussent recueilli son dernier souffle.

Jeanne songea à Joachim et à ses gesticulations incompréhensibles quand il avait tiré l'Ermite.

Personne ne pleura. Ni ce soir-là, ni le lendemain, à l'église San Zulian. Ni quand la gondole funèbre emmena le cercueil au cimetière de l'île de San Michele. Seulement quand le cercueil fut descendu dans la fosse.

Ce furent les larmes de Déodat qui déclenchèrent celles des autres.

Joseph ouvrit le coffre de son frère.

Il y trouva un journal et une lettre adressée à Jeanne.

Il y racontait sa captivité à la cour de Mehmet II et la surveillance constante dont il était l'objet. Il eût pu écrire. Il disait à Jeanne que c'eût été cruel, car il valait mieux qu'elle le crût mort et qu'elle poursuivît sa vie.

« Le mort ne doit pas saisir le vif », écrivait-il.

« Je veux espérer que Joseph a satisfait à notre antique coutume et qu'il a relevé l'anneau. Tu fus pour moi un avant-goût de la félicité céleste. Jeanne, tu es la Force et tu m'as soutenu. Je t'embrasse de l'au-delà où je suis déjà. »

Même dans la mort, il répandait la sérénité.

Joseph trouva aussi une perle irrégulière, aussi grosse qu'un œuf de pigeon, pendue à une chaîne, et divers autres joyaux, qu'il donna à Jeanne. Elle observa la perle : Jacques y avait fait graver une étoile.

NOTICES BIOGRAPHIQUES
SUR LES PERSONNAGES HISTORIQUES DE CE ROMAN

Louis XI (1423-1483)

Monté en juillet 1461 sur le trône qu'il avait été si impatient d'occuper, il affronta la même situation intérieure et extérieure que celle que son père avait tenté de maîtriser : dans le royaume, des princes ligueurs qui entendaient secouer la tutelle royale et se tailler la part du lion et, hors du royaume, des rois qui s'alliaient à ces princes dans l'espoir de mettre la main sur la France. Les ennemis intérieurs les plus tenaces furent son propre frère Charles, duc de Berry, Charles le Téméraire, duc de Bourgogne, Jean d'Alençon, Jean d'Armagnac et François II, duc de Bretagne ; les extérieurs furent Maximilien d'Autriche et Édouard IV d'Angleterre. Louis XI eut deux ennemis : sa précipitation à régler ses comptes avec ses anciens adversaires, les serviteurs de son père, et la sauvagerie des troupes françaises en Flandre, en Picardie et en Artois. La première dresse contre lui le clergé, la noblesse et le peuple même, la seconde amène les populations du Nord à se ranger derrière Marie de Bourgogne, qui prend comme défenseur Maximilien d'Autriche et l'épouse ; les Habsbourg s'installent ainsi en Flandre. À sa mort, en 1483, et même si son règne a vu la fin de la guerre de Cent Ans à la trêve de Picquigny, Louis XI n'a réglé aucun des problèmes chroniques du royaume, ni l'agitation des princes, ni les menaces des rois étrangers.

Johann Fust (1400-1466) et **Peter Schöffer** (v. 1425-v. 1500)

Peter Schöffer

Ces personnages, dont le rôle fut essentiel dans la mise au point de l'imprimerie européenne, ont réellement existé. Ils ont joué un rôle au moins égal à celui de Johannes Gensfleisch, plus connu sous le nom de Gutenberg. Fust avança à Gensfleisch entre 1450 et 1452 la somme alors considérable de 1 600 guildens pour mettre en œuvre sa méthode d'impression ; cependant, il ne fut pas que financier, mais intervint également dans la création de méthodes d'impression à plusieurs dizaines, puis centaines d'exemplaires : fabrication des caractères en plomb, création de la forme, perfectionnement de la presse, mise au point de l'encre, etc. Il est généralement admis que la Bible à 42 lignes dite de Mayence, dont un exemplaire se trouve à la bibliothèque Mazarine à Paris, fut achevée d'imprimer en 1456 par Fust et son gendre Schöffer seuls, sans l'aide de Gutenberg. À l'époque, en effet, Fust avait intenté un procès à Gutenberg, qui ne lui avait pas remboursé ses fonds et auquel il avait repris son matériel.

Gutenberg fut l'un de ceux qui développèrent l'imprimerie en Europe, à partir d'une invention coréenne ou chinoise ; il est donc erroné de parler à son propos d'« invention » de l'imprimerie : ce fut une adaptation et il ne fut pas le seul à l'entreprendre : le Hollandais Laurens Janszoon Coster et le Pragois Procope Waldvogel et surtout Fust et Schöffer travaillèrent aussi à cette technique d'importation.

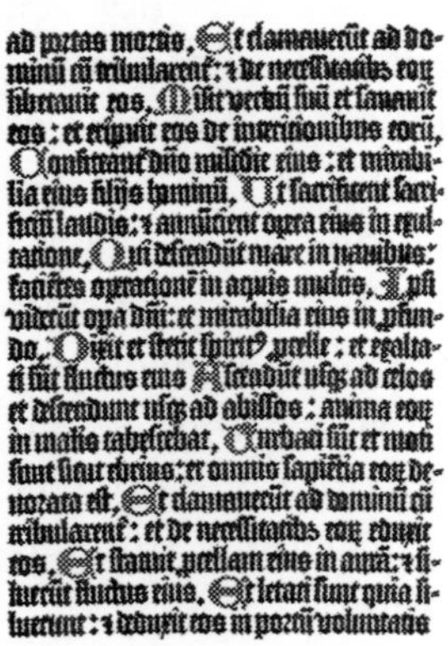

Le psautier de Fust et Schöffer, premier livre imprimé sur presse à caractères mobiles.

Fust mourut effectivement à Paris durant l'épidémie de peste de 1466 ; on ignore ce qu'il était venu y faire. Il est permis d'imaginer qu'il était venu installer des presses pour le compte de l'Université, dans cette ville où son gendre Schöffer avait été copiste en 1449. Les nombreuses lacunes dans l'histoire de l'imprimerie, les intrigues idéologiques qui se tramèrent autour d'elle à ses débuts et le retard étonnant avec lequel elle fut introduite en France (un quart de siècle) offraient évidemment une riche matière romanesque.

Les loups

Du fait de l'abondance des bois et forêts et de la désertion des campagnes dans de nombreuses régions de France, ces animaux, qui jouent un rôle important dans ces pages, proliférèrent tout au long du XVe siècle et jusqu'au XVIIIe siècle. On sait que des meutes de loups s'enhardissaient jusqu'à venir régulièrement aux portes de Paris et que les dangers qu'ils présentaient, non seulement pour les troupeaux, mais également pour les humains furent la raison pour laquelle un corps de Louveterie fut créé dès l'an 800.

Table

PREMIÈRE PARTIE

L'ÉTOILE ET LES COMÈTES

1 Les fils dans la tapisserie 9
2 Le cercueil vide 23
3 Un roi du peuple 35
4 Les loups des champs et le loup des villes 51
5 Le réveil 71
6 Le gel et le dégel 79
7 Avril, vêtu de bleu 91
8 Hirondelles et corbeaux 101
9 La double face du monde 111
10 La voix du sang 129
11 Fin d'une saison 137
12 La comète 147
13 « Elle chevauchait les loups… » 159
14 La Mare au Diable 173
15 La bataille de Paris 189
16 Pièges et sortilèges 203

DEUXIÈME PARTIE

LES VOIX DE LA NUIT

17 La Mort noire 217
18 La succession mystique 227
19 Le visage par-dessus la haie 239
20 L'encre et le plomb 251

21 Les comédiens pirates 265
22 Le rendez-vous de Strasbourg 275
23 Le remède de la rose 297
24 Un visiteur sinistre 307
25 Amère victoire 327
26 Le bois sec 347
27 Mariage, poignard et soie céleste 359
28 La chambre noire 371
29 Les Arcanes 383
30 Le rendez-vous de Venise 395

Notices 405

La rose et le lys

JEANNE DE L'ESTOILLE

*

Jeanne n'aurait jamais dû s'attarder en forêt ce jour de mai 1450. Le temps de remplir son panier de cèpes et de girolles, la fortune lui a tourné le dos. À quelques lieues de là, dans la maison saccagée, père et mère gisent près de l'âtre. Assassinés. Et Denis, son petit frère, a disparu. Seul a survécu l'âne de la maisonnée.

Des brigands ? Plus sûrement des déserteurs anglais, assoiffés de vengeance, écumant la campagne normande comme loups en maraude. Ils ont pillé l'église de La Coudraye, profané le tabernacle, souillé l'autel. À défaut de curé, Jeanne dira les prières pour ses parents défunts.

Est-ce à Paris, ce ventre peuplé de mendiants et de malandrins, avec ses places festonnées de pendus et ses rues pavées de boue, que Jeanne trouvera la force d'oublier ? Elle n'a encore que quinze ans et, pour toute richesse, son baudet, un sac de méteil, du beurre, un peu de sel. Comment survivre parmi ce peuple de camelots et de détrousseurs, elle qui ne sait faire que des petits pains ?

Dans une France décimée par la peste et livrée aux aventuriers, nul ne donnerait cher du destin de Jeanne. Mais la rose est gracieuse, et le lys magnanime. Comment un roi, Charles VII, comment un poète, François Villon, ignoreraient longtemps sa beauté ?

ISBN 2-84187-454-0 / H 50-2732-1 / 19,95 €

Ouvrage composé
par Atlant' Communication
aux Sables-d'Olonne (Vendée)

Impression réalisée sur CAMERON par

BRODARD & TAUPIN
GROUPE CPI

La Flèche (Sarthe)
en mars 2003

Édition exclusivement réservée aux adhérents du Club
Le Grand Livre du Mois
15, rue des Sablons
75116 Paris
Avec l'aimable autorisation des Éditions de l'Archipel

Imprimé en France
N° d'impression : 17423
Dépôt légal : mars 2003